KLAUS HYMPENDAHL

Wenn das Meer brennt

Roman

Delius Klasing Verlag

Klaus Hympendahl stammt aus einer Kapitänsfamilie
und war Inhaber einer Werbeagentur.
Nach seiner Weltumseglung verfasste er sechs Bücher.
Folgende Titel aus dem Delius Klasing Verlag sind lieferbar:

Logbuch der Angst – Der Fall Apollonia
Yacht-Piraterie - Die neue Gefahr
Checklisten für Fahrtensegler - 3500 Anregungen und Tipps

Der Autor dankt Hubert Maessen und Günther Voigt.

Bibliografische Information Der Deutschen Bibliothek
Die Deutsche Bibliothek verzeichnet diese Publikation in der
Deutschen Nationalbibliografie; detaillierte bibliografische
Daten sind im Internet über ›http://dnb.ddb.de‹ abrufbar.

Der Verlag macht darauf aufmerksam,
dass dieses Buch bereits in einer Auflage unter dem Titel
»El Niño – Wenn das Meer brennt« mit der
ISBN 3-7688-1149-2 erschienen ist.

1. Auflage
ISBN 3-7688-1618-4
© by Delius, Klasing & Co. KG, Bielefeld

Umschlaggestaltung: Buchholz, Hinsch, Hensinger, Hamburg
Titelfoto: zefa visual media gmbh
Druck und Einband: Clausen & Bosse, Leck
Printed in Germany 2005

Delius Klasing Verlag,
Siekerwall 21, D-33602 Bielefeld
Tel. (0521) 559-0, Fax (0521) 559-115
E-mail: info@delius-klasing.de
www.delius-klasing.de

Der Natur gewidmet –
wem sonst

Das ASPEN-Papier

Naturkatastrophen von bisher unbekannten Dimensionen stehen der Welt bevor.

Grund ist die zunehmende Erwärmung der Erdatmosphäre.

Die IPCC★ sagt eine weitere Erwärmung von 2 bis 4 Grad Celsius innerhalb der nächsten hundert Jahre voraus.

Wetterbedingte Naturkatastrophen machen bereits 85 Prozent aller weltweiten Versicherungsschäden aus.

Von den zehn größten Versicherungsschäden wurden sieben durch Hurrikane verursacht.

Die größte Schadenslast verursachte im Jahr 1992 Hurrikan Andrew mit 26 000 000 000 US-$.

Hauptverursacher der Klimaerwärmung sind Treibhausgase − insbesondere Kohlendioxid.

Versicherungsschäden durch Naturkatastrophen der neuen Generation können von Versicherungen und Rückversicherern nicht mehr gedeckt werden.

Die Folge sind Insolvenzen von Versicherungsgesellschaften und Rückversicherern.

In diesen Strudel geraten Volkswirtschaften und Banken.

Eine Weltwirtschaftskrise ist die Konsequenz.

Ein Drittel aller weltweiten Aktienbeteiligungen befindet sich in den Portfolios von Versicherungsgesellschaften und Rentenfonds.

★ IPCC (Intergovernmental Panel on Climate Change), ein von den Vereinten Nationen eingesetztes Gremium führender Wissenschaftler der Welt.

Weil Politiker und Großindustrie zu passiv waren, wurde THE ASPEN BOARD (TAB) im Auftrag der UNEP (United Nations Environment Programme), d.h. der angeschlossenen Insurance Industry Initiative for the Environment, gegründet. Dieser Umweltinitiative gehören die 70 größten Versicherer und Rückversicherer der Welt an. THE ASPEN BOARD ist der mächtigste Interessenverband der Welt:

THE ASPEN BOARD fordert Politik und Großindustrie auf, den Kohlendioxidausstoß umgehend auf die geforderten Eckwerte der Umweltkonferenz von Kioto zu begrenzen.

TAB wurde mit einem Initialetat von zehn Milliarden US-$ ausgestattet.

Auf unserer heutigen TAB-Sitzung wurde eine geheime Ad-hoc-Umweltaktion beschlossen.

gezeichnet

Alan G. Winn,
Chairman THE ASPEN BOARD

Aspen, Colorado, USA
Juni 1998

·1·

»WAS MACH' ICH BLOSS HIER?«, murmelte Karl Butzer vor sich hin. Seit er auf seiner Yacht lebte, hatte er das Leben auf einem Schiff noch nie so in Zweifel gezogen wie in den letzten drei Tagen. Besonders der heutige Nachmittag hatte ihn zermürbt. Er war kurz davor, den Motor zu starten, die Leinen loszuwerfen, erst einmal bis zur Riffpassage zu motoren und dann die Segel zu setzen. Nur weg von diesem Land! Nie wieder einen Fuß auf Fidschis Boden! Zurück nach Neuseeland oder weiter nach Australien! Danach stand ihm der Sinn.

Karl Butzer war nass bis auf die Haut. Er konnte nicht mehr unterscheiden, ob vom ständigen Regen oder vom eigenen Schweiß. Seit er vor drei Tagen angekommen war, hasste er diesen gottverdammten Ort Suva. Stets musste er alle Luken geschlossen lassen, weil ununterbrochen neue Regenschauer über die Hafenstadt niedergingen. Im Schiff war es ohne die kühlende Ventilation durch die geöffneten Luken vor Hitze kaum auszuhalten. Die Polster waren klamm, das Bettlaken war feucht, Handtuch und Wäsche wurden nicht mehr trocken. Er durfte nicht einmal an Land, um sich mit frischem Obst, Brot oder der Währung der Südsee, kühlem Bier, zu versorgen.

Und dann dieses entsetzliche Warten!

Der *immigration officer* ließ sich Zeit mit den Formalitäten. Butzer lag den dritten Tag an der Pier und immer noch waren nicht alle Papiere abgestempelt.

Wie immer hatte er sich sorgfältig vorbereitet. Routinemäßig setzte er bereits draußen auf See die Flagge des Gastlandes an Steuerbord, darüber die gelbe Quarantäneflagge, ein Relikt aus alten Zeiten, und zum wiederholten Mal vergewisserte er sich jetzt, ob er das in Neuseeland erworbene Hoheitszeichen auch richtig gesetzt hatte. Denn es war ihm auf der französischen Insel Martinique passiert, dass er aus Versehen die holländische Flagge geführt hatte; sehr zum Ärger des Hafenmeisters.

Karl Butzer saß schlecht gelaunt an seinem Navigationstisch und dachte an seine Freunde Robert und Ilona Kleist. Die kamen von den Kanarischen Inseln und wollten nach einer dreiwöchigen Atlantiküberquerung im brasilianischen Salvador einchecken. Auf dem Weg zum Zoll war Robert die Armbanduhr abgerissen worden. Es handelte sich um eine Swatch und der Verlust war zu verschmerzen. Wütend wurden die beiden erst, als die Formalitäten beim Zoll, der Hafen-, der Immigrations- und der Gesundheitsbehörde nach zweieinhalb Tagen immer noch nicht abgeschlossen waren. Am dritten Tag lichteten sie deshalb den Anker, kehrten Brasilien den Rücken und richteten den Bug ihrer kleinen Yacht in Richtung der winzigen Insel St. Helena im Südatlantik. Eintausendsechshundert Seemeilen offene See brauchten sie, um sich von dieser Behördenwillkür zu erholen. Robert hatte geschrieben: »Wir wollten in die Freiheit segeln und entdecken nun in den Häfen dieser Welt die Allmacht der Beamten. Ich sage nur: Nie wieder Brasilien!«

Karl Butzer startete seinen letzten Versuch. Aus seiner Schlafkabine holte er einen Karton mit alten *Playboy*-Magazinen heraus, die er auf dem Flohmarkt von Whangarei in Neuseeland gekauft hatte. Eigentlich wollte er mit den Heften besonders störrische indonesische Beamte zum Lächeln bringen – ein Tipp eines amerikanischen *Peace Corps*-Freiwilligen. Aber bereits hier in Suva, dem ersten Hafen seit Neuseeland, musste er den ersten Obolus entrichten. Er wählte ein Titelbild mit einer üppigen Blondine in schwarzer Seidenwäsche aus und vergewisserte sich, dass auch das Model auf der Ausklappseite blond war. Sie war eine echte Blondine.

Dann kramte er eine Flasche mit australischem Bundaberg-Rum unter dem Sitz im Salon hervor, rollte sie in den *Playboy*, wickelte sorgfältig einen Bindfaden darum, knotete eine Schleife und legte das Geschenk in eine Plastiktüte.

Anschließend stieg er über die Reling und sprang leichtfüßig auf die Kaimauer, in der einen Hand die Plastiktüte, in der anderen seine Mappe mit den Schiffspapieren und ausgefüllten Formularen. Kein uniformierter Wachmann war zu sehen. Es begann wieder zu regnen und Karl sprintete durch die Pfützen zum Gebäude des *immigration officer.*

William Mambuke stand auf einem Namensschild. Denselben Namen konnte Karl am Schild auf der Brusttasche erkennen. Mr. Mambuke hielt eine Zeitung in der Hand und las dieselbe Boxreportage wie gestern.

Der Officer blickte über die Zeitung, musterte den durchnässten Segler und antwortete unerwartet freundlich: »Mein Sohn, du willst bestimmt deine *immigration*-Papiere. *Chief officer* Mondhe hat sie unterschrieben.«

Karls Augen folgten genervt den bedächtigen Bewegungen des Beamten. Der legte die Zeitung auf den Tisch, erhob sich und schlurfte mit dem langersehnten Formular zum Counter. Er grinste, als ob er wüsste, dass Karl ein Geschenk für ihn hatte. Wie eine Trumpfkarte knallte er das Formular auf den Tisch.

»Willkommen in Fidschi!« Und in einem weit weniger offiziellen Ton fuhr er fort: »Weil Sie so lange gewartet haben, möchte ich Ihnen etwas schenken. Das russische Kreuzfahrtschiff *Odessa* hat Sekt mitgebracht. Krimsekt. Weil wir so schnell abfertigen, verstehen Sie? Ich finde, Sie haben eine Flasche verdient. Ihr Segler trinkt doch Sekt, oder?« Dabei lachte er laut über seinen eigenen Witz. Wie einen Boxerpokal präsentierte er dann die Flasche auf dem Tresen.

Karl Butzer quälte sich zu einem: »*Thank you, officer.*«

Er verstaute das Formular in seiner Mappe, nahm den Sekt entgegen wie ein erschöpfter Sportler den Siegespokal und machte sich davon. Auf dem Weg zur Tür hörte er den Beamten rufen: »So lange wie Sie hat hier noch keiner auf seine Papiere gewartet.«

In einer Hand die Tüte mit seinem eigenen Geschenk, in der anderen die Flasche Krimsekt klemmte Karl seine Aktentasche unter den Arm und eilte zum Schiff. Er war ein freier Mann. Erleichtert sprang er aufs Deck, tänzelte durchs Cockpit, legte die Sachen ab, fummelte die Schiffsschlüssel aus der Hose, startete den Motor und ließ ihn warm laufen. Dann holte er die gelbe Q-Flagge ein.

Er grinste. Ein Geschenk von einem Beamten in Uniform, nein, das hatte er noch nicht erlebt! So etwas hatte auch noch kein

Segler je erzählt. Eine gute Story, dachte er. Das ist mein Tag. Vergessen sein Groll auf Fidschi und die Hafenbehörde. Er wollte auf dem schnellsten Weg zum Royal Suva Yacht Club.

Er schaute auf seine Uhr. In einer Stunde würde es dunkel sein. Bis zum Ankerplatz des Clubs war es höchstens eine Seemeile. Karl blieb also genügend Zeit bis zu dem abendlichen Plauderstündchen, das er täglich mit einem Amateurfunker in Neuseeland führte. So erfuhr er den detaillierten Wetterbericht. Noch war Hurrikansaison. Karl Butzer wusste, dass in einem El-Niño-Jahr alles möglich ist. Besonders im Pazifik.

Doch heute wollte er den Abend an der Bar des Yacht Clubs verbringen, dem schönsten im gesamten Pazifik, wie man sagte. Karl war reif für einen Drink. Vielleicht auch für ein Abenteuer.

· 2 ·

Samuel Fynch hatte für den Nachmittag alle Termine abgesagt. Seine Sekretärin sollte keine Telefonate durchstellen. Selbst sein Handy, dessen Nummer nur seine Familie und eine Hand voll Freunde kannte, schaltete er ab. Er erwartete seinen Partner Walter Baker und den Juniorpartner Sol Friedman. Anschließend sollte sich noch Dr. Carol Bloom für ein Gespräch unter vier Augen bereit halten. Mrs. Bloom war die Leiterin des firmeneigenen Wettersatellitenprogramms.

Samuel Fynch hatte den Sessel vom Schreibtisch weggedreht. Die Füße lagen übereinander auf der Fensterbank. Er blickte vom einundneunzigsten Stockwerk des schwarzen John Hancok Center auf den Westen Chicagos. Das Hochhaus der Werbeagentur Ted Bates war viel niedriger als sein eigenes. Fynch wunderte sich wieder einmal, dass dort bereits am frühen Nachmittag die Leuchtschrift eingeschaltet war. Er kannte Bates aus der Zeit, als dieser nur eine kleine Agentur besaß. Mit der erfolgreichen Zigaretten-Cowboy-Kampagne hatte Ted den Durchbruch geschafft. Mit einer einzigen außergewöhnlichen Idee.

Heute brauchte Fynch selbst eine außergewöhnliche Idee.

Er hatte sein Lunchmeeting ausfallen lassen. Ihm war nicht nach einem Smalltalk über ein langes Skiwochenende in Colorado zu Mute. Unberührt stand sein *valley salad* auf seinem Schreibtisch. Er litt heute unter gewaltigem Durst und hatte schon die dritte Sodaflasche geleert. Immer wenn er unter Druck stand, bekam er eine trockene Kehle.

Samuel Fynch war Präsident des größten Broker-Hauses der Welt. Intern spielte man das immer herunter. Fynch & Baker wollte »durch Qualität überzeugen, nicht durch Quantität glänzen«, ein Motto, mit dem die beiden Partner in den Sechzigerjahren gestartet waren. Das Understatement entsprach ihrer Herkunft von der Ostküste mehr als die hemdsärmelige Chicagoer Art.

Samuel Fynchs Züge waren heute besonders hart. Schlank und groß gewachsen, kaum merklich nach vorne gebeugt, zeigte er eher die Haltung eines zögerlichen Menschen als die eines Brokers, der mit *futures* an der Chicago Board of Trade handelte, der größten Börse der Welt für Nahrungsmittel. Dass Samuel Fynch zur obersten Kaste der Banker und Broker gehörte, konnte jeder *doorman* Chicagos an der exquisiten Kleidung erkennen. Der zweireihige dunkelgraue Anzug mit dem kaum sichtbaren Nadelstreifen war keine Stangenware von Neiman-Marcus oder Saks Fifth Avenue, wo das gehobene Management einkaufte, sondern Maßarbeit. Zweimal im Jahr besuchte Samuel Fynch seine Firmentochter in London. Er reservierte sich stets einen Tag für den Besuch bei seinem Schuster Russel & Bramley in der Bond Street und einen zweiten für seinen Schneider Huntsman in der Savile Road.

An diesem wichtigen Tag trug Samuel Fynch eine burgunderfarbene, italienische Seidenkrawatte mit dem gleichfarbigen, dezenten Einstecktuch, dazu ein grau-weiß gestreiftes Hemd. Seine Füße ruhten ausgestreckt auf der Fensterbank und man konnte die anthrazitfarbenen Kniestrümpfe aus schottischer Schurwolle sehen. Nie hätte er Socken getragen.

Er nahm noch einen Schluck Soda und war auf das schwierigste Gespräch in seiner dreißigjährigen Partnerschaft mit Walter Baker vorbereitet. Es war kurz vor zwei Uhr und Walter erschien pünktlich. Normalerweise hielten sie ihre vertraulichen Konferenzen in Walters großem Eckbüro ab. Von hier genoss man einen fantastischen Blick über den Lake Shore Drive auf den Michigan See und dieses Panorama hatte alle oft bei wichtigen Entscheidungen inspiriert. Hier hatten sie ihre erfolgreichsten Strategien und Innovationen ausgeheckt. Der Eckraum Nord im einundneunzigsten Stockwerk des John Hancok Center hieß deshalb bei den Mitarbeitern von Fynch & Baker nur *the power room*.

Heute kamen die Partner bei Samuel zusammen. Auch Rose Meyer, die Chefsekretärin, die die harten Aufbaujahre mitgemacht hatte, bemerkte sofort, dass die Haltung ihres Chefs gebeugter als üblich war. Kein gutes Zeichen, obwohl die Begrüßung herzlich wie immer ausfiel. Walter Baker trat ins Allerheiligste, hinter ihm der Juniorpartner Sol Friedman. Vom Alter her hätte er der Sohn der Seniorchefs sein können.

Man nahm an dem ovalen, antiken Besprechungstisch Platz. Dieses Möbel gab dem Büro von Samuel Fynch den Namen *Oval Room*, ähnlich dem Vorbild im Weißen Haus in Washington. Schließlich hatte der Mann in diesem Raum fast so viel Macht und Einfluss wie der Präsident der Vereinigten Staaten. Bestimmt hatte er mehr Geld.

Nachdem Rose Meyer grünen Tee für Walter Baker, ein Cola Light für Sol Friedman und die vierte Flasche Sodawasser und Eis gebracht hatte, begann das entscheidendste Meeting, das die Firma Fynch & Baker je erlebt hatte.

»Ich nehme an, ihr habt mein Memo gelesen«, eröffnete Samuel Fynch das Gespräch. Er liebte es, gleich zur Sache zu kommen. »Ich will das Wichtigste noch einmal in vier Punkten zusammenfassen.

Erstens: Durch die Schweinepest haben wir Verluste gemacht.

Zweitens: Die Optionen auf die Sojawelternte haben uns durch schwere Naturkatastrophen tief in den Keller gezogen. Sehr tief!

Drittens: Der Einstieg und Alleingang unseres Hauses beim Projekt *Aurora Wettersatellit* hat uns außer *public relations* bis jetzt kein *cash* gebracht, sondern nur Kosten. Und diese liegen genau hundertzweiunddreißig Prozent über der Kalkulation.

Und viertens: Die Aufsichtsbehörde, das *Board of Trade*, gibt uns noch neun Monate, um unsere Verluste auszugleichen. Sonst nimmt man uns die Brokerlizenz und wir können unten im Parkett wieder anfangen. Aber nicht in Chicago, sondern in Hongkong oder Singapur, falls die grauhaarige Böcke wie uns noch nehmen.« Dabei sah er erst Walter an und streifte seinen Juniorpartner nur flüchtig mit dem Blick seines leicht gesenkten Kopfes. »Ich nehme an, jeder von uns hat sich bereits eigene Gedanken gemacht. Walter, was meinst du?«

Walter Baker hatte die ganze Zeit die Tasse mit grünem Tee in beiden Händen gehalten, als ob er sich daran erwärmen wollte. Ihm schoss der Gedanke durch den Kopf, dass Sam heute so viel Soda trank, weil ihm das Wasser bis zum Hals stand. Er kannte den

Sachverhalt, wusste, dass das *Board of Trade* ursprünglich nur sechs Monate zur Begleichung der Konten gewähren wollte. Aber durch Sams Beziehungen zu David Levine, dem Vorstand im *Board*, wurde dieses Limit prolongiert.

Wie immer, wenn Walter Baker etwas Wichtiges sagen wollte, zögerte er erst mit der Antwort. Dann kam er jedoch auf den Punkt: »Wir alle wissen, dass uns das *Aurora-Satelliten-Projekt* den entscheidenden Vorsprung vor der gesamten Konkurrenz sichern wird. Wir wissen auch, dass es einige Zeit dauert, bis dieser Wettbewerbsvorteil *cash* bringt. So lange können wir aber nicht warten. Deshalb müssen wir umdenken. Schnell und unkonventionell.« Er holte tief Luft und fuhr dann mit ruhiger Stimme fort: »Schuster-Barleys sind auch an einem eigenen Wettersatelliten dran. Es dauert nicht lange und alle großen Broker werden ihre eigenen Satelliten und ihren eigenen *Futures Research Weather Report* haben. Nur wir, die Ersten, haben die enormen Entwicklungskosten am Hals. Die anderen profitieren von unserem Vorsprung, übernehmen unser technisches Know-how, hetzen uns ihre Headhunter auf den Hals und werben unsere Meteorologen ab; sie kopieren unsere Software und Analysensysteme. Schon bald werden alle Broker-Häuser der Welt über das Wissen verfügen, die Software und ebenso gut ausgebildete Wetterprofis. Unser Vorsprung ist dann verloren, bevor wir ihn nutzen können. Eines aber war von Anfang an klar: Der Wettersatellit darf nur uns die neuesten Bilder in unser *met office* senden, wo Carol Bloom und ihre Leute dann blitzschnell ihre Analysen erstellen müssen. Nur wir dürfen als Erste die aktuellsten Klima-Briefings für jede Anbauregion auf diesem Globus besitzen. Während unsere gesamte Konkurrenz hinterherhinkt und auf dem alten Wettermonitor in der Börse einheitlich die gleichen Wetterinformationen empfängt, können wir weltweit die neuesten Analysen zu unseren Brokern schicken.

Bis jetzt haben wir bei unserem *Aurora Satelliten* lediglich die Ehre, die Ersten gewesen zu sein. Diejenigen, die die Kosten am Hals haben. Deshalb mein Vorschlag: Wir beteiligen alle sechs großen Broker an unseren Entwicklungskosten, an der Software, der Auswertung und auch an dem Service, der damit verbunden ist. Ich habe mir das von Carol Bloom ausrechnen lassen. Es

Der *Aurora Satellit* bedeutet für uns eine enorme Chance. Die Früchte werden uns noch reichlich in den Schoß fallen. Wir haben die besten Wetterdaten außerhalb des Pentagons. Das ist unser Vorsprung vor der Konkurrenz. Und den gebe ich nicht her, nur weil wir jetzt in den roten Zahlen stecken.

Wir brauchen eine neue Trumpfkarte. Das vierte Ass beim Poker. Und ich glaube zu wissen, wo dieses Ass ist, und wie wir es uns holen. Wenn wir diese Trumpfkarte spielen können, werden wir auf dem Weltmarkt der ›Mann mit dem goldenen Arm‹. Wir können dann den kompletten *future*-Markt dirigieren. Wir werden die Partitur, den Dirigenten und das Orchester stellen.«

Walter räusperte sich: »Sam, im Pokern warst du nie besonders und im Konzert habe ich dich kein einziges Mal gesehen. Mach es nicht zu spannend. Welchen Deal schlägst du vor?«

»Ihr wisst, der *Aurora Satellit* war mein Kind. Ihr habt mir euer Vertrauen gegeben. Ich habe diese Abteilung aufgebaut. Ich habe viele Menschen kennen gelernt, die nichts mit unserem Business zu tun haben: Manager von der NASA, Ingenieure von Lockheed Martin und Wissenschaftler der World Metereological Organisation. Einer dieser Wissenschaftler ist ein gewisser Dr. Lewis. Einer, der seinen Pullover falsch rum anzieht und es erst nach Tagen merkt – falls überhaupt. Er hat eine Formel entwickelt, die die Welt verändern wird. Dr. Lewis hat die Weltklima-Formel entwickelt. Mit ihr lassen sich zum ersten Mal seit Bestehen der Erde mehrjährige Wettervorhersagen aufstellen.«

Samuel Fynch blickte in die kleine Runde und genoss seinen Auftritt. Er leerte den Rest Sodawasser und scheute sich nicht, in der Herrenrunde zu rülpsen.

»Diese Weltklima-Formel ist die heißeste Ware auf der Welt. Sie ist der Schlüssel zur Macht. Wer sie besitzt, kann die Weltagrarmärkte beeinflussen, Konzerne in die Pleite jagen, Versicherungsimperien ausradieren, Banken und Staaten kontrollieren. Er bekommt im Pentagon einen roten Teppich ausgelegt.« Er entspannte sich: »Wenn wir die Weltklima-Formel besitzen, sieht unsere gesamte Konkurrenz so alt aus wie Wetterfrösche aus dem vorigen Jahrhundert.«

»Aber, wie kommen ausgerechnet wir an diese Weltklima-Formel?«, unterbrach ihn Walter Baker.

»Diese Informationen habe ich gekauft. Die Formel hat bis jetzt nur Dr. Lewis. Er hat sie in England mit Hilfe des Großcomputers entwickelt. Ausgearbeitet hat er sie auf einer kleinen Insel im Pazifik. Nur dort traf er auf die entsprechenden Klimafaktoren. Er lebt heute noch dort. Also möchte ich die Formel holen. Damit sie so schnell wie möglich zum Wohl von Fynch & Baker eingesetzt werden kann.« Samuel Fynch machte eine Pause, stand langsam auf und trat wieder vor sein geliebtes Panoramafenster.

Walter Baker und Sol Friedman blickten sich an. Zwei überaus gut entwickelte Gehirne arbeiteten, als wären sie an einen Hochleistungsprozessor angeschlossen worden. Beide Partner dachten nur an eine Frage: Rettet uns diese Formel oder nicht? Wesentlich schneller als jedes Durchschnittsgehirn kamen beide zur Antwort: Ja, das ist der richtige Weg. Langfristige Wetterprognosen würden den entscheidenden Vorsprung sichern. Sie wussten, dass das Wetter das Schwungrad ist, das Milliarden Dollar bewegt. Und sie waren überzeugt, dass sie ein großes Stück von dieser Torte haben konnten, genauer gesagt, das größte, das mit der Kirsche. Die Weltklima-Formel war die Waffe, mit der sie ihren Vorsprung auf dem *future*-Markt ausbauen und die Konkurrenz angreifen konnten.

»Sam«, begann Walter Baker vorsichtig, »wenn du uns jetzt noch erzählen könntest, mit welcher Brieftaube dir dieser Forscher seine Formel schicken wird Oder kommt sie per Flaschenpost?«

»Einen Moment!« Sol Friedman kam in Bewegung. Er drehte sich im Stuhl in eine neue bequemere Position und sagte: »Nehmen wir einmal an, wir hätten die Weltklima-Formel von diesem Dr. Lewis. Dann hat er sie auch und vermutlich haben sie auch sein Institutsleiter und seine Kollegen vom WMO. Dann hat sie auch die Presse, die Chinesen haben sie – alle. Wir brauchen sie aber exklusiv. Wie willst du das erreichen?«

Samuel Friedman hatte darauf nur gewartet. Er musste jetzt die Schleife seiner Geschenkverpackung fest zuknoten. »Natürlich brauchen wir die Formel als Einzige. Hier ist mein Plan: Dr. Lewis hat über Funk seinem Institutsleiter durchgegeben, dass die Formel steht und dass er sie getestet hat. Die letzten Modellsimulationen stimmten mit seinen Berechnungen überein. Diese Gespräche sind zum Teil verschlüsselt worden, aber wir haben sie geknackt. Dr. Lewis wird noch zirka sechs Wochen auf der Insel Nukufero im westlichen Pazifik bleiben. Er hat keine Eile, denn es ist noch Hurrikan-Saison. Das nächste Schiff kommt erst in sechs Wochen. Wir werden ihn also auf seiner Insel besuchen und ihn bitten, uns seine Formel zu übergeben. Den Besucher kenne ich bereits.« Er machte eine Pause. »Ich bin sicher, dass die Formel niemals in London ankommen wird. Warum? Lasst mich frei nach Frankieboy sagen: *I do it my way*.«

Dr. Carol Bloom saß auf der Terrasse im Royal Suva Yacht Club. Sie war abgespannt und hatte das abrupte Verlassen ihrer geliebten meteorologischen Abteilung bei Fynch & Baker noch nicht verdaut. Seit drei Jahren hatte sie keinen Urlaub gehabt, seit dem Zeitpunkt, als man ihr die Leitung des *Aurora-Satelliten-Programms* angeboten hatte. Vor vier Tagen hatte Mr. Fynch sie rufen lassen. Er gab ihr nur wenige Stunden, sich auf diese Reise vorzubereiten. Seitdem folgte sie seinen Anweisungen, richtete sich nach Flugplänen, Museumsöffnungszeiten und Fynchs Zielvorgaben.

Ihr erster Stopp war ein Zwei-Tage-Aufenthalt in Hawaii, mit dem Besuch des Bishop Museums für polynesische Kultur. Heute Morgen war sie dann mit Air Pacific auf dem International Airport von Fidschi, in Nadi gelandet.

Eine zweistündige Taxifahrt führte sie durch die hügelige, tropische Landschaft der Hauptinsel Viti Levu zum Tradewind Hotel. Von der Schönheit der Insel hatte sie so gut wie nichts bemerkt, sie war zu müde. Wie von Samuel Fynch gefordert, wollte sie keine Zeit verlieren und so ließ sie sich schon am Nachmittag zum Royal Suva Yacht Club bringen.

Sam schien an alles gedacht zu haben. Er hatte sie angewiesen, ihren Chicago Yacht Club-Ausweis mitzunehmen, damit sie hier sofort einen Gaststatus erhalten könnte. Das Ausfüllen des Fragebogens und das Ausstellen eines Ausweises, der Carol berechtigte, eine Woche lang den Club zu besuchen, hatten sich als ziemlich schwierig erwiesen.

Vielleicht war die Clubleitung besonders vorsichtig, weil gegenüber vom Clubgebäude das Gefängnis der Hauptinsel Viti Levu lag. Schon mancher Insasse hatte die Wärter bestochen, ihm eine Nacht frei zu geben für einen kleinen Streifzug durch den Club und dessen lukrative Yachten, die sich in der Regel leicht knacken ließen. Aber davon hörte die Meteorologin erst später.

Dr. Carol Bloom genoss den Anblick der gepflegten, parkähnlichen Anlage mit den Hibiskusbüschen und den roten, rosa und gelben Bougainvillea-Ranken, schaute über den Rasen auf die Steganlage und ließ ihren Blick über die Yachten gleiten. Einige hatten am Steg festgemacht. Die meisten schienen jedoch zu ankern. Den einen oder anderen Schiffstyp erkannte sie: eine Valiant 40, eine kleine Westsail und zwei nebeneinander liegende Crealocks, typische Fahrtenyachten, alle ausgerüstet für große Fahrt. Carol Bloom verstand etwas von Yachten, denn sie segelte von Jugend an. Erst vor Marblehead bei Boston, wo sie am Massachusetts Institute of Technology studiert hatte. Später waren sie und ihr Mann Bob in den Chicago Yacht Club eingetreten. Er aus gesellschaftlichen Gründen, sie, um mit ihrer Freundin Suzan Webber Regatten zu segeln.

Der Kellner brachte eine zu große und zu abgegriffene Speisekarte. Carol legte sie ungeöffnet zur Seite. Wie immer, wenn sie in einem fremden Restaurant war, erkundigte sie sich nach den Spezialitäten des Hauses. Sie rechnete mit dem Wohlwollen der Kellner, wenn man ihnen die Empfehlung überlässt. Auch jetzt veränderte sich das Gesicht des Mannes. Seine breite Nase schien noch breiter, die Augen leuchteten, sein Mund lächelte und in seinem harten Fidschi-Englisch empfahl er ihr einige Spezialitäten des Hauses. Sie wählte einen Salat und einen leichten Cocktail. Als der Kellner gegangen war, musste sie sich einfach in den Oberschenkel kneifen, als Beweis, dass sie nicht träumte.

Samuel Fynch hatte ihr von den Schwierigkeiten bei Fynch & Baker erzählt. Er hatte ihr auch von Dr. Lewis berichtet, von der Bedeutung der Weltklima-Formel für die Firma. Sam war gut vorbereitet. Er hatte ihr in allen Einzelheiten sein Wissen über ihr Privatleben aufgeblättert und auch die Biografie ihrer ersten achtunddreißig Jahre. Er sagte ihr in seiner ruhigen, direkten Art, dass ihre Ehe kinderlos bleiben werde, weil Bob während ihrer Ehe seine homophile Neigung entdeckt hätte. Dann kam er auf ihre Dissertation zu sprechen. Samuel Fynch kannte ein Geheimnis, von dem Carol annahm, dass nur zwei Menschen auf dieser Welt davon wussten: Sie hatte ihren Doktortitel erschwindelt. Sie hatte sich bei ihrer Dissertation zum Thema »Pazifische Klimaveränderungen durch das El-Niño-Jahr 1983« von Professor Dr. Philip Ewing helfen lassen. Und Fynch war auch über ihr jahrelanges Verhältnis mit diesem verheirateten Wissenschaftler informiert.

Sie war in Sams Händen. Er hatte ihr eine unvorstellbar hohe Summe angeboten und bereits einen Scheck über hunderttausend Dollar gegeben. Nein, richtig erpresst hatte Sam sie nicht. Dafür war er zu sehr Gentleman. Er hatte sie eigentlich gekauft. Oder wie er es ausdrückte: »Carol, bring mir diese Weltklima-Formel. Sieh es so, als sei diese Formel eine *future*-Ware, für die ich gut bezahle.«

Der Deal hieß: die Weltklima-Formel für ihre Karriere.

Im Detail hieß der Auftrag: Überbringung der Formel auf Disketten und Vernichtung aller gespeicherten Daten vor Ort, so dass Dr. Lewis seine Formel nicht nach Europa bringen konnte. Samuel Fynch war darüber informiert, dass es sich bei dieser Formel nicht um eine kurze Gleichung handelte, sondern um ein Formelwerk, das auf Disketten gespeichert werden müsste.

Woher hatte er sein Wissen, wenn nur Dr. Lewis und sein Institutsleiter Dr. Alexander Brown das Projekt *Pacific Blue* kannten? Carol Bloom fröstelte trotz der tropischen Temperaturen. Sie sackte ruckartig tiefer in ihren Stuhl und versuchte für diesen Abend Sam Fynch und ihren Auftrag zu vergessen. Doch es gelang ihr nicht.

Hatte Sam seine Informationen vom FBI gekauft? Woher konnte er sie sonst haben? Der Mann kaufte ohnehin alles: Menschen, Schweinebäuche, Informationen, Satelliten. Vielleicht war er auch schwul wie Bob und die beiden hatten sich auf einer Homoparty kennen gelernt? Mein Gott, alles war möglich!

Der Kellner kam schon bald mit dem Salat zurück und stellte ein großes Kelchglas, dekoriert mit einer Hibiskusblüte, vor sie auf den Tisch.

»Wir nennen diesen Cocktail ›Annamarie‹; er ist der Favorit im Club. Auf ein Glas australischen Sauvignon kommen ein Eiswürfel, ein wenig Limonade, je ein Schuss Gin und Dubonnet Blonde sowie ein Spritzer Limonensaft. Ich weiß, dass Amerikaner diesen Cocktail gerne trinken. Sie sind Amerikanerin, oder?«

Carol Bloom nickte. Sie kannte die Tropen von den Chartertörns mit ihrem Mann Bob und den Webbers. Dreimal waren sie auf den Virgin Islands gewesen, immer nur für eine Woche. Mehr Urlaub war für keinen von ihnen drin, waren sie doch alle Aufsteiger, jeder in seiner Branche.

Ohne dass Carol es bemerkt hatte, waren die Tische um sie herum besetzt worden. Von der Bar her klang Gelächter. Es schien, dass sich die Mitglieder und Gäste noch vor Einbruch der Dunkelheit einen Platz im Club sichern wollten. Sie schaute an sich herunter. Sie kam sich in dieser Umgebung wie ein Fremdkörper vor. Ihre Haut war weiß, von fast aggressiver Helligkeit. Sie trug ein blau gemustertes Seidenhemd und fand es in diesem tropischen Garten plötzlich ziemlich fehl am Platz. Sie war die einzige Frau, die einen Rock anhatte. Ihre nagelneuen, weißen Sneakers mit den weißen, umgekrempelten Socken passten eher in ein Mädchen-College als in einen tropischen Yachtclub.

Sie sah nur gebräunte, fröhliche Gesichter. Die Segler und Seglerinnen von den Yachten trugen lässige T-Shirts und sportliche Shorts, ihre nackten Füße steckten in Sandalen. Sie sahen aus, als hätten sie ihre Sachen in Second-Hand-Läden gekauft. Die Clubmitglieder waren städtischer angezogen: Die Männer trugen lange, bequeme Hosen oder knielange Bermuda-Shorts. Ihre Frauen wetteiferten um sportliche Eleganz.

Überall hatten sich Gruppen gebildet, die lebhaft im Gespräch waren. Neuankömmlinge wurden begrüßt und lachend und scherzend wurden neue Stühle herangerückt. Der Club füllte sich.

Plötzlich richtete sich eine Stimme an sie: »Wenn Sie sich an unseren Tisch setzen möchten, dann brauchen wir Sie nicht zu fragen, ob wir den zweiten Stuhl haben können.«

Am Nachbartisch lärmte eine Gruppe von Seglern und die Frau, die sie angesprochen hatte, saß Carol am nächsten. Sie hatte ein rundes Gesicht mit einem offenen, herzlichen Lächeln. Dem Akzent nach war sie Engländerin. Carol nahm im Bruchteil einer Sekunde nur zwei Dinge wahr, obwohl diese ihr Leben entscheidend beeinflussen sollten: sympathische Engländerin, Einladung.

Carol lächelte zurück, nahm den leichten Rattanstuhl und ging die wenigen Schritte zum Nachbartisch. Sie war selbst von ihrer spontanen Reaktion überrascht. Es war fast so, als ob sie einem inneren Befehl gehorcht hätte.

»Hallo, ich bin Carol Bloom. Vielen Dank.«

»Ich bin Phyllis. Der mit der Halskrause ist mein Mann Ian. Er hat den Großbaum gegen den Hals bekommen. Jetzt wissen wir, weshalb das Segelmanöver Halse heißt.« Phyllis lachte am lautesten. Ihr Mann lächelte gezwungen. Er schien den Scherz schon mehrfach erduldet zu haben. »Wir sind von der Yacht *Magic Carpet*. Das sind Mark und Lis von *Rival* und Karl Butzer von *Twin Flyer*. Wir nutzen jede Gelegenheit zum Feiern. Heute feiern wir Karls Rekord: drei verlorene Tage im Behördenlabyrinth von Suva. Magst du russischen Sekt?«

Carol wurde durch die Runde an ihre Charterzeit in der Karibik erinnert. Jeder spricht mit jedem, man duzt sich, alle sind braun gebrannt, die Männer unrasiert und die Frauen tragen keine Büstenhalter.

»Dann bin ich ja die Einzige ohne Schiff in dieser Runde«, antwortete Carol. »Ich liebe Segeln. Und ein Glas Sekt lehne ich nicht ab.«

Der Segler von der *Twin Flyer* holte unter dem Tisch eine kleine Kühltasche hervor und entnahm ihr eine Sektflasche mit schwarzem Etikett. Während er das Glas füllte, bemerkte er: »Sie haben Glück, da ist noch ein Rest.« Er reichte ihr das Glas, stieß mit ihr an und strahlte in die Runde: »Na sdorowje!«

Phyllis erklärte seinen russischen Trinkspruch: »Karl ist der einzige Segler auf der Welt, der jemals von einem Beamten eine Flasche Sekt geschenkt bekommen hat. Ich glaube sogar, dass noch nie ein Beamter einem Segler überhaupt etwas geschenkt hat.«

Alle lachten. Carol nippte an ihrem Krimsekt.

Phyllis' Mann Ian, ein verschmitzt aussehender, hagerer Brillenträger, schlug vor: »Wir werden den heutigen Tag zum Weltbeamtentag ernennen. An diesem Tag erhält in Zukunft jeder Besucher einer Behörde ein Glas Sekt.«

Mark trug eine amerikanische Schirmmütze mit den Initialen N und Y für New York. Aber sein Akzent hätte auch sonst verraten, wo er herkam: »Ich finde, Einhandsegler genießen immer eine Sonderstellung. Man beschenkt sie an Land. Und jetzt sogar in Behörden! Sie werden aus Mitleid zum Essen eingeladen, dann unterhalten sie die Essensrunde und reißen jedes Gespräch an sich, weil sie die Gelegenheit nutzen, endlich einmal sprechen zu können. Zum Schluss flirten sie mit der Gastgeberin. Ich werde auch Einhandsegler.«

Lis fühlte sich sofort angesprochen: »Alleine würdest du verhungern. Du würdest ohne mich nicht mal wissen, wo du bist; wer macht denn die Navigation? Ich lass' es gern auf einen Versuch ankommen. Du kannst unser Schiff für eine Woche übernehmen. Dann geh' ich solange zu Karl aufs Schiff.«

Mark rückte näher an ihre Seite und gab ihr einen Kuss. »Wag es nur! Der hat doch Kakerlaken an Bord.«

Alle lachten.

Während die anderen sich ihren Scherzen hingaben, wandte sich Phyllis an Carol und stellte die üblichen Seglerfragen: »Was machst du hier? Wohin segelst du?«

Carol hatte sich bereits im Flugzeug darauf vorbereitet, denn von ihrer Antwort hing viel ab. »Ich möchte zu den Salomon-Inseln. Der nächste Flug geht erst in vier Tagen. Lieber würde ich dorthin segeln. Ich schaue mich hier ein paar Tage um. Vielleicht finde ich eine Yacht.« Sie wusste, dass diese Information in wenigen Stunden im Hafen die Runde machen würde.

»Wo genau möchtest du hin?«, fragte Phyllis.

Carol nahm wahr, dass die Gespräche an ihrem Tisch ins Stocken gerieten, und in die Pause hinein antwortete sie: »Ich möchte nach Nukufero. Es ist eine polynesische Enklave in den meist von Melanesiern bewohnten Santa-Cruz-Inseln. Politisch gehören sie zu den Salomon-Inseln. Ich leite dort ein Projekt.«

Dabei lächelte Carol etwas naiv und schalt sich dafür, dass sie ohne Grund zu dieser Aussage einen falschen Ausdruck wählte. Sie ermahnte sich, nichts zu überziehen. Am besten wäre es jetzt, das Glas auszutrinken und zu gehen. Sie hatte ihren ersten Auftrag im Royal Suva Yacht Club erledigt. Der Köder war ausgelegt.

Vom anderen Ende des Tisches hörte sie Karl, den Einhandsegler der *Twin Flyer*: »Sie haben ja Marks Urteil über Einhandsegler gehört. Um Ihnen das Gegenteil zu beweisen, lade ich Sie morgen Mittag zum Drink ein. Ich werde Ihnen genau zuhören, werde viel schweigen und nicht flirten. Keine Angst, die anderen werden auch kommen. Jedenfalls interessieren mich die Santa-Cruz-Inseln. Okay?«

»Abgemacht.« Carol stand auf und verabschiedete sich.

Karl Butzer beobachtete, wie sie über den Rasen zum Clubhaus ging. Mit etwas zu hoch erhobenem Kopf und etwas zu sehr durchgedrücktem Kreuz.

·4·

Über den Pazifik ziehen die Passatwolken wie ein Teppich von Wattebällchen. Erst vor der Inselküste Viti Levus stauen sie sich. Das liebliche Himmelsbild ändert sich. Weiße Wolken werden grau, um sich dann über den Bergkämmen dunkelgrau bis schwarz zu färben. Hier öffnen sie sich, als ob von Zeit zu Zeit eine unsichtbare Dusche an- und abgestellt würde. Es scheint manchmal, als hätten die Engländer die Hauptstadt Suva genau in den Mittelpunkt einer riesigen Dusche gelegt.

Karl Butzer musste wieder mit geschlossenen Luken schlafen. Vom eigenen Nachtschweiß durchnässt, wachte er mit der Dämmerung kurz vor sechs Uhr auf. »Scheiß Engländer«, murmelte er schlecht gelaunt.

Er merkte, dass er wieder einmal das dünne Bettlaken nicht benötigt und es wohl im Schlaf zur Seite geschoben hatte. Nackt stand er vor dem kleinen Spiegel im Bad seines Katamarans. Sein Dreitagebart war genauso lang wie sein spärlicher Haarkranz. Karl Butzer zog es vor, eine Glatze zu tragen statt die wenigen Haare zu pflegen, die auf seinem Kopf noch wuchsen. Als er nach seinem Architekturstudium von Deutschland auf die Insel Formentera gezogen war, hatte er sich seine wenigen Haare abrasiert. Seitdem hatte er im spanischen Formentera den Spitznamen *el pelón*, der Glatzköpfige. Es war die Zeit, als sogar Politiker lange Haare getragen hatten.

An diesem Morgen überlegte er sich, ob er den Bewuchs abrasieren sollte oder nicht. Während er im Spiegel beobachtete, wie seine rechte Hand über das Stoppelfeld auf dem Kopf fuhr und langsam über Wange und Kinn glitt, entschloss er sich zu einer kompletten Rasur. Dabei hatte er immer seine besten Ideen.

Frisch rasiert ging Karl Butzer an Deck und schaute rou-

tinemäßig in die Runde, orientierte sich, ob neue Yachten ge-
ankert hatten, sah mit einem Blick, wer schon in die Gänge gekommen und ob jemand bereits zum Dingidock gerudert war;
und er vergewisserte sich, dass auf seinem Schiff nichts fehlte.
Denn von Raubausflügen einiger Gefängnisinsassen hatte man
ihm berichtet.

Unten im Schiff stellte er Wasser auf den Herd, pumpte Luft in
den Petroleumbehälter, zündete den Brenner an, stellte das Radio
so laut, dass es das zischende Brenngeräusch übertönte und kramte
aus dem Kühlschrank die H-Milch und die Butterdose hervor,
beide aus Neuseeland. Er bestrich eine Scheibe deutsches Voll-
kornbrot, ebenfalls aus der Dose, dick mit Butter, ließ ein wenig
Honig darauf tröpfeln und bereitete sich ein Müsli und eine Tasse
Pulverkaffee mit viel Zucker. Dabei ging ihm der alte Macho-See-
mannsspruch durch den Kopf: Ein Kaffee muss sein wie eine
Negerin – heiß, schwarz und süß.

Der Regen hatte aufgehört. Karl konnte die Luke öffnen. Wasser perlte am Glas herunter und frische Luft strömte herein. Beim
Frühstück genoss er die schönste Zeit der Tropen: den Morgen,
diesen kurzen Moment zwischen Sonnenaufgang und dem Augenblick, an dem man zum ersten Mal die Kraft der Sonne spürt.

Er konzentrierte sich auf das Radio und ärgerte sich wieder einmal über die Sendung aus seinem Heimatland. Für die Sendungen
der *Deutschen Welle* hatte er eine Art Hassliebe entwickelt. Einerseits interessierten ihn die Nachrichten und er war verrückt nach
den Fußballergebnissen, andererseits störten ihn die langweilige
Präsentation und die für seinem Geschmack zu konservative Einstellung der Redaktion. Wie so oft tippte er verärgert die Frequenz
von BBC ein und lauschte den ausführlicheren Kommentaren.

Kurz vor sieben Uhr nahm er an seinem Navigationstisch Platz.
Er stellte den Weltempfänger ab und drückte den Power-Knopf
seines Amateurfunkgerätes. In wenigen Minuten würde sein täg-
liches QSO, ein Gespräch auf Amateurfunk, mit seinem Funkfreund John in Neuseeland beginnen.

Er drückte den Tune-Knopf und sofort stimmte der automatische Tuner die Antenne auf das Vierzig-Meter-Band ab. Gleich
würde er die vertraute Stimme von John aus Russell an der Bay of
Island hören.

»Delta Lima Zwei Charlie November Maritime Mobile von Zulu Lima Vier Delta Bravo, bist du QRV?« Wie jeden Tag auf See, seitdem er Neuseeland verlassen hatte, war DL2CN, Karl, empfangsbereit.

»Zulu Lima Vier Delta Bravo. Guten Morgen, John. Dein Signal ist fünf und neun. Ich bin seit drei Tagen in Suva und habe wieder einmal alle Rekorde gebrochen.« Ausführlich berichtete Karl von dem dreitägigen Spießrutenlaufen bei der Hafenbehörde und der Flasche Krimsekt.

»Roger, Karl, du kommst sehr gut rein, fünf und acht. Wellington Radio spricht von einer stabilen Lage. Großes Hoch über Australien, lediglich ein Trog östlich von Neuseeland. Keine Hurrikanwarnung. Bei euch ist die einzige Bewegung der beständige Passat. Du weißt ja, *no news are good news*. Helen ist schon früh mit der Fähre nach Pahia gefahren. Sie besucht dort einen Computerkurs. Fehlt nur noch, dass sie ein Amateurfunkzeugnis macht, dann ist sie mir endgültig über. Was sind deine Pläne, Karl? DL2CN von ZL4DB.«

»Roger. Wenn ich im Winter wieder in der Bay bin, gebe ich Helen einen Amateurfunk-Intensivkurs. Von da an hat sie die Hosen an, aber hat sie das nicht schon lange?« Karl lachte. »John, hast du schon mal von einer Insel Nukufero gehört? Sie soll zu den Santa-Cruz-Inseln gehören. ZL4DB von DL2CN.«

»Nukufero? Lass mich nachdenken. Der Name kommt mir bekannt vor. Ich schaue mal in mein Funklogbuch. Ja, da ist es. Da hast du in ein Wespennest gestochen. Ich habe im Zwanzig-Meter-Band auf 14.214 kHz mit G4JBH, dem Engländer Dr. Alexander Lewis, mehrfach ein Gespräch geführt. Er ist der einzige Weiße dort. Dr. Lewis hat eine Art meteorologische Forschungsstation aufgebaut und mir von der Insel vorgeschwärmt. Ein sonderbarer Mensch. Manchmal hatte ich das Gefühl, er ist in der Einsamkeit spleenig geworden. Auf 14.073 kHz schickt er Schreiben nach England raus, alle sehr geheimnisvoll verschlüsselt. Dabei dürfen Schreiben im Pactor-Verfahren auf Amateurfrequenzen nicht verschlüsselt sein. Weshalb fragst du ausgerechnet nach Nukufero? Willst du dorthin? DL2CN von ZL4DB.«

»Roger. Ich habe gestern eine Amerikanerin kennen gelernt. Sie erzählte von einem Forschungsauftrag, den sie auf dieser Insel durchführen will. Ich sehe sie heute Mittag wieder. Vielleicht bringe ich sie nach Nukufero. Alter Junge, ich erzähl' dir morgen, wie es von hier aus weitergeht. Erst einmal muss ich mich von diesen Behörden erholen. Gleich fahre ich zum Markt nach Suva. Es soll einer der buntesten Plätze der Welt sein mit Fidschianern, Indern, Chinesen, Polynesiern und *expatriots* aus Kiwiland, Aussies und Europäern. Also bis morgen, DL2CN macht QRT.« Mit dem bei Funkern üblichen »73« für herzliche Grüße verabschiedete er sich von John.

»Ich bin gespannt, ob du morgen noch Einhandsegler bist. DL2CN von ZL4DB.«

Tonio Heng Fu hatte einen langen Flug hinter sich. Er kam pünktlich mit der Iberia auf dem Sultan Abdul Airport von Kuala Lumpur in Malaysia an. Vor drei Tagen hatte ihn der Anruf aus der Zentrale erreicht, auf schnellstem Weg zurückzukommen. In dem Camp, vierzig Kilometer von Caiambé entfernt, mitten im brasilianischen Amazonasgebiet, musste er vor dem Abflug nur seinen Koffer zuschließen, denn er hatte seine wenigen Sachen wegen der Ameisen nie ausgepackt. Er ließ sich von dem brasilianischen Campleiter im Jeep über die Trasse, die sie in den Urwald geschlagen hatten, nach Caiambé bringen. Instinktiv setzte er am Ortseingang seine Sonnenbrille auf. Hier mochte man keine *chinos*.

Tonio Heng Fu war erst einen Monat in Brasilien. Sein Big Boss James Lee Yan hatte ihn wegen seiner guten portugiesischen Sprachkenntnisse, die er in Macao erworben hatte, hierher geschickt. In Belém, an der Mündung des Amazonas, kaufte die Firma des Big Boss für fünfundzwanzig Millionen Dollar die marode, brasilianische Holzfirma Mato Crosso Verde auf. Das Traditionsunternehmen besaß Holzabbau-Konzessionen für riesige Urwaldflächen. Der Kauf durch Malaysias bedeutendsten Holzkonzern Rumput Hijau hatte selbst in Brasilien für negative Schlagzeilen gesorgt. Tonio wurde oft das verächtliche *chino*, das Schimpfwort für Chinese, nachgerufen. Am Firmensitz in Belém nannte man alle Malaien, die im Holzabbau tätig waren, Plattmacher.

Am Airstrip von Caiambé war die firmeneigene Beechcraft startklar. Nach einer kurzen Zwischenlandung zum Auftanken in Manaus erreichte Tonio vor Einbruch der Dunkelheit Belém. Ab hier brauchte er dann nicht mehr aus dem Koffer zu leben. Firmenappartement mit Fernsehen und Airconditioner waren selbstverständlich. Am nächsten Tag flog er über Rio den langen Weg in seine Heimat. Natürlich First Class.

Tonio Heng Fu war ein Halbblut. Seine Mutter war Portugiesin, Tochter eines Zollbeamten in Macao, sein Vater war ein Chinese, dessen Familie aus Kanton zugewandert war. Mit drei gut gehenden Restaurants kamen sie zu Wohlstand. Tonio sprach perfekt Kantonesisch, Malaysisch, Englisch und Portugiesisch. Er überragte alle seine Kollegen und war auf Partys und auf dem Golfplatz der ›ranghöchste‹ Malaie. So wurde er am Flughafen schnell vom Chauffeur ausgemacht. Der nahm ihm seinen Koffer ab und führte ihn zu einem weißen Mercedes mit getönten Fenstern. Ein Empfang, der üblich war.

James Lee Yan, genannt Big Boss, galt als einer der reichsten Männer Malaysias. Wie alle Tycoons der neuen Tigerstaaten war er Chinese und gehörte mit seinen achtundvierzig Jahren der jüngeren Generation der superreichen Chinesen an. Die wollte ihren erworbenen Status darstellen und Big Boss hatte die zwei obersten Etagen des höchsten Gebäudes der Welt, des Petronus Twin Towers, erworben.

Die weiße Limousine fuhr in die Tiefgarage und hielt direkt vor dem Privataufzug. Ohne sich irgendwo aufzuhalten, fuhr Tonio nach oben.

Tonio Heng Fu war im obersten Rat der Einzige, der nicht zum Yan Clan gehörte. Er war der strategisch wichtige Exportmanager von Rumput Hijau. Seine weltmännische Art war für den Konzern von größter Bedeutung, um die Auslandsgeschäfte zu aktivieren. In Malaysia, in Indonesien, auf den Philippinen und auf Papua-Neuguinea hatten die Kettensägen bereits ganze Arbeit geleistet. Deshalb musste man jetzt auf anderen Kontinenten, besonders in Afrika und Südamerika, Konzessionen kaufen. Geld hatte Big Boss genug. Rumput Hijau verfügte über ein Kapital von zweieinhalb Milliarden Dollar.

Tonio Heng Fu schaute aus dem Fenster. Wo früher sein Blick über die Stadt, die Außenbezirke und bis zum Golf Club reichte, sah er heute nur eine Wolke aus Smog. Es war, als ob ein Flugzeug durch Regenwolken flog. Selbst im fernen Brasilien hatte man ihm inzwischen über die Waldbrände in Indonesien und in seinem Heimatland berichtet. Er dachte: Wo gekokelt wird, da entsteht Rauch, und wandte sich ruckartig vom Fenster ab, nahm sich ein Glas Wasser und musste beim Blick auf die große Leinwand mit den wenigen chinesischen Schriftzeichen lächeln. Big Boss hatte Humor. Anders als wohlhabende Chinesen besaß er seit seiner Studienzeit in Cambridge den englischen Humor, der viele Chinesen erstarren lässt.

Mehrfach war Tonio Heng Fu bei internationalen Konferenzen Zeuge, wenn Geschäftspartner nach dem Sinn dieser chinesischen Kalligraphie fragten. Big Boss bedankte sich dann für das Interesse an seiner Kultur. Er sah den Frager direkt über seinen Brillenrand hinweg an und beugte sich ihm ein wenig entgegen. Damit die Spannung noch gesteigert wurde, vergewisserte er sich mit einem langsamen Schwenk des Kopfs nach links und rechts, ob alle zuhörten und sagte dann mit großem Ernst: »Drink Coca-Cola.«

Tonio Heng Fu stand am Fenster mit dem Rücken zur Außenwelt. Er betrachtete nun die gegenüberliegende Wand. Sie war von einem Künstler aus Bali mit einer deckenhohen Zeichnung versehen: ein Urwaldmotiv mit Hunderten von paradiesischen Vögeln. So oft er auch in diesem Zimmer war, nie konnte er den feinen Spalt ausmachen, der sich zu einer Tür öffnete. Es gab keine Klinke. Der Sensorknopf lag im Auge des Pfaus. Berührte man ihn, dann öffnete sich die Tür automatisch.

Durch diese Tür trat James Lee Yan ein. Er war allein. In seiner Hand trug er einen großen Atlas, der ihn noch kleiner wirken ließ. Strahlend ging Big Boss auf seinen Manager zu, reichte ihm seine weiche Hand und begrüßte ihn mit den Worten: »Kannst du morgen zu den Salomon-Inseln fliegen?« Er setzte sich und zeigte auf den Lederstuhl neben sich. »Dein Memorandum über den Status in Brasilien habe ich gelesen. Das läuft gut an. Wir werden uns erst einmal drei Monate zurückhalten. Bis die Öffentlichkeit sich beruhigt hat. Ich habe mir schon überlegt, dass wir unsere australischen Mitarbeiter dort hinschicken. Die können sie nicht als *chinos* beschimpfen. Wie findest du das?« Er wartete die Antwort nicht ab und fuhr fort: »Heute Abend sehen wir uns alle im Golfclub. Da können wir in Ruhe reden. Vorher möchte ich eine wichtige Sache mit dir besprechen. Ich habe einen seriösen Tipp aus Honiara, der Hauptstadt der Salomon-Inseln, erhalten. Wir sind dort gut im Geschäft. Über unsere australischen Freunde hörte ich deshalb, dass es auf den Santa-Cruz-Inseln große Kauriholzbestände gibt. Du weißt selber, Kauri ist vom Weltmarkt verschwunden. Die letzten Kauribäume in Neuseeland stehen unter Naturschutz. Manche Bäume wachsen dreißig Meter hoch, bis sie sich verzweigen. Für den Bootsbau und hochwertige Möbel ist es das beste Holz, besser als Teak und Mahagoni. Hier bietet sich für uns die Chance, der einzige Anbieter von Kauriholz weltweit zu werden.

Auf Tata gibt es eine Verladepier. Die anderen beiden Inseln Vanito und Nukufero haben nur eine Reede.« Big Boss zeigte ihm die Inseln auf dem Atlas: »Der letzte englische Gouverneur entzog den Australiern die Rechte, bevor Großbritannien das Protektorat der Salomon-Inseln in die Selbstständigkeit entließ. Die wollten sich einen guten Abtritt verschaffen. Dann ruhte die Geschichte. Jetzt höre ich, dass Provinzwahlen auf den Santa-Cruz-Inseln stattfinden. Ich möchte, dass wir den klassischen Weg nehmen. Du kaufst vor den Wahlen beide Kandidaten. Wer immer gewinnt, ist unser Mann. Danach können wir dem Gewinner noch ein bisschen Schlagsahne geben. Dann ist die Katze im Sack. Und noch eines: Die Häuptlinge auf den Inseln haben anscheinend eine große Macht. Vergiss das nicht. Ich habe dir eine Mappe zusammenstellen lassen. Sie liest sich wie ›Who is who in the Salomon Islands‹, mit allen Tipps und Informationen für deinen Auftrag. Wegen unserer Expansionspolitik und wegen der Waldbrände, die weltweites Aufsehen erregt haben, musst du behutsam vorgehen. Steig nicht von oben ein, sondern von der Seite, noch besser von unten.

Ein letzter Tipp: Honiara gilt als Malaria-Hochburg. Das Pflaster soll rot von Betelnussspeichel sein. Lass dich nicht abschrecken. Das Sea King Restaurant besitzt eine der besten sezuanischen Küchen außerhalb Chinas.«

Tonio Heng Fu hatte gut zugehört. Er bekam Appetit.

·6·

Karl Butzer liebte Märkte. Es schien, als ob sie größer, bunter, fremdartiger und aufregender würden, je weiter man nach Westen segelte.

Wenn er früher von Formentera nach Ibiza kam, zog es ihn immer in die alte, offene Markthalle zum Einkaufen. Im nahen Café Montesol trank er Kaffee und beobachtete stundenlang das Treiben. Später, auf Madeira, fühlte er sich von dem Blumenmarkt, dem Obst- und Gemüsemarkt genauso stark angezogen. In Martinique und Guadeloupe konnte er sich tagelang in den Markthallen tummeln, an geheimnisvollen Fläschchen riechen, wundersame Wurzeln begutachten und exotische Gewürze entdecken. Dann durchstreifte er die Märkte von Port of Spain auf Trinidad, von Panama City, Papeete auf Tahiti, Neiafu auf Tonga und jetzt stand er in dem schönsten aller Märkte, dem von Suva in Fidschi. Den ganzen Vormittag schlenderte er an den Ständen der Inder, Fidschianer und Chinesen vorbei. Er war so fasziniert, dass er sich treiben ließ und einzukaufen vergaß. Schließlich schaute er auf die Uhr und stellte fest, dass er um diese Zeit eine Verabredung im Club hatte. Entgegen seinen Prinzipien nahm er ein Taxi, um den halbstündigen Fußweg abzukürzen. Mit leerer Einkaufstasche kam er an.

Sie war bereits da. Aus dem Halbdunkel des Clubgebäudes konnte er das blonde Haar von Carol Bloom draußen auf der Terrasse erkennen. Sie saß am selben Tisch wie am Vortage und las eine Yachtzeitschrift.

Karl Butzer machte einen kleinen Bogen und trat von der Seite an ihren Tisch. »*Sorry, I am late*«, lächelte er sie an, zog sich einen Stuhl heran und setzte sich ihr gegenüber. »Denselben Satz sagte der Engländer Sir Francis Chichester 1967 nach seiner Einhandweltumseglung, als zweihunderttausend Menschen ihn in Plymouth erwarteten.«

»Oh, Sie sind es. Guten Tag. Wie geht es Ihnen?« Sie antwortete so unverbindlich, wie man es ihr als junges Mädchen in Boston beigebracht hatte.

»Wir Segler duzen uns hier alle. Ich heiße Karl, bin Deutscher.«

»Und ich bin Carol, Dr. Carol Bloom.« Mit ihrem akademischen Grad wollte sie Distanz halten.

»Der Tag heute kommt mir vor wie Freitag der Dreizehnte. Zehn Tage war ich von Neuseeland nach Fidschi unterwegs. Drei Tage ließ man mich nicht an Land. Ich brauchte also unbedingt frisches Gemüse und Obst. In aller Frühe bin ich heute auf den aufregendsten Markt der Welt gefahren und mit leeren Taschen zurückgekommen. Wie findest du das?« Karl schien belustigt über sich selbst.

»Ich kenne das Symptom aus alten Piratenfilmen. Da kamen die Seeleute an Land auch nicht klar. Erst als sie wieder Planken unter ihren Füßen spürten, waren sie wieder richtige Männer.«

Karl nahm ihre Antwort als Kompliment: »Danke. Und jetzt habe ich genug geredet. Heute Mittag höre ich nur zu. Wie war das mit dieser Insel Nukunuku oder so?«

Sie lachte wegen seines Versprechers: »Nukufero heißt sie. Es ist eine Vulkaninsel mit einem Kratersee und dichtem Waldbestand. Dort leben nur Polynesier, obwohl die nächsten Inseln ausschließlich von Melanesiern bewohnt sind. Ich selber war noch nicht auf Nukufero. Man kommt schlecht hin, weil die Boote aus der viele hundert Seemeilen entfernten Hauptstadt Honiara nur alle drei Monate die abgelegenen Inseln anfahren. Und das ist nicht mal sicher. Es gibt keinen Strom, keinen Laden, keine Polizei. Nichts aus der westlichen Welt. Es ist dort so wie vor hundert Jahren. Die Alten gehen noch im Lendenschurz. Alle Häuser sind mit Palmwedeln bedeckt, man bereitet das Essen auf heißen Steinen im Erdofen zu. Es soll dort wunderschöne Strände geben. Überhaupt sagt man, die Insel sei paradiesisch.«

Karl beobachtete sie und merkte, wie engagiert sie redete. Dabei kam ihre Begeisterung nur aus dem Gesichtsausdruck. Ihre Unterarme und Hände lagen auf den Stuhllehnen wie bei jeder höheren Tochter. Leider konnte er ihre Augen nicht erkennen, weil sie eine Sonnenbrille trug. Dabei taxierte er Menschen immer nach Augenausdruck. Er schätzte sie auf Ende dreißig. Ihre kurzen, blonden Haare hatte sie nach hinten gekämmt. An den helleren Strähnen erkannte er, dass sie ein wenig nachgeholfen hatte. Sie war sehr zierlich und ihm fiel auf, dass sie heute nicht so angezogen war, als käme sie gerade aus einer Boutique. Das blau gemusterte Hawaii-Hemd und die Shorts waren offensichtlich mehrfach in der Waschmaschine gewesen. Die nackten Füße steckten in Bootsschuhen, die bereits heftig Salzwasser geleckt hatten. Das Leder war an den Nähten leicht verblichen. Carol Bloom trug keinen Schmuck. Keinen Ring. Das gefiel Karl.

Immer noch bemüht, nicht als geschwätziger Einhandsegler angesehen zu werden, sagte er zurückhaltend: »Was zieht dich nach Nukufero?«

Carol Bloom war auf diese Frage gefasst. Samuel Fynch hatte sie darauf vorbereitet. Es hing viel von ihrer Glaubwürdigkeit ab. »Ich bin Anthropologin. Für das Bishop Museum in Hawaii führe ich eine Felduntersuchung durch. Das Forschungsprogramm dauert einige Wochen.« In ihrem Inneren hörte sie Samuels Stimme, die ihr sagte: Gut gemacht, Mädchen!

Karl Butzer fragte sich, warum ein Museum eine Frau allein auf eine einsame Insel schickt und sagte: »Ich bin Architekt und weiß wenig über Völkerkunde. Die Insel reizt mich. Wenn du willst, bringe ich dich hin. Ob ich nun über Vanuatu nach Darwin in Australien segle oder über die Salomon-Inseln, ist für mich und *Twin Flyer* Jacke wie Hose. Ich müsste mir nur die Karten besorgen.«

»Vielen Dank für das Angebot. Aber du wirst verstehen, dass ich mich nicht in das nächste Boot setzen kann. Wie ich gestern gehört habe, sind Einhandsegler nicht ungefährlich.«

Karl lächelte. Er wog die Pros und Kontras ab. Sollte er wirklich eine zweite Person an Bord mitnehmen? Eine Frau? Die Fahrt würde bei durchstehendem Passatwind zirka fünf Tage dauern. Fast eine Woche mit einer attraktiven Anthropologin? Ja oder nein? Karl nickte unmerklich. Es war mehr ein Ja.

Er überging ihre Bemerkung, fragte, was sie trinken wollte und bestellte einen Grapefruitsaft und ein Fidschi Bitter. Auf dem Bierdeckel stand ›The Sportsman's Beer‹.

»Sagtest du, du bist Architekt? Wie interessant!«

»Ich bin direkt nach dem Studium auf der kleinen spanischen Insel Formentera gelandet. Mir waren das Wetter und die Menschen in Deutschland zu kalt. Ich habe dort Ferienhäuser für Deutsche gebaut, eine Stilmischung aus marokkanischen, spanischen und provenzalischen Elementen. Ich konnte ganz gut davon leben.«

»Und wieso gibt ein erfolgreicher Architekt seinen Job auf und segelt allein über die sieben Meere? Oder ist das zu indiskret?«

Karl lachte: »Oscar Wilde hat gesagt ›Fragen sind niemals indiskret, Antworten hingegen schon‹. Ich kam natürlich auf Formentera mit Seglern zusammen. Einige wollten weiter in die Karibik. Andere kamen aus der Türkei, aus dem Suezkanal. Es war so eine Art Knotenpunkt. Und irgendwann beschlich mich die Inselkrankheit und ich begeisterte mich fürs Segeln. Das dauerte natürlich Jahre. Zu der Zeit lebte ich mit Nancy, meiner amerikanischen Freundin, zusammen. Sie ist heute noch auf der Insel. Sie hatte Angst vor dem Wasser. Ich habe vier Jahre an diesem Schiff gearbeitet. Sie hat es nicht einmal betreten. Nicht einmal bei der Taufe!«

»Du hast die Yacht gebaut?«

»So ziemlich. Du musst wissen, auf der Insel hieß ich nur *el pélon,* der Glatzköpfige. Diese Insel ist klein, jeder kennt jeden. Freunde haben mir manchmal geholfen. *El pélon* hat Freunden beim Kaminbau geholfen, Vergaser repariert und er hat jedes Jahr nach den ersten Frühjahrs- und Herbststürmen Yachten geborgen, die vor dem kleinen Hafen La Sabina auf die Felsen gingen, weil die Anker nicht gehalten hatten. Der Ankergrund ist dort schlecht. Und die Versicherungen haben gut bezahlt.«

Sie beobachtete seine ruhige Art, wie er das Wenige aus seinem Leben wie selbstverständlich von sich gab. Als hätte es nie eine Alternative gegeben. Er lächelte dabei. Seine schwarzen Augen zeigten keine Regung und sie fühlte sich von ihnen angezogen.

»Das waren aufregende Jahre für dich. Was ist aus Nancy geworden?«

Er schien sie nicht verstanden zu haben. »Am besten zeige ich dir mein Schiff. Es eignet sich hervorragend für zwei Personen, weil es ein Katamaran ist. In jedem Rumpf gibt es ein komplettes

Appartement. Ich finde, es wird Zeit, dass eine neue Geschmacksnote aus der Pantry kommt. Und wenn wir uns einigen, dann teilen wir die Ausgaben. Das betrifft Essen und Getränke für eine Woche. So lange dauert die Reise wahrscheinlich. Soll ich dir das Appartement zeigen?«

»Ich bin neugierig«, kam ihre erleichterte Antwort. »In der Karibik habe ich mehrfach mit Freunden gechartert. Am Michigansee segelte ich mit meiner Freundin im Sommer Regatten. Den Unterschied zwischen einer Winsch und einem Heckkorb kenne ich.«

Er lachte und zahlte. Sie gingen über den dichten, feuchten Rasen zum Dingidock. Am Steg öffnete er das wasserfeste Schloss an dem Drahtseil, das als Festmacher diente, und zog das rote Schlauchboot an den Steg. Er hielt es mit beiden Händen an den Schlaufen fest und bat Carol an Bord. Dann folgte er ihr, startete den kleinen Yamaha-Außenborder, stieß das Dingi ab und motorte zu seiner vor Anker liegenden Yacht.

Carol Bloom kannte viele Yachten, auch Katamarane. Doch dieser Kat war anders. Beide Rümpfe waren vorne und hinten leicht hochgezogen, wie bei den Kanus, die sie während eines Urlaubs in Kanada gesehen hatte. Das wirkte nostalgisch und flößte ihr spontan Vertrauen ein. Am Bug war ein Auge aufgemalt, der Rumpf war dunkelblau, der Decksaufbau weiß gestrichen. Auf dem Steuerbordschwimmer ragte am Heck ein Windgenerator hoch, der sich in der Brise leicht drehte. Am anderen Heck wehte die deutsche Flagge. Dabei fiel ihr auf, dass Karl gut Englisch sprach; nicht mit dem typischen harten, deutschen Akzent.

Er half ihr, an Bord zu kommen, band am Heck die Leine des Beibootes fest und ließ es hinter die Yacht treiben.

Inzwischen war es drückend heiß. Er bat sie, unter dem Sonnensegel im Cockpit Platz zu nehmen und erzählte ihr von seinen zwei Jahren auf See. Von der Freundschaft unter den Seglern, die er auf dem Pazifik getroffen hatte. In der Karibik sei das nicht so gewesen. Ab dem Panamakanal aber hätte er die besseren Segler, die stärkeren Charaktere kennen gelernt, so als ob der Kanal die Spreu vom Weizen trennen würde. Dann änderte er das Thema: »Das Boot ist eine James-Wharram-Konstruktion; James Wharram ist ein renommierter englischer Katamaran-Designer, der sich in seinen Entwürfen auf die polynesische Bootsbautradition bezieht. Die Polynesier kreuzten hier bereits vor zweitausend Jahren mit ihren Zweirumpfbooten. In Auckland, Neuseeland, habe ich im Maritime Museum und im War Memorial Museum zwei große Bootsausstellungen mit polynesischen Zweirumpfbooten besucht. Es waren auch Boote von den Santa-Cruz-Inseln dabei. Du siehst, ich habe gute Gründe, Nukufero zu besuchen.«

Das überzeugte sie.

Er bat zur Schiffsbesichtigung. »Ich habe den Rumpf aus verleimtem Sperrholz gebaut. Die ersten Wharram-Yachten musste man noch aus tropischen Sperrhölzern bauen. Mit den Pahi-Typen konnte man das schneller nachwachsende europäische Holz verwenden. Weißt du, was *pahi* heißt? Dasselbe wie *vake*, beides bedeutet auf polynesisch Boot.«

Karl wunderte sich, dass sie auf seine polynesischen Stichworte nicht reagierte.

Im Mittelaufbau entdeckte Carol zu ihrem Erstaunen ein breites Bett, quer zur Bootsrichtung. Es sah benutzt aus. Er musste die Situation erkannt haben. Mit wenigen Griffen verwandelte er vor ihren Augen das Bett in eine Couch, verstaute das Bettzeug unter dem Sitz und klappte einen Holztisch auf, dessen Beine genau in die kleinen Holzecken am Boden passten. Er zeigte ihr im rechten Rumpf zwei Kojen, je eine im hinteren und vorderen Teil des Schwimmers. Dazwischen gab es eine separate Toilette mit Dusche. Den größten Teil nahm der Navigationstisch in der Mitte ein. Überall gab es Schapps, um darin etwas zu verstauen. Das gleiche Bild ergab sich auch auf der anderen Seite. Nur dass hier die Pantry den meisten Platz zwischen den beiden Kojen einnahm. Carol hatte ein gutes Gefühl in diesen lichtdurchfluteten, hellen Räumen, die viel freundlicher wirkten als die ihr bekannten dunklen Mahagonisalons. Die Wände waren vollgeschmückt mit allen möglichen Andenken: bunte Stoffe aus Marokko, Fotos von befreundeten Seglern, Bücher, wohin man schaute, Zeitschriften, ein Korb voller Flöten, eine Gitarre – alles war ordentlich untergebracht.

Sie war beruhigt, erleichtert und hatte keine Bedenken, auf diesem Schiff mit diesem Mann eine Woche zu leben. Aber sie zeigte es nicht.

»Würdest du mich bitte an Land bringen? Ich erwarte am Nachmittag noch einen Anruf vom Museum.«

Karl brachte sie an Land. Sie vereinbarten, dass jeder bis zur Entscheidung eine Nacht schlafen sollte. Am nächsten Tag stand Dr. Carol Bloom am Steg. Neben sich zwei Segeltuchtaschen und eine kleinere Schultertasche für ihren Laptop. Sie war klitschnass. Es war Zeit, dass sie ins Trockene kam.

·7·

»ICH HALTE ES NICHT MEHR AUS. Ich werde verrückt an Bord. Ich springe ins Wasser und schwimme an Land.« Evelyn Ramirez drückte ein frisches Papiertaschentuch auf ihren Mund. Dabei würgte sie wie ein Hund, dem ein Hühnerknochen quer im Schlund steckt. Es kam jedoch nichts mehr aus ihrem Magen hoch. Das letzte, was sie erbrochen hatte, klebte zwischen ihren Fingern. Sie saß wie erstarrt, den Kopf tief nach unten gebeugt, als ob sie in einer Reisschale die letzten Körner im Schummerlicht suchen würde.

Paul stellte die Bierdose zur Seite. Er nickte zu Willi in Richtung Heck. Der löste sich aus dem Schatten des Sonnensegels, ging breitbeinig zum Achterschiff, setzte sich, damit er bei diesen starken Schiffsbewegungen nicht fiel, löste den Knoten der Leine zum Beiboot und zog es mittschiffs an die Badeleiter.

»Komm«, sagte er sanft zu Evelyn.

Wortlos und gebückt ging sie die paar Schritte vom Cockpit zum Relingsdurchgang und nahm blindlings eines der Handtücher, die an der Reling zum Trocknen hingen. Noch zwei Schritte und Evelyn war an der Badeleiter. Willi half ihr ins Beiboot und sie motorten die knapp fünf Schiffslängen zum Ufer.

Endlich war Ruhe an Bord. Paul Gordon konnte dieses Gewimmere der Seekranken nicht mehr hören. Die Geräusche des schwappenden Wassers unter dem Heck seiner Yacht störten ihn dagegen nicht. Auch nicht die ruckende Ankerkette und das schmatzende Klatschen, wenn das Heck wieder aufs Wasser gedrückt wurde. Seit gestern Abend herrschte starker Seegang am Ankerplatz der *Morning Star*, die direkt vor Honiaras Point Cruz Yacht Club als einzige Yacht ankerte.

Paul stellte den CD-Player lauter, drückte auf Taste 4, lehnte sich wieder zurück und wartete auf den Beginn des Songs, den er seit ihrer Abreise aus Bacolod auf den Philippinen mehrfach täglich hörte: *Mother Ocean* von Jimmy Buffet. Er öffnete eine neue Bierdose und genoss zum hundertsten Mal seinen Favoriten.

Paul Gordon hatte sich an seinem Cockpitplatz mit Kissen einen bequemen Sitz gebaut. Das im Schwell bockende Schiff konnte ihn nicht aus dieser Verankerung werfen und aus dieser Position ließ sich das Ufer gut überschauen. Rechts lag der Strand des Mendana Hotels. Das war einmal die beste Adresse der Salomon-Inseln, sogar mit einer Präsidentensuite. Als Paul das erste Mal im schäbigen Honiara gewesen war, hatte er sich im Mendana Hotel wie in einer Oase gefühlt. Mit den Jahren waren jedoch in diese Oase zu viele Tropenregen, zu starke Wirbelstürme, zu lange Hitzeperioden eingedrungen; die Folge waren zu viele Ameisen und Schimmelpilze. Jetzt hatten die neuen japanischen Besitzer das Hotel in Kitano Mendana umbenannt. Renoviert hatten sie nichts. Scheiß Japsen, dachte Paul.

Direkt vor ihm, an den Strand des Hotels grenzend, lag der Point Cruz Yacht Club. Noch nie hatte Paul einen Yacht Club kennen gelernt, der so wenig mit Yachten zu tun hatte wie dieser. Daran konnten auch die wenigen Jollen, die aufgebockt am schattigen Ufer lagen, nichts ändern. Der Point Cruz Yacht Club war wie ein hoher, tropischer Tempel aus Holz gebaut, eine Art zu groß geratene Kirche irgendeiner der zahlreichen Sekten, die auf den Salomon-Inseln an Land gespült wurden.

Der Club, so hieß dieser Platz in Honiara, war der Versammlungsplatz der wenigen Einheimischen, die etwas zu sagen hatten und es zu Amt und Wohlstand gebracht hatten. In erster Linie war er der Versammlungsplatz der Weißen. Das Bier war preiswert, die Meeresbrise sorgte für eine angenehme Temperatur, der Blick aufs Meer und die tropischen Sonnenuntergänge waren verlockend und der Inder, der den Club bewirtschaftete, führte eine gute Küche. Mittwochs amüsierten sich alle beim Bingo. Paul konnte die Ansagen bis zum Schiff vernehmen.

Evelyn und Willi waren nicht auf der Terrasse zu sehen. Willi war bestimmt an der Bar. Und seine Freundin Evelyn auf der Toilette. Als er sie auf den Philippinen kennen lernte, hatte sie ihm am ersten Abend erzählt, dass sie oft mit ihrem Vater und Onkel auf See zum Fischen gewesen war und dass sie niemals seekrank wurde. Die haben wohl nur in der Lagune gefischt, dachte Paul gallig.

Mit Schwung hatte er sich aufgerichtet, denn zwei schnelle Schritte langten bis zum Niedergang. Die günstigste Bewegung des Schiffs ausnutzend, glitt Paul die wenigen Stufen hinunter in den Salon, an dessen rechter Seite die Pantry mit der Kühltruhe war. Das Geräusch des stets laufenden Generators übertönte alle anderen Geräusche. Paul fischte sich eine neue Dose Solbrew aus der Truhe und tänzelte mit ihr zum Navigationstisch. Er stellte die Dose in die Plastikhalterung, öffnete den Sicherungskasten und fummelte einen kleinen schwarzen Ledersack hervor, dem er Zigarettenpapier, ein Stück Haschisch und eine Hand voll Tabak entnahm. Er erwärmte über dem Feuerzeug die harte, dunkelbraune Masse, bis sie bröselig wurde, und verteilte die Krümel über dem Tabak. Aus dem Gemisch rollte er sich einen Joint. Mit diesem und dem frischen Bier tauchte er wieder an Deck auf, drückte erneut auf die 4 des CD-Players und keilte sich zwischen seinen Kissen fest.

Der alte Herr da oben hat es gut mit mir gemeint, dachte Paul Gordon zufrieden, ein knackiges Weib, kaltes Bier bis zum Abwinken, Flaschen und Dosen für ein Jahr, die besten CDs der Welt und guten Stoff für dreißig Jahre an Bord. Er lächelte.

Paul Gordon war mittelgroß, mittelblond und sah mittelgut aus. Er hätte gut am Informationsstand eines internationalen Flughafens arbeiten können. Denn er wirkte auf den ersten Blick so verbindlich, als ob er jedem die Wünsche von den Lippen ablesen und erfüllen könnte. Wie ein Drogenhändler sah er jedenfalls nicht aus. Die Narbe an seiner Schläfe hätte auch von einem Autounfall stammen können. Er trug meistens dunkelblaue Shorts und eine Tätowierung am Oberarm, sonst nichts. Auch dass er jeden Tag einen Karton Bierdosen brauchte, sah man seiner Figur nicht an.

Im fernen Glasgow war er nach der Ausbildung zum Autoschlosser zur Polizei gegangen. Als er wegen wiederholter Schlägereien, das letzte Mal mit einem Kollegen in den Revierräumen, vom Dienst ausgeschlossen wurde, hielt er die Sache mit der Polizeilaufbahn für einen Fehler. Erst später stellte er fest, dass diese zwei Jahre in Uniform der Türöffner für seine neue Karriere waren. Von einem Ex-Kollegen hörte er nämlich, dass die Polizei in Hongkong junge englische Polizisten suchte. Er wurde angenommen.

Sechzehn Jahre lang war Paul Gordon Polizist in Hongkong. Nebenbei führte seine chinesische Freundin seine Bar. Ohne eine Bar in seiner Nähe konnte er nicht leben. Hier verbrachte er die viele Freizeit am liebsten. Bis zu dem Tag, an dem ihm sein Vorgesetzter anbot, den Tauchschein zu erwerben. Durch seine Dienststelle erfuhr Paul anschließend immer, wann und wo Aufträge an Taucherfirmen vergeben wurden und gründete eine Firma. Das Geschäft florierte vom ersten Tag an. Als sein Dienst auf Zeit auslief, kassierte er die Abfindung und baute das Tauchbusiness aus. Bald hatte er acht Taucher angestellt, die gutes Geld einbrachten.

Paul Gordon kaufte sich eine sechzehn Meter lange Segelyacht vom Typ Formosa. Die *Morning Star* war betagt, renovierungsbedürftig. Er nahm seinen Bruder Ian ins Geschäft und verließ Hongkong, um die Inseln und die Frauen der Philippinen kennen zu lernen. Mit einer gefüllten Bordkasse, seinem neuseeländischen Bootsmann Willi und ohne Zeitdruck ließ er sich durch die philippinische Inselwelt treiben. Es war die Zeit, als Aids noch nicht bis in die kleineren Provinzstädte vorgedrungen war.

In Bacolod fand er, was er suchte: einen hurrikansicheren Ankerplatz, eine Bar, die zu kaufen war, und Mädels, die einen weißen Lover suchten, junge Frauen, von denen oft die Versorgung einer vielköpfigen Familie abhing. Hier ließen sich Paul Gordon und Willi van Damme nieder. Sie gingen spät ins Bett, standen spät auf und es dauerte ein Jahr, bis Paul wieder der Hafer stach.

Mit einem australischen Gast in seiner Bar hatte er sich angefreundet. Sie sprachen die gleiche Sprache, direkt und ohne Umschweife. Sie stellten fest, dass der eine das hatte, was der andere brauchte: Paul suchte ein neues Abenteuer, der Australier Alan Holmes benötigte einen Kurier. Alan Holmes kannte das Geschäft des Drogenschmuggels zwischen Asien und Australien aus erster Hand. Er hatte mit dem Lufttransport angefangen, dann kam die Luft-Schiff-Luft-Phase. Aber diese Transportwege waren zu riskant geworden, weil es zu viele Zwischenstationen gab und weil zu viele Beamte bestochen werden mussten.

Er weihte Paul in seinen neuen Plan ein, das Zeug ohne Zwischenstationen ans Ziel zu bringen. Direkt mit dem Schiff von Asien nach Australien. Genauer gesagt, bis zum Barrierriff vor der Küste Australiens. Hier sollte die *Morning Star* die Ware in einen Briefkasten in dreißig Meter Tiefe legen. Natürlich war der Ort präzise beschrieben, was mit Hilfe der neuen satellitengesteuerten GPS-Geräte kein Problem bedeutete. Alan Holmes hatte den Barbesitzer genau beobachtet. Vieles sprach für Paul: Er war ein Abenteurer, er war ausgebildeter Polizist, konnte mit Waffen umgehen, er hatte eine große, wenn auch etwas heruntergekommene Yacht und schließlich war er ein hervorragender Berufstaucher.

Die einzigen Punkte, die gegen ihn sprachen, waren der Alkohol und Evelyn, die philippinische Freundin, welche die Bar leitete. Die musste aus dem Spiel bleiben.

Paul Gordon unternahm mit Willi seine erste zweitausend Seemeilen lange Liefertour. Für Alan Holmes wurde es ein erfolgreiches Geschäft. Für den Skipper war die Tour ausgesprochen langweilig. Wochenlang hatten sie keinen Wind, mussten ständig motoren und dementsprechend oft Häfen in den Salomon-Inseln und auf Vanuatu anlaufen, um zu tanken. Häfen bedeuteten für Paul Gordon immer Bars, Mädchen, Alkohol und meist eine Schlägerei. So wie bei seinem ersten Besuch in Honiara.

Zurück auf den Philippinen ließ er große Plastikfässer für Diesel im Vorschiff verstauen. Dann baute er eine stärkere Maschine mit 150 PS ein. Ein Generator, eine große Kühlbox und eine noch größere Gefriertruhe folgten. Aus dem Kleiderschapp der Backbordkajüte hatten er und Willi einen Waffenschrank gezimmert. Hinter verschlossener Tür, gut verankert, hingen dort zwei halbautomatische Mossberg Pumpaction Schrotflinten aus rostfreiem Stahl; das Richtige für den Einsatz auf See. Daneben gab es drei amerikanische vollautomatische M16-Infanteriegewehre und außen eine MP5 Maschinenpistole von Heckler & Koch. Alle anderen Schapps in dieser Kajüte waren voll mit Munition Kaliber 12, 223 Winchester-Munition und 9 mm Luger. Aus den USA hatten sich die beiden die beste Tauchausrüstung kommen lassen samt einem Tauchkompressor aus Deutschland. Paul Gordon saß zufrieden und glücklich auf einer der bestausgerüsteten Segelyachten der Welt, die im Drogenbusiness im Einsatz waren.

Am späten Nachmittag kam Willi mit dem Dingi zurück. Evelyn wollte solange an Land bleiben, bis der Schwell aufgehört hatte. Notfalls würde sie im Mendana übernachten.

Es war schwierig, das Alter von Evelyn zu schätzen. Man konnte auch nicht sagen, ob sie hübsch war oder nicht. Niemand wusste genau, was Paul und Evelyn verband. Willi hatte den Eindruck, dass sie nicht einmal miteinander schliefen. Auf einem Schiff hört man schließlich jedes Geräusch. Er kannte Pauls Stöhnen bei anderen Frauen. Doch seitdem Evelyn an Bord war, hatte Paul noch nie gestöhnt. Vielleicht benutzte Paul sie als eine Art Begleitung, wie er das von seinen Streifengängen als Polizist gewohnt war: Immer zu zweit.

Evelyn Ramirez fühlte sich an Land wieder besser und erkannte im letzten Tageslicht, dass sich die schwarze Silhouette des Beibootes vom schwarzen Rumpf der Yacht löste. Mit schrillem Motor schoss das Gummidingi aufs Land zu. Als es fast am Strand war, wurde der Motor abgestellt, das Boot auf den Strand gezogen und eine Gestalt näherte sich ihr. Es war Willi.

Kaum hatte er an ihrem Tisch Platz genommen, erschien Paul hinter Evelyn und platzierte sich, nass wie er war, auf ihrem Schoß. Er lachte heiser in die Sundowner-Stimmung des Yacht Clubs und ließ keine Bewegung aus, um seine Freundin nass zu machen. Die kannte seine Späße und erduldete sie mit angeborener Gelassenheit. Paul war nämlich an Land geschwommen, um wieder nüchtern zu werden.

Das Paar schickte Willi mit der Bestellung zur Küche. Der erfüllte jeden Job zwischen Bote und Bootsmann. Er hatte schulterlange, strähnige Haare, ein schmales Gesicht mit traurigen Augen und zwei großen Kummerfalten um den Mund. Sein dünner Körper bestand nur aus Sehnen und Muskeln. Paul schlenderte inzwischen zur Bar. Er war für das Bier zuständig. Er bestellte gerade zwei Solbrew und ein Bitter Lemon, als ihn sein Thekennachbar, ein hoch gewachsener Chinese, ansprach.

»Kann ich das übernehmen?«, fragte er und lächelte.

Paul zögerte kurz. Einen Chinesen, der ein Bier ausgibt, hatte er in seinem asiatischen Barleben noch nicht kennen gelernt.

»Bei diesen Temperaturen nehme ich doch jedes Bier an.« Paul grinste zurück.

»Mein Name ist Tonio. Ich habe gehört, diese schöne Yacht mit der Hongkong-Flagge ist Ihre.«

Die Bestellung kam und sie prosteten sich zu.

»Ja, die alte Dame ist in Hongkong registriert, aber ich segle lieber da, wo am Strand Palmen wachsen.« Von ihrem Tisch aus sah er Evelyn winken, sie hatte Durst.

»Ich hörte, Sie warten auf Ersatzteile und segeln dann weiter nach Süden, nach Vanuatu.«

»Sie haben viel gehört, dabei habe ich Sie noch nie im Club gesehen. Mein Essen wird kalt. Wir sprechen uns später.« Paul nahm die Getränke und ging zu seinem Tisch. Dort wartete das Chicken Curry.

Zum ersten Mal in seiner Kurierkarriere spürte er, wie Unruhe ihn ergriff. Er fühlte sich bedrängt und eingeengt wie von einem zu lange getragenen Neoprenanzug. »Willi, hol neues Bier und bring den Chinesen an unseren Tisch.«

In perfektem Englisch stellte sich Tonio vor. Er setzte sich und dankte für die Einladung. »Ich habe ein Problem. In den nächsten zwei Monaten geht kein Schiff von Honiara zu den Santa-Cruz-Inseln. Zwar kann ich bis Tata fliegen, aber dann ist Sackgasse. Ab da gibt's kein Hotel und kein Schiff mehr. Ich hörte, dass Sie an den Inseln vorbeisegeln. Vielleicht könnten Sie mich auf einer der östlichen Inseln absetzen, am besten auf Nukufero. Das liegt nur zweihundert Seemeilen von Tata entfernt. Selbstverständlich zahle ich für die Reise, auch für den Umweg. Und für das Bier.« Er lachte.

Paul fragte mürrisch: »Was wollen Sie auf den Inseln? Da lebt kein Weißer und kein Chinese.«

»Ich handle mit *bèches de mer*, das sind Seegurken, eine kostbare, chinesische Spezialität. Sie kennen sie bestimmt aus den Restaurants in Hongkong. Seegurken findet man nicht mehr oft im Pazifik. Bei den Inseln aber gibt es große Bestände. Es ist die einzige Möglichkeit für die Eingeborenen, Geld zu verdienen. Deshalb möchte ich mit ihnen verhandeln.«

Paul wusste, wie verrückt die Chinesen nach diesen Seegurken waren. Falls das nur eine Ausrede war, dann war es eine gute. Er schlug vor: »Ich fahre morgen zum Henderson Airport und hole eine neue Kraftstoffpumpe ab. Kommen Sie mit, dann können wir über alles reden.«

Wenn es ein Schnüffler ist, dachte Paul, dann ist er mir auf hoher See am sichersten.

8

Es war ihr zweiter Tag auf See, als Karl seine Mitseglerin morgens fragte: »Darf ich mich ausziehen?«

»Es ist dein Schiff, du bist der Skipper. Darf ich meine Sachen anbehalten?« Ihm gefiel ihre Schlagfertigkeit. »Ich fühle mich ohne Stoff am Körper einfach besser. Wenn schon frei, dann ganz frei.«

Karl Butzer war von Kopf bis Fuß braun. Er hätte jetzt gerne gewusst, was sie dachte.

Sie hatte ihm am letzten Abend an Land unmissverständlich gesagt, dass sie kein erotisches Abenteuer suchte. Sie sei glücklich verheiratet und habe einen wissenschaftlichen Auftrag. Er sollte ihr sein Wort geben, sich als Gentleman zu benehmen und sie reichten sich auf altmodische Art die Hände.

Karl brachte es auf den Punkt: »Sei beruhigt, die Erfahrung auf See sagt: Wenn der Anker hoch geht, geht die Libido runter.«

In Suva hatten sie einen Tag für Einkäufe und das Bunkern von Wasser und Diesel gebraucht. Am zweiten Tag klarierten sie aus. *Immigration officer* William Mambuke stand auf Karls Seite. Es brachte zwar Komplikationen mit sich, wenn eine Person das Land per Schiff verließ, die ursprünglich mit dem Flugzeug ausreisen wollte. Aber diesmal überreichte der Skipper dem Beamten die Flasche Bundaberg Rum und das Auschecken war dann kein Problem mehr.

Karl segelte nachts ungern in Landnähe. Er versuchte stets, schnell freien Seeraum zu gewinnen. Unbeleuchtete Fischerboote, treibende Baumstämme, nicht verzeichnete Untiefen und die Gefahr, beim kleinsten Navigationsfehler schnell auf Felsen zu landen, sind Horrorvorstellungen für einen Einhandsegler, den nur eine einen Zentimeter dünne Holzschicht von viertausend

Meter tiefem Wasser trennt. Den Leuchtfeuern traute er im ganzen Pazifik nicht. Als er die Passage des Riffs, das schützend um den Hafen von Suva lag, hinter sich hatte, steuerte er einen südlichen Kurs, um in die breite Kandavu-Passage zu gelangen, einem sicheren Seeweg abseits der südlich von Viti Levu vorgelagerten Untiefen und Inseln. Gegen Mittag hatten sie freie See erreicht und gingen auf westlichen Kurs. Nachts legte Karl den endgültigen Kurs auf Nukufero fest. Der Passatwind wurde schwächer. Sie waren in die Windabdeckung der über hundert Kilometer langen und bergigen Insel geraten. Mit leichter Brise segelten sie weiter.

Carol Bloom entdeckte das Segeln neu. Noch nie zuvor war sie auf einem Katamaran gewesen. Es gab hier keine Krängung, nur einige Schlingerbewegungen. Als Karl ihr ein Glas mit Orangensaft auf den Tisch stellte, griff sie instinktiv sofort danach, um es vor dem Umkippen zu bewahren. Es kippt aber nicht um auf einem Katamaran.

Auch Dr. Carol Bloom kippte nicht um. Meist wurde ihr auf hoher See am ersten Tag übel. Aber das Glas, das stehen blieb, wirkte wie eine Medizin. Oder lag es an der Ruhe, die Karl verbreitete? Seine souveräne Art, das Ankerauf- und alle anderen Segelmanöver durchzuführen? Die Kompetenz, die in jedem Handgriff steckte? Noch nie hatte sie einen Mann getroffen, der ein Boot so selbstverständlich und sicher führte. Dabei zeigte er immer ein leichtes Lächeln.

An Bord kannte Carol nur die Skala zwischen lauten Manövern und hektischem Geschrei. Egal ob auf Chartertörns oder bei Regatten. Segeln war immer anstrengend gewesen. Sie hatte das Gefühl, dass erst am heutigen Tag Segeln das erfüllte, was sie sich immer ersehnt hatte und was nie eingetroffen war.

Karl hatte ein permanentes Sonnensegel über das Cockpit gespannt. Bimini nennen es die Amerikaner und im Schatten des Stoffdachs spielten sich die nächsten Tage auf See ab. Die Navigation war einfach. Der Skipper hatte in der Nacht die Koordinaten des Ankerplatzes von Nukufero als Wegpunkt in sein GPS-Navigationsgerät eingegeben. Eine Sekunde später konnte er die Distanz in Seemeilen und den zu steuernden Kompasskurs ablesen. Diesen Kurs stellte er an seinem Autopiloten ein. Die Daten schrieb er in sein Logbuch. Dreimal täglich und einmal in der Nacht überprüfte er mit dem GPS-Gerät die Daten und korrigierte den Kurs ein wenig. Das war alles.

Als einzige Pflicht blieben ihm sonst nur seine Skeds, die Gespräche zu bestimmten Zeiten auf Amateurfunk mit seinem Freund John in Neuseeland. Die nahm er auf die Minute genau wahr.

Karl Butzer war der freieste Mann auf dem Meer. Auch an Land hatte er sich niemals einschränken lassen. Letztendlich war es nicht das Schiff gewesen, das seine Freundin Nancy damals auf Formentera zur Trennung bewog, sondern sein Satz: »Sprich niemals vom Geld und niemals vom Heiraten.«

Allein an Bord spielte er an einem Tag wie diesem mit dem Schachcomputer, las viel, führte einfache Reparaturen am Boot oder an der Ausrüstung durch oder holte Schlaf nach. An diesem zweiten Tag auf See aber hatte er seinen Rhythmus noch nicht gefunden. Seine Gefährtin benebelte seine Sinne.

Das wenige, was sie trug, war schwarz. Kein Kontrast konnte stärker sein zu ihrer weißen Haut. Sie steckte in einer raffiniert gewickelten Hose mit passendem Oberteil. Bei ihrer zierlichen Figur wirkte selbst ihre Sonnenbrille wie ein Bekleidungsstück. Er fand diese Wickelhosen aufregend und machte ihr im Stillen ein Kompliment.

»Erzähl mir etwas über deinem Auftrag. Was genau wirst du auf Nukufero machen?« Er hatte sich bisher über sein Wissen über den Klimaforscher Dr. Lewis ausgeschwiegen. Nicht weil er ein Geheimnis daraus machen wollte; es war vielmehr seine Art, nicht alles zu erzählen.

Carol war gut auf die Frage vorbereitet. Sie hatte sich im Bishop Museum auf Hawaii ein zweitägiges Basiswissen verschafft: »Nukufero wurde in den Zwanzigerjahren von Anthropologen ausgewählt, weil die Insel wegen ihrer einsamen Lage eine möglichst geringe Berührung mit anderen Kulturen und besonders mit der westlichen, europäischen Kultur hatte. Im Jahre 1928 kam der neuseeländische Anthropologe Dr. Raymond Firth mit einem Maori als Übersetzer. Sie blieben ein Jahr und Firth schrieb danach einen wissenschaftlichen Klassiker über die sozialen Strukturen dieser von vier Häuptlingen und ihren Clans bewohnten

Insel. Dr. Firth kam noch einmal im Jahre 1952 nach Nukufero. Er veröffentlichte drei weitere Bücher, darunter ein Lexikon. Mein Auftrag ist es, eine Felduntersuchung durchzuführen, inwieweit sich die klassischen Clan-Strukturen verändert haben und wodurch. Ich werde zirka einen Monat auf der Insel bleiben. In meinen Taschen sind Geschenke für die Häuptlinge, ein Moskitonetz, eine Schlafmatte, ein solarbetriebenes Ladegerät für die Akkus meines Laptops, eine Taschenlampe, ein Weltempfänger und ein Kulturbeutel. Salz und Pfeffer hat man mir empfohlen mitzunehmen, um das polynesische *umo*-Essen aus dem Erdofen zu würzen. Wie lange gedenkst du, auf der Insel zu bleiben?«

»Vielleicht einen Tag, vielleicht eine Woche. Es gibt da für uns beide ein Problem mit den Behörden, denn mit Sicherheit ist Nukufero kein Einklarierungshafen. Es ist nicht legal, eine Insel in einem fremden Land anzulaufen, bevor man nicht in einem Hafen offiziell eingecheckt hat.«

Karl hatte von Beginn der Reise an dieses Problem gedacht, ihm aber keine große Bedeutung gegeben. Was war schon dabei, einige Tage auf der abseits gelegenen Insel zu bleiben, um später in Tata einzuchecken? Notfalls würde er dem *officer* eine Flasche Rum schenken.

»Das Bishop Museum hat für mich den Formularkrieg erledigt. Ich kann problemlos direkt einreisen«, log sie. Sie hatte sich vorgenommen, ihm in den nächsten Tagen klar zu machen, dass er möglichst schnell weiterreisen sollte, um sich nicht strafbar zu machen.

Sie hatten die Landabdeckung von Viti Levu mittlerweile verlassen. Jetzt stand der Passatwind durch. Karl schätzte ihn auf vier Beaufort Windstärke. Das Großsegel hatte er nach Steuerbord gesetzt und das Genuasegel nach Backbord ausgebaumt. Mit dieser Schmetterlingsbeseglung machte die *Twin Flyer* gute Fahrt. Karl Butzer war zufrieden. Eine Stunde vor Sonnenuntergang, zur Zeit des *sundowners*, bot er ihr den traditionellen Sherry an. Beide nippten an ihren Gläsern, während sich langsam die Sonne im Westen verabschiedete.

»Weshalb machst du diese Reise allein? Du bist doch kein typischer Einhandsegler. Du bist weder verbittert noch einsam – willst du dir etwas beweisen?«

Karl schwieg lange, so dass sie das Gefühl hatte, er wollte ihr nicht antworten. Dann brummte er: »Jemand hat einmal gesagt: Um die Welt zu segeln ist der kürzeste Weg zu sich selbst. Ich habe die Hälfte geschafft.« Er trank den Rest des Sherrys aus und wandte sich dem Sonnenuntergang zu.

»Hat das, was du suchst, einen Namen?«

»Ich weiß es nicht. Vielleicht Bewegung. Ich spüre, dass ich Bewegung brauche. Dadurch lerne ich Neues kennen; vielleicht irgendwann das, was ich suche. Wenn ich mich irgendwo niederlasse, verliere ich Kraft. Ruhe lähmt mich. Ich bin ein suchender Nomade. Oder ein neugieriger Seemann. Zufrieden?«

Sie wollte nicht genauer nachfragen.

Am Tag begleiteten sie die weißen Passatwolken, die in der Dämmerung schnell dunkelten, um dann von dem warmen Licht der untergehenden Sonne angestrahlt zu werden. Gelb, gold, rotgold mit allen Nuancen dazwischen pinselte maui, der polynesische Gott des Meeres, die romantischen Stimmungen an ihren Abendhimmel. Und dann, als die Sonne bereits versunken war, ihr Licht gebrochen, tauchte sie von ihrem unsichtbaren Standpunkt aus die Unterseiten der Wolken in ein unglaubliches Violett. Nichts ist fantastischer als die Wirklichkeit.

Mit John in Neuseeland hatte Karl vereinbart, während der Tage auf See um neunzehn Uhr die Skeds beizubehalten. Er setzte sich also an seinen Navigationstisch und schaltete das schwache Kartentischlicht ein. Carol blieb im dunklen Cockpit. Gleich würde sie sich hinlegen, um später ihre erste Wache von elf Uhr nachts bis zwei morgens zu übernehmen.

Karl Butzer stöpselte sich die Kopfhörer in die Ohren, um seine Mitseglerin nicht zu stören. Er wusste, dass für Nichtbeteiligte die Funkerei meist ein Gräuel ist.

Pünktlich hörte er Johns Stimme: »Delta Lima Zwei Charlie November Maritime Mobile von Zulu Lima Vier Delta Bravo, bist du QRV?«

»Zulu Lima Vier Delta Bravo. Hallo, John. Dein Signal ist fünf und acht. Wir sind den zweiten Tag auf See. Carol hat heute zum ersten Mal gekocht. Da steigen neue Düfte durch die Pantry. Wir kommen gut voran und haben ein Etmal von hundertachtzig

Seemeilen gemacht. Kein Schiff am Horizont, kein Fisch am Haken. Wieder so ein beschissener Tag im Paradies. ZL4DB von DL2CN.«

»Roger, Karl, schöne Grüße von Helen, sie freut sich bereits auf deinen Amateurfunkkurs im Winter. Übrigens, das wird dich interessieren: Heute habe ich mit Dr. Lewis gesprochen. Er fühlte sich wohl einsam und kam ins Plaudern. Seine Arbeit ist beendet und er baut seine Forschungsstation ab. Nicht einfach, sagte er, weil er allein ist und ihm keiner der Einheimischen bei den komplizierten Geräten behilflich sein kann. Er muss einige Kisten mit Material gesammelt haben. Ich habe ihm erzählt, dass du mit einer amerikanischen Anthropologin unterwegs bist. Aber er ging gar nicht darauf ein. DL2CN von ZL4DB.«

»Roger, John, langsam bin ich auf den Forscher und die Insel gespannt. Sag, wie sieht die Wettersituation aus? Auf meinem Radio höre ich weltweit nichts Gutes! ZL4DB von DL2CN.«

»Roger, roger, beschissen wäre geprahlt. Eine einzige Katastrophe. Überschwemmungen in Somalia, Trockenheit in Westafrika, kein Trinkwasser im Süden Afrikas. Die Flüsse in Zentraleuropa überschwemmen Landschaften, zerstören Ernten. Zum ersten Mal seit Menschengedenken gibt es Regen in der Atacama-Wüste in Chile, Überschwemmungen in Peru und Bolivien, auch dort zerstörte Ernten. Wieder ein Hurrikan über Französisch-Polynesien; laut den englischen *Pacific Islands Pilots* dürfte dort um diese Zeit gar kein Hurrikan auftauchen. Zwei Hurrikane gleich hintereinander in der Karibik. Daran hat man sich bereits gewöhnt. Neu sind diese gewaltigen Waldbrände in Indonesien und Malaysia. Schuld an all dem ist El Niño. Der wird uns noch viel Ärger bereiten. Alter Junge, bleib auf der Hut. DL2CN von ZL4DB.«

»Roger, das sieht nicht gut aus. In knapp drei Tagen sind wir in Nukufero. Der Ankerplatz ist nach Norden und Westen offen. Das nächste *hurrican hole* gibt es laut *Pilot* auf der Insel Vanito, hundert Seemeilen entfernt. Ein kleiner Ankerplatz umgeben von schützenden Hügeln, nach allen Seiten sicher. Das wäre dann mein Fluchtpunkt. ZL4DB von DL2CN.«

»Roger, auf Nukufero triffst du einen kompetenten Wetterfrosch, der dir rechtzeitig sagt, wann du dein *hurrican hole* aufsuchen musst. Aber ich bin auch da. Bis morgen, alter Junge. ZL4DB macht QRT.«

Sie verabschiedeten sich. Karl schloss die Funkstation, knipste das Licht aus und trat in die dunkle, tropische Nacht an Deck. Als er Carols Stimme hörte, wusste er, wo sie saß.

»Über welchen Forscher auf welcher Insel hast du mit deinem Funkfreund gesprochen?«

»Ach, da gibt es so einen verrückten Klimaforscher auf Nukufero. John führt manchmal Skeds mit ihm. Es scheint, dass sich in drei Tagen gleich zwei Wissenschaftler am Ende der Welt treffen werden. Wie damals in Afrika: *Mr. Livingston I presume?*« Karl lachte.

Dr. Carol Bloom schoss das Blut in den Kopf. Danach saß sie mit zusammengekniffenen Lippen auf der Cockpitbank. Sie zog ihre Beine bis unter das Kinn. Ihr war auf einmal kalt in dieser Tropennacht. Sehr kalt.

9

»AM BESTEN SETZT DU DICH JETZT IN DEN BUGKORB. Es ist bei weitem der bequemste Platz an Bord, wenn du Delphine beobachten willst. Meist kommen sie eine Stunde vor der Dämmerung. Ein Bier?«

»Solange die Sonne am Himmel steht, trinke ich nicht, danke.« Vorsichtig bewegte sich der Chinese zum Vorschiff der *Morning Star*. Er setzte sich mit gespreizten Beinen auf die unteren Rohre des Bugkorbs. So konnte er die Weite der Ozeans überblicken. Gleichzeitig sah er das Wasser, durch das sich der Bug des Schiffes schaufelte. Das Geräusch der Wellen beruhigte ihn. Genau wie das leichte Heben und Senken des Schiffsbugs. Als ob das Schiff vom Atmen des Meeres bewegt würde.

Hier vorne fühlte er sich wohl. Brasilien lag weit hinter ihm. Er dachte nicht an seinen neuen Auftrag. Tonio Heng Fu hatte lange nicht mehr so selbstvergessen geträumt wie hier. Er merkte, wie ihm die Weite des Meeres gut tat. Die Auf- und Abbewegungen des Bugs gingen in seine Gedanken ein. Er dachte an die Hochs und Tiefs in seinem Leben, an die Widersprüche in seiner Persönlichkeit. Chinese und Europäer. Einerseits im portugiesischen Macao erzogen in der konfuzianischen Tradition der chinesischen Großfamilie seines Vaters. Dagegen der sonntägliche Besuch der katholischen Sankt-Benedictus-Kirche mit seiner Mutter, dann die Kommunion. Polaritäten bestimmten seine Jugend. Daran änderte sich auch nichts im Laufe seines Berufslebens. Westliche Geschäftspartner sahen in ihm den Chinesen. Die Chinesen das Halbblut. Malaien und Indonesier nur den Kaufmann. Keiner erkannte den westlichen Anteil in ihm. Keiner den Tonio. Alle den Heng Fu. Vielleicht wird das anders bei den polynesischen Wilden, dachte Tonio.

»Mr. Big Business, ich muss unseren Reisevertrag kündigen.«
Plötzlich stand Paul hinter ihm. »Ich hatte dich aufs Vorschiff geschickt, um mir deine Papiere anzuschauen. Sieh mal einer an! Big Business. *Very big business.* Holz. Kauriholz. Und all die wichtigen Namen. Botschafter, Konsuln, Minister, Provinzfürsten, sogar ein Bischof. Kaum hatte ich mich an das Wort *bêche de mer* gewöhnt, muss ich mich an Kauri gewöhnen. Ich weiß nicht, ob dein Name richtig ist. Aber ich weiß, dass mir meine Mutter vor meiner Abreise nach Hongkong gesagt hat: Trau keinem Chinesen. Es sei denn, er hat eine Reinigung. Also lass dir etwas Gutes einfallen. Wir sind hier außerhalb der Zwölf-Meilen-Zone.«

Tonio hatte sich nicht umgedreht. Er wunderte sich, wie wenig Paul ihn aus der Ruhe bringen konnte.

»Ich habe keine Delphine gesehen. Entgegen deiner Ankündigung. Was deine Entdeckung angeht: Ist es nicht egal, in welcher Angelegenheit ich die Insel besuche? Ich hätte auch sagen können, ich sei Arzt. Was macht den Unterschied?«

Er hörte, wie Paul hinter ihm eine leere Bierdose zerdrückte. Gleich würde sie über Bord fliegen. »Ich sage dir den Unterschied. Du hast mich belogen. Weshalb hast du nicht eines der Frachtschiffe genommen, die auch Passagiere befördern? Weshalb schleichst du dich durch die Hintertür auf die Insel? Weshalb nutzt du nicht deine guten Beziehungen, wenn du all die großen Namen kennst? Hier geht es ums große Geld!«

Tonio verstellte seine Stimme. Sie wirkte beruhigend. So hatte er sie schon in anderen kritischen Situationen erfolgreich eingesetzt. »Okay, es geht um Holz. Die Regierung möchte mit unserer Firma einen Vertrag machen über einige Tonnen Kauriholz. Bevor wir in Verhandlungen gehen, wollen wir uns die Baumbestände anschauen. Das macht man am besten ungestört. Also reise ich ohne offizielle Begleitung. Das schadet keinem. Oder?«

»In jeder Polizeistation der Welt hätte man dir diese Geschichte abgenommen. Ich war sechzehn Jahre Bulle in Hongkong. Ich kaufe sie nicht ab. Ich sage dir, die Geschichte stinkt. Sie stinkt nach Geld. Hunderttausend Dollar habe ich gefunden. Damit sie im Sturm, der sich ankündigt, nicht wegfliegen, liegen sie jetzt vorsichtshalber im Schiffstresor. Ich nehme an, das ist auch in deinem Interesse, Tonio. Oder soll ich Mister Heng Fu sagen?«

Tonios chinesisches Ego beherrschte diese Situation besser als sein europäisches Erbe. Immer noch hatte er sich nicht umgedreht. »Von welchem Sturm redest du?«

»Schau auf den gelben Sonnenuntergang hinter dir, das bedeutet nichts Gutes. Die Sonne muss rot untergehen. Noch nichts von dem Wetterspruch der Seeleute gehört? *Red sun in the night, sailor's delight. Red sun in the morning, sailor keep warning.* Ich gehe runter und höre, ob Nadi Radio eine Sturm- oder Hurrikanwarnung hat.«

Tonios Gedanken kreisten um das Meer, auf das er schaute. Wie konnte er Öl auf Pauls Wogen gießen? Er hatte zwei bis drei Tage Zeit.

Ihr Kurs war Ostsüdost, in Richtung Santa-Cruz-Inseln, speziell Nukufero.

Es war ihr zweiter Tag auf See. Eine schwache Brise kam aus Südost. Sie motorten und hatten das Großsegel als Stützsegel gesetzt. Evelyn lag in der Achterkajüte. Ihr war an den ersten Tagen auf See immer übel. Willi und Paul lösten sich im Cockpit ab. Tonio wurde tagsüber keine Aufgabe zugewiesen. Nachts sollte er eine der drei Wachen übernehmen. Er hatte vierhundert Dollar für die fünftägige Passage bezahlt und fünf Kästen Solbrew spendiert.

Als die Positionslichter gesetzt wurden, ging Tonio vorsichtig von seinem Hochsitz am Bug ins geschützte, dunkle Cockpit. Im Licht sah er Willi in der Pantry. Es roch nach Dosenfleisch. Und nach Marihuana.

Trotz der Motorgeräusche hörte er, dass unten das Radio lautgestellt war. Inhalte bekam er nicht mit. Plötzlich erschien eine Figur am Niedergang, sie ließ kein Licht mehr ins Cockpit dringen.

Pauls Stimme kam aus dem Schatten. »Wir müssen uns auf Sturm einrichten. Oder ein *hurricane hole* finden. Es kann auch alles vorbeiziehen. Morgen früh wissen wir mehr. Als erste Vorsichtsmaßnahme hat der Skipper der *Morning Star* die Wertsachen der Passagiere gesichert.« Er nahm einen Schluck aus der Dose und lachte.

Tonio ging nicht darauf ein. Er wusste, dass Paul im Laufe des Tages viel Bier getrunken hatte. Genau wie gestern. Er fiel immer erst in seine Koje, wenn die Flasche Bourbon fast leer war. Der Mann, dem man heute tausend Hundert-Dollar-Noten entwendet hatte, wusste, dass Paul zusätzlich high war.

Willi reichte drei Teller nach oben. Danach fummelte er an der Petroleumlampe und weiches Licht erhellte ein wenig das Cockpit. Es langte, um auf dem Teller das Corned Beef von Nudeln und Ketschup zu unterscheiden. Dazu gab es kaltes Solbrew.

»Wir machen es wie gestern. Ich übernehme die erste Wache. Dann kommt Mister Big Business, dann Willi. Ich wünsche süße Träume. Morgen gibt's vielleicht nichts mehr zum Träumen. Wenn du ein gutes Buch lesen willst, dann nimm dir das dicke weiße Paperback vom Tisch. Es ist eine Sensation.«

Nach dem Essen stieg Tonio die wenigen Stufen hinab zum Salon. Im Licht der schwachen Lampe in der Navigationsecke sah er auf dem Salontisch tatsächlich ein weißes Buch. Er nahm es mit in seine Kajüte. Hose und T-Shirt zog er vorsichtshalber nicht aus, legte sich auf die Koje, drückte ein Kissen in den Nacken und fing an zu lesen. Der Klappentext beschrieb die Geschichte des meistgesuchten englischen Drogenhändlers, der nach achtjährigem Gefängnisaufenthalt in den USA beschloss, seine Memoiren zu schreiben. Tonio las die erste Zeile des Buches: »Langsam bekam ich Schwierigkeiten, ich hatte keine Pässe mehr.«

Plötzlich hatte er das Gefühl, dass er alles über Paul wusste. Lange überlegte er, wie er dieses Wissen nutzen konnte, um wieder an sein Geld zu kommen. Irgendwann schlief er ein. Bis ihn laute Musik aus dem Schlaf riss. Es war die Nummer 4 auf Jimmy Buffets CD: *Mother Ocean*. Tonios Wache begann.

10

DR. CAROL BLOOM KONNTE NACH IHRER NACHTWACHE keine
Ruhe finden. Sie dachte an Dr. Lewis. Wie konnte sie sein Vertrauen gewinnen? Wie hatte es Dr. Lewis geschafft, die komplexen Faktoren in seine Formel zu integrieren? Welche Computer-
simulationsmodelle hatte er einfließen lassen? Und in welchem
Wechselspiel hatte er die Daten aus den Kräften der Atmosphäre,
der Biosphäre und der Ozeane gewichtet? Wie hatte er die Emissionen der Treibhausgase miteinbezogen? Welche Hochrechnungen an CO_2-Ausstoß wurden bei seinen globalen Berechnungen
berücksichtigt? Inwieweit hatte er aus den neuesten Daten der
Vergangenheit, den Spuren aus Bohrungen im Grönlandeis, Zeit-
punkte und Ursachen früherer Klimaschwankungen bewertet?
Waren die Daten dieses El-Niño-Jahres der Grund, weshalb er im
Pazifik forschte?

Spät schlief sie ein. Als sie aufwachte, wusste sie, dass etwas
anders war als gestern. Die Sonne stand bereits hoch am Himmel
und traf durch die geöffnete Luke ihre Beine. Sie zog sie instinktiv in den Schatten. Die gewohnten Schiffsgeräusche fehlten. Vorsichtig steckte sie ihren Kopf durch die Luke, Land war nicht zu
sehen. Nur ein glatter Ozean.

Es war Flaute und sie schwitzte.

»Was ist los, Karl? Gestern der schöne Passatwind, heute diese
Flaute. Dauert die lange? Wollen wir nicht motoren?«

»Wozu diese Eile? Flauten gehören zum Segeln wie Stürme.
Vielleicht ist es nur eine lokale Angelegenheit. Heute Mittag weiß
ich durch die Wetternachrichten im Radio mehr. Am Abend
erfahre ich das Neueste von John. Im Übrigen muss ich sagen –
ich liebe Flauten.«

Karl hatte das Vorsegel eingerollt. Nur das Großsegel gab dem

Katamaran eine Art Stütze im Schwell des Ozeans. Die Rümpfe des Schiffes tanzten dennoch auf den Wellen.

In dem hohlen Aluminiummast schlugen Leitungen und Fallen peitschend gegen die Rohrwandung. Eine Winschkurbel klickte von einer Seite zur anderen. Unten schlugen Bücher gegeneinander. Früchte kullerten gegeneinander. Eine Werkzeugkiste rutschte hin und her. Klingklangklong. In kurzer Zeit fühlte Carol Bloom sich gereizt. Karl machte sich daran, die Geräusche zu beseitigen.

Doch Thermometer und Hydrometer stiegen schnell an. Und damit auch der Durst. Gegen Mittag waren beide bereits phlegmatisch.

Karl merkte, dass Carol litt. Ihr Gesicht war feucht. Auch ihr Dekolletee glänzte, als ob sie sich eingeölt hätte. Sie hatte sich einen *Lava lava* um den Körper geknotet, einen knöchellangen Wickelrock, wie ihn die Frauen der Südsee trugen.

»Junge, das geht ja ganz schön auf die Nerven.« Carol starrte apathisch auf das Sonnensegel über ihr.

»Denk nicht daran, denk an nichts.«

»Ich konnte noch nie an nichts denken.«

»Hast du dir mal überlegt, wie eng der Begriff Flaute mit flau zusammenhängt?« Er suchte das Gespräch, obwohl es ihm schwer fiel. »Ich kenne Flauten. Weiß, wie sich Crews durch die Windstille reizen lassen. Wie die kleinste Begebenheit große Folgen haben kann. Es ist dem Menschen unerträglich, den Stillstand zu erleben. Schnell kann aus Ruhe Unruhe werden.«

»Ich sehe direkt einen Piratenfilm vor mir. Die Sonne brennt. Das Schiff dümpelt in der Flaute. Man hört ein penetrantes Geräusch, vielleicht ist es ein Block, der gegen den Mast schlägt. Immer wieder. Ein Pirat wird wahnsinnig und schreit. Die Stimmung an Bord kippt. Aufgestauter Zorn explodiert. Es kommt zur Meuterei. Vielleicht schreie ich auch gleich.«

»Falsch, bei Flauten wird geschwiegen. Nur bei Stürmen wird geschrien. Es gibt noch einen großen Unterschied: Flauten trennen die Menschen. Stürme ketten sie zusammen. Denn da herrscht Gefahr. Das bindet.«

»Über Stürme habe ich schon hundert Erzählungen gehört. Über eine Flaute keine einzige.«

»Stimmt«, bestätigte er, »das meistgelesene Segelbuch der Welt heißt *Schwerwettersegeln* von Adlard Coles. Es handelt ausschließlich von Yachten in Stürmen. Ein Buch über Flauten gibt es nicht. Ich habe nicht einmal einen Artikel über Flauten gelesen. Flauten interessieren nicht. Nur Stürme gebären Helden. Bleibt der Wind aus, schmeißt man seinen Motor an und kriecht mit lächerlichen sechs Knoten und neunzig Dezibel Geräuschpegel dem Hafen entgegen. Dort fragt kein Mensch: Erzähl mal, wie war's denn in der Flaute?«

»Wann schmeißt du den Motor an?«

Es klang wie eine Bitte.

»Das bringt nichts. Vielleicht dehnt sich die Windstille bis nach Nukufero aus und wir motoren tiefer in sie hinein. Wir haben noch dreihundert Seemeilen vor uns. Lass mich meinen Sked abwarten.«

Dann lauschte sie gespannt, als Karl am Abend mit John sprach. Vom Cockpit aus konnte sie ihn gut verstehen, gab es doch keine störenden Fahrtgeräusche. Nach dem Gespräch war beiden klar: Sie befanden sich in einem ausgedehnten Gebiet von Windstille, das von Fidschi bis zu den Salomon-Inseln reichte.

In der nächsten Nacht schlief Carol gut. Sie brauchte keine Wache zu gehen. Erst in den Morgenstunden, als sie ein wenig Frische auf ihrer Haut spürte, hatte sie das Laken über ihre Beine gezogen. Karl bevorzugte die Sitzbank an Deck für sein Nachtquartier. Wann immer er aufwachte, schaute er in die Runde. Schiffslichter sah er nicht.

Als sie an Deck kam, empfing er sie gut gelaunt: »Wie war deine erste Flautennacht?«

»Heiß und ruhig. Das Einzige, was ich gehört habe, warst du, wenn du dich umgedreht hast.«

»Keine Sorge, morgen schlafe ich nur auf dem Rücken.«

»Ist die Stille nicht himmlisch?« Verzückt von der neuen Erfahrung fuhr sie fort: »Geräusche haben mein Leben begleitet. Der Geräuschpegel der Großstadt, die Geräusche in einem Haus. Nachts Züge, Flugzeuge, Autos. Irgendetwas hört man ständig und sei es nur ein Rauschen. Selbst auf einem Boot klatschen Segel, du hörst das vorbeirauschende Wasser am Rumpf. Da schnarrt eine Angelrolle, ein Block knarrt. Wenn wir jetzt schweigen, ist alles wie tot. Als ob jemand ein Tuch über diesen Ort gelegt hätte.«

Karl schwieg. Aus ihr würde noch eine gute Fahrtenseglerin werden, fand er.

Hitze und Windstille machten einen nachlässig. Dem Rhythmus des Bordalltags kam keiner mehr nach. Jeder aß, wann er Appetit verspürte. Wasser tranken sie ständig. Meist dösten sie. Am Morgen des dritten Tages hatte Carol kein Gefühl mehr für die Zeit.

Sie hörte das Schnarren der Angelrute und ging an Deck.

»Guten Morgen, hast du gut eingekauft?« Sie sah, wie Karl einen Fisch ausnahm.

»Es ist eine Dorade, eine Goldmakrele. Mit das Leckerste aus dem Meer. Solange sie im Wasser schwimmen, sehen sie aus wie der Fisch mit dem goldenen Helm. Kaum hast du sie an Deck, verbleicht ihre Farbe. In wenigen Minuten wird aus Gold Grau, die Farbe des Todes.«

Sie sah ihm zu, wie er den Fisch filetierte. Er schmiss die Fischreste über Bord und reinigte den Boden. Einen Teil der Stücke schnitt er in kleine Würfel und legte sie in eine Schüssel. Aus einer der kleinen Hängematten, in denen er das frische Obst aufbewahrte, holte er eine Hand voll Limonen und presste den Saft über die Fischwürfel. Im Nu bleichte der beizende Limonensaft die Doradenstücke. Er gab noch einige Nelken in die Marinade sowie zwei Lorbeerblätter und eine klein gehackte Zwiebel.

»Davon können wir zwei Tage essen. Auf den französischen Inseln in der Karibik und in Französisch-Polynesien nennt man das *poisson cru*. Die Spanier nennen es *ceviche*. Es ist die einzige Art, Fisch länger als einen Tag haltbar zu machen. Es sei denn, man trocknet ihn und produziert Stockfisch.«

»Gut gemacht, Skipper!«

Sie ging aufs Vorschiff und legte sich auf das große Netz, das zwischen den beiden Rümpfen gespannt war. Aber das Wetter hatte sich geändert. Nicht mehr das Blau des Meeres und des Himmels bestimmten das Bild, sondern eine Melange von Grau bis Schwarz. Wie ein Topfdeckel saß eine dichte Wolkenschicht über dem Wasser. Den Topfrand formten Gebilde, von denen man nicht wusste, gehörten sie noch zu den Wolken oder waren es Bilder, die aus dem Meer emporstiegen. Die Wetterkundlerin Dr. Carol Bloom konnte nicht mehr abschätzen, wie weit diese Wände entfernt waren. Sie sah Fischerboote, die keine waren, erkannte einen Tanker, als sich nach Minuten ein neues Motiv auftat. Es schien, dass die Grenzen zwischen Faszination und Halluzination verschwommen waren. Die Flaute wurde zu einem imaginären Erlebnis. Stundenlang ließ sich die Meteorologin vom Wetter Geschichten erzählen.

Erst die Nachrichten aus Neuseeland rissen sie aus ihrer Lethargie. John sprach von Wetteränderungen. Das Hoch würde sich schnell auffüllen. Starkwind war angesagt. Als Karl den Funk abstellte, holte er sich zum ersten Mal auf See eine Dose Bier aus dem Kühlschrank. Er prostete ihr schweigend zu. Nach einem langen, genüsslichen Zug sagte er: »Das war also die Ruhe vor dem Sturm.«

11

Es war das dritte Mal, dass Dr. Lewis in dieser Nacht von einer Feuerameise gebissen wurde. Er wusste genau, dass seine Pein eine Viertelstunde dauern würde. Kratzen nutzte nichts. Fluchen hatte er sich abgewöhnt. So machte er es sich zur Regel, in dieser Zeit, in der an Schlaf nicht zu denken war, über sein Forschungsprojekt nachzudenken, denn auf etwas anderes hätte er sich nicht konzentrieren können.

Dr. Alexander Lewis lag in Boxershorts auf seinem durchschwitzten Laken und einer zwanzig Millimeter dünnen Neoprenmatte, darunter gab es zwei geflochtene Pandanusmatten, darunter Sand. Nicht einmal mit einem Tuch bedeckte er sich in diesen tropischen Nächten. Über sich hatte er nur das Moskitonetz und darüber das Dach der Hütte. Es war aus geflochtenen Sagopalmenblättern und wasserdicht.

Er lächelte im Dunkel der Nacht das Lächeln des Triumphs. Der Forscher dachte an die vielen Konferenzen des ECMWF, des Europäischen Zentrums für mittelfristige Wettervorhersagen, in den Hauptstädten der Mitgliedsstaaten. Jahrelang kreisten die Diskussionen um das Thema der *experimentellen Jahreszeitenvorhersagen*. Dieser Begriff störte ihn. Er sprach lieber von *langfristigen Klimavorhersagen*. Ein Begriff, auf den sich kaum einer der dem ECMWF angeschlossenen Wissenschaftler einlassen wollte. Geklonte Schachfiguren nannte sie Dr. Lewis. Er und sein englisches Team hatten sich gegen die große Mehrheit seiner Kollegen vom Festland durchgesetzt und das Pazifikprojekt durchgeboxt. Es schien so, dass Wissenschaftler, die auf einer Insel leben, mehr Verständnis für seine Meereshypothese aufbrachten. Das fehlende Glied für langfristige Klimavorhersagen war die geringe Berücksichtigung der Zirkulationen und Temperaturen der Weltmeere:

Die Ozeane bilden für das Klima eine Art Langzeitgedächtnis. In dieses Gedächtnis müsste man sich einkoppeln. Der Pazifik, das größte Meer, das einen Großteil der gesamten Erdoberfläche ausmacht, war der Schlüssel zu diesem Langzeitgedächtnis.

Dr. Alexander Lewis hatte den Schlüssel gefunden. Er besaß die Weltklima-Formel. Sein stiller Triumph galt seinem persönlichen Erfolg.

Es war noch dunkel, als er wie jeden Morgen durch die ersten Kinderlieder geweckt wurde. Er kannte die Melodien, mittlerweile auch die Texte. Morgens liebte er diese Lieder. Am Nachmittag allerdings, wenn er sich gerne ausruhen wollte, hätte er die singenden Kinder am liebsten weggejagt.

Wie jeden Morgen ging Dr. Lewis zuerst die wenigen Schritte zum Meer. Hier auf dem flachen Riff hockte er sich wie alle Inselbewohner ins Wasser und erledigte das Notwendige. Ebbe und Flut sorgten für die Spülung. Meist sah er Polynesier in anstandsvollem Abstand. Man begrüßte sich mit einem Lächeln. Später, wenn man sich zwischen den Hütten oder am Strand wiedertraf, war es Zeit für die Begrüßung: »laui pong pong.«

Nicht weit von seiner Hütte gab es eine offene Dusche. Alexander Lewis duschte das Salzwasser ab und er war der Einzige auf Nukufero, der sich die Zähne putzte. Vor Jahren hatten neuseeländische Pioniere für das Quellwasser ein Betonbecken gebaut und von diesem höher gelegenen Depot mehrere Wasserrohre verlegt, die das Dorf versorgten. Es war der größte Inselluxus, jederzeit mit frischem Quellwasser duschen zu können.

Danach krabbelte Lewis auf Händen und Knien durch die nur einen halben Meter hohe Türöffnung in seine Hütte und zog sich im Schummerlicht an. Der Wissenschaftler hatte viele Jahrzehnte nicht auf seinen Körper geachtet. Er interessierte ihn nicht. Sein praller Bauch ließ die Boxershorts aussehen, als ob ihr Gummizug unter Extrembelastung getestet würde. Er trug dieselben Unterhosen, in denen er geschlafen hatte. Darüber zog er braune Shorts und ein fleckiges grünes Hemd mit kurzen Ärmeln. Er trug das Hemd offen, so dass jeder im Dorf erst auf seinen Bauch schaute und dann in sein Gesicht. Erst vor kurzem hatte er sich die Haare geschnitten. Sie waren an den Schläfen grau. Der Rest strebte in alle Richtungen. Was ihn mit den Einheimischen verband, waren seine schwarzen Fingernägel. Dr. Lewis sah aus wie ein in den Tropen verwilderter Weißer, allerdings schmückte ihn eine goldumrahmte Brille, die er meist wie ein wertvolles Amulett um den Hals trug.

»*Pae Teraola kai kai*«, hörte er hinter sich und wusste, dass die dreijährige Tochter seiner Nachbarn zum Frühstück rief. Die Kleine benutzte seinen polynesischen Namen Pae Teraola, den ihm der Häuptling beim Einzug in die Hütte gegeben hatte. Auf Nukufero trägt man den Namen des Hauses, in dem man wohnt.

Wie jeden Morgen ging er ins Nachbarhaus zu Jonathan und Helen. Ihr polynesischer Name war Pae und Nau Lekona. Er setzte sich zu ihnen auf die Matte. Helen öffnete die Taschen aus Taro- und Bananenblättern, die an ihren eigenen Stängeln zu Päckchen zusammengebunden waren.

Auch heute gab es Taropudding, Yams und Fisch. Auf den Matten sitzend aßen sie mit der rechten Hand. Besonders liebte Lewis den frischen Red Snapper, der in dieser Nacht hinter dem Riff gefangen und in den Morgenstunden im *umo*, dem polynesischen Steinofen, gegart worden war.

Er sprach mit Jonathan über den nächtlichen Fischfang und fragte, wie viele Fliegende Fische er gefangen hätte. Mit diesen Köderfischen konnte er dann am Tag hinter das Riff paddeln, um dort seine zweihundert Meter lange Leine in die Tiefe sinken zu lassen.

Nach dem Frühstück reichte Jonathan dem Engländer seinen Tabak. Der schnitt sich eine Portion aus dem hart gepressten Stück ab, zerkleinerte es mit seinem Taschenmesser, zerrieb die Teilchen zwischen den Handflächen und stopfte mit den gewonnenen, weichen Tabakkrümeln seine Pfeife. Genau wie sein Gegenüber.

»Weißt du, wie wir auf Nukufero zu Tabaksamen gekommen sind?«, fragte Jonathan den Forscher.

An der Pfeife ziehend schüttelte der den Kopf. »Kamen die auch in einer Kokosnuss über das Meer?«

»Nicht alles wurde angeschwemmt. Vor vielen Jahren kamen weiße Seeleute aus Australien und holten Männer von den Inseln. Sie haben sie mit Geschenken auf ihre Boote gelockt, dann gefesselt und mitgenommen. Diese Männer nannte man *blackbirders*.

Sie brachten unsere Männer nach Australien auf die Plantagen. Wenige überlebten und kamen nach einigen Jahren wieder. Andere wurden nach Suva auf Fidschi verschleppt. Sie wurden zum Ausbau des Hafens gezwungen. Nach zwei Jahren schickte man sie mit einem Boot nach Nukufero zurück. Sie konnten wählen, ob sie ein Buschmesser oder eine Axt als Lohn für zwei Jahre Arbeit wollten. Nackt mussten sie an Bord gehen, konnten also nichts unter ihrer Bekleidung oder in ihrem Bündel verstecken. Jeder hatte also nur eine Machete in der Hand oder eine Axt. Aber alle hatten in ihren Haaren Tabaksamen versteckt.«

Weit entfernt rief ein Kind. Jonathans athletischer Oberkörper straffte sich, er nahm die Pfeife aus dem Mund, um besser hören zu können, lächelte und schaute seinen Dauergast an. »Der Junge ruft *te vake, te vake*. Es kommt eine Yacht. Sie nähert sich von Südosten. Es ist die erste Yacht seit neun Monaten. Bestimmt fahren viele Kanus hinaus, um sie am Ankerplatz zu empfangen. Ich gehe fischen. Was machst du?«

»Ich werde heute die Funkboje am Riff entfernen. Joseph wird mir helfen. Vielen Dank für das Essen. Bis heute Mittag.«

»*God bless you, Doctor.*«

Also hat es diese Anthropologin geschafft, dachte der Forscher. Er war besorgt, dass die *palangis*, so nannten die Insulaner die Weißen, seine Arbeit stören könnten. Andererseits war er neugierig, fast ein wenig erwartungsfroh. Jonathan hatte gesagt, dass es noch Stunden dauern würde, bis die Yacht vor Anker gehen wird.

Er ging auf dem Sandpfad zu Josephs Hütte und rief: »*laui tefatea.*«

Joseph saß mit gekreuzten Beinen an seinem Stammplatz in der großen Hütte. »Komm rein«, rief er und der Doktor krabbelte hinein, immer darauf bedacht, dabei den Hausherren anzuschauen, niemals diesem den Rücken zuzukehren und auf keinen Fall aufzustehen, um dadurch nicht größer als der Hausbesitzer zu sein. Eines dieser Tabus zu verletzen war nicht ratsam.

Joseph war allein. Er löste eine Betelnuss von ihrer grünen Schale, schob sie in den Mund und begann zu kauen. Lächelnd fragte er seinen englischen Freund mit vollem Mund, was anlag. Dabei schüttelte er aus einer kleinen Kalebasse ein weißes Pulver, zermahlenen Kalk, auf seine Hand. Mit der anderen Hand zupfte er einige kleine Blätter von ihren Stielen, befeuchtete sie und tupfte sie in das Pulver. Dann schob er die bepuderten Blätter in den Mund und zerkaute das Ganze. An einem Mundwinkel trat roter Saft aus. Danach spuckte er roten Speichel in einem weiten Bogen über die Sitzmatten durch die Seitenöffnung seiner Hütte. Die Richtung erzielte er durch leichten Fingerdruck auf einen Mundwinkel. Wo er hinspuckte, war der Sand bereits dunkelrot. Joseph wurde es warm. Die Betelnuss wirkte. Jetzt konnten sie an die Arbeit gehen.

An zwei Nachbarhütten vorbei nahmen sie den Sandweg zum Meer. Kinder liefen voraus. Ohne dass jemand sie angewiesen hätte, nahmen sie die schützenden, trockenen Palmwedel vom Rumpf von Josephs Kanu und schleppten es über den weißen Strand zum Meer. Es war Hochwasser.

Dr. Lewis ließ sich zum *tanonga america,* dem amerikanischen Grab, paddeln. So hieß das Kap, seit am Ende des Zweiten Weltkriegs ein US-Flugzeug wegen Spritmangels dort notgelandet war. »Vier Männer starben, die beiden anderen haben mein Vater und die Dorfbewohner gerettet. Kurze Zeit später kam ein Wasserflugzeug. So etwas hatte hier noch niemand gesehen. Die Piloten fragten, ob sie ihre Toten begraben dürften. Klar, wir waren doch Christen. Die beiden schwer Verletzten nahmen sie mit und ließen viele Sachen auf der Insel. Ich habe immer noch eine Wolldecke.« Dr. Lewis wusste, dass die ersten Einwohner in den Vierzigerjahren getauft worden waren. Nachdem sie sich über hundertfünfzig Jahre gegen alle Missionare gewehrt, einige sogar getötet hatten. Jetzt behauptete Joseph gern, sie seien die besten Christen der Welt.

Die beiden Männer waren am Außenriff angekommen. Wohl selten hat ein so ungleiches Paar in einem Auslegerkanu gesessen. Hinten der athletische Joseph, Pae Ratofanga. Kein Gramm Fett an seinem braunen Körper zu viel, eine Hibiskusblüte über seinem Ohr. Die konnte jedoch nicht von seinen Zähnen ablenken, die durch das ätzende Kalkpulver und die Betelnüsse zu schwarzen Stumpen verkümmert waren. Er lachte viel. So musste man häufig in seine dunkle Mundhöhle schauen, in der die weißen Zähne seiner Jugend fehlten. Diese Höhle war durch rote Lippen umrahmt. Der rote Saft, der beim Betelnusskauen entstand, hatte sie gefärbt. Vorne saß der Forscher. Er hatte es wieder fertig gebracht, seinen wuchtigen Körper in dieses schmale Kanu zu zwingen. Seine Haltung verriet aber, dass er sich unwohl fühlte. Sein fleckiges Hemd hatte er am Strand gelassen, sein ganzer Körper war behaart, auf seinen Schultern und im Nacken standen die Haare wie Borsten. Die Kinder nannten ihn den *Weißen Seeigel*.

Sie kamen zur Funkboje, die am Außenriff verankert war. Die blaue Schwimmboje maß die Wassertemperaturen bis auf ein Tausendstel Grad Celsius.

Joseph glitt vorsichtig zwischen Ausleger und Rumpf ins Wasser. Er hatte die Taucherbrille auf, die der *palangi* ihm geschenkt hatte. Dreimal musste er tief tauchen, um die Verankerung schließlich zu durchschneiden.

»Doktor, ich habe einen großen Barsch gesehen.«

Lewis reichte seinem Gehilfen dessen *hawaiian sling,* einen kurzen Stahlspeer, der aus der Hand mit einem starken Gummi abgeschossen wird.

Wegen der Kräuselungen und der Lichtreflexionen war Joseph jetzt im Wasser nicht mehr zu sehen. Nach drei Minuten kam dieser beste aller Taucher von Nukufero mit seiner schweren Beute zurück. Sie hatten Mühe, die Last ins Boot zu hieven.

Am Strand nahmen Kinder den Männern den Fisch ab, andere trugen die Boje und die größeren schleppten das Boot in den Schatten. Joseph orderte Trinknüsse. Ein Junge band sich ein Stück Tuch um die Fußgelenke und robbte an einer Palme nach oben. Zwei grüne Kokosnüsse fielen in den Sand. Mit vier Hieben seiner Machete hackte Joseph die dicke Außenhaut am oberen Teil ab. Die Trinknuss war offen. Die Männer tranken. Für Dr. Lewis gab es nichts Erfrischenderes in den Tropen. Er zündete eine Pfeife an, als die Kinder in die Höhe sprangen und »*te vake, te vake*« riefen. Dann sah er auch zwei weiße Segel um das amerikanische Kap kommen. Joseph starrte auf das Meer und sagte: »Es ist ein polynesisches Boot, es hat zwei Rümpfe wie ein Auslegerboot. Es sind *palangis* an Bord.«

Vor dem Dorf Matauto wurden die ersten Kanus aus dem Schatten geholt und zum Meer gebracht, um die Weißen zu begrüßen. Joseph gab den Kindern ein Zeichen in Richtung seines Auslegers.

Dr. Alexander Lewis dagegen machte sich auf den Weg zu seiner Hütte. Kinder trugen die Boje. Auf ihren kleinen Schultern sah sie aus wie eine Rakete. In der Hütte setzte er sich auf den Klappstuhl vor seinem Klapptisch. Zwei dieser Tische gab es in der Hütte. Auf dem Tisch vor ihm stand die Elektronik: der Laptop samt Drucker, das Amateurfunkgerät, ein Wetterfax, ein Rechner, der CD-Player und ein kleiner Stapel CDs mit klassischer Musik, viele Disketten mit wissenschaftlichem Material. Auf dem anderen Tisch lagen Bücher, Fachartikel, gebündelte Forschungsergebnisse, Computerausdrucke, Auswertungen der Wetterinformationen. Jeder Stapel wurde mit Kaurimuscheln beschwert.

Er stellte das Radio auf den Sender von Honiara ein. Er liebte dessen Musiksendungen. Besonders wenn sie polynesische Lieder spielten. Seine Bauchmusik nannte er sie. Für den kopfbestimmten Genuss hatte er seine klassischen CDs.

Dr. Lewis schaltete den Laptop an und öffnete die Datei »Auf- und Abbau der Instrumente«. Hinter »Boje« machte er einen Haken. Heute Nachmittag wollte er daran gehen, die Wetterstation mit allen Messgeräten abzubauen. Morgen plante er, mit Joseph und zwei Helfern in aller Frühe auf den Berg Reani zu steigen, um die Windmessanlage zu demontieren und nach Hause zu schaffen.

Im Radio spielten sie Schlager aus Papua-Neuguinea. Der Rhythmus ist bei jedem Stück der gleiche, nur Stimmen und Text scheinen zu wechseln. Der Sprecher unterbrach die Sendung plötzlich: »*This is an important message for the Santa Cruz Islands and the outlier islands.*« Der Forscher stellte den Sender lauter. Mit »outlier islands« war besonders Nukufero gemeint. »Über dem östlichen Gebiet der Salomon-Inseln liegt ein Tief, das sich verdichtet. Es zieht mit einer Geschwindigkeit von zehn Knoten nach Osten und hat bereits eine Starkwindstärke von dreißig Knoten erreicht. Es besteht die Gefahr, dass sich daraus ein tropischer Wirbelsturm entwickelt. Wir werden weiterhin Sondermeldungen durchgeben.«

Na endlich! Das ist der Hurrikan, den ich vorausberechnet habe. Es wird Zeit, alle Instrumente in Sicherheit zu bringen, ging es Lewis durch den Kopf. Und wieder musste er an seine Weltklima-Formel denken – an die Krönung seiner Laufbahn. Er hatte die Formel auf der Festplatte gespeichert und auf zwei Diskettensätze kopiert. Für den Laptop besaß er eine wasserdichte Plastikhülle, falls er ins Wasser fallen sollte. Er dachte flüchtig darüber nach, einen Satz der Disketten in der höher gelegenen Höhle zu verstecken. Den anderen Satz würde er sich um den Hals hängen, ebenfalls wasserdicht verpackt.

Den Beinen nach zu urteilen, die Lewis plötzlich durch die Türöffnung sah, war das Dorf vor seiner Hütte versammelt. Vier Beine waren heller als die anderen. Joseph bückte sich und kroch hinaus.

»Doktor, die Segler sind da. Eine Amerikanerin und ein Deutscher. Ich bringe sie mit ihren Gastgeschenken zum Häuptling. Wollen Sie sie auch sprechen?«

Dr. Lewis hasste die Erniedrigung, durch das Türloch zu kriechen. Besonders dann, wenn er seine Hütte verließ. Draußen sah man zuerst immer nur Beine.

»Sie sind die Anthropologin?« Ein bessere Begrüßung fiel ihm nicht ein. »Und Sie sind der Kapitän? Mein Name ist Lewis. Ich möchte gleich mit Ihnen über diese Sturmwarnung sprechen. Haben Sie davon gehört?«

»Das ist Dr. Carol Bloom, mein Name ist Karl, Karl Butzer aus Deutschland. Ich höre täglich über Radio Nadi den *Fiji Meteorological Service*. Sie geben die Hurrikanwarnungen für den westlichen Pazifik durch. Ihre Hinweise beginnen drei Tage vor einem Wirbelsturm. Negativ. Bis jetzt ist es nur ein Tief, das sich verdichtet.«

Dr. Lewis gefiel die präzise Antwort des Deutschen. Von der Amerikanerin hielt er nicht viel, obwohl sie nur Hallo gesagt hatte. Vielleicht deswegen.

»Falsch, junger Mann! Es wird einen Hurrikan geben. Bis später.«

12

EIN SCHREI WECKTE KARL AUF. Er wusste, es war Carol. Die Augen geöffnet, blieb er auf dem Rücken liegen, konzentrierte sich in der Dunkelheit. Durch das Bullauge sah er das graublaue Licht einer Nacht ohne Mond.

»Ist alles in Ordnung?«, rief er leise zum anderen Bootsrumpf hinüber.

»Es ist unheimlich. Ich sehe Lichter um das Boot. Ich habe Angst.«

Er konnte ihre Worte kaum verstehen.

Karl glitt aus seiner Koje, griff zur Taschenlampe, die seit zwei Jahren neben ihm an der Schottwand festgeklemmt war, und stieg leise an Deck. »Ich schau' mal nach, bitte beruhige dich«, flüsterte er Carol zu.

Er erschrak. Zwei, drei Lichter sah er um sein ankerndes Boot. Lautlos schlich er die Stufen ins Schiffsinnere wieder hinunter. Zum ersten Mal seit seiner Abfahrt kam er tatsächlich in die Situation, die er bis jetzt nur geübt hatte. Blind tasteten seine Finger nach der Backbordleiste der Deckenverkleidung im Salon. Bei Tageslicht hätte man sehen können, dass alle Mahagonileisten, die die weißen Formicaplatten der Kabinendecke hielten, festgeschraubt waren. Was keiner ahnen konnte: An der Backbordleiste waren die Schraubenköpfe lediglich Attrappe. Diese Leiste ließ sich durch ein Klappscharnier öffnen. Karl drückte sie an der Außenseite nach unten und die Formicaplatte öffnete sich wie eine Tür. Seine Hand ertastete die halbautomatische Schrotflinte. Er roch das kalte Gewehröl. Vorsichtig zog er die Waffe aus der Halterung, lud sie durch und hörte bei dem Geräusch ein Stöhnen aus der Richtung von Carols Koje.

Er presste ein »Psst« heraus und war wieder an Deck.

Die schwachen Lichter waren jetzt in anderen Positionen. Sie bewegten sich also. Eines war nur noch wenige Meter von der *Twin Flyer* entfernt. Karl zog das Fernglas mit der linken Hand aus der Halterung, mit der rechten Hand hielt er das Gewehr, den Kolben auf seinen Oberschenkel gestützt, den Lauf nach oben, den Finger am Abzug. Vorsichtig führte er das Nachtglas an die Augen. Das mittlere Licht gehörte zu einem Fischerboot. Lautlos saß der Mann in seinem Auslegerkanu, einen langen Stab in der Hand, am Ende ein ovales Netz. Er wartete, dass ein Fliegender Fisch, durch das Licht angelockt, aus dem Wasser schnellte, um ihn flink einzufangen.

Plötzlich explodierte in Karl ein lautes Lachen. Er lachte und lachte. Immer mehr steigerte er sich. Im Schiff wurde ein Licht angeknipst. Karl hatte Fernglas und Gewehr auf den Sitz geworfen. Er konnte sich auch nicht aus seinem Lachkrampf lösen, als Carol mit aufgerissenen Augen im Höschen und im zerknitterten T-Shirt im Niedergang erschien.

»Was ist? Weshalb lachst du? Was ist mit den Lichtern?«

Karl schüttelte sich und hatte Tränen in den Augen.

Plötzlich tauchte ein dunkler Kopf über dem Deck auf. Ein Polynesier schaute ins Cockpit.

Er lächelte: »*Why you laugh? You very funny.*«

Karl schaltetet das Cockpitlicht an und sah jetzt auch die beiden anderen Fischer, wie sie sich in ihrem Boot stehend an der Reling fest hielten.

Jetzt erkannte auch Carol die Situation. Sie lächelte und schüttelte immer wieder ihren Kopf, als wollte sie sagen: Ihr habt gewonnen. Ich habe mich reinlegen lassen.

Sie sah die Fischer an, dann Karl. »Willst du dir nicht eine Hose anziehen?«

Karl machte das Licht im Cockpit aus und sagte zu den Fischern: »*It was a funny night. Good night. See you tomorrow.*«

»Ich kann jetzt nicht schlafen, lass uns noch ein wenig reden.« Carols Stimme kam nun aus dem kleinen Decksalon.

Er sprang die drei Stufen hinunter, steckte die Flinte wieder in die Halterung, verschloss die geheime Öffnung, legte die Lampe zur Seite und holte aus dem Kühlschrank einen neuseeländischen Riesling.

»Voilà. Auf unser Kennenlernen oder unseren Abschied? Unser Überleben in der Flaute oder das Überleben bei dem nächtlichen Überfall durch drei schwer bewaffnete Fischer?«

Carol hatte ihn aufmerksam beobachtet. Er bewegte sich wie ein Tänzer auf seinem Boot. Sein Schiff war seine Bühne. Als er das Gewehr verstaute, seinen Körper reckte, um dieses Geheimfach zu verschließen, hatte sich seine Figur wie die eines Tänzers gestrafft.

»Wir haben noch einen Anlass«, sagte sie.

Er blickte sie an, während er die Flasche öffnete. Sie schwieg.

»Was meinst du?«

»Nun, du hast dein Ehrenwort gehalten, das Wort eines Gentlemans. Ich möchte dir für die Überfahrt danken. Sie stand unter einem guten Stern. Dass du ein guter Skipper bist, brauche ich dir nicht zu sagen.«

Er ging zum Navigationstisch und knipste das schwache Licht an, das dem Navigator ausreichte, um seine Seekarten zu lesen. Das Licht im Decksalon löschte er jedoch. »Damit uns die Fischer nicht sehen können.«

»Ich wünsche dir immer ein Glas Rum unter dem Kiel, sagt man in der Karibik. Wann segelst du weiter?«

Die Frage fand er schroff. Ging es ihr nicht schnell genug mit seiner Abreise? Oder wollte sie, dass er hier so lange blieb, bis sie ihren Auftrag erledigt hatte, um dann gemeinsam nach Honiara zu segeln? Was wollte sie? Er fühlte sich als Spielball und das passte nicht in sein Selbstverständnis.

»Ich werde morgen weitersegeln, will in Vanito in das Hurrikanloch. Dort warte ich ab, wie sich das Tief entwickelt. Bist du jetzt zufrieden?«

»Karl, ich wollte dich nicht verletzen. Ich werde morgen zum ersten Mal wieder an Land schlafen. Die viele Arbeit wird mich früh ins Bett jagen. Mr. Lewis und ich haben nicht die gleiche Chemie …« Sie merkte, dass sie einen Fehler gemacht hatte.

Karl legte seine Hand auf ihre. Er spürte, dass die Tropennacht ihre Haut nicht abgekühlt hatte. Sie schauten sich an, konnten aber in dem schummrigen Licht weder ihre Augen noch ihre Gesichter sehen. Nur den Umriss ihrer Körper. Beide schwiegen, keiner bewegte sich.

Dann hörten sie das Einrücken der Ankerkette. An dem kaum wahrnehmbaren Zucken einer Sehne auf ihrem Handrücken merkte er, dass das Geräusch sie erschreckt hatte.

Carol drehte ihre Hand um. Nun spürte er ihre zarte, warme Innenhand in seiner. Er drückte sie und sie erwiderte diesen Druck, als ob sie sich einig wären, was nicht ausgesprochen war.

Langsam sah Carol den Umriss seines Kopfes näher kommen. In der Dunkelheit wirkte diese Bewegung wie eine Zeitlupe. Seine Hand, die leicht auf der ihren lag, wurde schwerer. Sie spürte bereits seinen Atem. Im Dunkeln berührten sich ihre Nasenspitzen. Es war, als hätten sie sich auf einem elektrisch geladenen Teppich berührt. Sie zuckte, spürte, wie seine Lippen über ihre streiften. Jetzt hatte sie ihre Augen weit geöffnet. Er zog seine Lippen langsam über ihre.

Wie verabredet griffen ihre Hände nach dem Körper des anderen. Sie suchten Halt. Schweigend hielten sie sich fest. Als ob sie Abschied für immer nehmen müssten.

Carol weinte leise. Sie war aufgewühlt, wusste nicht, woran sie denken sollte, war ohne Orientierung und weinte darüber aus Freude. Ihr Leben zog wie im Zeitraffer an ihr vorbei. Sie wollte sich jetzt aber nicht an die früheren Liebhaber erinnern. Abrupt zog sie ihren Kopf zurück, wollte zurück in die Gegenwart.

Carol merkte, wie Karl sie hochhob, wie er das Wenige, was sie anhatte, abstreifte. Sie dachte: Ja. Sie fühlte, wie ihre Körper sich aneinander rieben. Wie ihre Brüste seine Brusthaare streichelten. Sie spürte seinen schnellen Atem, seine feuchte Haut, sie suchte seinen salzigen Körper und seinen Geruch.

Carol wollte und fand ihr Glück.

Als sie wieder zu denken begann, merkte sie, dass sie noch immer auf seinem Schoß saß. Sie öffnete ihre Augen und schaute ihn an.

»Ich habe Durst«, sagte er heiser.

»Ich auch«, flüsterte sie zurück.

»Bleib hier. So wie du bist. Ich hole dir ein Glas. Möchtest du Wein?«

»Hm, ja.«

Er setzte sie neben sich, dann verschwand sein Schatten in der Pantry. Sie hörte etwas klingen, dann das Zischen eines Streichholzes. Er kam mit einer Petroleumlampe und zwei Weingläsern zurück. Das Licht stellte er weit weg. Es flackerte wie ein winziges Kaminfeuer.

»Eine Petroleumlampe in den Tropen wirkt wie eine Heizung. Mir ist schon warm genug – ich nehme an, dir auch. Aber es ist das beste Licht.«

Karl füllte die beiden Gläser und reichte ihr eins. Er stand vor ihr. Sein Körper glänzte. Auch ihre Haut war feucht.

Sie ließen die Gläser klingen.

»Du bist die erste Lady, die ich an Bord geliebt habe.« Nach einer Pause sagte er genauso leise: »Und in die ich mich verliebt habe.«

Sie befeuchtete ihren Zeigefinger mit Wein und strich ihm über die Lippen. Immer wieder umkreiste ihr Finger das weiche Oval. Er schaute sie dabei an und fühlte, wie ihr Finger den Weg tiefer in seinen Mund suchte. Doch schnell zog sie ihn wieder weg.

»Du sollst den Wein besser genießen«, flüsterte sie.

Wieder feuchtete sie ihren Finger an, benetzte seinen Nasenrücken, die Nasenspitze; langsam näherte er sich seinem Mund. Karl öffnete die Lippen und spürte ihren Finger tiefer als vorher. Seine Zunge umkreiste den Finger. Ein zweiter kam hinzu. »Von zwei Fingern kannst du mehr Wein genießen.«

Noch immer schauten sie sich an.

Seine Zunge glitt um beide Finger, drückte sie auseinander, als ob er auch zwischen ihnen die letzte Spur des Weines suchen würde. Dabei ruhten seine Hände auf ihren Schenkeln. Er spürte ihre weiche, feuchte Haut. Langsam glitten seine Hände zu ihren Hüften.

Er leckte an ihren Brüsten und schmeckte außer dem Wein ein wenig Salz.

Karl lehnte sich zurück und schaute sie an.

Ganz langsam glitten ihre Hände über seine Arme. Sie glitten über seine Oberarme, seine Schultern, über seine Brust. Sie hatte die Augen geschlossen und brauchte viel Zeit, bis sie bei seinem Hals und schließlich bei seinem Gesicht angelangt waren.

Zum ersten Mal umfassten ihre Hände den Kopf eines Mannes ohne Haare. Es war wie ein leichter elektrischer Schlag. Sein nackter Kopf fasste sich aufregend an. Da, wo ihre Finger Haare vermuteten, war er weich und hart zugleich, ungewohnt und doch vertraut. Sie merkte, wie sie sich erregte. Sie nahm sein Gesicht, führte es zu ihren Brüsten und bewegte ihren Oberkörper hin und her. Ihre Bewegungen wurden heftiger und sie seufzte: »Karl! Was ist mit mir?«

Er hielt sie fest. Nur noch ihr Stöhnen durchdrang die Stille, die sie umgab.

Langsam richtete er sich auf, griff mit seinen Händen unter ihren Körper und hob sie hoch. Instinktiv klammerte sie sich mit beiden Beinen um seine Oberschenkel. Seine Hände drückten sie höher, ihre Beine fanden neuen Halt um seine Hüften.

Sie hielt sich mit ihren Händen um seinen Hals fest. Jetzt spürte sie seine Stärke.

Er drückte sie an sich. Immer tiefer kam er. Sie spürten beide die geringsten Bewegungen. Die winzigste Zuckung nahmen sie wahr. Mehr und mehr drang er in sie ein. Bei all ihrem Glück war sie ernst, fast konzentriert.

Dann begann sie kaum merklich ihren Kopf zu schütteln, als ob sie sagen wollte: Ich glaube es nicht. Irgendwann bewegte sie ihren Körper und flüsterte: »Bleib!« Ihre Augen wurden noch größer: »Bleib, Karl!«

»Ich bleibe, Kleines.«

Er nahm sie fester und drückte sie gegen die Wand des Salons. »Ich bleibe, Kleines!« Seine Stimme klang gepresst und seine Bewegungen wurden stärker. »Ich bleibe, Kleines!«

Sie hatte ihren Kopf nach hinten geschoben, starrte ihn mit offenem Mund an und merkte nicht den Druck auf ihren Rücken, während er sie immer wieder gegen die Wand presste. »Ich bleibe«, stöhnte Karl. Immer wieder. »Ich bleibe!«

»Ich auch, ich auch, ich auch. Karl, mach weiter, immer weiter, immer weiter, immer tiefer. Tiefer, tiefer! Ja, ja, ja!«

Irgendwann wurde ihm bewusst, dass er sie nicht mehr halten konnte. Behutsam löste er sich von ihr und setzte sie auf den Boden des Salons. Keuchend und schwitzend legte er sich neben sie und zog sie auf sich. Sofort waren sie wieder vereint. Er sah ihre Brüste tanzen. Sie waren über ihm und er drückte Carols Oberkörper von sich. Er griff nach ihrer Hüfte, fasste fest in ihr Fleisch, in ihre Muskeln und merkte, welche Kraft sie hatte. Sie drückte sich mit beiden Armen von seinen Schultern ab; ihr schlanker Körper ritt über ihm. Er wollte schreien, aber seine Stimme versagte.

Gegen Morgen gab es einen dumpfen Schlag gegen den Rumpf. Karl erwachte sofort, öffnete die Augen und blickte zur Decke seines Salons. Sie lagen noch da, wo sie sich geliebt hatten. Er wollte sich behutsam von ihrer Seite lösen, merkte aber, dass sie schon wach war.

Sie flüsterte ihm zu: »Zieh deine Hose an.«

Es war einer der Fischer. Er hielt einen Fisch in der Hand und sagte: »Mister, ein Papageienfisch für Ihr Frühstück. *God bless you.*«

Karl gab ihm einen seiner Angelhaken und während er sich bedankte, schaute er auf die aufgehende Sonne. Sie war blutrot.

Kein gutes Zeichen.

· 13 ·

Carol sprang ins Wasser. Unter sich konnte sie die Korallenköpfe sehen. Sie schätzte die Tiefe auf zehn Meter. Sie spürte die weiche Massage des Meerwassers an ihrem Körper. Es tat ihr gut. Sie tauchte, prustete, lachte in den Himmel und schrie ins Wasser, bis sie Salzwasser schluckte; sie schüttelte ihre nassen Haare wie ein Hund. Dann rief sie: »Karl Butzer, Hilfe! Ich ertrinke im Glück!«

Im Dingi zog sie ihren Bikini an und ruderte ans Ufer.

Karl saß am Navigationstisch. Er hatte nach den Angaben seines Funkfreundes John eine Wetterkarte angefertigt und trug die entsprechenden Breiten- und Längengrade ein, die er von seiner Seekarte kopierte. Danach vermerkte er die Position des Tiefs mit den engen Isobarenabständen und seiner bisherigen Laufbahn. Er skizzierte die lange Isobare des Hochdruckgebietes im Süden und fixierte die Insel Nukufero in der Mitte des Blattes. Noch hatte das Tief keinen Namen erhalten.

Karl nahm den letzten Satz von John wie eine Tageslosung: »Erst wenn ein Tief getauft wird, musst du es fürchten. Vorher ist es kein Hurrikan.«

Er saß über seiner Skizze und durchdachte seine Taktik: Wenn ein Starkwind oder Sturm kommt, dann gehe ich Anker auf und habe genügend freien Seeraum. Gut. Wenn der Sturm einen Namen bekommt, segle ich so schnell wie möglich die einhundert Seemeilen nach Vanito. Schlecht.

Er hatte noch zwölf Stunden Zeit.

Als er aus seinem kleinen Toilettenraum kam, war Carol wieder an Bord. In ihren nassen Haaren steckte eine Hibiskusblüte. Die zweite drückte sie ihm hinter das rechte Ohr.

»Guten Morgen, Skipper! Eines weiß ich bereits von der Insel.

Wenn du die Hibiskusblüte hinter dem linken Ohr trägst, bist du frei; wer rechts trägt, ist bereits vergeben.«

Sie küsste seinen Mund mit ihrem Finger, als ob sie sagen wollte, dass es zu diesem Thema nichts mehr zu bereden gab. Sie hatte sich vorgenommen, an diesem Tag an nichts anderes zu denken als an die Wolke, auf der sie schwebte.

»Ich würde mich gerne über die Insel treiben lassen. Keine Pläne machen. Nur einen schönen Tag an eine schöne Nacht anhängen.«

»Gestern hast du mich noch gefragt, wann ich absegle.«

»Ja. Wann segelst du ab?« Dabei zwinkerte sie ihn an.

»Meine Wetterkarte gibt mir Zeit bis heute Abend. Dann muss ich mich entscheiden. Lass uns einen schönen Tag verleben!«

Er beugte sich zu ihr, sie küssten sich.

Die *Twin Flyer* ankerte auf der windgeschützten Leeseite der Insel. Von dem knapp vierhundert Meter hohen Bergkamm kamen Fallwinde über ihren Ankerplatz. Man konnte die Böen hören und von dem schnellen Verlauf der Kräuselungen auf dem Wasser ablesen, wann die Fallböen das Schiff erreichen würden. Der Katamaran zog wie ein Hund, der sich von seiner Leine befreien will. Doch der Anker saß sicher hinter einem Korallenblock.

An diesem Morgen war Hochwasser. Das Außenriff lag vier Schiffslängen entfernt. Man erkannte es gut an der sich brechenden Brandung, die allerdings auf der Windschattenseite der Insel nicht stark war. Deutlich war die Passage im Riff zu erkennen. Sie war nicht weit entfernt und hier brach sich keine Brandung. Bei starker Ebbe würde die Lagune trocken fallen, dann konnte man zu Fuß die knapp zweihundert Meter vom Strand bis zum Außenriff gehen.

Karl hatte den Außenbordmotor an Bord gelassen, er ruderte lieber das Gummidingi zum Strand. Er wusste, dass er in den nächsten Stunden mit dem Außenborder nicht ungefährdet durch das vermutlich sehr flache Wasser zurückfahren konnte.

Am Strand liefen die Kinder zusammen. Alle wollten einen Teil des Beibootes ergreifen, um zu helfen, es auf den oberen Teil des weißen Strandes zu tragen. Wer an das Dingi nicht herankam, versuchte eine freie Hand der beiden *palangis* zu ergreifen.

Karl und Carol setzten sich in den Sand und vier Dutzend Kinder taten das Gleiche. Karl liebte die Kinder der pazifischen Inseln, wusste schon von seinen Besuchen auf den einsamen Atollinseln der Tuamotus, wie sehr sie sich auf Besucher freuen.

Er sagte: »Wenn ihr ein Lied singt, gibt's ein Geschenk.«

»Was ist es denn?«

»Erst das Lied.«

Im Schatten der Sagopalmen richteten sich alle Kinderaugen auf die blonde *palangi*. Sie sangen für Carol. Kleine braune Körper in den bunten *lava-lava*-Wickeltüchern, manche nackt, einige im traditionellen *tapa-Rock* aus weich geschlagener Rinde des Maulbeerbaums. Sie saßen im Sand, der in den breiten, weißen Strand überging. Dahinter leuchtete das türkisfarbene Wasser über dem Riff, dann kam das tiefblaue Meer mit der kleinen, weißen Yacht. Über ihnen die Schäfchenwolken und das schattige Dach der Sagopalmen krönten die Szene. Carol hörte den besten Kinderchor am schönsten Platz der Welt. Sie kniff sich ins Bein.

Karl hatte unbemerkt seine Hand in den Rucksack gesteckt, der zwischen seinen angewinkelten Beinen lag. Plötzlich zog er die Hand hervor und warf, so hoch er konnte, eine Hand voll farbiger Bälle in die Luft. Der Schrei aus vierzig jungen Kehlen war schrill und laut, das Ende einer Aufführung, die Carol Bloom tief in ihrem Gedächtnis behalten würde.

Dann schlenderte sie mit Karl über weiße Sandwege, die die Insel wie ein willkürliches Netzwerk durchzogen, zum Dorf. Der Weg war schattig. Es kam Carol vor, als wäre es länger als eine Woche her, seit sie dem Häuptling Fetaka ihre Aufwartung gemacht hatten. Dabei waren sie noch keine vierundzwanzig Stunden auf Nukufero.

Die Zeremonie war aufregend gewesen. Und amüsant. Auf dem Weg zum Ariki erklärte Joseph, dass er mit Fanny, der jüngsten Tochter des Häuptlings, verheiratet war und mit ihr fünf Kinder hatte. Er hatte die Besucher durch das Dorf geführt. Alle Hütten erschienen Carol gleich, alle Dächer waren mit geflochtenen Sagopalmwedeln bedeckt, tief hinunter gezogen und reichten fast bis zum Boden. Die niedrigen Seitenwände konnte man bei einigen Häusern nach außen klappen wie Jalousien. Kühlende Luft zog dann durch die Hütten. Die Türöffnungen waren klein und niedrig. Die meisten Hütten standen frei auf einem festgetretenem Sandfeld. Carol war beeindruckt von der Sauberkeit der Wege und Plätze. Keine Zweige, kein Laub lagen herum. Alles war frisch gefegt.

Joseph hatte sie zur größten Hütte geführt. Er krabbelte zuerst durch die niedrige Öffnung ins Haus des Häuptlings. Dann durften Karl und schließlich auch sie nachkommen. Sie mussten sich erst an das Halbdunkel gewöhnen, bekamen genaue Anweisungen, wo sie sitzen sollten. Der Boden war mit mehreren Schichten geflochtener Matten aus Pandanuswedeln bedeckt. Neben einer der Holzsäulen, die die Firstbalken hielten, saß der Häuptling und hinter ihm sein ältester Sohn David. Er war bereits im richtigen Alter, um selbst die Inselgeschäfte zu führen. Zur Rechten saß die barbusige Frau des Häuptlings, daneben lagen die Kinder.

Ariki Fetaka war ein alter Mann. Er trug seinen Lendenschurz aus *tapa*, darüber eine besonders feingewebte Matte, die er wie ein Tuch um seine Hüften gelegt hatte, gehalten von einem britischen Armeegürtel. Sein Oberkörper und seine Arme waren mit kleinen rituellen Hai- und Fregattvogelmotiven tätowiert. Er schwieg und wiegte seinen Kopf leicht hin und her.

Joseph bat Karl, sich vorzustellen.

»Wir kommen mit unserem Katamaran aus Fidschi. Mein Name ist Karl, ich bin der Skipper und habe Frau Doktor Carol Bloom nach Nukufero gebracht. Sie möchte hier bleiben. Ich werde spätestens morgen weitersegeln. Ich habe ein Gastgeschenk aus Suva für Sie dabei.«

Er schnürte seinen Rucksack auf und holte eine große Plastiktüte hervor, öffnete sie und übergab dem Ariki auf vorgestreckten, geöffneten Händen den Inhalt. Es waren *kava*-Wurzeln, also die Wurzeln des Pfefferstrauchs, aus denen der *kava*-Trunk gewonnen wird, einst das zeremonielle Getränk der Südsee. Die ersten Weißen nannten das respektlos Südseegrog. Karl konnte nicht beurteilen, ob sein Geschenk gut ankam. Erst später erzählte ihm Joseph, dass es ein Volltreffer gewesen sei. Sie hätten schon seit langer Zeit keine Pfeffersträuche auf die Insel bekommen und das einst so beliebte *kava* sehr vermisst.

Ariki Fetakas Kopf wiegte nicht mehr hin und her. Sein Gesicht zeigte reine Freundlichkeit, sein Dankeschön.

Carol erzählte nun von ihrem Plan und bat um Erlaubnis, bis zur Ankunft des nächsten Schiffes auf der Insel bleiben zu dürfen. Auch sie öffnete ihren Rucksack und breitete eine Reiseapotheke mit den wichtigsten Instrumenten aus, die Samuel Fynch für sie im Tropeninstitut in Chicago hatte zusammenstellen lassen. Sie hätte einen Erste-Hilfe-Kurs gemacht und würde gern allen Verletzten und Kranken helfen, soweit ihr dies möglich sei, sagte sie.

Ariki Fetaka nickte. Ihr Geschenk war angenommen, ihr Aufenthalt dadurch genehmigt.

Karl schaute sie an, als ob er sagen wollte: Du bist ja besser, als ich dachte.

Ein Häuptling auf Nukufero spricht nicht mit Fremden. Er lässt übersetzen. So mussten die Gäste noch zwei Fragen beantworten, bevor die Begrüßungszeremonie beendet war. Joseph stellte sie im Namen seines Schwiegervaters.

»Wie viele Kinder haben Sie?«

Am Raunen aller konnte man ablesen, welch großes Unverständnis Carols Antwort auf diese Frage erzielte.

Bei der zweiten Frage wandte sich Joseph an Karl: »Kannst du ein Lied aus deiner Heimat singen?«

Karl traf die Frage nicht unvorbereitet, man hatte ihn dasselbe bereits auf anderen polynesischen Inseln gefragt.

Er richtete seinen Oberkörper auf. Dann sang er sein Lieblingslied für den Häuptling: »Die Gedanken sind frei, wer kann sie erraten …« Er wusste jedoch, dass die langsame Melodie ihrem Temperament nicht entsprach und ließ deshalb das Lied »Auf der Mauer, auf der Lauer sitzt 'ne kleine Wanze …« folgen. Noch nie hatte er so viel Applaus geerntet.

Carol strahlte ihn an, sie hatte zwar kein Wort verstanden, aber sie war stolz auf sein Showtalent.

All das war also tatsächlich erst gestern passiert. Plötzlich musste sie heftig lachen. »Du warst gestern zu komisch. Dieses zweite deutsche Lied war sensationell. Damit kannst du im amerikanischen Fernsehen auftreten. Du wirst mir fehlen.«

Er hätte sie gerne berührt. Aber die vielen Kinder waren zwischen ihnen. Sie beschlossen, auf die andere Seite der Insel zu wandern, einige Jungen boten sich als Führer an und sie machten sich auf nach Raveinga.

Sie gingen an Gärten vorbei, die sie als solche gar nicht erkannten – zu wild wucherte das Grün, zu wenig konnten sie Nutzpflanzen von Wildwuchs unterscheiden. Das änderte sich, als sie zu einer großen, kultivierten Anbaufläche kamen. Hier konnte Karl Yamsfelder von Tarofeldern unterscheiden. Dem Pfad folgend, kamen sie zu dem Punkt, an dem sie die Brandung der anderen Seite zum ersten Mal hörten, sie brauchten aber noch eine halbe Stunde bis zur Windseite der Insel. Hier stürmten die Wellen, Tausende von Seemeilen aus Südosten kommend, nur durch winzige Inseln aufgehalten, auf das schmale Riff der kleinen Insel Nukufero.

Als Karl und Carol auf den Strand, das Riff, die Brandung und das Meer mit den weißen Wellenkappen schauten, legte Karl seinen Arm um ihre Schultern. Mit dem anderen deutete er in Richtung Fidschi: »Dort habe ich dich kennen gelernt. Andere hätten über die Flaute gejammert. Du hast alles genommen, wie es kam. Das hat mir imponiert. Ich mag keine Schwächlinge.«

»War es nicht ein gewisser Skipper Karl Butzer, der einer unerfahrenen Seglerin erzählt hat, dass Flauten Menschen trennen?« Sie drückte seine Hand wie in der letzten Nacht.

Sie schlenderten am Strand entlang. Die Jungen waren vorausgeeilt, standen schon bei den ersten Hütten und winkten ihnen zu, als ob sie etwas zeigen wollten. Alleinsein gab es auf Nukufero für die *palangis* nicht.

In Raveinga standen die Hütten dichter. Der Boden war ein anderer als in Faia. Hier säumten viele Bananenstauden den Pfad, ein dichter Schilfrohrhain wuchs zu ihrer linken Seite. Einige Kinder liefen voraus, andere sangen, die kleineren ergriffen die Hände der *palangis*.

»Ich bin noch keine zwei Tage auf Nukufero und könnte bereits zwanzig Kinder adoptieren.« Carol strahlte jetzt.

Dann standen sie vor Te Roto, dem Kratersee.

»Mein Gott.« Carol legte ihre Hände flach gegen ihre Wangen. »So etwas Schönes habe ich noch nie gesehen.«

»Mrs. Bloom, ich kenne Sie gar nicht wieder. Erst verführen Sie einen Einhandsegler, dann wollen Sie Kinder adoptieren und jetzt erliegen Sie dieser Südsee-Idylle? Ich dachte, Sie sind eine kühle Wissenschaftlerin.«

»Heute habe ich meinen freien Tag. Es ist mein Glückstag. Heute darf ich träumen.« Sie wandte sich kurz um und legte ihren Kussfinger auf seinen Mund.

Sie standen vor dem Süßwassersee, dem einstigen Krater der Vulkaninsel. Die steilen Kraterwände umrahmten das fast runde Gewässer von Nordwesten bis Nordosten. Die andere Hälfte des Kraters war ins Meer gerutscht. Vom Schilf umrahmt waren in der kleinen Bucht mehrere Einbaumboote an Land festgemacht. Ein winziger Steg, daneben Seerosen. Auf dem See, weit weg, zwei Fischer. Wo das Schilfrohr aufhörte, das Land einen Fuß höher lag, säumten Palmen das Ufer. Dahinter lagen die fruchtbarsten Felder und Gärten Nukuferos. Auf der anderen Seite der Kraterberge, an den nördlichen Hängen, lagen die Tabakfelder und der Wald mit Kauribäumen.

Ein junger Mann forderte sie auf, ihm zu folgen. Er führte sie zum Haus seiner Eltern.

Carol seufzte: »Am liebsten würde ich hier bleiben, immer.«

»Dieses Panorama kommt mir wie eine Filmkulisse vor. Als ob Hollywood unseren bayerischen Chiemsee in die Tropen verlegt hätte.«

Trinknüsse wurden gereicht. Als der junge Mann in den Baum stieg, erkannte Karl eine Flasche, die oben in der Palme festgebunden war.

Der Vater folgte seinem Blick. »Ich mache *kaleve*. Wir schneiden den Trieb ab, sammeln die Flüssigkeit und lassen sie gären. Probieren Sie das Inselbier.«

Karl nahm einen Schluck und machte ein Gesicht, als ob er Essig getrunken hätte.

Carol lachte: »Bleib ja nüchtern, allein finde ich nicht zum Schiff.«

Sie lösten sich langsam aus dieser Idylle und gingen zurück zum Meer. Kinder folgten ihnen nicht mehr. Ihre Neugierde war für heute befriedigt. Für den Rückweg nahmen Karl und Carol den längeren Weg am Meer entlang, um das Amerikanische Kap herum. Es kam Karl vor, als ob die Brandung stärker geworden wäre. Aber er sagte es nicht.

Vom Kap aus sahen sie bald die *Twin Flyer*.

»Ich möchte noch nicht zum Schiff. Lass uns hier ein bisschen bleiben, es sind keine Menschen hier.« Nach einer Pause fügte Carol hinzu: »Karl, wie sind deine Pläne?«

Er schaute in den Himmel. Als ob er dort die Antwort finden würde. »Ich würde gern ein paar Tage auf Nukufero bleiben. Es dürfte die letzte Insel im Pazifik sein mit traditionellen, polynesischen Sitten, alle anderen sind verwestlicht. Meine Pläne hängen aber vom Wetter ab. – Und von dir«, setzte er hinzu.

»Ich wünschte, das Tief würde wegziehen. Du könntest ein paar Tage bleiben. Ich fange einfach etwas später mit meiner Arbeit an.« Dann ergänzte sie: »Karl, es waren besondere Tage mit dir. Seitdem wir auf der Insel sind, bin ich wie berauscht. Ich kenne das nicht bei mir. Ich bin verwirrt. Von mir, von dir und von dieser Insel.«

Karl schaute ins Meer. Er dachte an die letzten Tage. Wie sie das Wagnis auf sich nahm, ein Abenteuer auf See zu suchen, statt bequem mit Flugzeug und Schiff zu dieser Insel zu reisen. Wie sie die Nachtwachen an Bord mitging, die Flaute überstand. Am meisten imponierte ihm, dass sie vom Bishop Museum auf Hawaii den Auftrag erhalten hatte, allein einen solchen Forschungsauftrag durchzuführen. Auf einer Insel, deren Bewohner fast noch auf Steinzeitniveau lebten. Dem wären die meisten Männer sicher nicht gewachsen. Karl liebte starke Frauen.

»Vielleicht hast du gar keinen wissenschaftlichen Auftrag, wolltest mich nur auf diese paradiesische Insel locken? Eva, wo ist der Apfel?« Er lachte.

»Ich glaube, du hast es faustdick hinter den Ohren. Ich bin es, die auf dich reingefallen ist.«

Er wollte ablenken: »Lass uns zum Boot gehen. Die Wellen sind höher geworden. Der Himmel hat sich bezogen. Ich möchte mit John sprechen, und zwar früher als sonst.« Er nahm ihre Hand.

Hinter ihnen, unter den schattigen Bäumen erschallte die Stimme von Dr. Lewis: »Es sieht so aus, als ob Sie einen idyllischen Tag hatten.«

Er hantierte mit seinem Gehilfen Joseph an einer Wetterstation. Er trug nur Shorts. Sein Oberkörper war rundlich. Er schwitzte. Seine borstenartigen Haare auf Brust, Rücken und am Hals hatten Tausende dieser Schweißperlen aufgespießt. »Es kommt Sturm. Vielleicht ein Hurrikan. Ich habe das vorausberechnet. Wir bauen die Wetterstation ab. Wenn der Wirbelsturm hier durchzieht, zerschlägt er alles in hundert Teile. Im Übrigen habe ich meine Forschungen abgeschlossen. Ich bin mit meinen Resultaten mehr als zufrieden. Darauf könnten wir heute Abend bei mir einen Punsch trinken. Ich lade Sie ein.«

»Vielen Dank! Bei dieser Wetterprognose bleibe ich lieber beim Schiff«, bedankte sich Karl.

Dagegen konnte der Forscher nichts einwenden.

·14·

»Scheisse.« Paul Gordon starrte die gelbe Sau an. So nannte er die Sonne. Wie Tausende von Engländern, die in der Hitze tropischer Länder arbeiten. An diesem Morgen war die gelbe Sau rot. Paul wusste: sie alle saßen in der Falle.

Der Skipper der *Morning Star* hatte nie einen Segelschein gemacht, keine nautische Prüfung abgelegt und an den Theken der Bars niemals mit seinen Abenteuern auf See geprahlt. Er war kein guter Segler, war unerfahren, ein Meilenmacher unter Motor. Aber er wusste, dass ein roter Sonnenaufgang schlechtes Wetter ankündigt.

Der Blick auf das raue Meer und den Himmel bestätigte die Prognose. Paul schaltete sein Radio ein und wartete auf die offizielle Sturmbestätigung. Dem GPS entnahm er die Position und trug sie in die Seekarte ein; es waren noch einhundertdreißig Seemeilen bis Nukufero. Am nächsten Morgen würden sie ankommen. Sie hatten Kutter- und Focksegel ausgerollt, das Großsegel war bereits verkleinert worden.

»Willi, bring deinen Arsch hoch! Wir müssen noch mehr reffen«, rief er in Richtung Vorschiff.

»Kann ich helfen?« Tonio Heng Fu hatte in der Nacht mitbekommen, dass der Wind gedreht und zugenommen hatte, dass der Motor abgestellt wurde und das Schiff mit gesetzten Segeln andere Bewegungen machte.

»Du kannst Frühstück machen. Evelyn werden wir erst an Deck sehen, wenn der Anker unten ist. Fang aber bitte erst an, wenn wir gerefft haben. Sonst hängen nachher die Dotter von der Decke.«

Nach einer halben Stunde kamen Paul und Willi klitschnass in den Salon. Sie hatten ein zweites Reff in das Großsegel gebunden, das Kuttersegel eingerollt und sich dabei im überkommenden Spritzwasser geduscht.

»Jetzt kannst du Eier und Speck in die Pfanne knallen. Nicht zu wenig. Wir müssen uns stärken, es wird eine raue Fahrt.«

Paul tänzelte zum Kühlschrank, griff sich eine Dose Solbrew und war mit zwei Schritten am Kartentisch. Er setzte sich die Kopfhörer auf, trank sein erstes Bier und konzentrierte sich auf den Wetterbericht von Radio Nadi. Plötzlich starrte er die anderen an. Paul Gordon bewegte sich langsam zur Pantry und schüttete den Rest aus der Bierdose ins Spülbecken. »Caroline heißt er.«

Sie wussten, was er meinte.

Paul fand als Erster seine Fassung wieder. »Lasst uns erst mal frühstücken, dann sehen wir weiter.« Und fast freundschaftlich legte er die Hand auf die rechte Schulter des Chinesen. »Wenn wir alle hops gehen, nützt keinem von uns das Bündel mit den grünen Scheinen.«

Sie hatten sich um den Salontisch versammelt. Willi hatte rutschfeste Plastikmatten unter die Teller gelegt, dennoch war der Tisch bei dem Seegang voller Speisereste, die durch die abrupten Rumpfbewegungen aus den Tellern sprangen. Sie blieben an den Schlingerleisten des Tischs hängen, konnten also nicht auf den Boden fallen.

»Wir haben hundertdreißig Seemeilen bis zur Insel. Zurück in eine geschützte Bucht können wir nicht mehr. Die Banks Islands im Süden sind zu weit entfernt. Bleibt uns also nur Nukufero. Ich habe keine Detailkarte. Es sieht so aus, als ob es keinen geschützten Ankerplatz gibt. Wir können deshalb nur auf der Leeseite ankern. Die bergige Insel wird uns ein wenig Schutz vor dem Sturm geben, besonders vor den meterhohen Wellen. Das ist unsere Chance. Reißt die Ankerkette, treiben wir ins offene Meer. So sieht es aus, Jungs. Unkraut vergeht nicht!«

»Fragt sich nur, wer hier an Bord Unkraut ist.«

»Mein lieber Mr. Heng Fu, das war eine Kriegserklärung. Über das Unkraut reden wir später, wenn mir das Bier wieder schmeckt. Jetzt brauchen wir jeden Mann. Willi, du bindest alles an Deck fest. Ich prüfe die Luken, zurre die Fässer im Vorschiff fester. Mr. Unkraut macht im Salon und in der Pantry klar Schiff.

Hier darf nichts rumliegen, hast du das kapiert? Danach müssen wir uns um das Sturmsegel kümmern, das habe ich vor Jahren in der Backskiste gesehen. Um die Kleine brauchen wir uns nicht zu sorgen, die pennt.«

Die zwanzig Jahre alte *Morning Star* war nicht in dem Zustand, einem tropischen Wirbelsturm zu widerstehen. Ihr Skipper schon gar nicht. Er wusste nichts von dem gefährlichen Quadranten eines Hurrikans, konnte nicht anhand der Windrichtung sagen, wo das Auge des Hurrikans lag. Er wusste nichts über einen möglichen Fluchtweg, auf dem eine Yacht dem Schlimmsten entrinnen kann. Paul Gordon war ein mittelmäßiger Polizist, ein mittelmäßiger Taucher. Und ein ganz schlechter Segler. Am besten war er, wenn er getrunken hatte. Aber an diesem Tag rührte er kein Bier an.

· 15 ·

Pae Ratofangi, ältester Sohn Ariki Fetakas, christlich getauft auf den Namen David, hatte das Ende des Seils um den starken, dunklen Holzpfeiler in seinem Haus gebunden. Das andere Ende hielt er in seiner Hand. Mit der Kraft seiner zwei Zentner zog er nun, wobei er sich mit einem seiner breiten Füße an dem Pfeiler abstützte. Der Pfeiler steckte sechs Fuß im Erdreich und gab keinen Fingerbreit nach. Auf vieren dieser Pfeiler liegen die Querbalken, fest verlascht mit Seilen aus Kokosfasern. Sie tragen die Hauptlast des Dachs. David zog mit all seiner Kraft und legte eine Bahn des fingerdicken Seils neben die andere, um die armdicke Rolle von Tabakblättern zu pressen, die in mehreren Lagen von Taroblättern eingewickelt waren. Je stärker der Druck, desto besser der Tabak.

»*Come in*«, rief er, als er die weißen Beine des Doktors vor der Türöffnung auftauchen sah.

»David, du weißt, ich liebe deine Insel, aber diese gottverdammten Türlöcher machen mir den Abschied leicht.« Schwitzend krabbelte Alexander Lewis wie immer auf den Besucherplatz.

»Ich habe mit Joseph die Wetterstation abgebaut. Es wird ein Wirbelsturm kommen. Die zwei *palangis* sind zum Boot gerudert. Die werden eine unangenehme Nacht haben. Ich habe keine Ahnung, was die mit dem Schiff machen, wenn es anfängt zu kacheln. Sie können nirgendwo hin.«

David lächelte. Er stopfte seine Pfeife und zündete sie mit dem billigen chinesischen Imitat des Sturmfeuerzeuges an. Er musste mehrmals zünden, denn Benzin hatte er keines mehr und mit Petroleum funktionierte es nicht gut. Dann wandte er sich an den Inselgast.

»Sehen Sie, Doktor! Lange bevor der weiße Mann kam und uns das Christentum brachte, hatten wir *tahunas*. In Ihrer Sprache würde man Meister dazu sagen. Wir hatten Meister der Heilung, Meister der Navigation und wir hatten Meister der Wetterkunde. Unsere Geschichten erzählen, wie unsere *tahunas* die Wellen von *tsunamis*, von Springfluten, glätteten, wie sie Stürme von der Insel fern hielten oder wie sie Regen machten. Bei uns ist das alles vergessen, aber auf Hawaii gibt es noch das Wissen von *huna*. Das Wort bedeutet ›geheimes Wissen‹. Sie sollten sich mit *huna* beschäftigen. Ich glaube, selbst Sie können noch etwas über das Wetter lernen. Natürlich wissen wir auch, dass ein schwerer Sturm kommt. Die Krebse haben ihre Löcher zugemacht. In der Nacht funkelten die Sterne stark. Morgen früh werden wir auf die Dächer aller Häuser Holzstangen legen und festbinden. So können sie nicht wegfliegen. Heute holen wir die Kanus vom Strand und tragen sie aufs hoch gelegene Land. Die Frauen besorgen Brotfrucht *masi* und Yams *masi* aus den Erdlöchern. Das ist unsere Notration.«

David erinnerte den Klimatologen an seine Studentenzeit. Damals wurde ihnen beigebracht, dass in sternklaren Nächten ein Flickern und Funkeln der Sterne Sturm bedeuten kann, hervorgerufen durch die hohen Cirruswolken. Man hatte ihnen den Spruch eingeprägt: In Frauen und Cirren kann man sich irren.

»Doktor, Sie sollten Ihre Instrumente in die Höhle bringen. Joseph kann Ihnen helfen. Besser heute als morgen.«

Vier helle Beine standen vor der Türöffnung. Sie verweilten kurz und gingen dann weiter zum gegenüber liegenden Kochhaus. Nau Fetaka, die Frau des Häuptlings, hatte sie herbeigewunken. Sie, ihre Töchter und Anverwandten bereiteten den *umo*.

Eines der jüngeren Mädchen kicherte: »*Come, we make the oven!*« Es hielt verschämt ob ihres Mutes beide Hände vors Gesicht.

Auch diese Hütte war ein länglicher Bau. Anders als bei den Wohnhütten hatte man im Küchenhaus fast alle unteren Seitenteile hochgeklappt, so dass für bessere Durchlüftung gesorgt war. An der einen Schmalseite lag die Feuerstelle, gleich daneben ein Haufen faustdicker Steine und viel Brennholz. Auf der anderen

Seite lagerten die großen, ovalen Holzgefäße. Dazwischen wurden auf Matten alle Arbeiten erledigt. Junge Männer und Frauen arbeiteten zusammen.

Zwei Mädchen nahmen eine der ovalen Holzschüsseln, stellten sie zwischen sich und setzten sich auf einen Holzbock, der vorne einen verlängerten Hals hatte, in den ein flaches Eisen quer zur Sitzrichtung eingelassen war. Es war wie ein Kamm gezackt. An diesen Zacken raspelten sie aus den Halbschalen der Kokosnüsse das Kokosfleisch heraus. Als die Holzschüssel gefüllt war, sah der Inhalt aus wie frischgefallener Schnee. Die geraspelten Kokosflocken wurden mit Hilfe der braunen Fasern aus dem äußeren Bastgewebe der Kokosnüsse ausgewrungen. Die gewonnene trübe Koskosmilch floss in einen anderen Holzbottich. Das Endprodukt hieß Milch.

Ein anderes Paar säuberte Yamswurzeln. Tarowurzeln wurden über einem geschnitzten Raspelbrett in Flocken verkleinert, Bananen geschält, Fische entschuppt und gesäubert. Im *umo*, dem Erdofen, wurde ein Kegel abwechselnd aus Holzscheiten und faustgroßen Steinen gestapelt und das Feuer entfacht.

Männer brachten große Bananenblätter und Blätter des Wildtaro aus ihren Gärten. Frauen schnitten geschickt die dicken, mittleren Stängel so ab, dass die Blätter nicht verletzt wurden. Die verschiedenen Teams arbeiteten jetzt an mehreren der ovalen Holzbottiche gleichzeitig. Mit den breiten Stämmen der Bananenstauden stampften sie das geraspelte Taro oder Yams mit Kokosmilch zu einem Brei und würzten es unfreiwillig mit ihrem Schweiß. Kokosnusshalbschalen wurden mit Papayas und Kokosmilch gefüllt. Ganze Fische wurden eingewickelt. Am Ende stand die weniger anstrengende Arbeit, einzelne Portionen in die bearbeiteten Blätter zu füllen und die Blätter zu verknoten.

Inzwischen war das Feuer abgebrannt. Die Steine lagen in Glut und Asche. Jeder schwitzte, während die Blatttaschen auf die Steine gelegt wurden. Es zischte, dampfte und qualmte. Über alle Taschen kam eine Lage großer Bananenblätter, danach folgten wieder Taroblätter, am Schluss alte verkohlte Reissäcke. Wegen der Hitze und des unerträglichen Qualms verließen alle bis auf die zwei Mädchen am *umo* das Kochhaus. Jeder hatte tränende Augen. *To make the oven* war harte Arbeit.

»Wie lange garen die Speisen?«, fragte Carol eines der erschöpften Mädchen.

»Bis wir den *umo* öffnen.«

Die hellen Beine näherten sich wieder der Türöffnung des Wohnhauses. Eine vertraute Stimme rief: »Kommt rein!«

Die Ankömmlinge krabbelten über die Matten und setzten sich neben den Doktor. Vom Zuschauen im Kochhaus waren sie verschwitzt, hatten noch Tränen in den Augen. David rief etwas nach draußen, ein Jungenkopf erschien in der Öffnung und verschwand wieder, offensichtlich mit einer Anweisung.

»David, wir brauchen Hilfe«, eröffnete Karl das Gespräch. »Der Wind hat gedreht, er kommt jetzt auflandig und nimmt zu. Der Doktor hat uns bereits von einem nahenden Sturm erzählt. Über Funk habe ich die Bestätigung bekommen. Ich muss jetzt schnell handeln. Kann ich meinen Katamaran an Land ziehen?«

David lachte laut. »An Land ziehen, wie geht das?«

»Ich habe das schon einmal in Panama gemacht. Damals mit Hilfe der hohen Tide und einer Winde. Ich habe eine Winde an Bord. Die binden wir an einen starken Baum. Zwei, drei Mann können den Hebel bedienen. Bei Hochwasser kommt der Katamaran mit dem geringen Tiefgang bis an den Strand. Über den Strand muss man das Boot über Rundhölzer ziehen. Insgesamt brauche ich zirka zehn Männer.«

Der Junge brachte grüne Trinknüsse. Alle tranken.

David war nicht klar, was eine Winde ist. Er wollte sich aber keine Blöße geben und ging sofort auf Karls Anliegen ein.

»Wir nehmen keine Rundhölzer. Die Stämme von Bananenstauden sind besser, weil sie feucht und glitschig sind. Sie haben einen besseren Gleiteffekt.«

»Sehr gut«, antwortete Karl. »Ich lasse noch eine halbe Tonne Trinkwasser ab, dann ist das Boot leichter.«

»Bringen Sie das Boot zum Strand, bevor wir ablaufendes Wasser haben. Ich schicke die Helfer. Bald wird es dunkel.« David gab den *palangis* seine Anweisungen wie ein Häuptling.

Dann ging jeder seines Weges. Dr. Lewis zu Joseph. David zum Haus seines Sohnes John. Karl und Carol zum Strand. Dort wehte ihnen starker Wind entgegen. Der Himmel hatte sich noch mehr bezogen und zeigte eine Farbe wie die Nordsee im April.

Die zwei Büge der *Twin Flyer* hatten sich zum offenen Meer gedreht. Sie wurden von den Wellen hochgehoben, zeigten dabei den roten Unterwasseranstrich ihrer Rümpfe. Die Yacht tanzte hoch und runter wie ein Schaukelpferd. Sie war dem Riff nahe gekommen, näher, als es Karl lieb war.

»Carol, du bleibst bitte an Land. Mit dem Außenborder komme ich besser allein gegenan. Ich gehe dann gleich ankerauf. Kurz vor dem Strand übergebe ich den Männern die Winde. Ihr müsst sie an diesem Baum festbinden. Das Holeseil ist bereits an der Winde befestigt. Das andere Ende mache ich am Boot an der Ankerwinde fest. Wir ziehen dann von beiden Enden. Alles andere werden wir sehen.«

Sie beobachtete seine ruhige Art. Wieso konnte er in dieser Situation noch lächeln?

Er zog das Schlauchboot ins knietiefe Wasser und motorte gegen den Sturm. Vom sicheren Strand aus konnte Carol ihn an Bord beobachten. Es hatten sich bereits viele Insulaner am Strand eingefunden. Einige schleppten Auslegerkanus ins Inselinnere. Wer nicht mithalf, beobachtete die *Twin Flyer*. Inzwischen war David mit vielen Männern vom Dorf gekommen. Sie legten Bananenstaudenstämme auf den Strand.

Karl fand die Passage im Riff und steuerte sein Schiff der Stelle entgegen, wo David wie ein Festmacher wartete, sein *lava lava* umspült von Wellen. Seine Männer postierten sich oben am Strand. Als Karl sich ihm bis auf zwanzig Meter genähert hatte, musste er mit den Motoren geschickt manövrieren, um nicht durch eine Welle mit dem Schiff quer auf den Strand geworfen zu werden. Langsam, oft rückwärts fahrend und neu ansetzend, kam er dem Festland entgegen, um dann mit aller Kraft voraus beide Bugspitzen gleich hoch auf die ersten Stämme im Sand zu setzen. Er nutzte dazu eine besonders starke Welle.

Als das vordere Drittel des Bootes auf Land stand, warf er die Winde mit dem Seil an Land und rief: »Beeilt euch, bindet sie ordentlich fest, damit der Knoten nicht aufgeht. Und dann den Hebel hin und her bewegen.«

Die Männer von Nukufero bedienten die Winde, als ob sie so etwas täglich benutzten.

Karl legte das lose Ende seines hundert Meter langen Seils um die Trommel der Ankerwinde. Von Land und von Bord wurde jetzt gleichzeitig dichtgeholt. Carol war erstaunt, wie einfach die Aktion verlief, die ihr im Vorhinein so abenteuerlich, so kompliziert erschienen war. Als ob Karl mit den Männern tagelang geübt hätte! Jetzt war auch ihr klar, dass es nur diese eine Lösung gab, das Schiff an Land zu bringen.

Rund ums Boot arbeiteten Männer und Jugendliche. Überall standen Kinder im Weg. Jeder wollte anpacken, beteiligt sein, die Bananenstämme von hinten aus dem Sand zu holen, immer wieder quer unter den vorderen Teil der Kiele beider Rümpfe zu legen, damit das Doppelrumpfboot darüber weggezogen werden konnte. Die Yacht bewegte sich langsam über die leichte Neigung des Strands.

Heute dämmerte es früher als an Sonnentagen. Karl schaltete für die letzten Meter die Salingsleuchten an. Das Deck und die nähere Umgebung des Bootes lagen im Mischlicht. Es betonte das reale Geschehen am Boot vor dem irrealen Licht einer Dämmerung mit einem von dichten, grauschwarzen Wolken behangenen Himmel. Wie ein unheimlicher Fremdkörper bewegte sich das Fahrzeug der Lichtung entgegen. Erst jetzt wurde sich Carol der enormen Bedrohung bewusst. Sie stand abseits und war irritiert, fühlte sich an ihren Auftrag erinnert, an Chicago, an Samuel Fynch, an das, was er über sie wusste, das Geld, ihre Karriere, ihr Leben, das auf dem Spiel stand. Sie hatte Angst. Nur: Die Gefahr schien gar nicht aus ihrem Auftrag zu entstehen. Die Gefahr war einzig und allein der Hurrikan.

AN GUTEN TAGEN HATTE PAUL GORDON um diese Zeit bereits zwei Sixpacks Bier weggespült. Heute war kein guter Tag. Sie steckten voll im Sturm.

Willi und er hatten noch zweimal die Segel gerefft. Weiter ließ sich die Segelfläche nicht verkleinern. Nur die winzige rote Sturmfock zog die Dreißig-Tonnen-Yacht durchs Wasser. Das Trysegel, das sonst bei Sturm an Stelle des Großsegels gesetzt wurde, hatten sie verrottet in der Backskiste gefunden. Vor Jahren war eine Dose Lösungsmittel über dem Segelsack ausgelaufen.

Paul, Tonio und Willi hielten sich im Salon auf. Evelyn war seit ihrer Abfahrt aus Honiara in der Achterkajüte geblieben. Nur Paul hielt es noch auf seinem Stuhl am Kartentisch. Die anderen saßen auf dem Boden, hatten sich in Ecken verkeilt; hier waren sie sicherer, dem Schwerpunkt des Schiffs näher.

»Mr. Unkraut, wollen Sie uns nicht etwas zu essen machen? Es wird eine harte Nacht. Für den Notfall haben wir Tüten mit Astronautenfraß. Einfach Wasser heiß machen und in die Tüten füllen. Nach einer Minute kann man das Zeug löffeln. Ich glaube, wir haben auch Huhn chinesischer Art.« Er lachte.

Es war das letzte Mal, dass Paul Gordon lachte. Er stellte das Radio lauter.

Langsam, wie zum Mitschreiben, drang die Stimme aus dem fernen Fidschi zu ihnen: »Hier ist Radio Fidschi. Achtung, Achtung. Dies ist eine Hurrikanwarnung. Dies ist eine Hurrikanwarnung. Die tropische Depression östlich der Salomon-Inseln hat sich zu einem Wirbelsturm verdichtet. Der Sturm hat den Namen Caroline. Hurrikan Caroline zieht mit einer Geschwindigkeit von zwanzig Knoten in südöstliche Richtung. Das Zentrum des Wirbelsturms befindet sich zweihundertfünfzig Seemeilen östlich von der Insel Malaita. Zurzeit beträgt die Windgeschwindigkeit sechzig Knoten, das entspricht zwölf Beaufort. Diese Warnung betrifft alle Schiffe auf See und besonders die Bewohner der Santa-Cruz- und Banks-Inseln. Von jetzt an werden wir die Warnung stündlich zur vollen Stunde wiederholen.«

Paul schaltete das Radio ab. Jetzt hatte er die Bestätigung, dass der Hurrikan seine Bahn kreuzte.

Sie waren wieder allein, mussten den Sturm anhören. Das Trommeln der Wellen gegen den Bootsrumpf. Das Rauschen vieler Tonnen Wasser, das nur wenige Zentimeter von ihnen entfernt vorbeischoss. Das Peitschen der Fallen am Mast, ein Geräusch, das zermürbte. Das scharfe Knallen des Sturmsegels, jedes Mal im Wellental, wenn der Winddruck kurz nachließ. Das Heulen der Oberwanten, die immer dann eine eigene Resonanz erzeugten, wenn Lose durch die Biegung des Mastes aufkam. An den Sturmschüben hörten sie, dass die Windgeschwindigkeit nicht gleichmäßig war, sondern in Wellen kam.

Allen wurde klar, dass so ein Wind nicht gleichmäßig wehte. Sie lauschten – weitaus konzentrierter als bei einem Konzert – den Warnsignalen des Sturms. An den unterschiedlichen Geräuschen des stehenden Gutes, wie der Seemann Stage und Wanten, die den Mast halten, nennt, konnten sie die jeweiligen Sturmstärken unterscheiden.

Für jeden von ihnen war es der erste große Sturm. Jeder lernte, dass es vor allem die Geräusche waren, die Angst machten. Es war Nacht. Dadurch wirkte alles noch unheimlicher.

In dieses Chaos der Geräusche schrie Paul: »Unkraut, stell das Klappern der Dose ab! Wickel ein Handtuch um die Dose!«

Tonio Heng Fu keilte sich noch tiefer in seine Ecke. Er wusste, dass Paul Angst hatte.

Willi wartete einen günstigen Moment ab, war mit wenigen Schritten an der Spüle, nahm die Dose, drückte sie im Gewürzregal hinter ein Gummi und nahm wieder seine sichere Stellung auf dem Boden ein. Nur das kleine Licht am Navigationstisch leuchtete matt. Das Heulen der Oberwanten schrillte jetzt in immer kürzeren Abständen auf. Der Sturm nahm zu. Dann kam ein neues Geräusch hinzu: das Stöhnen der Schubstange des Autopiloten.

Die *Morning Star* lief zirka zwanzig Grad vor dem achterlichen Sturm. Kam die Yacht aus einem der langen Wellentäler hoch auf den Wellenkamm, ergriff der Sturm die gesamte Angriffsfläche des Rumpfes, der Aufbauten und des Riggs, die selber wie ein Segel wirkten, drückte zusätzlich in das winzige, rote Sturmsegel und versuchte, den Bug nach Luv, dem Wind entgegen zu bringen. Eine gefährliche Situation. Wenn das Schiff quer zur nächstanrollenden Welle lag, konnte es vollends umschlagen und kentern. Dann würden die Seen ihre Balken zeigen, könnten Rigg und Aufbauten zerschlagen und auch den stärksten Rumpf an seiner schwächsten Stelle aufreißen: am Niedergang, wo er seine größte Öffnung hatte.

Bei der geringsten Kursänderung empfing der Autopilot sofort das Signal vom Kompass, um den Bug wieder auf den alten Kurs zu bringen. Der Elektromotor pumpte verstärkt Öl durch das Hydrauliksystem zur Schubstange der Steuerung, die den Ruderquadranten betätigte, um auf den vorgeschriebenen Kurs zurückzukommen. Man konnte nicht überhören, wie schwer das war.

Kurz vor Mitternacht wurde das Schiff von einem Wellenkamm überlaufen. Zuerst ein Schlag. Es war, als ob ein Posaunenbläser einen Tiefschläfer mit vollem Klang wecken wollte. Alle fuhren hoch, jeder klammerte sich an einen der Griffe und lauschte auf die Folgen. Wie das hundertfach gesteigerte Geräusch eines Schaumbads, mit Milliarden platzender, kleiner Luftbläschen rauschten Kaskaden von Wasser über das Schiff, über das Deck, über die Köpfe hinweg. Der Salon war nicht mehr der alte. Türen von Schapps hatten sich geöffnet. Bücher schossen über ihre Haltebretter hinweg. Der Behälter der CD-Sammlung wurde auf den Fußboden katapultiert. Von einem Küchenregal hatte sich die Verriegelung gelöst. Flaschen, Soßen, Essig, Öl und Gewürze vermischten sich mit allem. Pauls Kamera, Evelyns Kosmetik, Navigationsgeräte, Zeitschriften, Obst – was sonst niemals zusammenkam, hier auf dem Boden vereinte es sich. Das Hin und Her des Schiffs machte aus dem Sammelsurium ein gut gewürztes, schmieriges Chaos.

Gekotzt hatte noch keiner.

Willi, der Bootsmann aus Neuseeland, hatte die beste Moral. Er fand im Halbdunkel die schwarzen großen Abfallsäcke und schmiss Bücher und CDs in den einen, in die anderen alles Übrige, egal wie verschmiert es war. Auf dem Boden rutschend brachte er die Säcke ins Vorschiff. Auch Paul raffte sich auf und verriegelte die Schapps wieder.

»Wir haben jetzt schon über sechzig Knoten Wind«, schrie Paul in das Halbdunkel. »Das ist Orkanstärke. Willi, die Rettungswesten sind unter der Sitzfläche. Ich glaube, es wird Zeit, uns einzuwickeln. Wirf auch eine in die Achterkajüte. Evelyn wird sie brauchen.«

Als Willi aus der Achterkajüte zurückkam, schrie Paul gegen die Sturmgeräusche: »Ich starte den Motor, wir müssen die Batterien laden. Der Autopilot lutscht sonst alle leer.«

Willi sah Paul am Niedergang in der Nähe des Startknopfes herumhantieren. Das akustische Inferno übertönte die Startversuche.

»Scheiße, der springt nicht an! Willi, wir müssen an die Batterien, die Bodenbretter müssen hoch. Unkraut, du leuchtest mit der Taschenlampe.«

Rutschend kamen sie sich näher. Tonio leuchtete, als Willi vorsichtig bei den bockigen Bewegungen das erste Bodenbrett hochnahm. Den Ringverschluss des zweiten Bretts brauchte er nicht mehr in die Hand zu nehmen. Alle Blicke folgten dem Strahl des Lichts und beobachteten, wie das Wasser über den Batterien schwappte.

»Das darf nicht wahr sein. Gottverdammte Scheiße! Kurzschluss. Wisst ihr Arschlöcher, was das heißt? Wir sind erledigt. Kein Motor, kein Licht, kein Radio, keinen Standort, kein Ankern, nichts.« Nach einer Weile: »Gute Nacht! Wir können uns nur noch treiben lassen.«

»Und das in einem Schiff, das Wasser macht. Ich fang' mal mit der Handpumpe an. Ihr könnt mich dann ablösen.« Es war Willis erste Bemerkung in dieser Nacht.

Er nahm den Hebel, steckte ihn in die Öffnung der Bilgenpumpe und begann zu pumpen. Mit der anderen Hand hielt er sich fest. Schon nach kurzer Zeit bat er Tonio um Ablösung. Bald waren alle erschöpft. Der Wasserstand im Schiff sank nicht.

Irgendwann schrie Paul vom Kartentisch: »Wir haben noch zwanzig Seemeilen bis Nukufero. Aber was sollen wir da? Ankern können wir nicht. Los, Unkraut, mach einen Vorschlag! Du Scheißer hast mich überredet, dahin zu fahren. Ich könnte jetzt an der Bar im Yacht Club sitzen, meinen Arsch in die Sonne halten und Bier saufen.«

»Mr. Paul Gordon, wie ich Sie einschätze, hätten Sie von der Bar aus den Hurrikan beobachtet. Dann wären Sie Zeuge geworden, wie Ihre Yacht in Honiara sich längst in Kleinholz verwandelt hätte. Am Strand könnten Sie Ihre Waffen und Drogenpakete einsammeln. In Honiara kämen Sie ins Zuchthaus. Seien Sie froh, dass Sie hier sind. Der freie Seeraum ist bei diesem Sturm das Beste für Ihr Boot. So viel verstehe ich auch von der Schifffahrt. Und wenn Sie noch einmal Mr. Unkraut sagen, erteile ich Ihnen eine Karate-Lektion.«

»Das mit dem Pumpen hat keinen Sinn«, schrie Willi. »Wir müssen das Leck finden. Es ist bestimmt eine der Luken.«

In diesem Moment zuckten alle zusammen. Es knallte wie von einer riesigen Peitsche und überstieg alles bisher Erlebte. Laut, schrill, fremd war dieser Knall, als ob das tragende Seil einer Hängebrücke zerbarst. Es dröhnte in ihren Ohren. Danach kam ein Furcht erregendes Krachen und Gerumpel über ihren Köpfen und sie wurden Zeugen, wie der Mast brach. Wie er mitsamt dem Rigg auf das Deck fiel. Paul riss die Luke auf und stellte im Licht der Taschenlampe fest, dass ihr Boot keine Segelyacht mehr war. Er zog die Luke wieder zu.

»Das ist das Ende.«

Er krabbelte wie ein Kind zu seinem Kartentisch und klemmte sich auf dem Boden zwischen Tisch und dem verankertem Stuhl fest. Er saß da wie ein Hund.

Von jetzt an marterte das lose Rigg den Rumpf.

Im ersten Morgenlicht kroch Willi zum Niedergang. Er schob vorsichtig die Luke auf, wartete den richtigen Moment ab und überstieg das Steckschott. Schnell pickte er seine Sicherheitsleine in das erste Halteauge im Cockpit. Dann warf er sich sofort wieder auf den Boden, den sichersten Punkt, um das Inferno zu betrachten.

Hier draußen war es so, als hätte jemand den Schalldämpfer abgenommen und den Volume-Knopf voll aufgedreht. Willi, der schweigsame Bootsmann, erkannte das Boot nicht wieder. Er konnte nicht unterscheiden, was zum Mast, zum Baum, zum Spinnakerbaum gehörte. Das Durcheinander an Deck erinnerte ihn an ein Seilbahnunglück am Mount Cook. Nur Bahren mit weißen Tüchern fehlten in dem Bild.

Fette, schwarzgraue Wolken flogen über seinen Kopf. Er konnte sie fast greifen. Wusste nicht, ob das Wasser, das seine Augen zu Schlitzen verkleinerte, vom Meer oder aus den Wolken kam. Mal schmeckte es salzig, mal nicht. Ohne das stützende Segel war die *Morning Star* hilflos wie eine Nussschale in einem Wasserfall. Jede Welle zeigte dem Wrack ihre Überlegenheit. Fontänen begruben es komplett unter Wasser. Gischt schlug auf den Rumpf ein, als ob sie ihn zertrümmern wollte. Enorme Wogen hoben das Schiff und ließen es aus der Höhe eines Krans hinunterdonnern. Drehten es und legten es schräg und manchmal so weit über, dass eine Kielseite in den wüsten Himmel schaute. Und immer droschen die losen Teile des Riggs auf den Resonanzboden des Rumpfes.

Willi hielt sich mit Händen und Füßen fest. Er merkte nicht einmal, dass er fror.

Nur das Radargerät hätte bei diesem Hurrikan erkennen können, dass die *Morning Star* ein paar hundert Meter vor dem Nordwest-Riff der Insel Nukufero trieb. Etwa an der Stelle, wo bereits vor über fünfzig Jahren am Ende des Zweiten Weltkriegs das amerikanische Flugzeug notgelandet war. Aber das Radargerät lag zertrümmert an Deck. Der Mann, der es bedienen konnte, krümmte sich unter dem Tisch vor Angst. Seine Freundin Evelyn lag mit einem Kreislaufschock in der Achterkajüte. Wobei fraglich war, ob das Radargerät überhaupt ein Bild aufgezeigt hätte, denn die Funkwellen können sich in der mit Wasser gesättigten Luft kaum fortpflanzen.

Tonio Heng Fu überwand schließlich seine Angst und seine stundenlange Lähmung. Er zog sich an der Handreling der Pantry hoch, tastete sich im schwachen Licht zum Niedergang, wollte zur Luke greifen, als er zurück in den Salon katapultiert wurde. Es knirschte wie bei seinem Autounfall, als er von der Straße abgekommen war und der Wagen unkontrolliert über Felsen und Stein den Abhang hinunter schoss. Nur, heute hatte Tonio das Gefühl, es ging nicht abwärts.

Die *Morning Star* war in Nukufero angekommen. Sie saß hoch auf dem Riff. Direkt vor dem Kap, das die Eingeborenen das Amerikanische Kap nennen.

· **17** ·

Fast fünfzig Meter landeinwärts hatten die Männer den Katamaran über rutschige Bananenstämme gezogen. An einem besonders starken Baum befestigte Karl die Winde mit dem hundert Meter langen Seil. Seinen schwersten Anker hatte er so weit vom Boot entfernt eingegraben, wie die Ankerkette reichte. Außerdem war die *Twin Flyer* an vier Bäume gefesselt. Sie war besser vertäut als jemals zuvor.

Hurrikan Caroline walzte über Nukufero.

Karl hatte von innen die Niedergangstür verriegelt. Der Sturm stieß dagegen und rüttelte mit aller Gewalt daran. Wind drang durch die kleinsten Spalten. Mit jeder Bö kam eine Regenwand, als ob jemand einen Wasserschlauch auf die Tür richtete. Mit dem Wasser drang der erste Sand ins Schiff. Karl dichtete mit Handtüchern und Lappen den Eingang ab. Am Rumpf schlug die Badeleiter auf den Hohlkörper. Ein Geräusch, das die ganze Nacht über anhalten würde. Er hasste es, aber die Leiter war ihre Brücke zum Land.

»Hier sind wir sicher«, schrie er gegen den Sturm.

Er und Carol setzten sich an den Salontisch. Er war verschwitzt, sie war ängstlich.

»Hast du Hunger? Soll ich uns etwas kochen?«

Er merkte, dass sie nur seinetwegen fragte. Sie schien an Essen nicht zu denken.

»Hab keine Angst, Carol. Alles hat gut geklappt. Das kann man nur mit einem Katamaran machen, mit einer Kielyacht wäre so etwas unmöglich. Bin ich froh, dass ich kein Einrumpfboot gebaut habe! Jetzt kann nur ein Baum brechen und aufs Boot fallen. Ich habe alles vom Deck genommen, was wegfliegen kann. Die Segel sind zigfach festgelascht, der Windgenerator festgebunden. Wir werden nicht viel Schlaf bekommen. Ich mache uns eine Dosensuppe warm. Die wirst du mögen.«

Er streichelte ihre Haare und ging zur Pantry. Nach dem Essen schaltete er seine Funkstation ein und meldete sich bei John in Neuseeland. Die Verbindung war sehr schlecht. Er hörte nur Sprachfetzen: »Hurrikan … wo seid … Name Caroline … euer Gebiet … standby … Glück …«

Karl Butzer hatte das Gespräch über Kopfhörer geführt, den Lautsprecher nicht eingeschaltet. Er musste aber sehr laut geschrien haben, so dass Carol noch ängstlicher wirkte. Dabei konnte er nicht wissen, dass sein Schreien im fernen Neuseeland ungehört blieb. Er setzte sich neben sie und nahm sie in den Arm. Ihr Kopf rutschte an seine Schulter. Sie schluchzte.

»Unser kurzes Glück wurde schnell bestraft«, sagte er nachdenklich und merkte, wie sie an seiner Schulter nickte. »Mein Großvater sagte bei jeder unpassenden Situation: ›Und jetzt auf See, in jeder Hand 'nen Koffer und dann kein Schiff.‹« Aber er konnte sie nicht erheitern.

Nach Mitternacht nahm der Sturm zu. Karl hatte das Gefühl, als ob der Rumpf des Bootes gesandstrahlt würde. Eine Mischung aus Wind, Sand, Salz, Regen- und Meerwasser arbeitete an der Außenhaut.

Sie spürten, wie die Sturmböen an dem Doppelrumpfboot zerrten. Auch die Bäume, an denen die Tampen belegt waren, gaben dem Sturm nach.

Wenn ich es nicht vertäut hätte wie ein Containerschiff, dann würde der Sturm es inseleinwärts schieben, dachte Karl besorgt. Carol war in seinen Armen eingeschlafen. Ihm war zum ersten Mal in den Tropen kalt und er zog ein Sweatshirt an. Carol deckte er mit ihrem Bettlaken zu. Unter dem Kartentisch löste er den runden Plastikbehälter, in dem er sein Notpack aufbewahrte, und holte Leuchtfackeln, Angelzeug, Spiegel, Notsender, Wasserportionen und das eingeschweißte Buch *Überleben auf See* heraus. Aus der Schublade des Kartentischs holte er seine Bootspapiere, den Pass und das Geld. Wieder öffnete er die Deckenverkleidung und zog aus dem Geheimfach eine kleine Pistole, die in einem Halfter steckte. Er griff sich Carols Handtasche und verstaute alles in seinem Notcontainer. Instinktiv griff er sich auch eine Flasche Bundaberg Rum und seine Taucherlampe. Dann verschraubte er den breiten runden Deckel. Auf dem gelben Behälter stand in großen Buchstaben S.Y. *Twin Flyer*, Call Sign DKHF, Cuxhaven, Germany. Karl Butzer stellte das Teil griffbereit neben den Niedergang, ihren Notausstieg. Er hatte das Licht ausgemacht. Als er mit der Taschenlampe durch die achterliche Luke ins Cockpit leuchtete, sah er nur Palmwedel, Äste und fliegende Blätter.

Er wollte jetzt nach draußen und die Festmacher prüfen, die Klampen, an denen sein Schiff befestigt war, kontrollieren, aber er verwarf den Gedanken wieder. Einen Hurrikan auf einem Schiff an Land abzuwettern – ein absurder Gedanke.

Aus seinen Überlegungen, ob er wirklich alles für die Sicherheit des Schiffes und die Besatzung geleistet hatte, wurde er plötzlich aufgeschreckt. Ein ohrenbetäubender Krach an Deck ließ ihn hochfahren.

»Was ist?«, schrie Carol aus dem Halbschlaf.

»Ich weiß nicht.« Karl stand im Salon und versuchte mit der Taschenlampe aus den Luken des Aufbaus zu schauen. »Ich sehe nichts. Alles grau. Nur Wasser und abgebrochene Äste.«

Er ging zum Niedergang, entriegelte die Tür. Nur mit Druck konnte er einen Flügel gegen den Sturm öffnen. Er stemmte sich über das kleine Brückendeck, verschwand mit dem Oberkörper im Dunkel des Cockpits. Dadurch hatte er den Orkan in das Boot gelassen. Wasser, Blätter und Sand fegten durch die kleine Öffnung. Schnell kletterte er ins Boot zurück und schloss die Tür.

»Ein großer Ast ist auf das Deck gefallen. Bald dämmert es. Dann werden wir das Schiff verlassen und in die Hütte des Häuptlings laufen. David hat mir gesagt, dass es das stärkste Haus ist. Der ganze Clan wird da sein. Sie haben manchen Sturm dort überlebt.«

Aber es wurde nicht hell, nur grau in grau. Auch die Sicht wurde kaum besser. Im besten Fall konnte man fünf bis sieben Meter weit helle von dunklen Gegenständen schemenhaft unterscheiden. Aber nur durch eine Schutzbrille. Nein, richtig sehen konnte man nichts. Nur ahnen.

Sie zogen das gelbe Ölzeug an, das Karl für zwei Personen an Bord hatte. Er gab Carol seine zweite Taucherbrille und zog seine eigene über. An dem Notbehälter hatte er eine Leine befestigt, das andere Ende war um seine Hüfte geknotet.

»Bleib nahe bei mir. Im Cockpit darfst du dich nicht aufrichten, nur krabbeln. Bis zur Leiter. Keine Angst, die Strickleiter ist gut gesichert. Ich gehe zuerst. Wenn du unten bist, gib mir deine Hand und lass sie nicht los, bis wir im Haus sind.«

Er öffnete die Tür. Caroline drückte von außen dagegen. Ganz langsam schob sich Karl gegen den Orkan in das Chaos. Dann sah er wenigstens das Gewirr von Zweigen auf seinem Schiff.

Kaum hatte er sich seitlich zur Sturmrichtung vorangekämpft, riss es ihm die Taucherbrille über die rechte Kopfhälfte. Er hatte Glück, denn sie hätte auch weggefegt werden können.

Er zog Carol hoch. Er hielt sie fest, merkte, dass sie ihn in das sichere Schiffsinnere zurückziehen wollte, aber er zwang sie an Deck. Flach legte sie sich bäuchlings auf die Cockpitbank. Erst als er sie so liegen sah, verschloss er die kleine Eingangstür.

Karl wollte ihr zuschreien, ihm zu folgen. Aber aus seinem Mund kam kein Laut. Mit der Luft drückte Wasser in seinen Hals. Es schmeckte salzig und war sandig. Er spuckte, hustete, achtete nicht darauf. Es war, als ob jemand ein Sandstrahlgebläse auf ihn richtete. Instinktiv wandte Carol ihr Gesicht aus dem Wind.

Sich aufzurichten würde Lebensgefahr bedeuten. Man würde sofort über das ungeschützte Deck gefegt werden. Einen Halt gab es dann nicht mehr. Irgendwo, weit weg vom Schiff, würde man gegen einen Baum geschleudert oder bestenfalls im Schlamm landen.

Mit einer Hand hielt er Carol, mit der anderen suchte er Halt an der Reling. Er zog zuerst sich, dann sie zur Relingsöffnung, zur Strickleiter. Erst als Carol beide Hände an einer Relingsstütze hatte, beugte Karl sich über den Bootsrand. Die Leiter hatte er an einem der Bananenstämme unter dem Boot befestigt. Sie hing immer noch senkrecht runter und er erwischte die erste Sprosse. Er zog an der Leine mit dem Behälter und holte ihn über Bord. Danach stieg er hinab, langsam und vorsichtig, bis er im Wasser stand. Der Hurrikan hatte das Meer weit über den Strand gedrückt. Krampfhaft musste Karl sich mit beiden Händen an der Strickleiter fest halten, ohne sie hätte der Luftdruck ihn umgeworfen. Carols Fuß tauchte vor ihm auf. Geschützt zwischen seinen Armen stieg sie bis ins Wasser hinunter. Er drückte sie zum Zeichen, dass alles gut verlaufen war, mit einer Hand. Das war ein

Fehler, denn sofort verlor er den Halt. Sie wurden beide zu Boden gerissen, lagen im knietiefen, schäumenden Meereswasser. Im Schlamm. Er zog sie hoch, weg vom Meer. Gebückt stolperten sie durchs seichte Wasser in Richtung der ersten Hütte. Hinter sich schleppte er den Notbehälter wie ein Gefangener seine Eisenkugel.

Jedes Haus auf Nukufero hat drei Eingangsöffnungen, eine an der Stirnseite, zwei auf der dem Meer abgelegenen Seite. Nur der Hauseigentümer benutzt die Stirnseite. Karl wusste schon, dass es hier Begriffe wie rechts und links nicht gab, stattdessen sagte man Meeresseite oder Landseite.

Er suchte die richtige Öffnung, aber die war mit einem Brett verschlossen, das so aussah, als ob der letzte Hurrikan es angeschwemmt hätte. Er rüttelte, klopfte. Nichts passierte. Der Orkan übertönte alle seine Versuche. Karl Butzer kniete nieder, drückte das Brett in einer Führung zwischen zwei Türpfosten zur Seite, krabbelte in das Haus und starrte in das Dämmerlicht. Er sah Gesichter voller Angst, hörte aber keine Schreie. Mit seiner blauen Taucherbrille und in dem gelben Ölzeug musste er wie ein Gespenst aussehen. Er riss die Brille ab.

Ariki Fetaka saß an seinem Platz. Er hatte als Einziger die Sitzordnung eingehalten. Wohl saßen seine Söhne David und Jonathan nicht weit entfernt, aber das Haus war jetzt die Fluchtburg des ganzen Dorfes. Karl entdeckte Dr. Lewis, neben ihm saß Joseph. Einige hatten sich Tücher, Kleidungsstücke, *tapa* über die Schultern gelegt, denn es tropfte durch das Dach.

Irgendjemand reichte ihnen eine grüne Blatttasche. Später öffnete Carol sie. Sie enthielt eine käseartige Masse, *masi*, im Erdloch fermentierte Brotfrucht, die Notration auf allen polynesischen Inseln, wenn Stürme die Felder verwüsten und eine Hungersnot einsetzt. Karl aß nur ein wenig. Aus Höflichkeit.

Alle schwiegen. Kein Wort hätte diesen Orkan übertönt.

In Schüben tobten Windwalzen über die Hütte. Jedes Mal erkannte man Schreie der Angst an den weit geöffneten Augen und Mündern. Wasser nadelte wie aus Turbinen auf die Naturhütte. Gleichzeitig schrien Tausende von Zweigen, Ästen, Büschen und Bäumen ihren Schmerz hinaus. Diesen Schrei konnten alle hören. Und alle duckten sich.

Sie hörten auch das Meer. Der Hurrikan hatte es über den nahen Strand bis vor die Hütte gedrückt. Sie hörten wie *maui*, Gott von *moana*, des weiten Ozeans, drohte, die Insel von seinem Angelhaken zu lösen und sie zu versenken. *Maui* rüttelte an der Hütte und keiner fand sich, ihm zu opfern. Hier lebten Christen. So warteten sie, zitterten, schwiegen, beteten.

Ein Polynesier fürchtet keinen Feind im Krieg, keinen Hai, den er nachts in sein Kanu zieht, keine Fahrt mit dem Auslegerkanu allein über die Weite *moanas*. Er kennt keine Angst. Nur den Hurrikan, den fürchtet er.

Karl hatte den Blick von David aufgefangen. Er griff in seinen gelben Behälter und zog die Flasche Rum hervor, ließ sie David reichen. Der öffnete sie, füllte eine Kokosnusshalbschale und reichte sie seinem *daddy*, dem Häuptling. Dann nahm er die Flasche an den Mund und trank wie ein Durstiger aus einer Limonadenflasche.

18

EVELYN RAMIREZ ERWACHTE. Der lange Schlaf hatte sie vor Todesangst bewahrt. Gern hätte sie noch länger geschlafen, geträumt,
irgendetwas, sie wollte nur nicht wach werden. Auf keinen Fall
diese Furcht erleben müssen. Langsam nahm sie ihre Umgebung
wahr. Sie fand sich auf dem Boden der Achterkajüte wieder. Das
große Doppelbett ragte über ihr. Schräg nach oben, sehr schräg.
Über dem Bett sah sie die Tür zum Salon, fast nicht erreichbar.
Plötzlich erkannte sie, dass keine Bewegung mehr im Schiff war.
Das Fahrtgeräusch war weg. Sie riss ihre verschlafenen Augen auf.
Ein Ruck schleuderte sie in die hinterste Ecke der Achterkajüte.
Sie verletzte sich nicht, denn sie stieß gegen den Sack mit der
dreckigen Wäsche. Dann hörte sie ein langgedehntes schrilles
Knirschen. Der Bootsrumpf zitterte und das Zittern übertrug sich
auf Evelyns Körper. Das neue Geräusch mischte sich in das Heulen des Sturmes und mit jeder Welle übertönte es dieses, als ob
eine Dampfwalze direkt unter ihr den Schotterbelag einer Straße
zermalmte. Ein weiterer Ruck schleuderte sie in die Luft. Sie landete auf dem Bett. Sie hielt sich beide Hände vor die Augen,
wollte nichts mehr sehen und wissen. Reflexartig schrie Evelyn
Ramirez: »Nein, nein, nein!«

Keiner hörte sie.

Langsam wurde ihr bewusst, dass das Schiff aufgelaufen war,
dass das Schiff von den Wellen auf Land oder Felsen gedrückt
wurde, dass der Rumpf zerbrach und dass sie sich schnell aus dieser Kajüte retten musste.

Evelyn krabbelte zur höhergelegenen Salontür. Sie klemmte.
In Panik stemmte die Frau sich dagegen, stieß ihre Füße am Bett
ab. Das gab ihr Kraft und die Tür zum Salon öffnete sich ein wenig. Sie sah Paul und den Chinesen. Beide lagen am Boden. Auch

ihre Körper waren zur Schiffsseite der Pantry gerutscht. Alle Schapptüren hatten sich geöffnet und entleert. Was an Backbord verstaut war, lag jetzt an Steuerbord zwischen und über den beiden Körpern. Das Wasser schwappte herum.

Evelyn hielt sich am Türrahmen fest, um nicht abzurutschen.

»Nein. Hilfe, Hilfe!«, schrie sie.

Aber kein Mensch war lauter als Caroline.

Aus dem Abfallhaufen an Steuerbord bewegte sich ein Körper. Es war der Chinese. Er wollte sich aufrichten, aber es war ihm nicht möglich. Seine Hand ergriff die Haltestange vor dem Herd, sehr langsam zog er sich hoch wie ein schwer Verletzter nach einem Unfall.

Evelyn starrte ihn an. Wieder schrie sie nach Hilfe.

Tonio Heng Fu hörte in diesem Inferno kein Wort. Er hielt sich mühsam aufrecht. Mit einer Hand fand er Halt, mit der anderen betastete er einen Kopf. Er sah Paul vor sich liegen, der aussah, als ob er Teil des wasserdurchtränkten Mülls wäre, der ihn umgab. Tonio ging vorsichtig in die Knie und schlug ihm unsanft ins Gesicht, stieß ihn mit dem Fuß gegen den Oberschenkel, solange, bis Paul Gordon sich bewegte.

»Was ist passiert?«

Ihre Köpfe waren nahe beieinander und Tonio konnte ihn verstehen.

»Wir sind am Ziel. Wir gehen jetzt zu Fuß durch die Lagune zur Insel. Vergiss nicht, den Tresor zu öffnen. Sonst kommst du hier nicht mehr hoch.« Tonio hatte seine Hand auf Pauls Schulter gepresst, als wollte er ihn am Aufstehen hindern.

»Verdammt, du Arsch, nimm deine Flossen weg.« Paul schrie vor Schmerz. »Ich habe mir die Schulter verletzt.«

»Erst öffnest du den Tresor, dann schauen wir uns die Schulter an, Mr. Unkraut!« Tonio Heng Fu hatte seinen Vorteil erkannt. Er wollte ihn nutzen.

»Lass die Hände von meinem Tresor oder ich knall' dich ab!«, schrie Paul mehr aus Schmerz denn aus Überzeugung.

»Mich abknallen? Womit denn?«

Tonio hatte sich über ihn gelehnt: »Gib mir die Zahlenkombination, bevor das Schiff zerbricht. Sonst haben wir beide nichts davon.« Der Skipper hatte keine Kräfte mehr, konnte sich nicht mehr gegen seine Schmerzen, gegen den Hurrikan und den Chinesen wehren. Er nickte.

Tonio half ihm, sich hinzusetzen. Paul war aber nicht in der Lage, die Schräge bis zu seinem Kartentisch zu erklimmen.

»Wo ist der Tresor? Wie lautet die Zahl?«, drängte Tonio, schrie die Fragen direkt in Pauls Ohr.

»Hinter der elektrischen Schalttafel.« Paul nickte in Richtung Kartentisch. »Die Kombination ist 007007. Nimm alles heraus, auch mein Zeug. Wir rechnen später ab, du Schwein!«

Tonio zog sich an dem Deckenhandgriff zur anderen Seite und öffnete den Safe. Er steckte den Inhalt in eine Plastiktüte, knotete diese zu und zog seinen Gürtel durch die Schlaufe des Knotens.

Willi hangelte sich von oben in den Salon, sah, wie Evelyn am Boden zur Tür der Achterkajüte saß, erkannte das schmerzverzerrte Gesicht von Paul, überblickte die Situation mit dem Chinesen und winkte mit dem Arm nach oben. Er schrie: »Kommt!« Keiner hörte ihn, aber jeder verstand.

Die *Morning Star* wurde Meter für Meter auf das Riff gestemmt. Korallenstein gegen laminiertes Glasfasergewebe. Das Geräusch ungleicher Materialien, die aneinander gepresst wurden, war noch weniger zu ertragen als das Inferno.

Ein ungezügelter Überlebenswille verdrängte plötzlich Evelyns Angst. Sie rutschte zum Niedergang und stieg nach oben. Tonio half Paul. Er stöhnte bei jeder Bewegung. Im schrägen Cockpit lag Willi. Sie krabbelten zu ihm, griffen nach allem, was noch fest verschraubt war, hielten sich daran fest und suchten mit den Füßen zusätzlichen Halt. Das Boot machte bockende Bewegungen. Ständig knirschte es, als ob es das letzte Mal sei.

Die Männer steckten die Köpfe zusammen und Willi schrie: »Die Insel kann man manchmal sehen. Wir können sie nicht durchs Wasser erreichen. Die Korallen filetieren uns. Einzige Chance mit der Rettungsinsel. Der Sturm weht direkt auf die Insel zu. Wir lassen uns treiben.«

»Du Arsch. Wenn wir vorbei treiben? Ohne mich. Noch steht der Kahn auf dem Riff. Ich bleibe hier«, schrie Paul seinen Bootsmann an.

»Wir sitzen auf einem Wrack, das jeden Moment zerbrechen kann. Das Rigg hat ein Loch in den Rumpf geschlagen. Hier ziehen uns bald die Haie ins Wasser. Ich mache die Rettungsinsel klar.«

»Nichts macht ihr.« Pauls Polizeiton kam durch. Er befahl mit verzerrtem Gesicht: »Lass die Rettungsboje ins Wasser, häng noch ein paar Fender dran, lass den Kram treiben. Wir werden sehen, ob sie auf die Insel zuhält. Erst dann steigen wir in die Rettungsinsel.«

Alle froren. Keiner merkte es. Keiner wagte, der Gefahr ins Auge zu sehen, sich umzudrehen, zuzuschauen, wie der Sturm die Wellenkämme abriss und sie bald Richtung Schiff, bald Richtung Land schleuderte. Sie wollten nicht wissen, dass Himmel und Erde eins waren, dass der Sturm keinen Horizont mehr zuließ. Sie dachten nur noch an Flucht. Und der Fluchtpunkt hieß Insel. Nur das Land versprach Leben.

Sobald sie ihre Augen für Sekunden öffnen konnten, blinzelten sie in Richtung Insel. Dort kamen manchmal schemenhaft Palmen in Sicht.

Die rote Rettungsboje verwandelte sich in einen grauen Schatten. Sie flog schnell wie ein Surfer durch den Schaum von Wellen, Gischt und Regen hinweg. Willi hatte Recht. Sie trieb Richtung Land.

19

Mittags passierte ein Wunder. *Maui* hatte beschlossen, Nukufero nicht zu versenken. Der Gott der Meere gebot dem Vernichten Einhalt. Er befahl den Wolken, sich aufzulösen. Den blauen Himmel holte er zurück. Und die Sonne mit ihrer wärmenden Kraft. Die Menschen krochen aus ihren Hütten. Doch sie dankten nicht *maui*, sondern Jesus Christus.

Als Karl und Carol ans Tageslicht traten, war das Wetter wieder schön. Doch kein Baum hatte noch ein einziges Blatt. Alles Grün war verschwunden. Die Insel war nackt. Sie hatte eine Glatze. Was einen Baum zu einem Baum macht, fehlte. Blattlos, astlos, nur die dicksten Abzweigungen hingen noch am Stamm. Die Enden der verbliebenen Äste waren wie von einer Panzerfaust zerfetzt. Die Kronen waren weggedreht. Unterholz, Gestrüpp und Gebüsch fehlten völlig. Jemand hatte sie durch einen Shredder gejagt und alles ins Meer gefegt. Was an einem Hindernis hängen blieb, war mit Schlamm verklebt. Die Insel war braun und grau, in den Farben des Schreckens.

Die Erklärung kam sofort: »Das Auge des Hurrikans ist genau über uns. Das Theater geht gleich wieder los. Sie haben nicht viel Zeit, wenn Sie sich um Ihr Schiff kümmern wollen. Ich schaue schnell in der Höhle nach, ob alles in Ordnung ist. Der Sturm kommt dann aus der entgegengesetzten Richtung. Schöne Grüße von El Niño.«

Es war der renommierteste Klimaforscher der Welt, der diese Prognose abgab.

»Komm!« Karl ergriff Carols Hand und sie kämpften sich durch den Schlamm zum Boot. Im Unterschied zu den braunen Körpern der Polynesier sahen sie aus wie gefährliche Riesenameisen. Mit blauen Taucherbrillen auf der Stirn und knallgelbem Ölzeug, verdreckt und verklebt durch Schlamm und Blätter. Sie stapften durchs schlammige Wasser und fanden sich in einem See, der ins Meer überging.

Karl sah mit einem Blick, was am Schiff nicht mehr so war wie am Abend zuvor. Am Achterschiff, der Seite, die dem Orkan zugewandt war, fehlte die Farbe am Rumpf. Auch der rote Antifoulinganstrich am Unterwasserschiff war verschwunden. Kein Schiffsname zierte mehr das Heck, kein Heimathafen war zu erkennen. Ein starker Ast hatte den Windgenerator geköpft. Er hing nach unten, gehalten von den elektrischen Kabeln, wie ein guillotiniertes Haupt an den Sehnen. Karl löste die Kabel und zog den Generator aufs Deck. Das sah aus wie ein Komposthaufen, voller Blätter, Schlamm und Dreck. Im Cockpit schwamm grüner Abfall. Die Lenzrohre waren verstopft, das Wasser konnte nicht ablaufen.

»Schau mal!« Entsetzt zeigte Carol auf die dunkle Wolkenwand, die nun von Südosten über den Kraterberg heranzog. Die Meteorologin wusste, dass das Auge eines Hurrikans verführen kann. »Wir müssen runter vom Schiff. Nach der Ruhe kommt es meist noch schlimmer.«

»Woher weißt du das?«

Mit den Füßen im Schlamm log sie: »Aus der Karibik.«

·20·

DER ALTE ARIKI FETAKA brauchte kein meteorologisches Studium, um zu wissen, dass das Auge des Hurrikans das Auge des Todes ist. Wer es erblickt, muss sich sofort für den nächsten Kampf rüsten. Schwäche zu zeigen, sich vom Blau des Himmels, der Wärme der Sonne blenden zu lassen, heißt, den Erzfeind der Polynesier nicht zu kennen. Wer ihn unterschätzt, stirbt. Das hatte ihm sein Vater beigebracht und auch, wie man sich gegen diesen Feind verteidigen musste. Gleich zu Beginn der Verschnaufpause hatte er seinen Sohn David zu sich geholt und Anweisungen gegeben, das Dach des Hauses weiter zu verstärken. Alle Männer des Clans hieben mit ihren immer geschärften Macheten die nächsten Maulbeerbäume um, banden jeweils zwei Bäume an den Enden zusammen und legten sie v-förmig über das Dach. Die unteren Enden der Bäume befestigten sie am Boden und legten schwere Steine darauf. Alle anderen Hütten hatten bereits kein Dach mehr. Bei einigen stand nur noch das starke Innengerüst aus Baumstämmen, die ein Mann gerade umfassen konnte.

Plötzlich, als ob ein Trommelwirbel über riesige Lautsprecher auf der Insel übertragen würde, kündigte sich die zweite Welle des Hurrikans an. Dr. Lewis hatte Recht. Das Inferno kam jetzt aus Südosten, der genau entgegengesetzten Richtung. Es war die Seite der Insel, von der der gleichmäßige Passatwind länger als sechs Monate im Jahr wehte. Er war der kühlende Ventilator für Nukufero und seine Einwohner. Mit dem Passatwind kamen die Wolken, die sich am vierhundert Meter hohen Kraterberg abregneten, das Land fruchtbar machten und durch das Trinkwasser und den Süßwassersee Nukufero zu einem Paradies werden ließen. Es sei denn, El Niño war gegen das Paradies.

Wie verabredet saß jeder an der Stelle in der Hütte, die er vorher eingenommen hatte. Die alten Frauen jammerten vor sich hin. Man erkannte es an ihrer Haltung und an den Bewegungen ihrer Lippen, dem Schaukeln ihrer Köpfe. Ab und zu übertönte das Schreien eines Kindes die in Wellen kommenden Lärmschübe des Wirbelsturms. Immer wieder folgten alle den Blicken des Ariki Fetaka zu seinem Dach. Jeder wusste, was er dachte: Würde es wegfliegen, gäbe es keinen Schutz mehr auf der Insel.

Plötzlich blickte der Alte zum Eingang. Unruhe kam auf. Ein wenig Licht fiel in die große Hütte. Und mit dem Licht kamen für kurze Zeit Regen, Sturm und dieser schrille Schrei der Hurrikane, der alle entnervte. Die Tür wurde wieder geschlossen und ein, zwei, drei, vier Personen standen in der Hütte des Häuptlings an der Stelle, wo seit ewigen Zeiten keiner gestanden hatte. Duldete man im Hurrikan die Verletzung des Tabus? Eine Tillylampe wurde zum Eingang gereicht und in dem schwachen Licht des Petroleumlichts sah man vier *palangis*. Nein, zwei *palangis*, einen Chinesen und eine *vafine*.

Karl sah die aufgerissenen Augen der Polynesier. So mussten sie gestaunt haben, als das amerikanische Flugzeug vor der Insel ins Meer gestürzt war. Waren auch die Ankömmlinge mit dem Flugzeug abgestürzt? Genauso sahen sie aus. Zerrissene Kleidung, dreckig vom Schlamm, durchnässt, blutend aus unzähligen Wunden. Todesangst stand in ihren Gesichtern.

Als Erster hatte Karl die Situation erkannt. Halb geduckt suchte er einen Weg an all den Körpern vorbei, die die vier wie Außerirdische anstarrten. Karl winkte ihnen, ihm zu folgen. Carol hatte ein wenig Platz geschaffen und die vier ließen sich auf die Matten fallen. Trinknüsse wurden gereicht.

Karl schrie dem Nächsten ins Ohr: »Wo seid ihr abgestürzt? Gibt es noch Überlebende?«

Es war Paul. »Wir sind auf dem Riff gelandet. Mit einer Yacht. Aber es war wie ein Flugzeugabsturz.«

Mehr war von ihm aber nicht zu erfahren. Er sackte zusammen, sein Kopf fiel zur Seite, er schlief. Genau wie seine drei Leidensgenossen.

Carol blickte Karl an. Ihr Blick sollte ihn liebevoll treffen, aber er sah nur ihre Angst. Er nahm ihre Hand und drückte sie fest.

An diesem Nachmittag, in der zweiten Halbzeit des Hurrikans, versuchte fast jeder in der Hütte, sich der akustischen Marter durch Schlaf zu entziehen. Karl Butzer merkte, dass er zwei Nächte nicht geschlafen hatte. Wenn ein Sturm, eine viel befahrene Seestraße oder die Nähe von Land eine so lange Wache von ihm an Bord verlangt hatten, dann nahm er Captagon. Die Tabletten hielten ihn wach. Doch hier gab es keine Wachmacher, nur fahles Licht, zusammengesunkene Menschen und den Geruch von Schweiß, tropischem Moder und Exkrementen. Irgendwann schlief auch er ein.

So merkte er nicht, dass gegen Abend Caroline aufgegeben hatte. Karl Butzer merkte auch nicht, dass John, der Enkel des Ariki und Sohn von David, der Katechist in der Familie, die erst vor drei Generationen getauft worden war, ein Dankgebet sprach. Er schlief noch, als die ersten Männer die Hütte verließen und die ersten Arbeitsgeräusche von anderen Hütten zu hören waren, wo sich die Menschen an die Arbeit machten, wieder ein Dach über dem Kopf zu bekommen.

Karl Butzer wurde erst wach, als er neben sich die Stimme von Dr. Lewis hörte: »Monatelang bin ich auf dieser Insel allein. Und dann kommen in zwei Tagen zwei Boote, eine Hand voll Weiße, eine Philippinin, ein Chinese und ein Hurrikan. Das nenne ich Unglück im Unglück!«

21

DR. LEWIS STAPFTE DURCH MORAST UND ÜBER GESTRÜPP und Geäst zu seiner Höhle. Die Luft schien nur aus Feuchtigkeit zu bestehen. Er zog schnell und kurz den Atem ein. Die Höhle lag ein wenig höher als das Haus des Häuptlings. Auf den letzten Metern brauchte er nicht mehr durch schlammiges Wasser zu stampfen.

Er hatte mit Josephs Hilfe den Eingang der Höhle mit einer aus Kistenbrettern gezimmerten Tür verschlossen. Die Tür war nicht zerstört.

Er war so geschwächt, dass er sich drinnen erst einmal hinsetzen musste. Ihm war schwindelig. Sein Blutdruck war zu hoch und dieser Hurrikan sowie der Besuch hatten ihn noch höher steigen lassen. Alle Geräte waren mit Folien bedeckt und diese mit vielen Steinen beschwert. Staub und Dreck waren durch die Türritzen eingedrungen, auch Feuchtigkeit. Die Folien überzog eine graue Schlammschicht. Er suchte das Faxgerät, hob einige Steine hoch und entnahm ihm eine Mitteilung:

FIJI METEOROLOGICAL SERVICE
TROPICAL HURRICANE CAROLINE

Einführung:
Caroline ist ein außergewöhnlicher tropischer Wirbelsturm. Die assoziierten Winde erreichten über 120 m/h. Der Sturm konnte nicht, entsprechend seiner Gewalt, großen Schaden anrichten, da seine Zugbahn meist über Meeresgebiete hinwegzog. Allerdings dürfte er auf den besiedelten östlichen Santa-Cruz-Inseln erheblichen Schaden angerichtet haben. Ungewöhnliche Merkmale seiner Zugbahn waren zwei abrupte Änderungen der

Richtung; eine erste in seiner Entwicklungsphase und die zweite zum Schluss seines Lebensabschnitts.

Entwicklung:
Die ersten Anzeichen einer zyklonischen Zirkulation entwickelten sich am 13. November. Satellitenaufnahmen sowie periphere Beobachtungen zeigten, dass sich eine kleine, tropische Depression östlich der Insel Malaita entwickelt hatte. Oberflächenwinde in der Nähe der Depression erreichten 20 Knoten. Da dieses System unter einem Gebiet leichter Winde in der oberen Troposphäre lag und die SST (sea surface temperature) über 30 Grad Celsius betrug, waren die Voraussetzungen für eine weitere Entwicklung gegeben.

Während der nächsten zwei Tage zog die Depression mit 05 bis 10 Knoten nach Osten. Am 15. zeigten Satellitenaufnahmen, dass sich Wolken zu einer markanten, gekrümmten Einheit organisierten. Das Gebilde nahm immer mehr eine symmetrische Form an und gleichzeitig entwickelten sich Winde bis zu 30 Knoten. Um 06.00 UTC am 15. zeigte sich, dass sich ein oberes Ausströmmuster entwickelt hatte, ein Indiz für die Intensivierung des Systems. Bereits am 16. entstanden tropische Wirbelsturm-Charakteristika mit einem zentralen Luftdruck, der unter 990 hPa gefallen war, und Winden mit mehr als 35 Knoten in der Nähe des Zentrums.

Das System bekam am 15. Tag um 13.03 UTC von dem Nadi Tropical Cyclone Warning Centre (TCWC) den Namen Caroline. Zu dieser Zeit wurde Caroline in der Nähe folgender Koordinaten beobachtet: 8°5' S und 171' E, bzw. 250 Seemeilen nordöstlich der Santa-Cruz-Inseln. Um 12.00 UTC am 15. bewegte sich die Depression gering, intensivierte sich jedoch stark. Dann begann sie sich langsam nach Südwesten zu bewegen, beeinflusst durch leichte, nördliche Winde in den oberen Schichten. Um 18.00 UTC am 16. war Sturmstärke erreicht und Hurrikanstärke um 01.00 UTC des 17.11.

Die automatische Wetterstation auf der Insel Antar bestätigte in der Zeit zwischen 10.00 UTC und 17.00 Uhr Hurrikanstärke mit einer gemessenen Windgeschwindigkeit von 118 m/h. Das Zentrum des Hurrikans passierte zirka 60 Seemeilen westlich dieser automatischen Wetterstation um die Mittagszeit des 17.11.

Hurrikan Caroline zog direkt über die Insel Nukufero weg. Hier leben 1500 Polynesier. Es gibt nur die traditionellen Fale-Hütten, keinerlei

Festbauten. Es wird davon ausgegangen, dass alle Hütten zerstört wurden. Der Funkverkehr mit der einzigen Funkstation, der melanesischen Kirche, ist unterbrochen.

Die maximale Intensität hat Hurrikan Caroline wahrscheinlich über Nukufero mit Windgeschwindigkeiten von 140 m/h erreicht. Zurzeit verläuft seine Zugbahn in Richtung Südwesten mit einer Geschwindigkeit von zirka 20 Knoten. Der Radius von Caroline beträgt zurzeit 60 Seemeilen.

Während der nächsten 24 Stunden wird Caroline einem Gebiet stärkerer Oberschichtenwinde aus nördlichen Richtungen begegnen und sich deshalb mehr in südliche Richtung mit 15 bis 20 Knoten bewegen und zirka 80 Seemeilen östlich der Banks-Inseln, Vanuatu, vorbeiziehen.

Met. Officer Graham Wild

Dr. Lewis legte das Fax aus der Hand. Dann nahm er die Satellitenaufnahme aus dem Wetterfaxgerät und betrachtete sie kurz. Er schüttelte den Kopf und sagte leise: »Diese Klugscheißer, das hätte ich alles vorhersagen können!«

22

PAUL GORDON WAR HELLWACH. Es war noch dunkel, an Schlaf war für ihn nicht zu denken. Seine Schulter schmerzte, er war verdreckt, mit Salz verkrustet, voller Schürfwunden und wütend. Wütend über sich und seine Dummheit und über den Verlust der Yacht. Wie sollte er seinem Partner Alan Holmes klar machen, was passiert war? Okay, ein Hurrikan! Aber der zog weit entfernt von Pauls Route durch. Auf den östlichen Santa-Cruz-Inseln hatte Paul nichts zu suchen. Er konnte nur behaupten, dass der Sturm ihn abgetrieben hätte. Ein schwaches Argument für einen Profi. Niemals durfte er zugeben, dass er den Chinesen an Bord genommen hatte. Ob die beiden anderen dicht halten würden? Paul Gordon kannte die Antwort nicht. Er brauchte jetzt ein Bier.

Karl Butzer hatte die Schiffbrüchigen in seinem Katamaran untergebracht. Paul und Evelyn schliefen auf dem Ausziehsofa im Salon, Willi vor ihnen auf dem Boden, wie ein treuer Hund. Und Tonio Heng Fu legte sich in die vordere Kajüte im Backbordrumpf.

Dr. Lewis, dessen Haus zerstört war, beschloss, bei seiner Ausrüstung in der winzigen Höhle zu schlafen. Er hatte Joseph mitgenommen. Auch er hatte also seinen Hund dabei, seinen Wachhund. Hatten die beiden nicht die wichtigste Formel seit Einstein zu bewachen?

Karl erwachte vom Zischen einer geöffneten Bierdose. Im Schein einer Taschenlampe sah er Paul vor dem Kühlschrank. Er blickte auf das Leuchtzifferblatt, gleich würde es hell werden und er beschloss, den Tag früh anzugehen. Es galt, eine Yacht zu bergen. Sein alter Instinkt aus Formentera-Zeiten wurde wach. Zeiten, als er sich ein Jahressalär mit den Versicherungsprämien für die Bergung havarierter Yachten verdient hatte.

Im Cockpit trafen die beiden Skipper aufeinander.

»Ich habe mir mein Frühstück genommen.« Paul prostete Karl zu. »Hoffentlich nichts dagegen? Übrigens eine brillante Idee, das Schiff an Land zu ziehen. Das erinnert mich an den Film ›Fitzcarraldo‹. Die Leute haben sogar ein Schiff über einen Berg gezogen. Ich wäre froh, wir könnten auch meinen Kahn übers Riff an Land ziehen. Aber dafür ist die Kuh zu schwer. Bin gespannt, was davon noch übrig ist.«

»Wir werden keine Hilfe von den Einheimischen erhalten. Die haben genügend eigene Schwierigkeiten. War Ihre Yacht versichert?« Karl dachte an die Finanzierung eines weiteren Segeljahrs auf dem Wasser.

»Die alte Dame war nicht versichert. Aber was sie im Bauch hatte, war wertvoller als ihr Neupreis. Vom Feinsten. Wenn Sie verstehen, was ich meine.« Er hob die Bierdose leicht an.

Karl verstand nicht. Aber er wurde hellhörig.

Im Niedergang tauchte Willi auf. Das T-Shirt in Fetzen, die Haut aufgerissen, seine Hände zerschnitten, die Lippe eingerissen. Als ob er von vielen Wellen über die Korallen eines pazifischen Riffs gezogen worden wäre. Karl sah ihn an und wusste genau, dass alle diese Wunden in wenigen Tagen eitern würden. Er ging in die Pantry, setzte Wasser auf und machte das größte Frühstück, das es je auf der *Twin Flyer* gegeben hatte.

Die Männer befreiten das Cockpit vom gröbsten Unrat. Carol schlief noch und Evelyn Ramirez stand offensichtlich unter einem Schock. Sie wollte die Welt nach dem Hurrikan nicht sehen, nicht an den Schiffbruch und den Sturm auf See erinnert werden.

Nur Karl Butzer überblickte seine bizarre Situation. Sein Schiff auf Land − wie im Winterlager. Das Achterschiff gesandstrahlt. Dreck überall an Bord. Selbst im Rigg hingen Zweige. Um ihn herum ein Anblick, wie er ihn nur von Kriegsbildern kannte. Die Insel verwüstet. Das Meer wütend. Der Wind wehte immer noch kräftig. Doch es war eine Brise gegen das, was hinter ihnen lag. Nur er und der Häuptling besaßen noch ein Dach über dem Kopf. Beide hatten sie deshalb die Pflicht, die Obdachlosen zu beherbergen.

Karl Butzer wunderte sich, wie bedächtig Paul und die anderen sich Zeit zum Frühstück nahmen. Keiner von ihnen machte Anstalten, nach dem Wrack zu sehen. Sie salbten sich gegenseitig die schlimmsten Wunden mit einer Creme aus der Bordapotheke.

»Wir lassen hier alles stehen und schauen nach dem Wrack.« Karl merkte, dass er die Initiative ergreifen musste.

Er half dem verletzten Paul beim Abstieg. Sie stapften über eine Schlammschicht, die den weißen Weg zum Strand unsichtbar gemacht hatte. Mehrfach mussten sie über Korallenbrocken steigen, die der Sturm wie Kiesel an Land gespült hatte. Der ehemals goldgelbe Strand war ein Feld abgebrochener Korallen, verklebt mit Algen, dazwischen moderte totes Meeresgetier.

Das blaue Meer war grau. Es sah aus wie Abwaschwasser. Die Wellen kamen wütend an Land. Sie ergossen sich über den Strand, liefen bis zu den ersten Büschen, immer noch viel höher als normalerweise. Die Männer mussten schreien, um sich zu verständigen.

Kein Wrack war zu sehen.

Sie gingen am einstigen Strand entlang in Richtung *tanonga america*. Nichts.

Karl drehte sich nach den drei Schiffbrüchigen um. Willi hatte die Hand auf Pauls gesunde Schulter gelegt. Der starrte zu einigen kleineren Wrackteilen, die zwischen abgebrochenen Korallen lagen und presste die Lippen zusammen, um einen Weinkrampf zu unterdrücken. Tonio Heng Fu stand hinter den beiden; Karl hatte den Eindruck, als ob er lächelte.

Plötzlich schoss Paul an ihm vorbei, lief noch ein paar Meter weiter, bückte sich und hob etwas hoch, hatte ein schwarzes Paket in der Hand. Er riss es in die Höhe und schrie: »Gold, Gold, Gold!«

Man sah nur ein Paket, verschnürt in schwarzer Plastikfolie, ähnlich der, aus der Müllsäcke gefertigt werden. Aber hier war kein Müll drin.

»Das Schiff ist mir scheißegal, Hauptsache, wir finden meine Goldpäckchen.« Irre grinste er in die Runde. Paul schien wie von Sinnen. »Los, Willi, such!«, befahl er seinem Hund. »Und, Mr. Tonio, wie ist es mit Ihnen? Würden Sie uns auch helfen? Ich hätte nichts dagegen, wenn unser netter Vermieter auch nach den schwarzen Päckchen suchen würde. Onkel Paul wird sich für jedes gefundene Paket großzügig revanchieren.«

Karl beendete die makabere Szene: »Was ist in den Paketen?«

»Das Zeug, das die Erde zum Drehen bringt, die Köpfe durchbläst und die kaputten Hirne der verdammten Aussies wieder richtig funktionieren lässt.«

»Drogen? Marihuana? Koks? Scheiße. Ohne mich.« Karl wandte sich ab und stampfte zum Schiff zurück.

Am Knirschen der Schritte auf den Korallensteinen hörte er, dass ihm jemand folgte. Ohne sich umzuschauen, fragte er den Chinesen: »Was ist eigentlich Ihre Rolle auf der Drogenfähre? Sind Sie der asiatische Lieferant, der von nichts weiß? Als Chinese werden Sie vom australischen Zoll bis auf die Vorhaut untersucht. Die empfangen jedes ausländische Schiff mit ihren Flugzeugen schon weit vor der Küste. Nach fünf Minuten kennen sie den Namen Ihrer Schwiegermutter. An Land empfangen Sie deren Schnüffelhunde. Die riechen jedes Gramm Haschisch, selbst wenn es im Masttop versteckt ist. Wie naiv seid ihr denn?«

»Ich bin Holzagent aus Kuala Lumpur. In Honiara kam ich auf das Schiff. Die nächste Fähre hierher ging erst in zwei Monaten. Ich habe für meine Reise bezahlt. An Bord war ich nur der Koch.«

»Wollen Sie hier die letzten Palmen fällen?«

»Nein, meine Firma ist nur an den Kauribäumen interessiert. Die gibt es noch hier und auf ein paar Santa-Cruz-Inseln. Übrigens. Achten Sie auf diesen Paul. Er hatte das Schiff voller Waffen. Vielleicht findet er noch welche in den Wrackteilen. Ich schaue mal, ob ich mein Gepäck auf einer der Palmen entdecke.«

23

AM NACHMITTAG KAMEN DIE ERSTEN SCHÄFCHENWOLKEN AUF.
Der Passat schob sie konstant vor sich her. Die Sonne schien. Es
war Frieden. Der Krieg war endlich vorbei. Was blieb, war das
Schlachtfeld.

Die Polynesier bauten an ihren Hütten, sammelten ihre weg-
geflogenen Pandanuswedel ein, mit denen sie ihre Dächer wieder
zu decken versuchten. Die meisten Hütten blieben dachlos. Keine
Palme hatte noch einen Wedel oder auch nur ein Blatt. Es würde
Wochen dauern, bis sie nachwuchsen.

Dr. Lewis nahm die Planen von seinen Instrumenten, inspi-
zierte, was zu Schaden gekommen war; was nass geworden war,
trocknete er; besonders sorgfältig prüfte er seinen Computer, den
Monitor und Drucker.

Die Drogenhändler waren den ganzen Tag am Strand beschäftigt, ihre Goldpäckchen zu suchen. Tonio fand keines seiner
Gepäckstücke. Karl säuberte sein Boot und installierte den Windgenerator neu. Evelyn schlief. Und Carol machte im Schiff Ordnung.

Gegen Abend bereitete sie ein Essen für alle freiwilligen und
unfreiwilligen Besucher der Insel. Karl stellte den Tisch und die
Deckstühle ins geräumige Cockpit. Er hängte eine Petroleumlampe darüber. Carol legte eine Tischdecke auf und deckte den
Tisch für sieben Personen, mit gefalteten Servietten, Teelichtern,
Weingläsern, als ob sie Besucher erwartete, die sich für den Abend
fein gemacht hatten. Das Cockpit der *Twin Flyer* war dekoriert
wie ein schickes Hafenrestaurant am Mittelmeer. Es wurde zur
einzigen Oase auf dieser Insel der Verwüstung. Im Licht der
Petroleumlampe konnte keiner bis zu der vergewaltigten Natur
blicken.

Bis auf die Pflaster, Kratzer und Beulen der *Morning Star*-Besatzung konnte man meinen, hier feierten die Crews von zwei Yachten eine Wiedersehensparty.

»Fünf Monate habe ich nicht mehr an einem Tisch gegessen. Dennoch war es die wichtigste Zeit meines Lebens.« Dr. Lewis prostete den beiden Gastgebern zu. »Vielen Dank für die Einladung.« Und mit zögernder Stimme fügte er hinzu: »Mir ist danach, ein Tischgebet zu sprechen.«

Er erhob sich und faltete die Hände. Dann senkte er den Kopf und schloss die Augen: »Lieber Weltgott. Ich möchte dir danken, dass du unser Leben verschont hast vor diesem gewaltigen Sturm. Du hast uns gezeigt, wie mächtig die Gewalten wirken und wie nichtig wir dagegen sind. Du hast deine schützende Hand über uns gehalten. Es brauchte erst diese Katastrophe, um in uns die Demut zu wecken, die uns verloren gegangen war. Wir bitten dich besonders um Schutz für unsere polynesischen Freunde. Lass ihre Insel schnell wieder in voller Blüte erstehen. Amen.«

»Das haben Sie wunderschön gesagt, Doktor«, bemerkte Carol Bloom. »Ich bin zwar aus der Kirche ausgetreten und war nie so gläubig wie die Insulaner, dennoch möchte ich mich Ihnen anschließen und irgendeinem Gott danken, vielleicht sogar einem polynesischen. Wir hätten alle verkrüppelt oder tot sein können. Ich glaube, wir sollten uns heute ablenken und über alles Mögliche reden, nur nicht über das Wetter.«

»Das fällt mir schwer. Ich bin Klimatologe und hatte lange Zeit keinen, mit dem ich reden konnte. Jetzt kommen Sie und wollen nicht über meine Arbeiten sprechen! Ich verspreche den charmanten Gastgebern, heute nicht vom Wetter zu sprechen. Nur eines darf ich Ihnen noch verraten«, er wandte sich Karl Butzer zu, »es wird Sie bestimmt als Seemann besonders interessieren: Diesen Hurrikan habe ich vorausgesagt. Sie wissen, wir sind in einem El-Niño-Jahr, und er musste genau in dieser Zeit kommen.«

»Vielleicht darf ich mich auch bedanken? Ihr habt uns drei aufgenommen. Okay, ich hätte das umgekehrt auch getan. Damit eines klar ist: Für alles, was wir euch wegessen, zahle ich. Das gilt besonders für das Trinken. Ihr könnt doch einen kleinen Vorrat für Onkel Paul abzweigen?« Er zwinkerte Karl mit einem Auge zu.

»Ich hoffe, es schmeckt euch. Ich habe das letzte frische Gemüse mit Kartoffeln und scharf angemachtem chinesischem Rindfleisch zusammengekocht. Ich glaube, der Name Feuertopf trifft den Nagel auf den Kopf. Nun beginnt mit dem Essen. Ihr wisst ja, in den Tropen sagt man: Fangt an, bevor das Essen warm wird.« Carol prostete jedem zu und sie aßen seit Tagen zum ersten Mal eine richtige Mahlzeit.

»Ich möchte mich auch bei Ihnen für die Gastfreundschaft und die Unterkunft bedanken. Und auch dafür, dass Sie dem Essen eine chinesische Komponente gegeben haben. Ich hoffe, es war nicht meinetwegen. Ich bin übrigens halb Portugiese, halb Kantonese. Selbstverständlich möchte ich Ihnen nicht zur Last fallen und werde alles begleichen. Ich hoffe, dass ich bald in eine der Hütten ziehen kann.«

»Sie sind Holzagent, wie ich hörte«, nahm Carol den Faden auf. »Auf diesen kleinen Inseln gibt es keine bedeutenden Holzbestände. Was macht die Inseln für Sie so interessant?«

»Auf einigen der Santa-Cruz-Inseln gibt es endemische Kauribäume. Also Kauribäume, die es nur hier gibt und sonst nirgendwo in der Welt. Ganz ähnliche Kauribestände gab es in Neuseeland. Sie sind im letzten Jahrhundert weitestgehend abgeholzt worden. Der Rest steht unter Naturschutz. Jetzt holen sie dort Jahrtausende alte Bäume aus den Sümpfen, so genanntes Sumpfkauri. Kauri ist ein besonderes Holz. Der Baum wächst zehn bis vierzig Meter senkrecht hoch. Ohne jegliche Biegung. Er ist einmalig in der Welt, weil er bis in seine Krone so gut wie keine Zweige hat. Man erhält lange Bretter und Balken ohne Äste, von denen alle gleich aussehen. Kauriholz gilt als bestes Bauholz für Schiffe und ist besonders beliebt für edle Möbel. Kauriholz ist selten wie Gold. Deshalb bin ich hier.« Tonio Heng Fu hätte so ehrlich mit keinem Fremden in einem der vielen internationalen Hotels gesprochen, in die ihn seine Wege geführt hatten. Heute kam seine europäische Seite durch.

Carol hängte eine zweite Frage an: »Verstehe ich Sie richtig, dass Sie auf Nukufero die letzten Kauribestände abholzen wollen?«

»Nein, nein, ich bin nur hier, um eine Art Bestandsaufnahme zu machen. Wir würden keine jungen Bäume fällen, nur dreißig

Prozent des alten Bestands. Von Kahlschlag und Abholzen kann keine Rede sein. Wir kennen die Regeln.«

Paul juckte es in den Fingern, er konnte es nicht lassen, den verhassten Chartergast zu reizen. Den Mann zu ärgern, dem er den Verlust seines Bootes, seiner Fracht ankreidete: »Sie müssen einiges zu verbergen haben. Erst bitten Sie unter falschen Angaben auf meiner Yacht um eine Passage. Und dann finde ich bei Ihnen hunderttausend US-Dollar in bar. Was haben Sie vor den Behörden der Salomon-Inseln zu verheimlichen? Und was wollen Sie mit dem Geld auf dieser gottverdammten Insel, wo es noch nicht mal einen Laden gibt, um Bier zu kaufen?«

»Lieber Kapitän, Sie kennen vielleicht Ihr Geschäft. Aber das Holzgeschäft ist Ihnen nicht bekannt. Ich prüfe die Qualität des Holzes, zähle Bäume, rechne das Holz in Tonnen um, erkunde die Logistik, wie man es zum Wasser transportieren, wie man es verschiffen kann. Es geht zuerst um eine Übersicht. Wenn der erste Teil erledigt ist, trete ich in Vorverhandlungen. Manchmal braucht man Geld als Anzahlung für Vorverträge. Für diesen ersten Teil benötige ich keine offizielle Begleitung zum Beispiel vom zuständigen Ministerium für Forstwirtschaft. Mit denen arbeiten wir im Übrigen seit Jahren auf den großen Salomon-Inseln zusammen. Es kann durchaus sein, dass wir auf Nukufero nicht ins Geschäft kommen.« Er richtete sich auf, um sich aus seiner Verteidigungshaltung zu lösen. »Sehen Sie, wir arbeiten von Kuala Lumpur aus international. Dieses ist nicht meine erste Reise. Wir sind ein äußerst konservatives und seriöses Unternehmen. Wenn ich mir erlauben darf, dann möchte ich als Branchenkenner sagen, wir sind besonders wegen unserer konservativen Haltung der bedeutendste Holzanbieter der Welt geworden.« Er hatte seinen Blick nicht von Paul gelassen. Jetzt blickte er Carol an: »Bitte entschuldigen Sie mich, ich wollte das Gespräch nicht an mich reißen.«

»So, Sie gehören also zum größten Holzfäller-Imperium der Welt? Ich war nur Polizist, hatte eine Tauchfirma und habe mich die meiste Zeit in Bars vergnügt. Aber eines weiß ich: Seriöse Geschäfte werden mit Banküberweisungen getätigt. Vielleicht geht auch einmal ein Scheck von Hand zu Hand. Erzählen Sie mir nichts von Vorverträgen, bei denen man Bargeld benötigt! Auf einer Insel, wo neunundneunzig Prozent der Einwohner noch niemals einen Geldschein besessen haben. Ich kenne Ihre Geschäfte, habe jahrelang auf den Philippinen gelebt. Da kommen Schlitzis wie Sie mit 'ner Tüte voller Dollars und kaufen sich den Bürgermeister, den Gouverneur, den Staatssekretär; zum Minister kommen sie mit einem Executive Case aus Krokodilleder. Der Inhalt ist der gleiche. Am nächsten Tag fliegt dessen Gattin mit dem Krokokoffer nach Hongkong, legt das Geld an, geht shoppen, wohnt kostenlos im Mandarin Hotel; zwei Tage später trifft ebenfalls per Freiflug der Herr Gemahl zu einem langen Wochenende ein. Und das Ergebnis: Die Rodung kann beginnen.«

Karl hasste Streit an Bord. Besser gesagt, er mochte keine Unruhe. »Außer dem Thema Wetter ist auch das Thema Holz bei uns an Bord tabu. Okay?«

»Wir sind nicht im Mädchenpensionat, wo über Vögeln, Homos und Lesben niemals gesprochen wird. Ich finde, jetzt wird es erst interessant. Was meinen Sie, Doktor?«

»Ich bin hier Gast. Auf der Insel habe ich mich den Polynesiern angepasst. Und hier tue ich das selbstverständlich auch. Ein Gast ist immer Gentleman. Wenn Sie ein privates Streitgespräch mit Mr. Heng Fu ausfechten wollen, sollten Sie beide sich morgen am Strand treffen. Heute habe ich Bedarf nach einem kultivierten Abend mit anregenden Gesprächen, schönem Essen und einem Glas Wein. Ich war schließlich sechs Monate im schönsten Gefängnis der Welt. Eingeschlossen im Paradies. Bitte erzählen Sie etwas über sich, Mrs. Bloom. Was trieb Sie nach Nukufero?«

»Nun, ich habe einen wissenschaftlichen Auftrag vom Bishop Museum in Honolulu, Hawaii. Ich bin Anthropologin. Ich untersuche auf der Basis einer Forschung aus den Zwanzigerjahren Veränderungen in der heutigen Gesellschaftsstruktur – um es einmal einfach auszudrücken. Damals kam als erster Forscher Dr. Raymond Firth auf die Insel. Er schrieb das Buch *We the Nukuferos*. Es ist heute noch Pflichtlektüre für jeden Anthropologie-Studenten. Man hat Nukufero als die Insel ausgesucht, weil hier der weiße Mann den geringsten Einfluss ausgeübt hat. Ich möchte feststellen, wie die neuen Einflüsse der letzten Jahrzehnte das Ergebnis von Firth verändert haben. Wenn Sie so wollen, löse ich Sie hier als Wissenschaftlerin ab.«

Dr. Lewis mochte keine Wissenschaftlerinnen. Schon gar keine Amerikanerinnen und deren zur Schau gestelltes Selbstbewusstsein. Aber an diesem Abend hatte Carol Bloom bei ihm gewonnen – als Frau.

»Sie müssen mir in den nächsten Tagen mehr über Ihr Projekt erzählen. Wir können uns ja nicht mehr aus dem Weg gehen.« Er lachte.

Dr. Lewis hatte sie wieder auf den Boden der Tatsachen zurückgeholt. Sie war hier wegen der Weltklima-Formel, wenn auch Karl und der Hurrikan sie stark abgelenkt hatten. Doch jetzt hatte Dr. Carol Bloom ihren großen Meteorologenkollegen da, wo sie ihn haben wollte: bei einem Gespräch unter vier Augen.

24

»Guten Morgen, Kollege!«, erschreckte Carol Bloom Dr. Lewis in seiner kleinen Höhle.

»Hallo. Welch charmanter Besuch so früh. *Laui pong pong*, Carol. Wie darf ich die kollegiale Ansprache auffassen?«

»Nun, ich habe auch ein paar Semester Meteorologie studiert, damals am MIT in Cambridge. Allerdings hätte ich den Hurrikan nicht voraussagen können.«

Bisher habe ich noch nichts Falsches gesagt, dachte sie; es fiel ihr auf, wie leicht es ihr gelang, sich in diese Spionageaffäre einzufügen.

»Endlich können wir wieder frei miteinander reden. Das Tabu von gestern Abend ist aufgehoben. Wussten Sie übrigens, dass das Wort Tabu polynesisch ist?«

Er erwartete keine Antwort, war so erfreut, einen kompetenten Gesprächspartner zu haben, dass er gleich weiterredete: »Und jetzt habe ich die Ehre, mit einer Kollegin zu diskutieren. Wieso haben Sie mir das nicht gleich am ersten Tag gesagt? Wir hätten schon viele interessante Stunden zusammen verbringen können. Sofern Ihr Kapitän das erlaubt.«

»In den letzten Tagen habe ich ständig an den Hurrikan gedacht. Weniger aus wissenschaftlicher Neugierde als vielmehr vom Standpunkt einer Frau auf einer Insel ohne ein schützendes Dach über dem Kopf. Ich hatte das Gefühl, es ging um Leben und Tod.«

»Liebe Carol, nicht dass Sie mich missverstehen! Auch ich hatte mich zusammengerissen; war voller Ehrfurcht und großer Angst. Ich hatte nicht die Courage, Messungen vorzunehmen. Umso schöner, dass wir uns nach diesen furchtbaren Tagen in Ruhe über unser beider Fachgebiet unterhalten …«

»Ich bin kein gleichwertiger Gesprächspartner. Bitte haben Sie keine zu große Hoffnung«, unterbrach sie ihn.

»Sie können sich nicht vorstellen, was es für mich bedeutet, knapp sechs Monate mit keinem Menschen über Meteorologie, über meine Forschungen, sprechen zu können – abgesehen von den Gesprächen über Funk mit meinem Institutsleiter. Das waren aber nur Vollzugsmeldungen an einen Korinthenkacker. Entschuldigen Sie, das hätte ich nicht sagen dürfen. Bitte, setzen Sie sich. Bei welchem Kollegen haben Sie am MIT studiert?«

Carol Bloom blieb das Herz stehen, nein, es stockte nur. Ich muss hier durch, dachte sie einen kurzen Moment und war wieder einmal erstaunt über ihre Verstellungskunst: »Ich erinnere mich noch an Professor Philip Ewing. Wie gesagt, es waren nur ein paar Semester.«

»Ewing! Ich kenne ihn von einigen Seminaren. Der kam damals nie ins Bett. Diskutierte die Nächte durch. Ein Vorzeigemann für unsere Wissenschaft. Ich glaube mich zu erinnern, dass sein Fachgebiet die Südliche Oszillation ist.«

»Sagen Sie, Dr. Lewis, wie konnten Sie vorausbestimmen, dass dieser Hurrikan Caroline kommen würde? Das ist ja ein ungeheuerlicher Fortschritt gegenüber den bisherigen Prognosen.«

»Das ist eine lange Geschichte. Es ist schließlich die Geschichte meines wissenschaftlichen Lebens. Ich könnte Ihnen das anhand meiner Weltklima-Formel darstellen. Das können wir vielleicht später nachvollziehen, wenn sich die Bedingungen auf der Insel gebessert haben und ich meine Solarmodul-Anlage mit den Batterien wieder installiert habe, an deren Kabeln Caroline im zweiten Durchgang gerupft hat. Dann zeige ich Ihnen das an Computermodellen.«

Er dehnte seinen runden Oberkörper noch mehr aus wie ein Hahn, der sich plustert. In seinem altmodischen Englisch fuhr er mit fast feierlichem Ton fort: »Sie sollen die erste Person sein, die erfährt, wie die Weltklima-Formel heißt: *Pacific Blue*. In memoriam an die Bausteine, die in der Forschung fehlten, die Ergebnisse meiner Meeresforschung. Die Meere bilden für unser Klima eine Art Langzeitgedächtnis. Sie sind das Herz unseres Klimas, die Pumpe, die unser Klima aktiviert. Besonders der Pazifik, der ein Drittel unserer Erdoberfläche ausmacht. Er ist größer als die

Mondoberfläche. Deshalb habe ich diesen Ort für meine Forschungen gewählt. Es war die weiseste Entscheidung meines Lebens. Dabei musste ich mich im Streit mit meinen Kollegen und meinem Institutsleiter durchsetzen. Ich bin hier, um das El-Niño-Phänomen in meine Weltklima-Formel einzubinden. Das ist mir gelungen. Möchten Sie mehr darüber erfahren oder langweilt Sie diese Materie?«

Er wartete ihre Antwort nicht ab.

Monatelang hatte er keinen Zuhörer gehabt, jedenfalls keinen kompetenten.

»Ich behaupte, es gibt nichts Aufregenderes auf der Welt, als Klimaforschung zu betreiben.

Um den El Niño zu verstehen, muss man das pazifische Passatwindsystem kennen. Ich fange noch mal im ersten Semester an und Sie werden gleich wieder feststellen, wie fesselnd die Zusammenhänge sind. Über Australien liegt normalerweise ein stationäres Tiefdruckgebiet. Hier steigt warme Luft auf, kühlt sich ab und verliert ihre Feuchtigkeit in Form von Regen. In großer Höhe fließt sie nach Osten und sinkt als ausgetrocknete Luft in einer Hochdruckzone vor Südamerika ab. Von dort strömt sie, angetrieben durch die Kraft der Erdumdrehung, nach Westen. Dabei nimmt sie auf der Ozeanoberfläche Feuchtigkeit auf. Der Passatwind ist geboren. Der Kreislauf über dem Pazifik ist geschlossen. Es ist kein Geheimnis, dass dieses Jahr ein El-Niño-Jahr ist. Sein gleichnamiger Meeresstrom ist ein Naturphänomen; er treibt zur Weihnachtszeit – Sie wissen ja, mit *el niño* ist das Christkind gemeint – warmes Wasser vor die südamerikanische Westküste in Höhe von Nordchile, Peru und Ecuador. Es tut mir Leid, wenn ich hier wie ein Schulmeister zu einer Kollegin rede. Das alles ist Ihnen sicherlich geläufig.«

»Nein, sprechen Sie weiter! Die wenigen Semester liegen schon einige Zeit zurück.« Wenn er wüsste, dass ich Leiterin einer eigenen meteorologischen Abteilung bin und über das El-Niño-Phänomen promoviert habe, dachte sie besorgt. Ihr Instinkt trieb sie voran. »Der Name El Niño, das Kind, klingt so harmlos, präziser wäre ›das Teufelskind‹. Darunter kann man sich besser Naturkatastrophen vorstellen. Aber bitte, erzählen Sie weiter. Umso intensiver können wir später diskutieren.«

»Schön, dass ich Sie nicht langweile. Ich muss ein wenig ausholen, um zur Beantwortung Ihrer Frage nach der Hurrikan-Vorhersage zu kommen. Der Passat schiebt das warme Oberflächenwasser in den Westpazifik. Aus Satellitenaufnahmen wissen wir, dass der Meeresspiegel in Indonesien bis zu einem halben Meter höher liegt als vor der Küste Ecuadors. Dies führt dazu, dass die Oberflächentemperatur des Wassers, oder kurz SST, die *sea surface temperature*, im Westpazifik bis zu acht Grad Celsius höher liegt als vor der Westküste Südamerikas. Daran erkennt man, welch ungeheuer starker Druck durch die Passatwinde ausgelöst wird.

Das Oberflächenwasser wird im westlichen Pazifik bis zu neunundzwanzig Grad warm. Diese Wasserfläche nennt man den *West Pacific Pool*. Die Luft über dieser Oberfläche ist besonders feucht, hervorgerufen durch den langen Weg des Passats über den warmen Pazifik. Stößt die feuchte Luft im Westen auf Land, ergeben sich, wie gesagt, starke Regenfälle über Australien und Südostasien.« Schweißperlen bildeten sich auf seinem Gesicht. Sie störten ihn so wenig wie die Fliegen um ihn herum. Er kannte nur sein Klimathema. Sonst nichts. »Was man erst seit kurzem weiß: Dieser *West Pacific Pool* ist eine treibende Kraft in unserem Weltklimasystem. Jetzt wird es interessant. Die steigende, mit Feuchtigkeit geladene Luft pumpt über diesem Pool besonders warme Luft und Wasserdampf in die Atmosphäre, genauer gesagt in die obere Troposphäre, wo sie sich über lange Distanzen bewegen können. Diese so gespeicherte Wärmeenergie verstärkt die *jet streams*, also die atmosphärischen Sturmbahnen, die unser Wetter beeinflussen. Der aufgestiegene Wärmeblock lässt sich mit einem Felsen im strömenden Wasser vergleichen. Solch ein Felsen bestimmt Richtung und Stärke der Wasserströmung. Vereinfacht ausgedrückt heißt das: Wenn der *West Pacific Pool* seinen Umfang oder seine Position verändert, dann ändert sich auch das Wetter der Welt.

In einem El-Niño-Jahr schläft der Passat ein, besonders westlich der Datumsgrenze. Das aufgestaute, bis zu neunundzwanzig Grad warme Wasser des Pools schwappt nach Osten zurück. Wir können das sehr genau mit dem Topex/Poseidon-Satelliten beobachten. Er kann die Meereshöhe bis auf fünf Zentimeter genau messen. Die Zone der steigenden Luft bewegt sich mit dem Pool nach Osten. Und damit ändert sich die Position der steigenden Wärmeblocks in der oberen Atmosphäre. Das Weltklima muss sich ändern.«

»Wenn ich Sie einen Moment unterbrechen darf – es betrifft die Bildung von Hurrikanen. Diese tropischen Wirbelstürme entstehen über Ozeangebieten mit warmem Wasser. Ich glaube ab sechsundzwanzig Grad. Also über dem *West Pacific Pool*. Wenn nun im El-Niño-Jahr das warme Wasser nach Osten treibt, können dann auch im Ostpazifik Hurrikane auftreten?« Dr. Carol Bloom stellte diese eher rhetorische Frage, um schneller an ihr Ziel zu gelangen. Sie wollte sein Vertrauen gewinnen.

»Richtig, richtig! Die aus dem *West Pacific Pool* nach Osten gedrückten, wärmeren Wassermassen gebären Hurrikane, die man in einem Nicht-El-Niño-Jahr nicht kennt. In den Seehandbüchern wird der Ostpazifik südlich des Äquators als hurrikanfreie Zone ausgewiesen.

Wir kennen alle die Folgen des El Niño: An der Westküste Südamerikas Überschwemmungen, in der Atacama-Wüste im Norden Chiles, einem der trockensten Plätze der Welt, entdeckten Botaniker jetzt Pflanzen in grünen Wiesen, die seit über hundert Jahren als verschollen galten. Der Fischreichtum vor der südamerikanischen Küste, genährt durch den kalten Humboldt-Strom, bleibt aus, weil sich das Wasser zu sehr erwärmt hat. Gleichzeitig entstehen Dürren in Australien, Papua-Neuguinea, Malaysia und Indonesien, wodurch die Waldbrände, deren Bilder um die Welt gingen, alles verwüsten. Die Häufigkeit von Cholera, Malaria und Typhus nehmen zu.«

Der Klimatologe hatte sich in sein Thema verbissen. Jetzt war sein Gesicht schweißnass.

Carol Bloom dachte an das Gespräch in der Seglerrunde im Royal Suva Yacht Club. Er wirkte wie ein Einhandsegler, der nach langer Fahrt in einen Hafen kommt und sich die Seele vom Leib redet.

»Ich will Ihnen ein Beispiel für die weltweite meteorologische Verknüpfung geben. Die Verbindung zwischen dem tropischen Pazifik und der nördlichen Hemisphäre heißt, wie Sie sich vielleicht noch erinnern, *Pacific-North-American pattern*, kurz PNA.

Wir in Europa haben eine meteorologische Faustregel, die heißt: Unser Wetter entsteht über Nordamerika. Sie sehen, wie eng der Pazifik und Amerika und Europa klimatisch verknüpft sind.

Ganz gezielt habe ich meine Forschungsstation an einem Scheitelpunkt des Weltklimas, im *West Pacific Pool*, aufgeschlagen. Wir nennen solche Punkte *hot spots*. Ich darf Ihnen verraten, dass ich mich in diesen Flecken namens Nukufero verliebt habe. Eigentlich hatte ich vor, die Formel *Das Nukufero-Syndrom* zu nennen. Wie finden Sie das?«

»Sind Sie verheiratet?«

Carols abrupte Frage schien ihn nicht zu irritieren. »Nein, nie gewesen, nein. Meine Liebe galt immer meiner Forschung.«

Dr. Carol Bloom, die Karrierefrau aus Chicago, nahm wahr, dass er von Liebe sprach. Es kam ihr bekannt vor. »Ich erinnere mich doch richtig, dass die Forschung um das lang bekannte Phänomen der periodischen hohen Wassertemperaturen vor der Ostküste Südamerikas erst vor kurzer Zeit begann?« Sie zog alle Register, um seinen Redefluss nicht zu bremsen.

»Das ist richtig. Wir hatten 1957 und 58 extreme El-Niño-Jahre. Es wurden damals umfangreiche Messungen durchgeführt. Das erstaunliche Ergebnis war, dass sich die küstennahe Erwärmung in jenem Jahr weit in den Pazifik westlich von Peru ausdehnte. Schon damals stellte man fest, dass ein Viertel des Erdumfangs davon betroffen wurde. Der norwegische Forscher Jacob Bjerknes fand als Erster heraus, dass es sich bei El Niño um ein wiederkehrendes klimatologisches Ereignis handelt. Jacob Bjerknes ist im Übrigen mein Vordenker, wenn ich das so ausdrücken darf. Seine Studien zeigten bereits, dass die Erwärmung des Pazifiks eng mit globalen Klima-Anomalien verbunden ist.«

»Dann müsste der Engländer Gilbert Walker auch einer Ihrer Denkväter gewesen sein. Hat er nicht eine Methode entwickelt, die eine Vorhersage der jährlichen Schwankungen der indischen Monsunregenfälle zulässt?«

»Jetzt wird es interessant, junge Kollegin. Jetzt macht mir das Gespräch richtig Spaß. Denn durch Ihre klugen Bemerkungen wird es zum Dialog. Sie fordern mich heraus. Ich freue mich, dass Sie sich mir als Meteorologin offenbart haben.«

Dr. Carol Bloom hatte der Hafer gestochen. Auch sie sehnte

sich nach einer fachlichen Diskussion. Hier traf sie auf eine der größten Koryphäen der Welt. Aber sie durfte sich nicht outen.

»Was Sir Gilbert anbetrifft, haben Sie ins Schwarze getroffen. Ich habe ihm viel zu verdanken. Er erkannte als Erster, wenn der Luftdruck hoch über dem Pazifik ist, dann ist er niedrig über dem Indischen Ozean, und zwar von Afrika bis nach Australien. Das war das erste Mal, dass ein Forscher das Phänomen größerer Zusammenhänge auf der Welt erkannt hatte. Ich bewundere Sie, dass Sie einen Rückschluss zwischen Sir Walker und meiner Arbeit ziehen.«

»Lieber Dr. Lewis, Sie haben mich aufs Spannendste unterhalten. Vieles, was ich schon fast vergessen hatte, wurde mir wieder gegenwärtig. Aber Sie haben immer noch nicht verraten, wie Sie Caroline prognostizieren konnten.«

»Ich kann Ihnen meine Geheimnisse doch nicht gleich am ersten Tag offenbaren. So charmant und interessant ich Ihre Anwesenheit …«

Carol unterbrach ihn. Sie wollte prüfen, wie weit er sich aus dem wissenschaftlichen Balkon zu lehnen wagte: »Existieren inzwischen Beweise, dass es Zusammenhänge zwischen dem El-Niño-Phänomen und der Klimaerwärmung gibt?«

»Zwei Jahrzehnte mit so häufig auftretenden und starken El Niños kommen statistisch gesehen sonst nur alle zweitausend Jahre vor. Deshalb ist anzunehmen, dass die auffällige Häufigkeit von El-Niño-Jahren an der Klimaerwärmung liegen könnte.«

Es schien, dass er sich zu diesem Statement überwand. Ein klares Ja hatte er nicht gesagt. Er wirkte erschöpft. Carol Bloom beschloss, später in dieser wichtigen Frage nachzuhaken.

»Für heute möchte ich abbrechen. Ich muss alle Instrumente säubern. Wenn ich sie heute nicht von der salzhaltigen Feuchtigkeit befreie, sind sie morgen nicht mehr zu gebrauchen. Wie Sie wissen, sind es lauter hoch empfindliche Präzisionsinstrumente.«

»Dr. Lewis, es war mir eine Ehre, Ihnen ein Gesprächspartner zu sein.« Sie wusste, dass ihre geschraubte Redeweise das Ergebnis ihrer inneren Unsicherheit war.

· 25 ·

Auf Nukufero begann eine neue Zeitrechnung. Mit dem
Ende des Hurrikans fing das Jahr Null an. Heute war also der
zweite Tag im Jahr Null. Schon immer hatten sich Alter, Tod
oder besondere Ereignisse auf dieser Insel nach dem letzten
großen Hurrikan gerichtet. David, ältester Sohn des Ariki, wurde
zwei Jahre nach dem größten Hurrikan geboren, an den man sich
erinnerte. Auf Nukufero war ein Hurrikan schon immer das Maß
aller Dinge.

Auf der anderen Seite der Insel, in Raveinga, hatte es etliche
Tote gegeben. Nach der Halbzeit, als der Hurrikan aus Südosten
kam, lag die flache Landzunge, die das Meer vom Süßwassersee Te
Roto trennt, ungeschützt vor den Wellen. Die Menschen flüch-
teten aufs höhere Land hinter dem See, nicht alle Familien schaff-
ten es. Keiner aus Faia hatte die Kraft, an den Klageliedern auf der
anderen Inselseite teilzunehmen, sich einen neuen Weg dorthin
zu schaffen, waren doch alle Pfade durch gebrochene Bäume
unpassierbar geworden.

Die Polynesier hatten die Dachbalken ihrer Hütten wieder mit
den mannstarken Stützpfeilern verlascht. Viele waren dabei, die
Dachlatten neu zu befestigen, über die man später die geflochtenen Palmwedel legen und festbinden würde. Bis zu fünf Schichten legte man übereinander. Sonne drang nicht ein. Wasser kam
nicht durch, auch nicht in der Regenzeit. Die skelettartigen Holz-
gerüste der Hütten passten jetzt irgendwie in die Landschaft. Sie
sahen genau so apokalyptisch aus wie die gesamte Insel.

Trotz des El-Niño-Jahres baute sich der Passat wieder auf. Die
Sonne, das vertraute Wolkenbild und der kühlende Wind ermu-
tigten die Menschen. Der konstante Passatwind suggerierte Trost.
Solange er wehte, nahte kein Unheil.

Karl Butzer hatte den kleinen japanischen Generator für sein Schleifgerät gestartet. Er schliff an diesem Vormittag den vom feinen Sand des Sturms aufgerauten Bereich des Achterschiffs an und strich anschließend die erste Schicht der Grundierung auf. Sie trocknete schnell. Am Nachmittag wollte er noch eine zweite Schicht hinzufügen und dann das Unter- und Oberwasserschiff im hinteren Bereich ein letztes Mal streichen. Er hatte vor, die Insel in wenigen Tagen zu verlassen.

Paul, Willi und Evelyn suchten am Strand nach Überbleibseln. Neben der *Twin Flyer* hatten sie ein Zwischenlager errichtet mit Strandgut ihrer *Morning Star*. Sie suchten nach Lebensmitteln, Spirituosen, Waffen und Drogen. Trotz des Schiffsverlusts schien Paul Gordon nicht unzufrieden. Karl Butzer schloss daraus, dass er viele schwarze Pakete wiedergefunden hatte.

Tonio Heng Fu machte sich auf, um die Insel zu erkunden. Seine Aufgabe war klar umrissen. Er musste mit der Bestandsaufnahme der Kauribäume beginnen. Ihm war es egal, ob die Bäume Blätter trugen oder nicht.

»Soll ich uns einen Salat machen?«, rief Carol dem pinselnden Skipper zu.

»Ja, lass uns eine Kleinigkeit essen. Ich bin es nicht mehr gewohnt, in den Tropen hart zu arbeiten. Beim letzten Anstrich in Neuseeland waren die Temperaturen angenehmer.« Er legte den Pinsel in ein Glas mit Salzwasser und kam zu ihr an Bord.

»Ich habe ein paar Semester Meteorologie studiert, bevor ich die Fakultät wechselte. Es war mir damals zu trocken, zu viel Statistik. Mein Wissen kam mir in meinem heutigen Gespräch mit Dr. Lewis zugute. Er forscht über das El-Niño-Phänomen. Seine Weltklima-Formel ist wahrscheinlich einzigartig. Wenn ich mir vorstelle, dass wir auf dieser einsamen Insel einen Forscher getroffen haben, der womöglich das Unglaubliche erreicht hat, eine Weltklima-Formel zu erstellen, mit der Meteorologen und Klimatologen bis zu drei Jahre im Voraus das Wetter vorhersagen können! Die Formel könnte der Menschheit handfeste Vorteile bringen: Saatgut kann zum richtigen Zeitpunkt ausgebracht werden, Stürme und Überflutungen lassen sich monatelang voraussagen. Hitze- und Dürreperioden können Jahre vorher prognostiziert werden. Du kannst deine Urlaube besser planen. Man schaut in den Computer und erfährt, ob man schon im November Schnee in seinem Skigebiet erwarten kann. Es lässt sich sicherer mit *futures* handeln.«

»Was sind denn *futures*?«

Das hätte ich nicht sagen dürfen, dachte Carol. »Das sind Ernten wie Getreide, Soja, Kaffee, mit denen an Warenterminbörsen gehandelt wird. Genau weiß ich das auch nicht.«

»Ich werde in zwei oder drei Tagen absegeln.« Er sagte es nebensächlich, wodurch es eine besondere Bedeutung bekam.

»Absegeln?«, fragte sie ungläubig und fügte nach einer Gedankenpause hinzu: »Durch den Sturm ist alles anders gekommen. Dieser Hurrikan hat uns getrennt. Wir hatten keine Zeit mehr füreinander, konnten nicht einmal miteinander sprechen.«

»Du hast hier eine Aufgabe. Ich habe das Gefühl, ich lenke dich ab. Für dich ist es besser, wenn ich meine Reise fortsetze.«

»Karl, du hast mich hierher gebracht. Dafür danke ich dir. Aber die Dinge haben sich anders entwickelt. Es gibt keine Hütten. Ich kann nirgends schlafen, es sei denn unter freiem Himmel. Ohne Moskitonetz werde ich verrückt. So wie es aussieht, dauert es Wochen, bis die Insel wieder grün ist und die Hütten wieder gedeckt sind. Wir haben eine Katastrophe gemeinsam erlebt. Ich finde, du kannst jetzt nicht weg. Es gibt hier viele Leute, die dich brauchen. Abgesehen von den Schiffbrüchigen auch Dr. Lewis. Ich brauche dich auch.«

»Carol, wir hatten eine schöne Zeit auf dem Schiff. Seitdem es auf dem Trockenen steht, haben wir keine ungestörte Minute mehr. Jetzt habe ich ein Hotelschiff. Das wird sich nicht ändern. Wo sollen die Hotelgäste hin? Und außerdem«, fügte er hinzu, »wirst du bald mit deiner Arbeit anfangen.«

»Falsch, Karl. Ich kann keinem Inselbewohner meine Fragen stellen. Hier geht es schlichtweg ums Überleben. Man hat andere Sachen im Kopf, als von einer weißen Frau über die Beziehung zu ihrem Schwiegervater und die Pflichten des Onkels zur Nichte ausgefragt zu werden. Ich habe viele Wochen Zeit, bis sich die Lage auf der Insel normalisiert hat. Oder ich muss mich entscheiden, ob ich zurückfahre. Ich tendiere fast dazu, das Projekt abzubrechen. ›Erfolglos wegen übernatürlicher Kräfte‹, steht dann in meinem Bericht.«

»Wenn wir allein wären, dann würde ich mit dir hier bleiben. Sehr gerne. Der Forscher stört mich nicht, im Gegenteil, den finde ich in seiner altmodischen Art amüsant. Aber ich habe zwei Probleme. Das eine ist der Drogenschmuggler. Er ist gefährlich, unberechenbar und bewaffnet. Das andere ist der Halbchinese. Ich mag ihn nicht. Und schon gar nicht sein Gewerbe. Das sind die Menschen, die für Geld durchs Feuer gehen.«

»Sag ihnen, sie sollen ab morgen an Land schlafen.«

»Carol, wir befinden uns auf einer Insel. Eine Insel, zumal in diesem Zustand, ist ähnlich eng wie ein Boot. Auch an Bord kann man sich nicht aus dem Wege gehen. Ich sehe die Spannungen voraus. Noch zwei Tage, und einer geht dem anderen an die Kehle. Ich kann neben diesen Dealern nicht atmen.«

»Ich mache dir einen Vorschlag. Wir bringen das Boot wieder ins Wasser. Wir ankern an derselben Stelle. Nur wir beide gehen an Bord. In wenigen Tagen kann ich überblicken, ob ich mein Projekt durchführen kann. Wenn nicht, segle ich mit dir ein paar Wochen durch die Südsee. Nur wir zwei. Wie findest du das?«

»Einverstanden.« Erleichtert über die Wende plante er: »Morgen gehen wir bei Hochwasser zu Wasser. Es gibt keinen Grund, das Schiff länger an Land zu lassen. Ein Hurrikan folgt niemals dem andern. Im Übrigen heißt es: Seeleute und Schiffe vergammeln an Land.«

Dr. Carol Bloom hatte jetzt zwei Affären. Bei keiner war sie sich über das Ergebnis sicher. Umso erstaunlicher empfand sie es, wie sich die Dinge zu ihrem Vorteil entwickelten.

· 26 ·

»WELCHE SCHUHGRÖSSE HABEN SIE?« Tonio war plötzlich aus dem Gestrüpp erschienen. Er sah erschöpft aus, seine Beine waren verschrammt.

»Größe elf, weshalb?«

»Ich hatte mir von Dr. Lewis Sandalen geliehen. Sie waren zu klein. Ich habe mir die Füße an Ästen und Korallensteinen verletzt. So kann ich die Insel nicht durchstreifen. Es gibt keinen einzigen Weg mehr.«

»Haben Sie Ihre Kauribäume gefunden?«, fragte Karl gereizt.

Tonio Heng Fu war zu sensibel, um diesen Ton zu überhören. Und in seiner diplomatischen Art sagte er ruhig: »Es gibt keinen großen Bestand. Es wird sich für uns kaum lohnen.«

»Was heißt kaum?«

»Kaum heißt, dass ich den Bestand heute nicht ausmachen konnte. Ich werde mich in den nächsten Tagen umschauen, ob es sich lohnt oder nicht. Könnten Sie mir ein Paar Schuhe leihen?«

»Nein! Als Schiffbrüchiger habe ich Sie aufgenommen. Aber als Agent für Tropenhölzer erhalten Sie nichts von mir. Gar nichts. Paul hat Recht. Sie nahmen hunderttausend US-Dollar Bargeld nicht für den Fall aller Fälle mit. Sie wussten im Voraus, dass sich der Abbau hier lohnt und Sie schnell mit Ihrer Dollardiplomatie den Sack zuschnüren müssen, bevor es ein anderer tut. Besitzen Sie nicht genügend Tropenhölzer im eigenen Land? Oder haben Sie die bereits abgeholzt? Pflanzen Sie dort neue Bäume an, dann haben wenigstens die Enkel Ihrer Enkel etwas davon!«

»Mr. Karl, ich glaube, Sie sehen das nicht richtig. Es gibt einen weltweiten Bedarf an Tropenhölzern. Wie international operierende Firmen aus Ihrem Land, kaufen auch wir weltweit ein. Wir verstehen uns nicht als malaiische Firma, die den Binnenmarkt abdeckt, sondern wir sind ein Weltkonzern, wie Esso. Die haben Ölquellen in der ganzen Welt und verkaufen Benzin weltweit. Was gibt's daran auszusetzen?«

»Das will ich Ihnen sagen. Ölressourcen gibt es noch dreißig, vielleicht noch sechzig Jahre. Dann ist Schluss, aus und vorbei. Bis dahin baut Esso längst Solarmodule oder solarthermische Kraftwerke. Bis dahin sind BP, Shell und Esso Betreiber moderner Fusionsreaktoren. Okay, dann haben sie die Ölfelder dieser Welt abgepumpt. Das stört nicht unser Ökosystem, hat wenig Einfluss auf unser Klima. Aber wenn weiterhin so abgeholzt wird wie zurzeit, dann sind die tropischen Waldgürtel in zehn Jahren Wüste. Waren Sie schon mal in einer Wüste?«

»Nun übertreiben Sie mal nicht. Wir schaffen keine Wüsten. Wir betreiben selektiven Einschlag. Unsere Leute gehen sorgsam vor. Wir haben Gesetze zu beachten.«

»Gesetze? Das Gesetz des Dollars. Ich muss Sie nicht darüber aufklären, dass ein Großteil aller tropischen Regenwälder bereits zerstört ist. Dieser Waldraub ist die größte Ausrottung der Erdgeschichte. Wissen Sie, dass diese Regenwälder mehr als die Hälfte aller Tier- und Pflanzenarten beherbergen? Über fünfhundert Baumarten leben auf einem Hektar Tropenwald, in Europa gibt es nur zwanzig und nirgends gibt es so viele Tierarten wie in den Regenwäldern. Allein in Amazonien leben tausendfünfhundert Süßwasserfischarten, in Europa sind es nur sechzig. Berücksichtigen Sie das? Nein!«

»Ich sagte Ihnen, dass wir nur selektive Einschläge durchführen. Wir roden keine Wälder ab. Sie sollten die Dinge nicht verzerren.«

»Mr. Heng Fu, für einen weltgewandten Mann wie Sie mag ich ein weltfremder Aussteiger sein. Sie sollten wissen, ich bin Architekt. Ich habe mich intensiv mit Baumaterialien beschäftigt. In Brasilien wurde mir gezeigt, wie Holzwirtschaft betrieben wird. Sie sehen, ich weiß, wovon ich rede.

Nehmen wir einmal an, es geht um das beliebteste Tropenholz Mahagoni. Diese Urwaldriesen wachsen vereinzelt. Ihre Männer wollen nun einen bestimmten Baum fällen. Allein das Absägen, das Umstürzen und das Abtransportieren schädigt zirka tausendfünfhundert Quadratmeter Wald. Man sagt, zwei Dutzend Bäume werden zu Boden gerissen, wenn ein abgesägter Stamm zu Boden kracht. Wo der Baum stand, entsteht ein Krater. Später fallen beim Sägen mit primitiven Sägen dreißig Prozent des Nutzholzes als Sägemehl an, das zu Holzkohle verarbeitet wird.

Auf den Straßen und Schneisen Ihrer Holzfäller rücken landlose Siedler nach, die – und jetzt komme ich zum zweiten Teil – den bereits verletzten Wald brandroden. Zweihunderttausend *sem tera*, so heißen die Landlosen in Brasilien, legen täglich Feuer, um durch Brandrodung den Boden für die Aussaat von Bohnen und Mais sowie Gras für die Kühe vorzubereiten. Diese Analphabeten wissen nicht, was sie tun. ›Das Feuer ist in den Wald gekrochen‹, sagen sie. Und es ist kein Gouverneur, kein Minister da, der ihnen Halt gebietet. Im Gegenteil: Gouverneure verschenken Kettensägen, um sich die nächste Wahl zu sichern.

Es kommt noch schlimmer: Wenn bei Mahagonibäumen – oder anderen Arten – die Entfernung zwischen den restlichen ihrer Art zu groß wird, können sich die Bäume nicht mehr vermehren. Wissenschaftler nennen diese übrig gebliebenen Einzelbäume ›lebende Tote‹. Ich nehme an, all das ist Ihnen geläufig. Sicher haben Sie eine gute Antwort parat. Sagen Sie, werden Sie für solche Diskussionen geschult?«

»Gut, Sie waren in Brasilien. Wann waren Sie da? Ich war noch vor knapp zwei Wochen mitten im Mato Grosso. Wir haben dort Konzessionen und Sägewerke gekauft. Ihre Informationen sind vielleicht zehn Jahre alt. Meine sind neu. Heute unterliegen alle Konzessionäre der brasilianischen Aufsichtsbehörde. Die Zeiten des Kahlschlags und der Brandrodung sind vorbei. Wo gerodet wurde, wird aufgeforstet. Glauben Sie mir.«

»Mr. Heng Fu, ich muss Ihnen ein Kompliment machen. Sie haben für alles eine Antwort. Sie wären ein guter Politiker geworden. Sie essen doch auch gerne ab und zu Hamburger. In Costa Rica wächst ein Teil der Rinderherden heran, die später als Hamburger bei Fastfood-Ketten über den Tresen gehen. Costa Ricas Wälder schrumpften zwischen 1950 und 1978 von zweiundsiebzig auf vierunddreißig Prozent der Landesfläche. Aus Wald wurden Weiden. Die Elfenbeinküste war ehemals das größte Holzexportland der Welt. Heute ist das Land fast vollständig entwaldet. Dadurch verliert es jährlich Tausende von Hektar Ackerland an die Wüste. Übrigens, Sie haben mir immer noch nicht beantwortet, ob Sie die Wüste kennen.«

»Nein, ich kenne die Wüste nicht. Ich bin nicht im Sandgeschäft, sondern im Holzbusiness.«

»Ich will Ihnen sagen, weshalb ich Ihnen keine Schuhe gebe. Nicht wegen der paar Kauribäume. Die gönne ich Ihnen. Gehen Sie zum Häuptling. Bestechen Sie ihn. Das ist Ihre Sache. Meine Sache ist, dass ich mit Dealern nichts zu tun haben will.«

»Mr. Heng Fu«, mischte sich Carol in ihr Streitgespräch ein, »Sie als Malaie müssen doch besonders sensibel auf das Thema Ökosystem reagieren. Direkt vor Ihrer Haustür brannte es monatelang. Malaysia und Indonesien kommen nicht mehr aus der Weltpresse wegen ihrer Flächenbrände. Der Smog zog über ihre Heimatstadt Kuala Lumpur, über ihr ganzes Land und über Südostasien. Dabei sind sie einer, der an den Rädchen dieses Uhrwerks mitdreht.«

»Frau Dr. Bloom, wir alle drehen mit. Sie als Amerikanerin besonders. Amerika ist der größte Holzimporteur der Welt. Man fährt Autos, die enorme Mengen Kohlendioxid in den Himmel blasen. Ihre Häuser sind schlecht isoliert. Ich glaube, die USA verbrauchen sechzig Prozent der Energie dieser Welt und stellen nur vier Prozent der Bevölkerung. Nur weil wir ein paar tausend Bäume im Jahr schlagen, für deren Neuanpflanzung wir bezahlen, breiten Sie beide ein Horrorszenario aus. Ich muss das für meine Firma grundsätzlich zurückweisen«

Karl Butzer hakte nach: »Es fällt mir auf, dass Sie auf keines unserer Argumente eingegangen sind. Eine Diskussion ist offensichtlich nicht möglich. Von Ihrem vorgetäuschten Harmoniebedürfnis lasse ich mich nicht einlullen.«

Carol wollte verhindern, dass noch mehr Öl ins Feuer gegossen wurde. »Karl, ich glaube, wir sind durch den Hurrikan alle ein wenig überreizt. Lasst uns dieses Gespräch in den nächsten Tagen noch einmal in Ruhe angehen. Ich hätte auch noch einiges zu sagen.«

Karl überhörte sie bewusst: »Privat sind Sie bestimmt ein netter Gesprächspartner, sicherlich irgendwo in Kuala Lumpur ein engagiertes Clubmitglied und geachtet in Ihrer Gemeinde. Aber Sie haben sich verkauft. Sie können es sich nicht einmal mehr leisten, mit uns zu diskutieren. Der Zufall hat Paul und Sie zusammengebracht. Der mag Sie zwar nicht. Und sehr wahrscheinlich finden Sie ihn auch zum Kotzen. Dabei wisst ihr gar nicht, wie ähnlich ihr euch seid. Tropenholz oder Tropendrogen? *There is no fucking difference, Mr. Heng Fu.*«

Dr. Carol Bloom hatte noch nie eine Abrechnung gehört, die sie persönlich so traf. Obwohl sie gar nicht ihr gegolten hatte.

PAUL GORDON HATTE SICH EINEN DER SCHÖNSTEN PLÄTZE auf der Insel für seinen Mittagsschlaf am Tag Zwei im Jahre Null ausgesucht. Er lag am Fuße einer strandnahen Palme mit dem Rücken zum Stamm. Als er erwachte, blickte er auf das Meer, den Horizont und die weißen Passatwolken. Den verwüsteten Strand mit angeschwemmten Korallenblöcken und den Wrackteilen konnte er von seiner Anhöhe aus nicht sehen und von der Katastrophenlandschaft hinter sich wollte er ohnehin nichts wissen.

An den Nachbarpalmen lehnten Evelyn und Willi. Sie schliefen noch. Neben sich hatten sie den Fund des Tages aufgebaut: zwei Dutzend Lebensmitteldosen, deren Etiketten sich gelöst hatten; zwei Munitionskisten, ein Gewehr, eine Kiste philippinischen Rum und ein Dutzend schwarze Pakete.

Paul Gordon schaute auf seine zerschundenen Beine, Hände und Arme. Seine Schulter schmerzte. Doch all diese Blessuren hatten sich gelohnt, denn er hatte fast die gesamten Drogenpakete retten können. Seine Partner würden ihm nichts mehr anhaben. Aber wie sollte er die Ware von der Insel schaffen?

Erst der Hurrikan, dann die Rettung, danach die erfolgreiche Suche nach den Drogen und zum Schluss werden wir auch einen Weg finden, die Pakete von der Insel zu schaffen, Paul Gordon machte sich niemals schwarze Gedanken über zukünftige Probleme. Erst wenn eine Lösung erforderlich wurde, fing er an nachzudenken.

Paul Gordon war nicht unzufrieden. Zur Feier des Tages hätte er gerne einige kalte Biere getrunken, aber dieser Deutsche war kein Trinkkumpan. Er rüttelte Willi wach und befahl ihm, die Sachen ins Lager zu bringen. »Ich besuche David. Der scheint Spaß an einem guten Schluck zu haben, vielleicht auch an einem guten Joint.« Mit einer Flasche Rum und einem schwarzen Paket humpelte er in Richtung der einzigen intakten Hütte, dem Häuptlingshaus.

David stand in seinem *lava lava* inmitten seines Clans. Die Pfeife im Mund. Jedermann außer ihm arbeitete. Sie versuchten, ein großes Segel über das Dach zu ziehen. Anders als in Pauls Heimatland gab der Vormann hier keine Anweisungen. Jeder schien zu wissen, was zu tun war. Auch ein Fremder hätte David sofort als den Führer auf dieser Baustelle erkannt. Er stand, rauchte, lächelte. Seine Korpulenz zeichnete ihn als angehenden Häuptling aus. Als er Paul sah, fiel sein Blick sofort auf die Flasche. Sein Lächeln verstärkte sich.

»Woher habt ihr das Segel? Ist vor mir schon eine Yacht gestrandet?«

»Früher haben wir nachts die ankernden Schiffe überfallen. Wir nahmen uns, was wir brauchten. Heute fragen wir danach und bieten etwas zum Tauschen an.« David lachte laut.

»Alles, was ihr von meinem Schiff findet, gehört euch. Ich habe das Wichtigste geborgen. Wie wär's mit einer kleinen Party und ein paar Drinks?«

»Lass uns erst das Segel festbinden. Wenn wir ein Dach über dem Kopf haben, sieht der Herr da oben uns nicht so genau.«

»Einverstanden.« Paul hatte mit David die richtige Wahl getroffen. Der reagierte so wie ein Schotte in seiner Heimatstadt Glasgow. Gottesfürchtig, aber nur außerhalb des Pubs.

Als die Dämmerung kam, verbrannten die Frauen an mehreren Stellen um die Hütte getrocknete Kokosnussschalen. Es war das beste Mittel gegen die Moskitos, die sich besonders nach dem Regen stark vermehrt hatten.

Pauls Vorstellung, eine Flasche mit einem guten Trinkkumpan zu teilen, ein bisschen Spaß zu haben, sich ein paar Witze zu erzählen und dabei die letzten Tage zu vergessen, erfüllte sich jedoch nicht. Kaum saß er an dem ihm zugewiesenen Platz – kaum hatte David die Tillylampe angezündet – kamen aus dem Dunkel, wie vom Licht angezogen, Männer des Clans, die er bis auf Jonathan noch nie gesehen hatte. Jeder in seinem Wickelrock, alle mit freiem Oberkörper. Jeder besaß eine Pfeife, einige hatten ein billiges Sturmfeuerzeug dabei. Die Stange Tabak steckte im Rock.

Stumm, ohne Fragen, ohne Augensprache wusste jeder vom anderen, wann der das Messer, das kleine Schneidebrett oder das Feuerzeug benötigte. Kleine Scheiben wurden von der Tabakstange abgeschnitten. Diese Stücke wurden dann in die Hand genommen und zwischen den Händen so lange gerieben, bis die faserigen Tabakteilchen sich gelöst hatten. Dabei blickte keiner auf das Messer, das Brettchen, auf seine Hände oder die Pfeife. Alle Augen hingen an Paul, seiner Flasche und dem schwarzen Paket.

»David, schenk ein!« Paul wurde ungeduldig, hatte zu lange auf den ersten Schluck des Tages gewartet.

David füllte den einzigen, ehemals blauen Plastikbecher voll. »Auf unseren Freund Paul!« Er leerte den Becher mit einem Zug und füllte ihn erneut.

»Der Schluck erinnert mich an meine besten Zeiten.« Paul zog nach, nahm einen langen Zug und reichte den Becher weiter. Er schüttelte sich am ganzen Körper. Grinsend erklärte er, weshalb sich ein guter Trinker immer schüttelt: »Damit das Zeug sich schnell im ganzen Körper verteilt.«

David übersetzte es seinen Männern.

Sie lachten, begierig, weitere solcher Erfahrungen von dem weißen Mann kennen zu lernen.

Inzwischen war ein halbes Dutzend Männer unter dem Zeltdach versammelt. Es hatte sich im Clan herumgesprochen, dass Davids Gast eine Flasche Rum hatte. Verglichen zu ihrem selbst gebrauten *kaleve* eine Kostbarkeit.

»Bei *kaleve* müssen wir uns auch alle schütteln. Weil er so sauer schmeckt.«

David lachte. »Ihr könnt euren eigenen Rum machen. Zuckerrohr habt ihr, ich habe es bei den Kindern gesehen. Was ihr braucht, ist eine Presse, um den Saft aus dem Zuckerrohr zu sammeln. Die könnt ihr selber bauen. Ich zeige euch, wie ihr aus dem Saft Rum destilliert.«

»Mr. Paul, wir wollen keinen Alkohol auf der Insel. Hier in Faia darf keiner *kaleve* herstellen. Die Häuptlinge haben beschlossen, dass keiner Bier oder Rum auf die Insel bringen darf. Ausgenommen sind natürlich Gäste.« Es war der junge Katechist John, der älteste Sohn Davids, der ihn ansprach.

Paul drehte sich zu ihm um: »Glauben Sie ernsthaft, dass Gott etwas gegen einen Schluck Rum hat? Ihr gehört zur Anglikanischen Kirche. Ich komme auch aus einer strengen anglikanischen Familie. Bei uns wurde viel gearbeitet, viel gebetet und viel getrunken.«

»Mr. Paul, keiner hat nach einem solch verheerenden Hurrikan etwas dagegen, ein wenig zu feiern. Meinen Sie nicht, es geht auch ohne Alkohol?«

»Eine Feier ohne Drink ist nichts. Und wenn ich Ihren Vater und seine Freunde anschaue, haben auch die großen Spaß an dem einen oder anderen Schluck. Am besten, Sie trinken mit uns.«

»Nein, danke, ich habe in Honiara zu viele betrunkene Menschen gesehen. Und auch hier auf Nukufero. Ich bin gegen Alkohol.«

Paul drehte sich um und fragte David: »Sollen wir den letzten Rest mit Wasser verlängern oder soll ich eine neue Flasche organisieren?«

Paul kroch bis an den Hüttenrand, stellte sich draußen auf die Füße und holte im Schein der Tillylampe zwei neue Flaschen aus seinem Depot. Nach seiner Rückkehr machte der blaue Becher wieder die Runde.

David stimmte plötzlich einen lauten Gesang an. Das Lied hatte nichts mit den gefühlvollen, polynesischen Gesängen zu tun, die Paul kannte. Es war eine Art wildes Geschrei, mit sich wiederholenden Refrains, ein Kriegslied, das er mit fuchtelnden Armen vortrug. Immer wieder rief er singend: »Wum, wum, wum.« Dabei zitterte sein schwerer Körper. So abrupt wie er begonnen hatte, hörte er auf und erklärte den Sinn. Es sei ein Begrüßungslied für das neuseeländische Kriegsschiff, das vor Jahren zu Ehren seines Vaters zwölf Schuss Salut gefeuert hatte. Dann fing er ein neues Lied an. Es war melodischer und gefiel Paul besser. Auch dieses hatte Davids Vater komponiert.

»Wenn du nachts im Kanu allein bist, mit einem *mahi-mahi* – ihr nennt ihn Golddorade – lange gekämpft hast, ihn endlich zwischen Ausleger und Kanu ins Boot ziehen willst und ein Hai dir den Fischkörper abbeißt, so dass du nur noch den Kopf am Haken hast – davon handelt dieses Lied. Jetzt bist du dran!« Es klang wie ein Befehl.

Paul hatte manchmal, wenn er blau war, auf den Nachtwachen gesungen. Aber nur die gängigen Schlager seiner persönlichen Hitparade. Heute hatte der Rum seine Kehle geölt und er sang das Lied, von dem er meinte, dass es am besten zu ihm passte. Paul Gordon sang alle vier Strophen von *Who is afraid of the drunken sailor early in the morning.* David lachte am lautesten.

Als sie bei der dritten Flasche angekommen waren, war ihm nach seiner »Nachspeise«. Er öffnete im fahlen Licht der Petroleumlampe ein schwarzes Päckchen.

»Ich habe noch einen Spezialtabak mitgebracht. Er kommt in Klumpen genau wie euer Tabak. Nur diesen macht man nicht durch Kleinschneiden und Reiben in der Hand bröselig, sondern durch Erhitzen über einer kleinen Flamme. Schaut: das Feuerzeug unter die Aluminiumfolie, das Zeug erwärmen, in Krümel reiben und dann in den Tabak mischen.« Er reichte jedem eine halbe Pfeifenfüllung. Sich selber drehte er eine Zigarette aus der Viertelseite einer neuseeländischen Segelzeitschrift von Bord der *Twin Flyer.* Neugierig genossen die Männer den neuen Geschmack, schnüffelten an dem fremden Duft und nickten Paul anerkennend zu.

Paul lehnte sich gegen den starken, hölzernen Stützpfeiler. Er genoss jeden Zug. Tief sog er den Rauch ein, behielt ihn lange in seiner Lunge und entließ ihn langsam in den Dunst der Hütte. Der blaue Becher kreiste weiter. Die Männer genossen ihre Pfeifen mit dem neuen Tabak des weißen Mannes und die wohlverdiente Entspannung nach dem Sturm.

Paul bemerkte den ersten Wärmeschub des Marihuanas. Er beobachtete David und die Männer. Langsam müssten auch sie die ersten Zeichen spüren. Aber sie vertrugen mehr als der weiße Mann. Sie waren trinkfester und jointstabiler.

»Ich bin so glücklich. Ich weiß gar nicht warum. Der Hurrikan ist vorbei. Du bist hier, Paul. Meine Freunde sind hier. Ich bin richtig glücklich.«

Jetzt wusste Paul Gordon, dass David high war. Er hatte den Häuptlingssohn zum Freund. Morgen würde David mehr verlangen. Und seine Freunde auch.

»Kommt, man kann nicht nur auf einem Bein stehen. Ich gebe noch eine Runde Tabak-Spezial aus.«

Der Satz mit dem einen Bein gefiel den Männern offensichtlich. Sie kicherten.

Und jetzt kam das, was Paul den *funny point of no return* nannte. Alle lachten, hatten keinen offensichtlichen Grund dazu; aber die Warze auf der Wange des einen genügte, um den Nachbarn zum Losbrüllen zu bringen.

»Auf einem Bein stehen. Ich kann sogar auf einer Arschbacke rauchen.« Jonathan der Bedächtige war inzwischen auch vom Joint aufgeheizt.

»Mann, bin ich glücklich.« David fiel zu seinem Grinsen nichts anderes ein. »Seid ihr auch so glücklich?«

Angetörnt rief einer der Männer: »Ich sehe ein Segelboot. Es kommt direkt auf die Insel zu. David, lasst uns zum Strand laufen. Es hat Tabak für uns alle.« Dabei zeigte er zum Segel auf dem Dach.

»Leute, in die Boote, wir fahren der Yacht entgegen.« David versuchte aufzustehen, rollte dabei auf die Seite.

Die Männer brüllten los.

»Männer, hier ist die Yacht. Ich bin der Skipper. Ich bringe euch guten Rum und Tabak-Spezial. Wo ist die Flasche? Ein Skipper braucht immer die Flasche.« David schenkte den Becher voll und nahm einen guten Schluck. Sein Blick in die schummerig beleuchtete Männerrunde zeigte, dass es eine gelungene Party war. Er goss nach und ließ den Becher kreisen.

»Wer möchte noch etwas von dem Tabak des Glücks haben?«, lallte Paul.

Die Männer stopften inzwischen umständlich ihre Pfeifen. Einige waren nicht mehr dazu im Stande, fanden die Öffnung nicht mehr, schütteten den Tabak daneben. Dabei lachten sie, konnten sich nicht beruhigen, kreischten laut, als ihre Finger die Pfeifenöffnung verfehlten. Paul imitierte mit der linken Hand einen Pfeifenkopf, drang mit seinem rechten Zeigefinger in das Loch und bewegte den Finger hin und her. Die Polynesier verstanden und schrien vor Vergnügen.

»Ihr müsst das Zielen besser üben. Am besten heute Nacht.«

Alle machten seine Bewegungen nach und riefen laut im Chor: »Heute Nacht wollen wir üben. Heute Nacht wollen wir üben. Heute Nacht …«

»Schluss! Aus! Aus!« Vom hinteren Teil der Hütte war John gekommen.

»Mr. Paul, bitte verlassen Sie sofort das Haus. Die Männer wissen nicht mehr, was sie tun. Sie haben sie entehrt, haben die Gastfreundschaft meines Vaters ausgenutzt.« John, der zukünftige Pfarrer, der Mann, der morgens um sechs und nachmittags um fünf die Andacht leitete, der den Kindern sonntags Bibelunterricht erteilte, der tagsüber für seine neue Familie ein Haus baute, nachts mit dem Auslegerkanu Fische fing: dieser junge Mann sah in Paul den leibhaftigen Bösen.

»Wir feiern hier das Ende des Hurrikans. So kann man eine Feier unter Männern nicht beenden. Mann, wir könnten alle die Palmen von unten wachsen sehen.«

»Bitte, gehen Sie. Die Party ist vorbei.«

»Ich will dir was sagen. Ich hatte zwei Frauen. Beide haben mich beim Feiern immer gestört. Bis ich sie ihren Müttern zurückgeben musste. Sie haben nicht verstanden, dass Feiern meine Lieblingsbeschäftigung ist. Es kommt sogar noch vorm Ficken. Dein Vater ist glücklich, deine Verwandten habe ich glücklich gemacht. Und euer Gast ist auch glücklich. Kann man eine glückliche Party stören? Nein, also trink mit und hol deine Pfeife.«

»Mr. Paul, mich interessieren Ihre Frauengeschichten nicht. Keiner ist hier glücklich. Sie sind alle voll …«

»Wart ihr als Heiden nie voll? Voll mit *kaleve*, eurem Kokosschnaps? Oder voll mit *kava*, diesem Abwaschwasser? Bevor ihr getauft wurdet, waren die Männer auf Nukufero und im ganzen Pazifik bei jeder Feier voll. Ihr Scheißchristen schenkt sonntags jedem einen Schluck Messwein aus und meint, das sei genug. Scheiße ist das. Der Mensch will feiern, saufen und einen guten Smoke haben.«

John hatte sich gefangen. Seine christliche Toleranz hatte sich durchgesetzt. »*Kaleve* und *kava* gehörten zu unserem Kulturgut. Sie wurden nur zu bestimmten Zeremonien getrunken. Diese Zeiten sind vorbei. Jetzt sind wir Christen.«

»Weshalb verbietet eure Kirche die alten Zeremonien, die alten sexy Tänze? Ihr modernen Christen seid ja schlimmer als die Missionare. So eine Scheiße. Die Leute wollen Spaß haben. Aber ihr trockenfurzigen Christen wisst nicht, was Spaß ist.«

»Wir möchten keine Ausschreitungen wie heute Abend. Deshalb verbieten wir das. Wir wollen nur das Beste, Mr. Paul.«

»Ihr Christen seid alle Heuchler. Jeder von euch kaut hier Betelnuss. Du weißt, das macht high. Das Kalkpulver zerstört eure Zähne. Es lässt eure Leute an Mundhöhlenkrebs verrecken. Aber bitte, nur keine Ausschreitungen. Hahaha. Ihr verwechselt Spaß mit Ausschreitungen. Wer ist denn heute Abend ausgeflippt? Nur Sie, Mr. Spielverderber!«

Es war nicht das erste Mal, dass Paul meinte, gut drauf zu sein, während andere das nicht so sahen.

·28·

»Wann wächst das erste Grün wieder?«

Tonio hatte zwei gute Gründe, diese Frage an Dr. Lewis zu richten. Er wollte wissen, wann mit der Wiederherstellung des Normalzustandes auf der Insel zu rechnen war und er mit seinen Verhandlungen beginnen konnte. Und er wollte das Gespräch auf ein harmloses Thema richten, um von seinen Holzgeschäften abzulenken.

»Als Student habe ich zwei Hurrikane in der Karibik erlebt. Bäume waren geknickt, aber beide Wirbelstürme haben Sträuchern und Bäumen ihre Blätter gelassen. David sagte, dass es in einer Woche wieder grünt und nur bei den Palmen länger dauert.«

Sie saßen wie am Abend zuvor im Cockpit beim Essen. Diesmal war der Tisch nicht so feierlich gedeckt. Evelyn hatte gekocht. Es gab Curryreis mit Hühnerschenkeln, pikant gewürzt und angebraten, mit Dosengemüse garniert. Paul fehlte, er feierte in Davids Hütte.

»Im Augenblick sieht es hier so aus wie nach den Brandrodungen.« Karl ließ das Thema nicht ruhen. Für ihn war eine Auseinandersetzung erst abgeschlossen, wenn jeder Kontrahent sein letztes Argument geäußert hatte. »Sie müssen wissen«, fuhr er fort und wandte sich an den Forscher, »Tonio und ich hatten heute Nachmittag eine kleine Diskussion. Das heißt, diskutiert wurde nicht. Er hat sich nicht gestellt.«

»Ging es um das Abbrennen von Wäldern?«

»Sehen Sie, Dr. Lewis, unser Gastgeber meint immer noch, selektiver Einschlag, so wie wir ihn betreiben, hätte etwas mit Brandrodung zu tun. Ich habe versucht, ihm das auszureden. Es ist mir nicht geglückt. Vielleicht können Sie ihn freundlicherweise aufklären.«

»Ich kenne Ihre Diskussion nicht, deshalb kann ich nur Fakten nennen. Weltweit wird pro Jahr ein Gebiet so groß wie England abgeholzt. Die Gründe sind unterschiedlich. Die Gier nach Tropenhölzern ist nur ein Teil des Kuchens. Zelluloseherstellung, also Papiergewinnung, erfolgt hauptsächlich in den nördlichen Ländern. Staudämme, Landgewinnung für Ackerbau, Plantagen mit Monokulturen aber auch riesige Rinderfarmen sind ein anderes Motiv. Für das größte industrielle Projekt der Welt, den *Grande Carajas* in Brasilien, wird zurzeit ein Regenwaldgebiet von der Größe Zentraleuropas in eine gigantische industrielle Zone verwandelt.

Die Brandrodung hat nicht direkt mit dem Geschäft von Mr. Tonio zu tun. Aber da sind die indirekten Folgen! Wo in dichtem Wald eingeschlagen wird, kommen anschließend Siedler, nutzen die neuen Trassen und brandroden sich ihren Claim in den Wald. Für sie bedeutet es, dass sie kostenloses Land erwerben können. Etwas, was es sonst nirgends auf dieser Welt gibt.«

»Nun hören Sie es aus wissenschaftlichem Mund. Meine Firma hat nichts mit Brandrodung zu tun. Es macht keinen Sinn, wenn wir eine Holzabbau-Konzession erwerben und danach unseren eigenen Bestand abbrennen. Wir sägen nicht das Bein von dem Stuhl ab, auf dem wir sitzen.« Triumph lag in Tonios Stimme.

»Sie haben ein schönes Beispiel gewählt, ein treffendes. Sie haben mir dadurch viele Argumente erspart, auf die Sie ohnehin nicht eingehen würden. Schauen Sie, ich habe dieses Schiff selbst gebaut. Der Innenausbau sollte eigentlich aus Teakholz von Honduras sein. Ein ideales Bootsbauholz. Ich habe stattdessen eine ähnliche Qualität bei unseren einheimischen Hölzern gefunden. In Europa werden Edelholzbäume wieder aufgeforstet. Aber Ihre Firma schert sich einen Dreck darum, ob neue Mahagonibäume in Amazonien, Teaksetzlinge in Burma oder kleine Kauris auf Nukufero angepflanzt werden. Ihr Geschäftsprinzip heißt: *Cash and run*. Nach mir die Sintflut.«

»Sie sind kein Holzfachmann und argumentieren demagogisch.«

Tonio Heng Fu war ein geschulter Mann. Gegen kontrovers geführte Debatten war er gewappnet. Er hatte mehrere firmeninterne Seminare besucht. Deren oberste Regel hieß: Verhalte dich stets nach dem Bungee-Jump-Prinzip – den Gegner von alleine auspendeln lassen.

Genau das versuchte Tonio Heng Fu mit Karl Butzer. Doch der ließ sich nicht auspendeln. »Eines Tages werden Ihre Kinder fragen: Papi, wieso hast du mitgeholfen, all das schöne Holz auf dieser Welt abzuschlagen? Dann gibt es nur zwei Möglichkeiten: sich um die Antwort zu drücken oder die Hosen runterzulassen und zu sagen: Tut mir Leid mein Sohn, ich habe nur an meine Karriere gedacht.«

»Was fällt Ihnen ein, mich zu beleidigen? Sie ziehen meine Familie in den Dreck.« Tonio Heng Fu war aufgesprungen. Noch niemals hatte er bei einer Diskussion seine Beherrschung verloren. Oder wie man in seiner Heimat sagt: sein Gesicht verloren. »Das nehmen Sie sofort zurück!«

»Setzen Sie sich bitte.« Dr. Lewis hatte sich ebenfalls erhoben und streckte nun wie ein Pfarrer seine Arme über dem Tisch aus. »Kein Mensch hat Sie beleidigt. Es geht hier um ein Grundsatzthema, das von zwei Disputanten unterschiedlich bewertet wird.«

»Unser ehemaliger Außenminister, Henry Kissinger, hätte jetzt gesagt: Ein Problem kann man nur auf seinem Höhepunkt lösen. Offensichtlich ist bei diesem Problem der Höhepunkt noch nicht erreicht. Mit anderen Worten, es wird weiter geholzt, bis die Kinder von Mr. Heng Fu wahlberechtigt sind.« Das war Carols Unterstützung für Karl.

Auch Halbchinesen werden rot vor Wut. »Die Europäer und auch die Amerikaner spielen gerne Weltrichter. Kein Thema, bei dem ihr nicht den Finger hebt. In meinem Land sagt man, die höchste Erhebung der Welt ist der westliche Zeigefinger. Bei den Umweltkonferenzen in Rio, Berlin und Kioto habt ihr eure Richtlinien festgelegt und eure Prognosen verkündet. Die Dritte Welt hatte nur zu kuschen. Es ist grotesk, dass die westlichen Industriestaaten die schlimmsten Umweltsünder sind und gleichzeitig die Richter spielen. Die paar Bäume, die als Folge unseres Einschlags abgebrannt werden, sind dagegen Peanuts.«

»Tonio, ich bin Mitglied des IPPC, des *Intergovernmental Panel on Climate Change* der Vereinten Nationen. Dazu gehören zweitausend der führenden Wissenschaftler der Welt. Wir haben festgestellt, dass die globale Erwärmung mit wachsender Geschwindigkeit fortschreitet. Hauptursache ist das Verbrennen fossiler Stoffe wie Kohle, Erdöl, Erdgas und Holz. Die CO_2-Konzentration in der Luft ist heute bereits um fünfundzwanzig Prozent höher als in vorindustrieller Zeit. Mehr als fünfzig Prozent der künstlichen Erwärmung der Erde gehen auf das Konto der CO_2-Emissionen. Und jetzt komme ich zu Ihren abgebrannten Bäumen. Zwei bis vier Milliarden Tonnen CO_2 werden jährlich durch Abholzen und Verbrennen von Wäldern erzeugt und in die Atmosphäre geblasen. Wir reden hier also nicht über Peanuts.«

Carol Bloom konnte nicht länger schweigen: »Zunächst einmal sollte man bei so einer hitzigen Diskussion festhalten, dass CO_2 für alle Lebewesen auf der Erde lebenswichtig ist. Denn nach dem Prinzip der Fotosynthese wandeln alle Land- und Wasserpflanzen mit Hilfe der Sonnenenergie CO_2 und Wasser in Sauerstoff und Zucker um. Die Pflanzen produzieren damit eine Nahrungskette unvorstellbaren Ausmaßes. Tiere und Menschen atmen am Ende dieser Kette Sauerstoff ein und CO_2 und Wasser wieder aus. Außerdem sollte man sich klar machen, weshalb Kohlendioxid mit dazu beiträgt, den Treibhauseffekt zu verstärken. Wie ich aus meinem Studium weiß, gibt es auch einen natürlichen Treibhauseffekt. Die Sonne bringt gewaltige Energien in Form kurzwelliger Strahlung auf die Erde. Von der Erdoberfläche entweicht jedoch nur ein Teil davon zurück in den Weltraum. Der größte Teil wird in langwellige Strahlung, in Infrarotstrahlen, umgewandelt. Die so genannten Treibhausgase CO_2, FCKW, Methan oder Lachgas sind natürliche Gase. Sie wirken seit Entstehung der Erdatmosphäre als Speicher für die Sonnenenergie und erwärmen die Erdoberfläche auf ein angenehmes Maß. Vorausgesetzt, die Gase sind in natürlicher Konzentration vorhanden. Und jetzt kommt der Knackpunkt. Je mehr Treibhausgase durch menschliche Aktivitäten zusätzlich in die Atmosphäre gelangen, desto mehr Wärme wird in ihnen fest gehalten. Dieser Überschuss an Treibhausgasen bewirkt, dass die atmosphärische Hülle nicht genug Energie in den Weltraum entweichen lassen kann.«

»Aber was hat das Ganze mit den paar Kauribäumen auf dieser kleinen Insel zu tun? Sie bauschen das Thema viel zu sehr auf«, schaltete sich mürrisch der Holzagent ein.

»Sehr viel, Mr. Tonio, das werden Sie gleich hören.« Lewis wandte sich Carol zu. »Das haben Sie gut erklärt. Lassen Sie mich nur noch etwas hinzufügen, vielleicht wird das Beispiel mit dem Treibhaus dann noch deutlicher. Die Atmosphäre besteht zu neunundneunzig Prozent aus einem Gemisch von Sauerstoff und Stickstoff. Im letzten Jahrhundert entdeckten Wissenschaftler zusätzlich so genannte Spurengase. CO_2 ist das Bedeutendste. Wie Carol richtig gesagt hat, wirken sie ähnlich wie die Glasscheiben eines Treibhauses. Sie lassen das Sonnenlicht durch die Lufthülle hindurch zur Erde strömen, fangen aber einen großen Teil der zurückgesandten Infrarotstrahlen ab. Ohne diesen Effekt – hauptsächlich erregt durch Wasserdampf und Kohlendioxid – gäbe es auf der Erde kein Leben. Die durchschnittliche Lufttemperatur bei uns würde nicht bei plus fünfzehn Grad, sondern bei minus fünfzehn Grad liegen.«

»Alle reden vom Treibhauseffekt«, unterbrach Karl den Wissenschaftler. »Ich halte den Ausdruck für falsch. Die Menschheit stellt durch Ignoranz die Luftheizung unseres Planeten Erde höher und erfindet dieses Kuschelwort. Treibhauseffekt, da denke ich an gezüchtete Erdbeeren, nicht an eine nahende Weltkatastrophe.«

Dr. Lewis wandte sich erneut dem Holzagenten zu: »Zurück zu Ihnen, Mr. Heng Fu. Verstehen Sie, wie wichtig der Kohlendioxidhaushalt ist? In meinem Büro hängt eine Satellitenaufnahme des brasilianischen Bundesstaates Rondónia aus dem Jahre 1987. Rondónia liegt im westlichen Amazonasgebiet und grenzt an Bolivien. Der Staat ist zirka so groß wie Italien. Das Foto zeigt, dass der ganze Staat in Flammen steht.«

»Wir arbeiten erst seit kurzer Zeit in Brasilien. Damit haben wir nichts zu tun.«

»Lieber Tonio, ich habe nicht gesagt, dass Ihre Firma Feuer gelegt hat. Als Wissenschaftler beziehe ich mich nur auf Fakten. Seit hundert Jahren besitzen wir hinreichend verlässliche Wetterbeobachtungen. 1998 war eindeutig das wärmste Jahr in der Geschichte. Insgesamt brachten die Neunzigerjahre weltweit die fünf wärmsten Jahre seit Beginn der Temperaturaufzeichnungen.

Die Durchschnittstemperaturen sind seit 1860 um 0,7 Grad Celsius wärmer geworden. Eine Erwärmung um nur 0,1 bis 0,2 Grad Celsius führt in der Sahelzone, in Afrika, bei gleich bleibendem Niederschlag dazu, dass die Wüste hundert Kilometer weiter vordringt.«

»Tonio interessiert sich nicht für Wüsten«, platzte es aus Karl heraus.

Der Forscher ließ sich nicht ablenken: »In Sibirien liegen die Jahresdurchschnittstemperaturen drei bis fünf Grad höher als zu Beginn des Jahrhunderts. Europas Gletscher haben seit hundertfünfzig Jahren die Hälfte ihres Volumens verloren. Und der größte Gletscher der gemäßigten Breiten, der Bering-Gletscher, verlor zehn Kilometer, allein in den Neunzigerjahren einen Kilometer. Steigen die Emissionen der Treibhausgase weiter ungestört an – gegenwärtig sind es weltweit ein bis drei Prozent pro Jahr –, wird es Ende des nächsten Jahrhunderts um zwei bis vier Grad wärmer auf der Erde sein. Der CO_2-Gehalt in der Atmosphäre hätte die höchste Konzentration seit mehr als zweihunderttausend Jahren.«

Für Dr. Carol Bloom, immer noch Leiterin des fernen *met office* der Firma Fynch & Baker in Chicago, waren Analysen das tägliche Brot: »Wir brauchen uns gar nicht mit Gletschern, der Antarktis oder den Tropen zu beschäftigen. Schauen wir nach Europa. Auch da ist die gute alte Welt nicht mehr in Ordnung. Die Niederschlagsmenge ging seit Beginn des Jahrhunderts um zwanzig Prozent zurück. Spanien litt in fünf aufeinander folgenden Jahren an großer Trockenheit. Im Südosten, in Andalusien, fielen im Jahre 1995 nur fünf Zentimeter Regen. Der längste Fluss Griechenlands, der Acheloos, verlor in vier Jahren vierzig Prozent seiner Wassermenge. In England verzeichnete man seit 1976 drei Jahre der Dürre. Ein Phänomen, das sonst nur alle zweihundert Jahre einmal vorkommt.«

»Woher nehmen die Meteorologen eigentlich die Gewissheit, dass es weiterhin ständig wärmer werden wird, obwohl nicht einmal die Wettervorhersage für die nächste Woche zuverlässig ist?« Es war das erste Mal, dass Tonio in diese Diskussion einstieg. Dabei konnte er nicht wissen, dass dies eine maßgeschneiderte Frage war, die der Wissenschaftler schon mehrfach hatte beantworten müssen.

»Wenn Sie eine Tasse Kaffee vor sich haben, dann ist es auch mit den kompliziertesten Rechenmodellen kaum möglich vorherzusagen, wo sich zwei bestimmte Moleküle in der Tasse in den nächsten Momenten befinden. Es ist aber einfach, vorauszusagen, welche Temperatur der Kaffee nach einem bestimmten Zeitraum haben wird.«

»Ihr Kollege Tom Wigley vom *National Center for Atmospheric Research* in Boulder, Colorado, ist nicht Ihrer Meinung, Dr. Lewis.« Tonio zeigte, dass er Hintergrundinformationen hatte. Alle Blicke gingen zu ihm, auch die von Evelyn und Willi. »Er hat seine neueste Untersuchung in der Zeitschrift *Nature* veröffentlicht. Darin kommt er zu dem Schluss, dass man mit dem Einsparen von CO_2-Emissionen in den Industriestaaten bis zum Jahre 2010 und bei den Schwellen- und Drittländern bis zum Jahre 2030 warten könnte. Weshalb also Ihre Panikmache?«

»Es freut mich, dass Sie den Kollegen Wigley zitieren. Aber Sie haben sich nur die Argumente herausgepickt, die in Ihr Firmeninteresse passen. Kollegen vom Max-Planck-Institut in Hamburg vertreten eine ähnliche Meinung. Sie sagen, dass selbst dann, wenn die nötigen Schritte zur Senkung der Treibhausgase mit Verzögerung eingeleitet würden, dies langfristig keine Bedeutung für das Klima hätte. Will man eine Klimaerwärmung begrenzen, ist es vielmehr entscheidender, den Übergang von den fossilen zu regenerativen Energiequellen in den kommenden hundert bis zweihundert Jahren zu erreichen. Aber, und das haben Sie übersehen, alle führenden Wissenschaftler, auch Kollege Wigley, fordern in dem von der UNO einberaumten IPCC-Rat, dass die Entscheidungen darüber, wie die künftige Energieversorgung aussehen soll, heute bereits getroffen werden müssen.«

»Also habe ich Recht. Wir brauchen uns zurzeit keine Sorgen um die CO_2-Emissionen zu machen. Und damit, meine ich, wären wir bei einem neutralen Endergebnis dieses Gesprächs angekommen.« Tonio sah endlich seine Chance, mit diesem leidigen Thema Schluss zu machen. Die Bungee-Jump-Technik funktionierte hier nicht.

»Ihre Einstellung ist vergleichbar mit der des Kapitäns der *Titanic*. Zuerst hat er die Eisbergwarnung eines Schiffs in seiner Nähe nicht wahrgenommen. Dann hielt er es nicht für nötig, seine Geschwindigkeit zu reduzieren. Und als sein Schiff ein Loch im Rumpf hatte, ließ er die Kapelle aufspielen. Damit wir uns richtig verstehen, ich bin kein Weltverbesserer. Aber ich wehre mich gegen Weltzerstörer. Und das ist mein letztes Wort.« Karl schaute seinem Kontrahenten nicht einmal mehr in die Augen.

Carol Bloom wandte sich an Dr. Lewis und brachte die Diskussion auf den Punkt: »Was uns hier zusammengebracht hat, ist dieser entsetzliche Hurrikan. Ohne ihn würden wir hier nicht sitzen. Sie haben ihn vorausberechnet. Und wie Sie sagen, ist er eine Folge des El-Niño-Phänomens. Sagen Sie, Dr. Lewis, wir streiten hier um Spurengase, CO_2-Emissionen und Verbrennung fossiler Stoffe. Die entscheidende Frage ist doch, ob der Mensch Verursacher dieses Phänomens ist oder nicht. Ja oder nein?«

»Ja!«

29

Es war der vierte Tag nach Caroline. Die Voraussage für den gesamten westlichen Pazifik sprach für diesen Tag von einer stabilen Wetterlage: Wind aus Südost. Windstärke fünfzehn Knoten. Gute Sicht. Die amerikanische Marine koordinierte für die Santa-Cruz-Inseln ein internationales Hilfsprogramm, besonders für die Insel Nukufero. Vom amerikanischen Stützpunkt Pago Pago auf American Samoa stieg das Such- und Rettungsflugzeug US-Navy 302 vom Typ Orion mit Captain Stanley Stevenson und zwei Mann Besatzung auf.

Bald sahen sie die Insel Nukufero vor sich auftauchen. Captain Stevenson ging von zweitausend Metern auf fünfhundert Meter. Dann schaltete er den Autopiloten der Orion auf *slow flight*. Zum dreihundertsiebenundneunzig Meter hohen Berg Reani hielt er sicheren Abstand. Er hatte den Auftrag, eine optische Bestandsaufnahme der Hurrikanschäden zu liefern und später im Tiefflug die Insel zu fotografieren.

»Scheiße«, murmelte Stanley Stevenson plötzlich ins Mikrofon, »das sieht aus wie damals in Vietnam.«

Der Navigator und Funker Frank Mingus brachte das, was sie sahen, mit einer Bemerkung auf den Punkt: »Wir brauchen denen kein Schiff mit Nahrungs- und Hilfsmitteln zu schicken. Das hat keiner überlebt.«

Captain Stevenson drosselte nochmals die Drehzahl und die gutmütige Orion flog mit nur neunzig Knoten über die Insel hinweg. Deutlich konnten die Männer den Kratersee erkennen. Das Wasser von Te Roto war braun gefärbt. Das Land, das ihn umgab, war grau. Nur das türkisfarbene Wasser über dem Riff, der weiße Schaum der Brandung am Außenriff und das warmblaue Meer erinnerten daran, dass es sich um eine Insel in der Südsee handelte.

»Der letzte braune See, den ich gesehen habe, war der Ententeich neben unserer Farm in Idaho. Eine graue Insel in der Südsee habe ich noch nie gesehen.« Captain Stevenson zog die Orion in einem weiten Bogen zurück auf Gegenkurs. »Ich gehe jetzt auf dreihundert Fuß. Sonny, schau du dir die Insel genau an und berichte. Die zweite Schleife steuerst dann du, okay?«

»Roger, Stan. Ich sehe eine Steilküste. Der Wald geht bis ans Meer. Das heißt, was vom Wald übrig geblieben ist. Kein Baum hat noch Blätter. Ich sehe keine Menschen. Dort hinten liegt Strand. Halte den Kurs. Jetzt sehe ich Menschen. Sie winken. Hütten sehe ich nicht. Die Menschen rennen zum Strand. Ein paar Auslegerboote sehe ich. Junge, ich dachte, hier lebt keine Seele mehr.«

»Ich kann die Kurve nicht enger fliegen. Wir gehen noch einmal aufs Meer. Dann mache ich den zweiten Anflug. Danach übernimmst du.«

»Roger, Stan.«

»Frank, schreib auf einen Zettel: Wir schicken ein Schiff mit Essen, Decken, Zelten und Medizin. Es wird ungefähr in einer Woche hier sein. Wie viele Verletzte, wie viele Tote? Schreibt die Zahlen groß in den Sand. Erst die Zahl der Verletzten, dann die Zahl der Toten. Hast du das?«

»Roger, Stan.« Frank Mingus legte den Zettel in einen kleinen Stahlcontainer, der an einem Fallschirm befestigt war. »Der Fallschirm ist bereit, ich auch.«

»Auch auf der anderen Seite der Insel sind die Menschen zum Strand gelaufen. Moment, ich sehe Wrackteile am Strand. Und da! Ihr glaubt es nicht. Da liegt eine Yacht an Land. Sieht aus wie ein Katamaran. Der Mast steht noch.«

»Roger, Sonny, bist ein guter Scout. Frank, geh mal auf UKW, Kanal 16. Vielleicht funktioniert es.«

»Roger, Stan. Hier Orion USN 302. Weiße Yacht an Land. Ist jemand *standby*?«

Frank Mingus hatte noch nicht die Sprechtaste des Mikrofons losgelassen, da hörten sie in der Flugkanzel laut und deutlich eine Stimme mit leichtem Akzent. »Hier Segelyacht *Twin Flyer*. Mein Name ist Karl Butzer. Ich bin der Eigner. Ich höre Sie laut und deutlich. Over.«

Der Captain ließ sich das Mikrofon reichen. »Mein Name ist Stanley Stevenson. Wir sind auf Samoa stationiert und koordinieren einen Rettungsdienst, an dem auch die Kiwis und Aussies beteiligt sind. Auf dem Satellitenfoto sahen wir, dass Hurrikan Caroline genau über Nukufero hinweggezogen ist. Karl, das sieht von hier oben aus wie auf dem Bikini Atoll nach Zünden der ersten Atombombe. Geben Sie uns bitte Ihren Bericht. Over.«

Karl Butzer berichtete nun, wie sie ihre Yacht vor dem Hurrikan gerettet hatten, dass sie zu zweit waren und dass Dr. Lewis überlebt hatte.

»Habe verstanden. Wie viele Verletzte und wie viele Tote hat es gegeben?«

»Wie durch ein Wunder gab es hier keine Toten. Der Häuptling spricht von einem Dutzend Toten auf der anderen Inselseite. Wir haben keinen Kontakt nach drüben, da alle Wege zerstört sind.«

»Was ist mit den Wrackteilen, gehören die zu einem Fischerboot?«

»Negativ, die gehören zur Segelyacht *Morning Star*. Die dreiköpfige Besatzung und ein Gast konnten sich auf die Insel retten.«

»Roger. Wir schicken ein Schiff mit Notausrüstung. Die Jungen wissen, was nach einem Wirbelsturm gebraucht wird: Zelte, Wolldecken, Wasserportionen, Nahrungsmittel, Sonnenschutzmittel, Messer, Beile, Bibeln etc. Ich nehme an, das Schiff wird in einer Woche bei euch sein. Karl, kannst du die Häuptlinge darüber informieren?«

»Roger, geht in Ordnung. Sind Sie sicher, dass Sie Wolldecken schicken sollten? Bei den Temperaturen braucht die hier kein Mensch. Wasser gibt es hier genug. Messer und Beil hat jeder Mann. Mir scheint, dass es hier mehr Bibeln als Menschen gibt. Und Sonnenschutzmittel könnten die Polynesier als Rassendiskriminierung auffassen. Over.«

»Roger, Karl, nett, dass Sie so umsichtig sind. Lassen Sie unsere Jungs nur machen. Das sind Experten, die kennen sich aus. Dann haben die Insulaner wieder etwas zum Tauschen.«

»Okay, ihr müsst es wissen. Also in einer Woche. Wir sind dann mit dem Boot wieder im Wasser und wahrscheinlich unterwegs Kurs Honiara.«

»Karl, du warst eine große Hilfe. Wir fliegen noch ein paar Runden und machen Fotos. Dann gehen wir auf Kurs Heimatbasis Samoa. Stanley Stevenson, USN 302, *end and out.*«

Kaum hatte der Captain das Mikrofon an seinen Navigator gereicht, hörte er von hinten: »Stan, ich habe eben in der Liste nachgeschaut. Die *Morning Star* wird gesucht. Drogendealer. Sollen wir was unternehmen?«

»Erst in Samoa. Die sitzen hier in einer guten Falle.«

30

Die Polynesier öffneten ihre Erdlöcher, holten die fest in Bananenblätter eingewickelte *mase* hervor und aßen ihre traditionellen Notrationen. Jede Familie hatte beizeiten ausreichend Erdlöcher angelegt, gefüllt mit dem fermentierten Brotfruchtbrei. Die Besucher verfügten über Notrationen in Dosen.

Keiner musste hungern.

Karl Butzer hatte sich noch vor Sonnenaufgang ein Frühstück aus neuseeländischem Müsli und H-Milch zubereitet. An diesem Tag hatte er ein großes Programm vor sich. Er wollte einen letzten Anstrich anbringen und überlegte, was zu tun war, um das Schiff zu Wasser zu lassen. Er wusste, wer in den Tropen die schwerste Arbeit nicht vor neun Uhr erledigt hat, kommt nicht weit. Seine fünf Untermieter schliefen noch. Dann kam das amerikanische Flugzeug. Durch sein Gespräch mit dem Piloten waren die anderen wach geworden. Paul war fest davon überzeugt, dass das Flugzeug seinetwegen gekommen war.

Für den letzten Anstrich der Heckpartie, für das Auftragen der Antifoulingfarbe und das Streichen des Wasserpasses benötigte Karl mehrere Stunden. Carol half ihm. Gegen Mittag waren sie fertig. Auf Nukufero gab es nur zwei schattige Plätze: das Haus des Häuptlings und den Platz unter dem Rumpf der *Twin Flyer*.

Carol saß ihm gegenüber auf einem umgedrehten Eimer. Karl hockte auf der Erde und musste ein wenig zu ihr hochschauen. Es kam ihm so vor, als ob er Carol sein Leben lang kannte. Sie hatte khakifarbene Shorts an und trug passend dazu ein kurzärmliges Hemd mit zwei Blasebalgtaschen auf der Brust. Die Hose war ohne Gürtel. Ihre schmale Taille brauchte ihn nicht. Ihre weißen Leinenschuhe waren nicht mehr weiß. Die Ray Ban hing an einer Brillenschnur über ihrem Ausschnitt. Über der Stirn trug sie einen weißen, halbrunden Sonnenschutz – ohne Werbung auf dem Schirm. Das Halteband hatte ihre kurzen, blonden Haare wild nach oben geschoben. Sie sah aus wie eine Plakatwerbung der amerikanischen Boutiquenkette *Banana Republic.*

»Karl, für mich war gestern ein entscheidender Tag meines Lebens«, begann sie das Gespräch.

»Ich denke, jeder Tag ist für euch Amerikaner wichtig. Ihr sagt doch bei jeder passenden Gelegenheit *This is the first day of the rest of my life.*«

»Du nimmst mich auf den Arm. Ich meine die Diskussion gestern Abend, deinen Vergleich mit den Weltverbesserern und den Weltzerstörern.«

»Nimm es nicht zu genau. Ich bin auch ein Zerstörer.« Nach einer Pause fügte Karl hinzu: »Der Unterschied zwischen Tonio und mir ist nur, dass ich weiß, was ich falsch mache. Er will es gar nicht wissen.«

Nukufero ist wie ein Miniaturglobus. Es gibt hier Berge, Hügel, einen See, Wälder, Gärten, Strände, Meer, Dörfer, Nutzpflanzen, Unkraut, wilde Tiere, Haustiere, Menschen, gute und böse. Die Natur ist mir hier hautnah. Erst wenn man Schäden in seiner unmittelbaren Nähe verspürt, fühlt man sich verantwortlich. Der Hurrikan war neben mir, unter und über mir. Er war sogar in mir. Was ging mich früher ein Hurrikan an? Oder ein Erdbeben in China, ein Wirbelsturm auf den Philippinen? Nicht einmal ein Tornado in den USA berührte mich.« Und nach einer Weile fügte sie hinzu: »Erst jetzt habe ich eine Ahnung, was die Gemeinschaft der Weltzerstörer anrichtet. Sie können aus diesem blauen Planeten einen grauen Planeten machen!«

»Ignoranten gibt es überall.«

»Bis gestern war ich auch eine Ignorantin.«

»Und jetzt?«

»Du hast einen Stein ins Rollen gebracht. Vielen Dank, Skipper.«

»Jetzt habe ich dich in Gewissensnöte gestürzt. Dabei bist du doch auf der richtigen Seite. Forschst nach Dingen, die zwar nur wenige Leute interessieren, aber du bist nicht am *rat race* um Geld und Macht beteiligt. So nennt ihr doch den täglichen Kampf, oder?«

»Wenn du wüsstest!«

»Wie darf ich das verstehen?«

»Ach, nur so.« Um schneller am *rat race* teilzunehmen, hatte sie zwei Fehler begangen: Sie hatte sich bei der Dissertation helfen lassen, um mit ihrem *Summa cum laude*-Abschluss einen der besten Jobs in der Wirtschaft zu ergattern. Und sie hatte sich mit diesen ausgekochten Brokern eingelassen, weil die am besten zahlten. Die gescheiterte Ehe mit Bob zählte sie nicht zu ihren Fehlern. Das war Kismet.

»Weshalb wolltest du erst Meteorologie studieren?«

»Das ist eine gute Frage. Die Antwort weiß ich erst seit gestern.« Sie legte eine lange Pause ein. »Weil ich *Mother Earth* mehr liebe, als es mir bewusst war. Ich bin als Kind auf einer Farm in Illinois groß geworden. Als ich zehn Jahre alt war, zogen meine Eltern nach Boston. Offen gesagt habe ich jahrelang geglaubt, dass Boston der Mittelpunkt der Welt sei. Ich wurde ein überheblicher Stadtmensch. Jetzt weiß ich, dass mich mein Leben auf dem Land mehr geprägt hat, als mir bewusst war.«

»Und wie bist du auf dein anthropologisches Studium gekommen? Wolltest du den Menschen näher sein als der Natur?« Er neckte sie.

»Das ist eine lange Geschichte. Darüber möchte ich heute nicht sprechen.«

»Erzähl von dir. Was hat dein Engagement für die Umwelt geweckt?«

»Es waren die vielen Tage und Nächte auf See. Wenn du allein auf dem Ozean bist, entdeckst du das Meer wie ein Astronaut den Weltraum. Wenn nachts Müdigkeit und Morgenkühle an dir zerren, sehnst du dich nach Licht und Wärme. Die Sonne ist wie eine Person, die dich anstrahlt, dir zulächelt, dich wärmt. Der Wind wird zu deinem wichtigsten Freund, ihn lässt du keine Minute aus den Augen. Seevögel bringen Abwechslung, schärfen deine Sinne, zeigen, wo du fischen sollst, wo Land auftauchen wird. Wolken werden zu Lehrern. Von ihnen erfährst du den Wetterbericht. Was soll ich einem Stadtmenschen über Sterne erzählen? Er kennt sie nicht. Wenn ich sage, dass ich nachts stundenlang auf dem Rücken liege und die Sterne betrachte, Glücksgefühle bekomme, high werde, davonfliege – ohne Drogen –, dann glaubt mir das keiner. Von Vollmondnächten darf ich gar nicht reden, ich käme zu sehr ins Schwärmen.«

»Ich höre einen romantischen Realisten.«

»Quatsch«, war seine kurze Antwort. »Du könntest dich als Umweltschützer engagieren. Wie wär's im *Headquarter* bei Greenpeace für den Bereich Ozeane?«

»Der Verein könnte noch so sehr in meinem Sinne handeln, ich habe keine Angestelltenfähigkeiten. Carol, ich bin kein Weltverbesserer. Ich werde nie ein Funktionär. Ich bin auch kein Mann für die Öffentlichkeit.« Nach einer Pause fügte er hinzu: »Die Sache ist für mich einfach. Wenn du jahrelang in der Natur gelebt hast, wird sie dein Freund. Und einem Freund tut man nicht weh.«

»Was würdest du sagen, wenn ich mich in diesen Freund von *Mother Earth* verliebt hätte?«

»Bitte sag es noch einmal, aber nicht im Konjunktiv.«

»Ich habe mich in Karl Butzer verliebt.«

»Lass mich erst meine Freundin fragen, was sie dazu sagt.«

Er wollte liebevoll den Rumpf der *Twin Flyer* streicheln und hatte stattdessen frische rote Antifoulingfarbe an seiner Hand. Sie lachten. Er umarmte Carol. Sie küssten sich. Seine farbfeuchte Hand landete auf ihrem Rücken.

31

Der alte Ariki Fetaka hatte auf dem Weg zum Meer einen Stock mitgenommen. Nach seiner morgendlichen Verrichtung im flachen Wasser auf dem Riff kam er gebückt vom Strand zurück. Unter den Bäumen fuchtelte er mit dem Stock am Boden herum und wühlte in den mit Erde und getrocknetem Schlamm überhäuften Blättern, Ästen und Zweigen. Die Sonne hatte die Masse inzwischen so sehr getrocknet, dass es staubte. Er grunzte unwillig, schaute sich um und stocherte weiter. Schließlich ging er mit langsamen Schritten zurück in seine Hütte.

Ariki Fetaka setzte sich auf seine besonders fein gewebte Matte und stopfte seine Pfeife. Er nahm sich Zeit. Durch die Türöffnung erkannte er die Beine seines Enkels John.

Er rief ihn herein. »Sag meinen Söhnen, sie sollen zu mir kommen. Und benachrichtige die *marus*.«

John krabbelte rückwärts aus der Hütte und suchte im Dorf und auf den Feldern die sieben *marus*. Sie gehörten zum engen Beraterstab des Häuptlings.

Dann kroch einer nach dem anderen durch die Besucheröffnung, murmelte sein *laui tefiafi* und setzte sich vor die Matte des Häuptlings. Ausnahmslos gehörten die *marus* zum Clan der Fetakas. Die Häuptlingssöhne David und Jonathan setzten sich hinter ihren Vater.

Die Männer legten ihre Pfeifen vor sich. Der Häuptling ließ durch Jonathan Tabak verteilen. Trinknüsse wurden gereicht. Die Männer erzählten vom Zustand ihrer Häuser, der Wege und Felder.

David reichte *mase* und Fisch. Es war Männersache, die Gäste zu bedienen. Sie aßen langsam mit der rechten Hand. Aus den Gallonenflaschen des australischen Messweins wurde frisches

Wasser gereicht. Danach ging ein *calico* herum, ein Baumwolltuch, um die Hände zu säubern und zu trocknen.

»*Marus*«, eröffnete der Ariki die Sitzung, »ich habe viele Hurrikane erlebt.« Er hob die Hand und zeigte fünf Finger. »Dieses war der schlimmste. Nur damals, in dem Jahr als David geboren wurde, hat der Sturm den Bäumen die Blätter genommen. Ihr habt gehört, dass in *matarangi* der Steilhang gerutscht ist und ein Dutzend Hütten zerstört wurden. Wie durch ein Wunder ist niemand gestorben. Alle hatten sich rechtzeitig in Pae Tavalas Haus geflüchtet. Ein weiser Entschluss. Ihr wisst , dass es zehn Tote in Raveinga gegeben hat. Drüben ist Te Roto um drei Fuß gestiegen. Der Weg um den See steht unter Wasser. Die Männer sind dabei, den Kanal zum Meer aufzustechen, damit das Wasser abfließt. Von den Süßwasserfischen, die in die Netze gehen, werden sie uns genügend abgeben. Den heiligen Aal schicken sie ins Wasser zurück. Ich habe vereinbart, dass wir ab morgen von beiden Richtungen aus mit den Arbeiten an den Wegen beginnen werden.«

Ariki Fetaka machte eine Pause. Ohne sich umzublicken, griff er in den Sack hinter sich, holte zwei Betelnüsse hervor und warf sie dem ersten *maru* zu. Das wiederholte er acht Mal. Für David war es das Zeichen, ein Büschel Blätter in die Mitte zu werfen. Kalkpulver hatte jeder bei sich.

»Dies sind meine letzten Betelnüsse. Die meisten Bäume sind abgeknickt. In Faia gibt es keinen Betelnussbaum mehr. Auf der anderen Seite der Insel stehen noch ein paar ältere. Wir müssen sofort neue Bäume pflanzen. Wie ihr wisst, wird es vier bis fünf Jahre dauern, bis sie Nüsse tragen. Es werden harte Jahre werden. Das Flugzeug, das heute Morgen über uns hinweggeflogen ist, kam aus Samoa. Es waren Amerikaner. Sie werden ein Schiff schicken, das in einer Woche hier ankommen soll. Der Deutsche von der Yacht hat mit dem Piloten über Funk gesprochen. Sie bringen Essen, Medizin, Werkzeug und andere Sachen. Ich möchte, dass wir dann ein Fest für den Kapitän und seine Mannschaft geben. Da wir keine Feldfrüchte haben, sollten wir ihnen viel Fisch anbieten. Die Männer sollen in der Nacht zuvor mit dem Boot rausfahren. Frauen und Kinder auf dem Riff fischen. Ich glaube, dass wir genügend *mase* haben, um alle gut zu bewirten.« Er nutzte die Gelegenheit, sich eine zweite Betelnuss in den Mund zu schieben. »Der Gottesdienst findet morgen vor dem Platz vor St. Mary statt. In der nächsten Woche müssen wir alle mit dem Aufbau unserer Kirche beginnen.« Er hielt eine Sekunde inne, ehe er fortfuhr: »Der Engländer Paul ist kein guter Mensch. Er hat unseren Männern viel Rum und zu starken Tabak gegeben. Der hat sie dummes Zeug reden lassen. Sie haben sich lächerlich gemacht. Ich möchte, dass ihr ihn meidet. Passt auf eure Frauen und Kinder auf. Wir müssen dafür sorgen, dass er bald verschwindet. Der Professor wird uns auch bald verlassen. Für ihn werden wir ein Abschiedsfest bereiten. Ich weiß, dass er uns ein großes Geschenk machen wird.«

Wieder dachte er kurz nach.

»Nun komme ich zum wichtigsten Teil. Ihr seid alle zu jung, um zu wissen, was passieren kann, wenn die Bäume entlaubt sind. Ich habe mir heute das Laub angeschaut. Es ist braun und welk. Trocken wie Pulver. Was bedeutet das? Jeder Funkenflug aus dem *umo* oder aus einer Pfeife kann das Laub in Brand setzen. Dann fängt der nächste Zweig Feuer, dann ein trockener Ast. Das Feuer kriecht hoch und der Baum beginnt zu brennen. Danach der nächste Baum. So geht es weiter und weiter. Wenn der Wind falsch steht, brennen unsere Gärten, der Wald, unser Dorf. Schließlich brennt die Insel. Mein Vater hat mir gesagt: Ein Feuer ist schlimmer als ein Hurrikan. Das Feuer vernichtet dein Land, deine Insel und dein Volk. Wenn das Feuer die Insel ergreift, müsst ihr in die Boote steigen und euch eine neue Heimat suchen. Dann fangt ihr da an, wo wir vor sechzehn Generationen standen. Dann seid ihr Nomaden auf dem Wasser. Aber ihr kennt euch auf dem Wasser nicht mehr aus. Kennt nicht mehr *kaveinga*, den Pfad der Sterne. Kennt nicht die Zenitsterne der nächsten Inseln. Wisst nicht, wie man den alten Windkompass liest. Deshalb werdet ihr auf dem Meer die Wege unserer Vorfahren nicht finden. Ihr werdet an den Inseln vorbeifahren. Ein stolzes Volk wird sterben. Das waren die Worte meines Vaters. Ich sage euch, geht in jede Hütte, sagt es jedem Mann. Beschwört jede Frau und besonders die Kinder, dass niemand Feuer macht. Ich werde Jonathan nach Raveinga schicken. Von dort kommt der *matangi tonga*. Dieser Wind bringt das Feuer direkt zu uns. Bei einem Brand ist er für

Faia die größte Gefahr. David wird die *palangis* warnen. Wenn eine Frau Feuer macht, werde ich ihr befehlen, vom Berg zu springen. Macht es ein Mann, muss er die Insel mit dem Kanu verlassen.«

»Und wenn ein *palangi* Feuer macht?«, fragte der Älteste im Rat der *marus*.

»Dann vergesse ich, dass ich Christ bin. Das bin ich meinen Vorfahren schuldig.«

·32·

DAS PRINZIP DER SCHIEFEN EBENE NUTZEND, war der Transport der *Twin Flyer* vom Land ins Wasser einfach. Die Seilwinde konnte Karl Butzer an einem der großen *niggerheads*, einem der Korallenköpfe, im seichten Wasser befestigen, und fast ausschließlich durch die Schwerkraft rutschte der Katamaran über die Bananenstämme ins Meer. Als sie schwamm, standen die Helfer um sie herum.

Paul meinte, oben verschwitzt, unten im Wasser stehend: »Ich bin froh, dass ich dir auch helfen konnte. Ein schönes Schiff hast du. Ich möchte auch so einen Katamaran, weil sie so schnell sind. Leider kann man nicht viel laden.«

»Stimmt. Er ist kein Packesel, eher ein Rennpferd. Die meisten Fahrtensegler packen ihn mit Ausrüstung und Verpflegung zu voll. Ich halte mich an eine alte Regel: Für jedes neue Kilo, das an Bord kommt, geht ein anderes Kilo von Bord. Nur so kannst du auf der Wasserlinie des Konstrukteurs bleiben.«

»Da war meine alte Dame gutmütiger. Die konnte ich voll packen bis zur Krause. Schließlich war sie auch ein Cargoschiff, wie du weißt.« Er lachte. »Schnell war sie nicht. Deshalb habe ich den kleinen Motor mit einem doppelt so starken getauscht. Gott hab' sie selig!«

»Paul, komm an Bord. Willi soll das Seil der Winde vom Korallenkopf lösen. Dann können wir zusammen die Seilwinde an Bord ziehen.«

Carol saß bereits im Cockpit und beobachtete, wie die Männer die Winde hochhoben. Als das Boot nicht mehr durch das Seil mit dem Korallenkopf verbunden war, trieb es etwas ab. Die Männer kamen vom Vorschiff ins Cockpit. Karl stellte sich an den Steuerstand und startete erst die eine, dann die zweite Maschine. Zum ersten Mal seit knapp einer Woche liefen die Maschinen. Grauer Qualm kam aus den Auspuffrohren. Ein Zeichen dafür, dass der Sturm das Wasser bis hoch in den Auspufftopf gedrückt hatte. Karl steuerte durch die Passage den alten Ankerplatz an.

»Kann ich mal das Steuer übernehmen? Ich möchte ein Gefühl für einen Kat bekommen.«

»Übernimm! Fahr einen Kreis! Du musst den Gashebel für die Steuerbordmaschine etwas vordrücken und den der Backbordmaschine zurücknehmen. Genau. Jetzt wieder geradeaus. Langsam Fahrt rausnehmen. Maschinen stopp. Willst du den Anker werfen?«

Paul machte am Steuerstand Platz und ging nach vorne.

Bei langsamer Fahrt rief Karl »Anker los« und der schwere Anker rauschte an seiner zehn Millimeter starken Kette ins Wasser. Karl schob die beiden Hebel in den Rückwärtsgang und gab leicht Gas. Als der Anker auf Grund lag und über dreißig Meter Kette ausgesteckt waren, rief er Paul zu: »Halte einen Fuß auf die Kette. Am Zittern der Kette merkst du, ob der Anker gefasst hat.«

»Hey, meine Fußsohle kitzelt, als ob 'ne Ziege daran leckt, das Eisen sitzt bombenfest.«

»Ich gebe noch einmal kurz Vollgas. Hält er?«

»Den haben wir eingegraben. Okay!«

Karl stellte die Motoren ab. Kaum hatten sie sich ins Cockpit gesetzt, platzte es aus Paul heraus: »Wann fährst du eigentlich weiter? Könnten wir drei nicht mit? Ich zahle gut.«

»Es geht mir nicht ums Geld. Ich bin Einhandsegler. Und will es auch bleiben.«

»Du kommst mit einer Lady ins Paradies und erzählst einem alten Fahrensmann wie mir, du seist Einhandsegler? Ihr seid hier auf Flitterwochen, das sehe ich doch. Alter Junge, ich gebe dir zehntausend Dollar, wenn du uns nach Vanuatu bringst. Von der Kohle kannst du ein Jahr im Pazifik leben, die Kühlbox immer voller Bier. Ist das ein Angebot?«

»Geht nicht, Paul. Wir kommen nicht ins Geschäft.«

»Ist die Liebe so groß, das Herz so rein? Was ist? Am Anfang dachte ich, du bist einer von uns.«

»Keiner ist auf dieser Insel wie der andere. Lass mich aus dem Deal. Okay?«

»Ach, du meinst den Stoff. Ist es das, was dich stört? Da brauchst du keine Angst zu haben. Onkel Paul weiß, wie man einen Briefkasten versenkt, bevor der Zoll das Schiff betritt. Ich schwöre dir, dein Schiff ist sauber, wenn wir einchecken. Und noch etwas: Onkel Paul zahlt bar. Und im Voraus.«

»Paul, ich bin nicht käuflich. Such dir ein anderes Schiff.«

»Du wirst ja witzig. Ein anderes Schiff. Ich sehe nur Einbäume. Sollen wir einen von denen nehmen? Ich kann gar nicht lachen.«

»In einer Woche kommt das Schiff mit den Hilfsgütern. Das ist ideal für euch. Im Schutzmantel der Rettungsaktion könnt ihr euren Stoff mitnehmen.«

»Wie clever. Schutzmantel, Schiff mit Hilfsgütern – soll ich dir mal etwas sagen? Das ist eine Ente. Eine Riesenente sogar. Die kommen nicht wegen der Scheißinsel, sondern die kommen wegen mir. Ich muss viele hundert Meilen Vorsprung haben, bis die hier sind. Verstehst du jetzt?«

»Kein Mensch interessiert sich für dich. Du hast selber die Orion gesehen. Das war die amerikanische Marine. Die haben diese Spezialflugzeuge, die extrem lange unterwegs sein können, wenig Sprit brauchen und auch in geringer Höhe langsam fliegen. Die, die dich suchen, haben eine Zolluniform an, keine der US Navy.«

»Ich glaube nicht an deine blauäugige Version, dafür bin ich zu lange im Business. Ich bin wie ein Hund; der wird auch unruhig, lange bevor das Erdbeben losgeht.«

Er wandte sich an Carol. »Vielleicht verstehen Sie mich besser? Ich mache Ihrem *tropical lover* ein Angebot, das er nicht ablehnen kann: Ich kaufe ihm sein Schiff ab. Hier und heute. Bar und Dollars. Er kann seiner Versicherung erzählen, dass der Hurrikan Kleinholz aus seinem hübschen Boot gemacht hat. In zwei Wochen ist er in Neuseeland und kauft sich ein doppelt so großes Schiff.«

Pauls Blick richtete sich auf Carol, als ihn Karls Antwort von der Seite traf.

»Wir sollten die Verhandlungen jetzt abbrechen.«

»Hey, Skip, wir sind mittendrin. Du hast mir noch nicht mal ein Bier angeboten. Lass uns den Deal zu Ende bringen.« Er lächelte.

Auch Karl lächelte und wurde verbindlich. »Carol, könntest du bitte ein Bier bringen. Ich möchte nicht als schlechter Gastgeber in Pauls Erinnerung bleiben.«

Carol kam mit einer Dose Foster zurück. Ihre Hand zitterte leicht.

»Ich habe Angst.« Leise sprach Carol diese Worte.

»Auch ich hatte mir eine paradiesische Insel am Ende der Südsee anders vorgestellt. Erst der Wirbelsturm. Dann diese Horrorlandschaft. Beinahe hätte ich mein Schiff verloren, fast mein Leben. Statt schöne Tage mit dir zu verbringen, treffe ich zwei Typen aus den überflüssigsten Branchen der Welt. Der eine hat es auf die Natur abgesehen, der andere auf die Menschen. Und jetzt ist auch noch mein Schiff in Gefahr. Vielleicht sogar wir?«

»Karl, es ist meine Schuld. Ich habe dich hierher gebracht. Es ist verrückt, in der so genannten Verbrecherstadt Chicago kam ich nie in eine brenzlige Situation. Und hier, auf dieser unschuldigen Insel, begegne ich Korruption und Kriminalität.«

Er legte den Arm um sie. »Schuld gibt es nicht, Kleines.« Sie mochte es, wenn er sie so nannte. Er drückte sie an sich. »Vielleicht ist es so eine Art Prüfung für uns. Wir müssen sehen, dass wir mit einer guten Note davonkommen.«

»Schuld gibt es nicht? Wie meinst du das?«

»Schuld ist ein moralischer Begriff. Er wird uns aufgepfropft. Von den Eltern, meist von der Kirche. Kein Mensch wird mit einem Schuldgefühl geboren. Für mich zählt nur richtig oder falsch. Den Begriff Schuld lehne ich für mich ab. Du bist nicht Schuld daran, dass ich hier bin. Es ist kein Zufall. Es sollte so sein.«

Sie schluchzte: »Karl, was sollen wir tun? Dieser Paul ist gefährlich. Du hast jetzt zwei Menschen gegen dich. Den einen hast du gedemütigt. Du weißt, Verlierer sind unberechenbar. Der andere ist noch gefährlicher. Der erinnert mich an die Kerle in Mafiafilmen. Wenn der seine Drogen nicht abliefert, geht es um seinen Kopf. Der ist zu allem fähig. Der nimmt dir dein Schiff weg, ohne zu zahlen. Ich habe Angst.«

Karl schwieg. Seine Augen suchten Carols. Er lächelte. Es wirkte beruhigend. Es war wie damals im Royal Suva Yacht Club. Seitdem waren keine zwei Wochen vergangen.

»Ich habe gemerkt, wie sehr er sich für mein Schiff interessiert. Für den Steuerstand, wie ich die Motoren starte. Auch für das Ankerspill. Wie man es bedient. Ich sage dir, dieses Ankerspill kann keiner bedienen außer mir. Ich habe eine Sperre eingebaut. Und um die beiden Maschinen zu starten, benötigt selbst ein Mechaniker drei Stunden, die Sperrkontakte zu überbrücken. Nein, mein Schiff reißt sich hier keiner unter den Nagel.

Sei beruhigt, Kleines. Ich habe keine Angst. Und Tonio ist nur auf sein Holz fixiert. Ein Halbchinese setzt niemals wegen eines Streitgesprächs seinen Auftrag aufs Spiel. Und Paul habe ich besser durchschaut als er mich. Der meint, ich sei ein weltfremder Einhandsegler. Soll er! Wenn du willst, gehen wir ankerauf und sind weg. Vergiss deinen Auftrag! Kein Mensch hat in den nächsten Wochen Zeit für deine Fragen. Ich habe dich hierher gebracht. Und ich bringe dich hier weg.«

Carol Bloom wurde warm. Was er nicht aussprach, wurde ihr zur Gewissheit. Er liebte sie. Er wollte sie nicht aufgeben. Er suchte eine Entscheidung.

Alle Für und Wider schossen durch ihren Kopf. Ich habe einen Auftrag. Samuel Fynch hat mich in der Hand. Wie kann ich dem entgehen? Nur mit der Weltklima-Formel in der Hand. Nur dieses eine, fiese Geschäft und ich bin ihn los. Oder soll ich alles aufgeben, Dr. Lewis die Formel lassen? Mit leeren Händen die Insel verlassen? Wie soll es weitergehen? Einen Job finde ich immer wieder. Wie sehr hat mich diese Reise verändert? Suche ich nicht eine andere Aufgabe? Etwas, was mich erfüllt? Weg von Chicago. In irgendein Institut. Vielleicht eine Forschungsarbeit? Und Karl? Ist es eine Südseeromanze? Sie tat, was sie immer machte, wenn die Realität fantastischer war als ihre Vorstellungen. Sie kniff sich in den Oberschenkel.

Nein, niemals würde Samuel Fynch sie ohne die Übergabe der Formel in Ruhe lassen. Er hatte sie total in der Hand. Für ihn ging es um Kopf und Kragen.

Wieder schüttelte sie die Angst.

»Carol, es ist keine Zeit zum Träumen. Du musst dich entscheiden. Die wollen mein Schiff. Sicherlich nicht heute. Aber morgen werden sie den Druck verstärken. Ich verstehe dich nicht. Du weinst, hast Angst und bleibst trotzdem hier? Was hält dich? Bist du so eine fanatische Forscherin? Kann man so eine Untersuchung nicht unter einem besseren Stern durchführen? Jeder Institutsleiter wird die widrigen Umstände, die höhere Gewalt und die persönliche Bedrohung akzeptieren. Ich fange langsam an, mir Sorgen zu machen.«

»Was meinst du damit?« Sie erschrak.

»Ich meine, dass etwas mit dir nicht stimmt. Dass vielleicht ...«

»Was vielleicht?

»Dass du nur deinen Auftrag siehst. Genau wie alle anderen auf der Insel. Auch die Polynesier. Der eine kennt nur sein Drogengeschäft, der andere nur Kauribäume. Dr. Lewis kann über nichts anderes reden als über Klima. Die Einheimischen gehen zweimal am Tag in die Kirche, denken nur an Jesus. Und dich hält nicht einmal eine Lebensbedrohung von deinem Forschungsauftrag ab. Ihr seid ja alle verrückt!«

»Du hast Recht. Wir fahren morgen. Ich gebe auf.«

Es war dunkel geworden. Sie aßen schweigend ihr Abendessen, gingen früh ins Bett. Fast die ganze Nacht lag Karl auf dem Rücken und lauschte in die Finsternis. Auf der einen Seite lag Carol, auf der anderen sein Gewehr.

·34·

Tonio Heng Fu war als Erster wach. Die gesamte Besatzung der *Morning Star* hatte diese Nacht unter freiem Himmel geschlafen. Man hatte ihnen am Abend *mase* und Trinknüsse gebracht. Mit den Gedanken an eine Reistafel schlief er ein. Er hatte zwei Matten, gewebt aus Pandanusblättern, dennoch glaubte er, auf Beton geschlafen zu haben. Moskitos hatten ihn gebissen, Feuerameisen ihm brennende Schmerzen bereitet. Er fröstelte.

Ihm war klar, dass die Umstände gegen ihn sprachen. Dennoch hatte er gestern eine erste Bestandsaufnahme gemacht, soweit das möglich war. Eine Kaurirodung würde sich lohnen. Auch der Abtransport wäre möglich, da das Gelände weitestgehend eben war. Schiffe könnten auf Reede vor dem Riff vor Anker gehen. Er beschloss, mit dem Häuptling darüber zu verhandeln. Auf jeden Fall wollte er mit dem Versorgungsschiff die Heimreise antreten. Er hielt es auf der Insel nicht länger aus.

Er schlenderte zu Davids Haus und dieser bat seinen Gast einzutreten. Tonio Heng Fu krabbelte durch das Gästeloch. Das Zeltdach machte diese Hütte wesentlich heller. David kroch von der Stirnseite in seine Behausung. Mit übergeschlagenen Beinen saßen etliche Familienmitglieder auf den Matten. Es waren meist Kinder und Jugendliche, denn der Schulunterricht fiel bis auf weiteres aus. Die Älteren waren bereits bei der Arbeit. Das Frühstück war gerichtet. Fisch von gestern, *mase*, Trinknüsse lagen bereit.

Als Tonio sich gesetzt hatte, hörten die Kinder mit dem Spielen auf und starrten ihn an.

»Haben sie noch kein chinesisches Gesicht gesehen?«, fragte er David.

»Doch, doch, aber die Chinesen, die sie kennen, waren alle betrunken.« Sein Körper erzitterte vor Lachen. Er riss seinen Mund auf und zeigte die wenigen schwarzen Zähne. »Vor einigen Jahren ist ein Fischerboot aufs Riff gefahren. Die Besatzung bestand aus Taiwanesen. Sie hatten an Bord gefeiert und dabei viel getrunken. Auch der Kapitän war voll. Wir haben alle gerettet. Einige waren verletzt, aber sie haben trotzdem gesungen. Die Kinder fragen sich, ob Sie auch singen werden.«

»Es wird Zeit, dass sie auch einmal nüchterne Chinesen kennen lernen.«

»Wir haben einige Kartons mit Rum vom Schiff geholt. Und Säcke mit Reis, Nudeln, Mehl und viele Dosen. Die Männer waren nur zwei Tage bei uns, dann hat sie das Mutterschiff gefunden. Das Beste haben sie hier gelassen: chinesische Betelnüsse.«

»David, ihr habt ein falsches Bild von den Chinesen. Ich habe mir übrigens eure Kauribäume angeschaut. Wie Sie wissen, handelt meine Firma mit Holz. Wir würden gerne einige Bäume erwerben. Darüber möchte ich mit Ihrem Vater reden.«

»Das ist ein schwieriges Thema. Wissen Sie, dass der Baum bei uns Polynesiern heilig ist?« – »Aber jetzt sind Sie Christen und dieser Religion ist kein Baum heilig.«

David überhörte die Worte: »Das polynesische Wort für die Plazenta heißt *faena*. Wir legen nach der Geburt des Kindes die Plazenta unter einen Baum. *Faena* bedeutet auch Baum. Sie sehen, wie eng Geburt und Baum zusammenhängen. Man tötet keinen Baum. Für uns gibt es nur eine einzige Ausnahme. Nur den Baum für unser Kanu fällen wir. Früher haben wir unseren Göttern vor dem Fällen eines Baumes Opfer gebracht. Wir haben den Baum um Verzeihung gebeten und mit ihm gesprochen. Der Baum bedeutet für uns Leben. Im Baum erkennen wir uns wieder. Auch als Christen beten wir, bevor wir einen Baum schlagen. Da gibt es vieles, was Sie nicht wissen. Vieles, was wir in unsere Überlegungen einbeziehen müssen.«

»Wir könnten eine Messe abhalten, bevor wir mit dem Fällen beginnen. Was halten Sie davon?« Tonio Heng Fu sah die Männer mit ihren Kettensägen im Kauriwald stehen. Er stellte sich vor, wie der Priester das Weihwasser über ihre Werkzeuge träufelte. Doch selbst ihm schien diese Vorstellung makaber. Er kam deshalb auf sein Thema zurück: »Meine Firma würde die Bäume am liebsten tauschen. Das bringt erhebliche Vorteile für Sie.«

»Was verstehen Sie unter tauschen?« David hatte das College der *Church of Melanesia* auf der Insel San Christobal besucht. Von dort kannte er die chinesischen Krämerläden. Mehrfach war er in die Hauptstadt Honiara auf der Insel Guadalcanal gefahren. Jedes Mal war er durch das Chinesenviertel geschlendert.

»Nun, es gibt auf der Insel kein einziges Geschäft. Ich könnte mir vorstellen, dass Ihr Vater eine Liste der Dinge zusammenstellt, die ihr hier benötigt. Wir könnten euch Reis und andere Nahrungsmittel liefern. Medizin, Äxte, Sägen, Werkzeug aller Art. Vielleicht Setzlinge für neue Bäume. Angelschnüre jeder Stärke, Angelhaken jeder Größe, sogar aus Edelstahl. Die rosten nicht. Netze, Taschenlampen, Batterien, Harpunen – also ich kann mir eine lange Liste vorstellen. Sogar Außenborder für eure Kanus.«

»Das geht nicht. Über sie haben wir ein *tabu* ausgesprochen. Außenborder und Alkohol kommen nicht auf die Insel.« Davids Antwort kam schnell.

»Wie stehen Sie zu diesem Angebot?«

»Mein Vater ist der Häuptling. Es ist sein Wald. Einen Teil hat er an Familienmitglieder abgegeben. Er wird entscheiden. Ich kann ihn heute nicht fragen; er hat seit Tagen Zahnschmerzen. Wir alle haben Zahnschmerzen, seine sind besonders groß. Nau Fetaka hat ihm Kräuter in den Mund gegeben. Sie mildern den Schmerz. Vielleicht hat das Schiff einen Arzt, dann wird alles besser.«

»Ich werde mit dem Schiff zurückfahren. Gerne hätte ich vorher eine Antwort.«

»Mein Vater ist ein alter Mann. Ich werde ihm vorschlagen, die *marus* zu einer Versammlung einzuberufen. Ich weiß aber jetzt schon, dass ihm das Tauschangebot nicht gefallen wird.«

»Was ist falsch daran?«

»Sehen Sie, Mr. Tonio, ich war auf einigen Inseln unseres Landes. Man hat mich aufs College geschickt und dadurch habe ich viel gesehen. Wo ich hinkam, gab es einen Laden, der einem Chinesen gehörte. Er saß immer an der Kasse. Bedienen, die Ware auspacken, in die Regale stellen, das machen immer unsere Leute. Sie fegen die Läden und erledigen die Dreckarbeit. Das Geld bekommen die Chinesen.«

»Was hat das mit meinem Tauschangebot zu tun?«

»Überhaupt nichts. Das mag gut oder nicht gut sein. Es hat auf jeden Fall einen Fehler: Es kommt von einem Chinesen.«

Tonio Heng Fu merkte, dass er jetzt drei Männer auf Nukufero gegen sich hatte. Geschickt überging er diesen Affront.

»Was schlagen Sie vor? Wie kann meine Firma die Bäume ausgleichen?«

»Sie schenken der Insel ein Fährschiff. Manchmal müssen wir nämlich vier Monate auf eine Verbindung warten. Oder ein Sägewerk, das wäre das Richtige. Dann hätten unsere Männer ein Einkommen. So würde man Ihnen jedenfalls im Ministerium für Landwirtschaft und Forsten antworten. Wir aber wollen hier kein Sägewerk. Aus dem gleichen Grund, aus dem wir auch keine Außenborder auf der Insel mögen.«

»Möchten Sie denn keinen Fortschritt? Wollen Sie als zukünftiger Häuptling Ihre Leute weiterhin in der Steinzeit leben lassen? Jeder Mensch, jedes Volk möchte in einer zivilisierten Welt leben. Soll denn hier nicht einmal ein kleiner Hafen mit Fischerbooten und einer kleinen Fischfabrik sein? Das bringt Geld auf die Insel. Dann können sich die Menschen Fernseher, hygienische Toiletten und Waschmaschinen kaufen.«

»Unsere Leute sind zufrieden. Besonders seit wir das Christentum haben, streiten und kämpfen sie nicht mehr.«

»Wer sein Leben auf einer kleinen Insel verbringt, will irgendwann einmal mehr sehen von der Welt. So sehr kann ich mich da nicht täuschen.«

»Sicherlich habe ich im College viel Fernsehen angeschaut. Aber nur die ersten Wochen, dann hat das keinen mehr interessiert. Die Toiletten im College waren so unhygienisch, dass ich mich nach unserer Meerestoilette gesehnt habe. Und was die Waschmaschine anbetrifft und viele andere Geräte – die wären ständig kaputt. Weil in der salzhaltigen Luft alles rostet. Und«, David wurde ernst, »weil die Chinesen uns Polynesiern immer nur die schlechtesten Geräte verkaufen. Die guten Geräte aus Deutschland, aus Japan oder Australien kommen nicht auf die Inseln. Das hat sich rumgesprochen.«

»Einige Ihrer Männer arbeiten auf japanischen Fischerbooten. Was passiert, wenn die sich von ihrem mühsam ersparten Geld ein festes Haus bauen mit einem Betonboden und einem farbigen

Wellblechdach? Wollen die anderen Männer sich dann nicht auch ein schönes Haus bauen?«

»Tonio, Wellblechdächer fliegen bereits im Sturm weg. Kommt ein Hurrikan, bleibt von einem Festhaus nur noch der Betonboden übrig. Ich kenne keinen, der die Insel verlässt, um zu arbeiten und der sich später das Haus des weißen Mannes auf Nukufero bauen wollte.«

»David, Sie wissen als Mann, der in der Hauptstadt war, dass es viele gute Gründe gibt, Geld verdienen zu wollen.«

»Wer Geld verdienen will, kann die Insel verlassen. Aber sie kommen alle irgendwann zurück. Weil sie in der Ferne krank werden. An Heimweh und Malaria.«

Tonio merkte, dass er dem Häuptlingssohn mehr anbieten musste: »Wir können auch für die Kauribäume zahlen. Sagen wir hundert Dollar für jeden Baum. Die Hälfte bei Vertragsabschluss. Die andere Hälfte vor dem Abtransport. Ich habe Bargeld dabei.«

»Ich halte das für die bessere Verhandlungsbasis.«

David war stolz auf diesen Satz. Er hatte ihn mehrfach von Malcolm Lokati gehört. Das war der einzige Mann aus Nukufero, der es zu einer erfolgreichen Karriere als Leiter des Wochenmarktes in Honiara gebracht hatte.

»Mehr als hundert Dollar können wir nicht zahlen. Wir haben zu große Kosten, was den Abtransport betrifft. Ihre Insel hat für uns den Nachteil, dass sie so weit von allem entfernt liegt.«

»Wir sehen das genau umgekehrt. Es ist für uns ein großes Glück, dass wir weit weg von all dem leben, das Sie als begehrenswert betrachten. Morgen werde ich mit meinem Vater und den *marus* sprechen. Ich werde Sie über unser Gespräch informieren.«

Tonio Heng Fu war froh, dass das Gespräch eine so gute Wendung genommen hatte; lange hätte er es nicht mehr im Schneidersitz aushalten können.

Als der Chinese gegangen war, wandte sich David zu seiner Frau: »Wenn das Versorgungsschiff kommt, werde ich von dort aus mit Malcolm Lokati in Honiara telefonieren. Ich werde ihn fragen, was ein Kauribaum kostet. Ich glaube mich zu erinnern, dass er einmal von fünftausend Dollar gesprochen hat.«

»Wollt ihr denn unsere Bäume verkaufen?« Nau Ratofangi würde sich nie erlauben, anderer Meinung als ihr Mann zu sein.

Die Frage ließ David jedoch aufhorchen. Er zeigte ihr seine schwarzen Zähne. »Nicht einen einzigen.« Er bewegte sich geschickt zu seiner Türöffnung. Bevor er die Hütte verließ, rief er ihr zu: »Ich habe etwas viel Wichtigeres mit diesem Deutschen zu besprechen.«

35

CAROL BLOOM HATTE TIEF GESCHLAFEN. Als sie aufwachte, hatte sie Kopfschmerzen. Es fröstelte sie wie vor einer Grippe, obwohl die Morgenwärme bereits ins Boot gedrungen war. Sie erschrak bei dem Gedanken an eine mögliche Malaria. Dabei wusste sie, dass ihre Seele erkrankt war.

Karl Butzer hatte wenig geschlafen, trotzdem war er guter Laune. Leichte Fallböen vom Berg ergriffen das Schiff, drehten es langsam in eine neue Richtung. Durch das Schwojen des Bootes änderte sich ständig die Perspektive zur Insel. Endlich war er wieder auf dem Wasser. Zu lange hatte er das Plätschern des Wassers unter den beiden Rümpfen vermisst.

Er machte sich eine Liste, was alles vor dem Absegeln noch zu erledigen war: Ölwechsel bei beiden Maschinen, Wasser bunkern, Batterien laden, Windgenerator anschließen, die Kühltruhe säubern, die Segel anschlagen, den Kurs festlegen – das waren nur die wichtigsten Punkte.

»Das ist unser letzter Vormittag auf Nukufero. Ich werde das Schiff klar machen und wir können gegen Mittag lossegeln.«

»Wann willst du dich von allen verabschieden?«

»Ich habe das Gefühl, dass ich mich nur bei der Häuptlingsfamilie bedanken möchte. Natürlich sollten wir auch bei Dr. Lewis vorbeigehen. Das wär's. Ich muss bestimmt zwei Fahrten mit dem Dingi machen, um die Wasserkanister und die Tanks aufzufüllen.«

»Wenn du nichts dagegen hast, würde ich heute Vormittag Dr. Lewis besuchen. Kommst du ohne mich klar?«

»Bis jetzt ja, vielleicht bald nicht mehr!«

Jemand klopfte gegen den Schiffsrumpf. »Ist jemand an Bord?«

Sie wussten sogleich, dass es David war. Er saß in seinem Kanu und füllte die Breite des ausgehöhlten Baumstammes voll aus. Mit einer Hand hielt er sich an einer Relingsstütze fest, mit der anderen schöpfte er mit einer Kokosnussschale Wasser aus dem Kanu.

»Komm an Bord, wir sprachen gerade über dich.« Karl band das Auslegerkanu am Heck fest. Sie setzten sich alle ins Cockpit.

»Schöne Grüße von *daddy*.«

Karl wusste inzwischen, dass David den Häuptling nur dann *daddy* nannte, wenn etwas Wichtiges anstand.

»Bitte sag deinem Vater, dass wir uns heute verabschieden möchten. Wir werden heute Mittag absegeln.«

Von seiner Enttäuschung sah man David nichts an. Er schien es gar nicht gehört zu haben. »*Daddy* schickt mich. Morgen früh möchten wir mit deinem Schiff *wahoo* fangen.«

Als ob er Karls Einwand entkräften wollte, erklärte er: »Das ist der beste Fisch im Pazifik.«

»David, wir haben eure Insel und Gastfreundschaft genossen. Vielleicht komme ich irgendwann wieder vorbei. Ich verspreche, ich bringe dann keinen Hurrikan mit. Bitte sag deinem Vater, dass wir morgen bereits auf dem Meer sind, Richtung Honiara.«

»Die Kinder haben Hunger. Jeden Tag *mase* ist nicht gut. Die Mütter haben keine Milch mehr. *Daddy* ist alt, wir möchten, dass er *wahoo* isst. Wenn der Passat auch morgen weht, machen wir am Amerikanischen Kap ein *umo*. Der Wind trägt die Funken direkt aufs Meer. Das ist ungefährlich. *Daddy* hat das so bestimmt.«

»Weshalb fangt ihr den *wahoo* nicht mit euren Kanus?«

»Hier im Windschatten der Insel gibt es wenige *wahoos*. Frühmorgens sind sie auf der anderen Seite. An der Steilküste. Da finden sie viel Nahrung. Die See ist dort zu rau für unsere Kanus. Schon manch eines ist umgekippt. Wenn die großen Schiffe aus Honiara kommen, fahren sie zuerst um die Insel herum. Drüben wirft dann jeder Mann seine Schleppangel aus und holt sich einen oder zwei *wahoos*. Selbst die Mannschaft und mancher Kapitän lassen sich diesen Fisch nicht entgehen. Es macht viel Spaß, *wahoos* sind große Kämpfer.«

Es war unmöglich, David zu widersprechen. »Wenn der Häuptling es so will, dann helfen wir.«

»Okay, ich komme morgen früh nach Sonnenaufgang mit Jonathan und Joseph. Dr. Lewis will auch mitkommen. Wir haben Nylonschnüre und Haken. Hast du auch starkes Angelzeug?«

»Ich glaube ja. Also abgemacht. Könnten die Jungens meine Kanister mit Wasser füllen? Dann gebe ich sie dir gleich mit.«

»*No problem.*« David nahm die Kanister und paddelte wieder an Land.

Auf Carols Frage hatte er gewartet: »Was ist mit Paul?«

»Den trickse ich aus.«

»Karl, pass auf dich auf. Du weißt, wie gefährlich der ist.«

»Keine Angst, Kleines. Wenn du Dr. Lewis besuchen willst, kannst du das Dingi nehmen. Ich habe noch viel an Bord zu erledigen. Sei vorsichtig.«

»Was sollte denn sein?«

»Vielleicht bittet Dr. Lewis um deine Hand?«

Er half ihr ins Dingi. Sie warf den Motor an und fuhr langsam zum Strand. Es war Flut.

Kaum war sie von Bord, machte der Skipper es sich an seinem Navigationstisch bequem. Er schaltete sein Amateurfunkgerät ein und ging im zwanzig Meter Band auf die mit John vereinbarte Frequenz, hoffend, dass sein alter Funkkumpan aus Neuseeland QRV war.

»Delta Lima Zwei Charlie November Maritime Mobile an Zulu Lima Vier Delta Bravo.«

Er wiederholte die Rufzeichen mehrfach und wollte gerade seine Funke schließen, als die vertraute Stimme durch seinen Lautsprecher dröhnte. So laut, dass er fürchtete, man könnte sie an Land hören. Jemand hatte an dem Volume-Knopf gedreht. Instinktiv stellte er den Knopf zurück.

»Zulu Lima Vier Delta Bravo, guten Morgen, John. Dein Signal ist fünf und neun. Schön, dich wieder einmal zu hören. Ich konnte nicht QRV sein. Wir hatten schlechtes Wetter. Komme ich gut bei dir rein? ZL4DB von DL2CN.«

Zuerst hörte er nur ein Schnauben, dann einen Freudenschrei.

»Karl, du lebst noch! Schlechtes Wetter? Du warst mitten in der Scheiße von Hurrikan Caroline! Ich dachte, meinen *German om* für ewig verloren zu haben. Mann, wie ich mich freue, deine Stimme zu hören! Es ist unglaublich. Wo steckst du? Erzähle, *old man*. DL2CN von ZL4DB.«

Karl schilderte seinem Freund die Ereignisse der letzten Woche. Am Schluss bat er ihn, auf eine neue Frequenz zu gehen, die sie schon in Neuseeland für gewisse Fälle vereinbart hatten. Bereits vor dem Gespräch hatte Karl sich vergewissert, dass sie frei war. Ein üblicher Weg, wenn man möglichst keine Mithörer haben möchte.

»John, du kommst sauber rein. Bitte notiere die Sätze, die ich dir gleich sagen werde. Danach liest du sie ab und sprichst sie bitte deutlich ins Mikrofon. Ich nehme dich hier mit meinem Tonbandgerät auf. Wir müssen schnell machen, ich habe nicht genug Saft auf meinen Batterien. Kannst du das bestätigen?«

»Roger, du kannst beginnen.«

»Ich habe dir von der *Morning Star* erzählt. Die Kerle dealen zwischen Asien und Australien und sind hier auf dem Riff gestrandet. Der Skipper, Paul Gordon, möchte mir gerne mein Schiff abkaufen. In einer Woche kommt ein amerikanisches Versorgungsschiff mit Hilfsgütern. Er denkt, man will ihn festnehmen. Auf der Insel fühlt er sich wie in einer Mausefalle. Ich bin aber nicht bereit, ihm mein Schiff zu verkaufen oder ein anderes Angebot von ihm anzunehmen. Vielleicht nimmt er es sich mit Gewalt. Ich brauche die Kassette quasi als Pfand. So, jetzt mache ich dich zu meinem Anwalt. Notiere und lies es dann vor.«

John hatte mitgeschrieben und die Sätze deutlich nachgesprochen. Karl Butzers Tonband lief mit. Er überprüfte die Übertragung und war zufrieden. Inzwischen waren seine Batterien schwach, denn sein starker Transceiver hatte eine hohe Leistung. Mit dem letzten Saft bedankte er sich bei seinem neuseeländischen Freund. Dann hatte er das gute Gefühl, sich auf die Dinge, die kommen könnten, bestens vorbereitet zu haben.

36

»Ich komme mir vor wie Zerberus. Der bewachte die Unterwelt, ich bewache meine Forschungsgeräte.«

Dr. Lewis saß vor seiner Höhle und begrüßte seine liebste
Gesprächspartnerin. Vor einem billigen Campingtisch hatte er
seinen Körper in einen Regiestuhl gepresst und schrieb im Schat-
ten einer Persenning in seinen Laptop. Er trug dieselben braunen
Shorts und dasselbe fleckige grüne Hemd wie jeden Tag. Sein
Hemd stand offen. Sein Bauch berührte den Laptop.

»Guten Morgen! Meinen Sie, hier würde Ihnen jemand etwas
stehlen?«

»Meine verehrteste Kollegin. Ich freue mich, dass Sie mich aufsuchen. Das mit dem Stehlen ist so eine Sache. Ich habe als junger
Mann das Tagebuch des Captain James Cook gelesen. Sie wissen,
der größte Entdecker aller Zeiten. Übrigens ein Gentleman. Bei
seiner ersten Reise in den Pazifik sollte er auf Tahiti den Planeten
Venus beobachten. Er stellte an einem Kap, das übrigens heute
noch Point Venus heißt, seine kostbaren Instrumente auf und ließ
sie bewachen. Trotzdem wurden ihm einige gestohlen. Daraufhin
nahm er Geiseln. Im Austausch bekam er seine Forschungsgeräte
zurück. Die Polynesier haben damals alles gestohlen, was glänzte,
was aus Metall war. Sie sollen sogar die Nägel aus den Schiffsplan-
ken gezogen haben. Vielleicht wird hier niemand etwas stehlen.
Aber ich bin nun mal ein altmodischer Mensch, der seine Vor-
urteile nicht ablegen kann.«

»Das macht Sie auch so liebenswert.« Ihre Bemerkung kam sehr
spontan.

»Sie schmeicheln mir. Wenn ich jünger wäre, würde ich Sie
jetzt zum Essen einladen. Aber hier auf der Insel ...«

Sie lachten.

»Ich finde den Namen *Pacific Blue* schön, auch schlüssig, wenn man bedenkt, dass der letzte Baustein Ihrer Forschung die Ergebnisse aus dem westlichen Pazifik zusammenfasst. Aber müsste solch eine einmalige Formel nicht anders heißen? Zum Beispiel GCF, das für *Global Climate Formula* steht oder etwas Ähnliches? Der Name *Pacific Blue* klingt mehr wie ein Parfum.«

»Sie mögen Recht haben. Vielleicht lässt sich mein Institutsleiter etwas einfallen. Ich jedenfalls liebe den Namen.«

»Gibt es nicht schon Weltformeln?«

»Eine wie die *Pacific Blue* gibt es nicht! Natürlich gibt es in den großen Rechenzentren der Klimatologen Formeln für Simulationsmodelle. Amerikaner, Deutsche, Japaner und wir Engländer arbeiten eng zusammen. Bei einem Modellvergleich untereinander haben die Deutschen mit ihrer Formel *MP/EC Ham* beispielsweise sehr gut abgeschnitten. Sie alle besitzen den leistungsfähigsten Supercomputer der Welt, den CRAY 916.

Seine sechzehn Prozessoren müssen Tag und Nacht laufen. Er wiegt über fünfzehn Tonnen und kann uns zum Beispiel die Frage beantworten, wie lange ein Wassermolekül braucht, um einmal um den gesamten Ozean zu wandern. Er weiß auch, in welcher Flugbahn Staubteilchen nach einem Vulkanausbruch wirbeln. Natürlich können wir mit ihm errechnen, welche Auswirkungen die CO_2-Emissionen auf unser Klima haben. Aber er hat einen entscheidenden Nachteil: Der CRAY ist zu leistungsschwach. Über einer Klimasimulation für die nächsten hundert Jahre brütet er mindestens ein Dreivierteljahr. Dabei kann das Ding bereits sechzehn Milliarden Rechenoperationen pro Sekunde ausführen.«

»Arbeiten denn alle Institute nach der gleichen Methode?«

»Sie ähneln sich alle. Ich arbeite anders, aber darüber später.« Er musterte sie und fuhr dann fort: »Wir haben ein Raster von Beobachtungsstationen über die Erde gezogen. Jetzt hat das Netz eine Maschinenbreite von zirka zweihundertfünfzig Kilometern. Selbst mit dieser Auflösung können wir die Feinheiten des Klimas nicht erfassen. Die Wahrscheinlichkeit, dass wir mit diesen Abständen einen Hurrikan in seiner Entstehung registrieren, ist ziemlich gering. Das ist ungefähr so, als ob man mit einem Hochseenetz Plankton fangen wollte.«

»Nun sind wir wieder bei dem Hurrikan. Sie sind mir noch diese Antwort schuldig.«

»Ich sehe, Sie bestehen darauf. Sie wollen mich doch nicht ausspionieren? Nein, dazu haben Sie zu warmherzige blaue Augen. Spione haben grüne Augen.«

»Lesen Sie Kriminalromane oder woher wissen Sie das?«

»Zugegeben, das einzige, was ich außer Fachliteratur lese, sind Krimis. Am liebsten Chandler und Highsmith, früher Mickey Spillane. Ich hasse Langeweile. Langweilige Themen, Gesprächspartner und langweilige Bücher. Sag mir einer, die Wissenschaft sei langweilig. Jedenfalls nicht die Klimatologie! Sehen Sie, werte Carol, um Ihnen meine Hurrikan-Prognose zu erklären, muss ich Sie über einen Umweg dorthin führen. Ich verspreche Ihnen, der gewundene Pfad führt zum Ziel.

Sie wissen sicherlich noch aus Ihrem Studium, dass die Meteorologie ein Puzzle ist, wenn es um unser Weltklima geht. Im Laboratorium Erde forschen Ozeanologen, Vulkanologen, Physiker, Chemiker, Geologen, Biologen, alle bauen an diesem Puzzle. Allein das Studium der Wolken ist ein Vollstudium, bei dem der Meteorologe jedes Jahr neue Erkenntnisse erzielt. Eine große Bedeutung hat der Wärmeaustausch zwischen der Atmosphäre und den Ozeanen, der durch die Wolken zu Stande kommt. Ein anderes Beispiel: Welche Einflüsse haben Vulkanausbrüche auf unsere Wolken? Vulkanische Aerosole und Rußpartikel führen zur Wolkenbildung. Das wiederum beeinträchtigt die Sonneneinstrahlung.

Eine der neuesten Entdeckungen ist die Bedeutung des in den Tiefen der Ozeane eingelagerten Kohlendioxids. Wir sprachen bei unserem ersten Gespräch im Zusammenhang mit der Verbrennung der Wälder über die CO_2-Emissionen. Welchen Einfluss hat es auf die Algen, wenn die Meere mehr Kohlendioxid aufnehmen? Eine wichtige Frage! Denn Algen verändern die Farbe des Wassers und damit die Absorption der Sonnenstrahlung. Was sind demnach die Folgen für die Erdtemperaturen, falls sich die Algenkulturen vermehren?«

»Sie fragen. Haben Sie auch die Antwort?«

»Ja«, war seine ungewohnt knappe Antwort.

»Dann ist es so, dass viele wissenschaftliche Teams die Voraussetzung für eine Hochrechnung schaffen? Und in dieser Hochrechnung sind dann alle Erscheinungen der Natur berücksichtigt und in Relation gesetzt?«

»So ist es!«

»Übrigens, das Entscheidende, auf das Sie soeben selbst hingewiesen haben, ist das sensible Gleichgewicht in der Natur. Verändere ich einen Teil, hat das Folgen. Nur sind sie leider nicht sofort sichtbar.«

»Es macht immer wieder Spaß, mit Ihnen zu fachsimpeln. Sie bringen Gespräche voran. Viele Kollegen blockieren sie. Ja, Sie haben es richtig erkannt. Alle Forschungszweige haben ihre Bedeutung in dem komplexen Verbund, den unser Wetter ausmacht. Allerdings haben die Ozeane eine besondere Bedeutung. Ich will Ihnen das an einem Beispiel erklären. Die kurzfristigen Witterungsschwankungen in der Atmosphäre muss man als Tennisbälle sehen, die unentwegt gegen einen Medizinball geschleudert werden. Der Medizinball ist unser Weltmeer. Zunächst reagiert er nicht. Schließlich kommt er ins Rollen. Nein, er bringt etwas ins Rollen: unsere Klimaänderung.«

»Ich weiß, dass die einfachsten Fragen die schwierigsten sind. Welche Faktoren sind in einer Weltklima-Formel enthalten?«

»Eine klare Frage verdient eine klare Antwort. Aber hinter den wichtigsten Paradigmen stehen Berge von Spezialwissen. Ich nenne nur die wichtigsten Faktoren: Atmosphärentemperaturen, Wasserdampfgehalt, Winde aus allen Himmelsrichtungen und in allen Vertikalen, Luftdruck an der Erdoberfläche, Wolkenbedeckung mit Niederschlägen in flüssiger und gefrorener Form, Druck in allen Luftschichten, Prozesse im Erdboden, zum Beispiel Wärme und Wassergehalt, Schneehöhen, Ozeantemperaturen an der Oberfläche und in allen Tiefen, Eisdicke, Eisverteilung, Salzgehalt, dreidimensionale Strömung, Vegetationsverteilung, das troposphärische Ozon. Neu hinzu gekommen sind Autoabgase sowie der Kohlenstoffkreislauf in der Atmosphäre und in den Ozeanen.«

»Arbeiten die international bedeutendsten Institute zusammen? Oder gibt es Rivalitäten?«

»Sie schreiten mit Ihren Fragen schnell voran. Sehen Sie, die wichtigsten Forschungsnationen bedienen sich alle eines ähnlichen Basiswissens. Mit unsren Differenzialgleichungen und all ihren lokalen Ableitungen von Modellgrößen versuchen wir, jede Art von Klima zu simulieren – das vergangene, das derzeitige, das zukünftige, mit und ohne Treibhausgas. Die wichtigsten Forschungsteams sind ziemlich weit, erleiden aber immer wieder Rückschläge unterschiedlicher Art.«

Carol hatte längst bemerkt, dass Dr. Lewis ein gesprächiger Mann war. Sie konnte aber nicht erkennen, ob es an seiner langen Einsamkeit lag oder ob er sie wirklich mochte. »Was unterscheidet denn nun Ihre *Pacific Blue*-Formel von den anderen?«

Diese Frage ließ einen Ruck durch seinen schweren Körper gehen. »Ich habe dreißig Jahre in England geforscht. War ein Klimatologe unter vielen anderen. Habe mich international auf Seminaren weitergebildet und viele Vorträge gehalten. Ich gehörte zur Klimatokratie, so nenne ich die Sippe von internationalen Forschern. Jeder für sich genommen ist ein achtbarer Wissenschaftler. Aber irgendwie kommen sie mir alle wie Schachfiguren vor. Die Meteorologen sind die Bauern, die Ozeanologen die Läufer, die Meeresbiologen die Türme und so weiter. Jeder bewegt sich nur in seinem Forschungsbereich. Es gibt auch Könige. Das sind die Institutsleiter. Die überblicken einen kleinen Teil des Ganzen. Aber es gibt keinen einzigen, der das ganze Spiel überblickt, die Züge im Voraus überdenkt und weiß, wie man mit einem Bauernopfer weiterkommt. Alle sind gefangen im newtonschen Weltbild. Nur was bewiesen ist, hat Bedeutung. Keiner wagt es, zu glauben. Was sag' ich? Glauben ist Ketzerei. Fakten, Faktoren und Kausalität zählen. Kurzum, unsere Forschung leidet an Fantasiemangel. Kollege Einstein hat den wahren Satz geprägt: Mir ist ein Fantast wichtiger als zwei Wissenschaftler.«

»Habe ich die Ehre, mit einem Fantasten der Klimatokratie zu sprechen?«

»Liebe Carol, wann habe ich schon einmal die Gelegenheit, mit einer so vernünftigen und charmanten Person zu debattieren wie mit Ihnen? Meine Kollegen tragen Scheuklappen. Sie glauben gar nicht, wie groß die Eifersucht ist. Und in meiner Freizeit?« Er machte ein Pause. »Da lese ich Krimis.«

»Sie haben das Talent, trockene Materie spannend wiederzugeben. Ich muss sagen, dass mir unsere Gespräche viel geben. Sagen

Sie, ist Ihre Formel eigentlich geheim oder werden Sie sie veröffentlichen?«

»Meine Formel ist *top secret*. Sie wandert in England sofort in den Safe. Mein Institut möchte endlich nicht mehr von Spendengeldern leben, sondern mit unseren weltweiten Prognosen Geld verdienen.«

»Das heißt, irgendwo in Ihrem Laptop ist die Formel gespeichert. Das würde ich nicht jedem erzählen. Sie sind ein gefragter Mann. Sie sind ein Wettermilliardär!«

»Keine Angst, von der Formel wissen nur der geklonte Schachkönig und Sie.« Er lachte. »Irgendeinem Lebewesen musste ich mich nach sechsmonatigem Eremitendasein öffnen. Ich finde, Sie hat mir Gott geschickt. Vergessen Sie nicht, dass ich Zerberus bin. An dem kommt keiner vorbei.« Sein Lachen wurde noch lauter.

Carol lenkte ab: »Jetzt bin auf des Rätsels Lösung gespannt. Wie war das mit der Prognose zu Caroline?«

»Sie haben Recht, ich will Sie nicht länger auf die Folter spannen. Für mich ist diese Insel ein historischer Fall. Hier ist es zum ersten Mal einem Wissenschaftler gelungen, einen Hurrikan vorauszusagen. Sie können sich ausmalen, was das für die Menschheit bedeutet. Sie werden die erste Person sein, die erfahren soll, wo der gravierende Unterschied zwischen meiner *Pacific Blue*-Formel und den anderen Weltklima-Formeln liegt: Ich habe den Chaos-Faktor integriert.«

»Den Chaos-Faktor?«

»Ja, das Phänomen des Chaos. Es war der fehlende Baustein!«

Dr. Carol Bloom fühlte sich wie von einem schweren Schlag getroffen. Sie wich instinktiv zurück. Was hier der englische Forscher berichtet hatte, war ihr im Wesentlichen bekannt. Sicherlich hatte er die Gabe, große Zusammenhänge übersichtlich darzustellen. Sie konnte dem meisten zustimmen und hatte sich bis jetzt auf vertrautem Terrain befunden. Aber das Reizwort »Chaos« hatte sie erschreckt.

In einer Art Verteidigungshaltung kamen ihr nur die dürftigen Worte über die Lippen: »Bitte erklären Sie mir das.«

»Ich sehe, dass ich Sie überrascht habe. Das freut mich. Das Klimasystem kann sogar mit dem umfassendsten Raster, das man sich vorstellen kann, nur mit einem begrenzten Maß an Genauigkeit erfasst werden. Es ist davon auszugehen, dass es prinzipielle Grenzen gibt, weil sich das System ab einem bestimmten Niveau chaotisch entwickelt. Kommen wir zurück zu unserem bekannten Netzwerk mit den weltweiten Beobachtungsstationen. Es ist allgemeiner Wissensstand, dass wir nicht alle Faktoren beobachten können. Zu grob ist das Raster. Jetzt wird es interessant. Es gibt Nebengleise der klimatischen Entwicklung, die anfänglich um kleinere Beträge variieren. Die unvermeidlichen Fehler haben wir in unseren Gleichungen und Hochrechnungen berücksichtigt. Aber die variierenden kleineren Beträge kennen wir nicht. Sie machen das Klima nicht vorhersagbar, selbst dann, wenn das Klimamodell eine perfekte Darstellung der von mir genannten Faktoren enthält. Bekannt ist, dass das mit dem Wetter einhergehende Chaos zu jährlichen Schwankungen der globalen Mitteltemperatur von etwa 0,2 Grad Celsius führt. Aus den Bohrungen im ewigen Eis konnten wir neue Rückschlüsse ziehen. Hilfreich waren die Erkenntnisse des Summit-Eisbohrkerns in Grönland und des Vostok-Eisbohrkerns in der Antarktis. Zunächst tritt in weiten Teilen dieser zweihundertfünfzigtausend Jahre langen Temperaturreihe eine eigenartige Instabilität auf. Wiederholt sind die Temperaturen in kurzen Zeitintervallen, innerhalb von wenigen Jahrzehnten, um bis zu zehn Grad gestiegen oder gefallen. Was immer die Ursachen sein mögen, diese Daten deuten darauf hin, dass die natürliche Variabilität ein Charakteristikum des Klimas ist. Nehmen Sie dieses Beispiel als nur eines von vielen, die meine Hypothese untermauern.«

»Und was ist mit El Niño? Ist das auch ein Chaos-Phänomen?«, unterbrach sie ihn.

»Auch das Auftreten des El Niño ist ein nicht vorhersehbares Phänomen – wir wissen zwar, weshalb ein El Niño entsteht, aber wir können die Intervalle nicht vorausberechnen. Ich habe meine Forschungsergebnisse über dieses Naturereignis ebenfalls in meinen Chaos-Faktor integriert. So ist es mir gelungen, aus der Phänomenologie der Klimasysteme unseres Planeten eine neue Systematik zu entwickeln. Indem ich empirische Fakten mit den Chaos-Erkenntnissen in meiner *Pacific Blue*-Formel zusammengebracht habe.«

Er machte eine Pause, wie ein Politiker, der nach einer längeren Vorrede zu seinem eigentlichen Wahlversprechen kommt: »Meine Hypothese lautet: Die natürliche Variabilität ist ein Charakteristikum des Klimas. Den ersten Prüfstein hat die *Pacific Blue* bestanden: meine Voraussage des Hurrikans Caroline. Die ich im Übrigen an meinen Institutsleiter, den geklonten Schachkönig, lange im Voraus durchgefunkt habe.«

»Ich möchte Ihnen als Erste gratulieren.« Sie küsste ihn rechts und links auf seine Wangen. »Und ich bin Ihre erste Zeugin. Hurrikan Caroline war hier. So wahr mir Zeus helfe.«

»Leider besteht kein Grund zur Freude. Ich habe für die nächsten drei Jahre schlechte Wetterprognosen errechnet. Aber damit möchte ich Sie heute nicht belästigen.«

37

»Die Menschen auf der Insel tun mir Leid. Sie dürfen kein Feuer machen, haben kein warmes Essen, keine frischen Früchte, nicht einmal Eier. Die Hühner sind im Sturm umgekommen, die Ferkel auch. Dafür haben sie Millionen von Moskitos. Wie haben wir es hier doch komfortabel, fast wie zu Hause. Ich danke dir, dass ich hier sein darf. Entsetzlich der Gedanke, auf der Katastropheninsel zu leben.«

»Ich glaube, die Moskitos werden Paul nicht lange gefallen. Hinzu kommt, dass er bald keinen Alkohol mehr an Bord hat. Der wird scharf auf unsere paar Flaschen sein. Bestimmt kommt er heute noch vorbei. Ich könnte auf die Angeltour verzichten. Wie war es bei deinem Verehrer?«

»Spannend. Er hat mir von seiner Weltklima-Formel erzählt. Ich kann das noch gar nicht fassen, dass er dreijährige, globale Wettervoraussagen machen kann. Wir haben in Dr. Lewis einen Wetterguru getroffen.«

»Glaubst du denn wirklich, dass ausgerechnet unser Dr. Lewis ein Auserwählter ist?«

»Wir werden noch viel von ihm hören. Wir können stolz sein, ihn kennen gelernt zu haben. Mit Sicherheit erhält er den Nobelpreis.«

»Nun sag einem unwissenden Skipper, was das Besondere an diesem Mann ist. Ich meine fachlich.«

»Er ist ein Querdenker, ein Fantast. Er ist hochintelligent, aber das sind andere auch. Die meisten denken nur linear, immer geradeaus, bis sie am Ende der Sackgasse sind. Bei Lewis laufen die Denkströme anders.«

»Du meinst, er ist ein Genie?«

»Mit Sicherheit! Wenn es eine Steigerung gäbe, dann …«

»Lassen wir es bei dieser Bezeichnung. Jetzt kann ich meiner Mutter schreiben, ich hätte einem Genie die Hand gegeben.«

»Ich bin nicht zum Scherzen aufgelegt. Die Begegnung heute hat mich durcheinander gebracht. Dr. Lewis hatte den Hurrikan vorausgesagt. Nicht ein paar Tage vorher, sondern Wochen zuvor. Das gab es noch nie in der Geschichte der Meteorologie.«

»Für uns Segler kommen also rosige Zeiten. Ich kann sturmlose Törns planen und auch Flauten aus dem Weg gehen. Demnächst hätte ich dann bis zu drei Jahren Zeit, meinen Katamaran bei einem anrauschenden Hurrikan an Land zu ziehen.«

»Karl, stell dir vor, was sich auf dieser Welt alles ändern würde, wenn durch eine Weltklima-Formel langfristige Wettervorhersagen möglich werden! Die Bevölkerung wird rechtzeitig vor Wirbelstürmen wie Caroline gewarnt werden. Man hat genügend Zeit, Schutzmaßnahmen zu ergreifen, Deiche höher zu bauen, Gebäude zu verstärken, die Schifffahrt umzudirigieren oder man kann, wie in Bangladesch, Tausende von Menschen rechtzeitig in höher gelegene Landesteile evakuieren – sie werden nicht im Meer ertrinken.«

»Ich höre schon den Farmer aus Idaho bei unserem Genie anrufen: Was meinen Sie, Dr. Lewis, wie wird das Wetter? Soll ich fürs nächste Jahr Kartoffeln oder Mais pflanzen?«

»Was du im Scherz sagst, wird Realität. Ich glaube, bald haben wir einen telefonischen Wetterservice. Dafür wird man bezahlen müssen. Man erhält Auskunft über dreijährige Wettervorhersagen für kleine oder große Regionen, für Länder, Kontinente, die ganze Welt. Im Internet kannst du fragen, wie im nächsten August das Wetter an der Südwestküste Irlands sein wird, falls du dort regenfreien Urlaub machen möchtest. Und bestimmt gibt es bald einen Pay-TV-Wetterkanal für Langzeitprognosen. Das schreit nach Vermarktung. Zu viele Menschen und Interessengruppen sind daran interessiert.

Denk nur an das Militär. Hätte das amerikanische Militär damals im Iran rechtzeitig von dem Wüstensturm gewusst, wäre die Geiseloperation glatt verlaufen. Ich meine, aus amerikanischer Sicht gesehen.«

»Weißt du, wer noch mehr Interesse hat als all die Farmer, die Touristikbranche, die Berufsschifffahrt oder diese windigen Broker, die mit Ernten handeln, die noch nicht einmal gewachsen sind? Ich meine sogar noch stärkeres Interesse als das allmächtige Militär? Das sind die großen Versicherungsgesellschaften. Einer meiner Segelfreunde war Direktor eines internationalen Versicherungskonzerns. Er hat mir von der Macht dieser Multis erzählt. Sie haben die größten Aktienanteile und somit enormen Einfluss auf die bedeutendsten Unternehmen dieser Welt. Oder denk nur an die *global players*: Sie lenken Ernten um, verlegen Anbaugebiete, ziehen Fischereiflotten von einem Teil der Welt ab und dirigieren sie in einen anderen Teil der Erde. Vielleicht bewässern sie die Wüste Gobi? Vielleicht die Sahara. Ich will nur zum Ausdruck bringen, welches Potenzial die haben.

Mein Segelfreund erzählte mir, dass die teuersten Versicherungsfälle Schäden aus Hurrikanen sind. Wenn ein Sturm die Geschwindigkeit von zweihundert Kilometern pro Stunde hat und sich um nur zehn Prozent verstärkt, dann steigert sich die Schadenssumme um einhundertfünfzig Prozent.

Ich befürchte, *Pacific Blue* wird Dr. Lewis nicht lange gehören. Er wird noch viel Ärger bekommen. Wenn er erst in England ist, wird seine Formel zum Hochrisikofaktor. Kein Safe ist vor der Macht der Versicherungen sicher. Die würden auch Fort Knox knacken, wenn sie die Formel dort vermuteten.« Er lachte und fügte hinzu: »Die haben auch Fort Knox versichert. Die kennen dort jeden Besenschrank.«

»Hör auf, Karl! Du machst mir Angst!«

»Kleines, es betrifft uns doch …«

»Nenn mich nicht immer Kleines! Ich sage dir, ich habe Angst. Große Angst!« Ihr Gesicht verzog sich. Es wurde hässlich. Ihr zierlicher Körper fing an zu zittern. Nichts konnte diesen Weinkrampf aufhalten.

38

»Was war das für ein Geräusch?«

»Rate mal, wer zum Essen kommt?« Karls Stimme kam von oben aus dem Cockpit. Sie klang beruhigend, wie Medizin.

Ein langer Schlaf hatte Carol gut getan. Sie zog sich an und ging frisch und ausgeruht nach oben. David und Jonathan strahlten sie an. Die Petroleumlampe hing vom Großbaum und beleuchtete ihre schweren Körper. Ihre dunkle Haut glänzte. Wasserperlen hingen in ihren dicken Locken und sie erkannte im schummrigen Licht, dass beide nass waren. Sie waren zum Boot geschwommen.

»Soll ich ein Handtuch holen?«

Sie lachten.

Sie hätte auch sagen können: Wenn ihr euch vor dem Essen noch die Hände waschen wollt, die Toilette befindet sich hinter der letzten Tür links.

»Ich habe David und Jonathan heute Abend zum Boot gebeten. Sie werden bis morgen bei uns bleiben. Sie wissen, dass Paul Drogendealer ist. Paul wird uns heute Nacht mit Sicherheit besuchen. Dann werden wir ihn auf polynesische Art empfangen.«

»Die haben Waffen. Die sind euch überlegen.«

»Heute benutzen wir unsere Keulen nur noch beim Tanzen. Vor wenigen Generationen haben wir sie noch als Waffen benutzt.« David zeigte sein mit vielen Schnitzereien versehenes Exemplar, das wie eine große, breite, hölzerne Speerspitze aussah. »Alle Männer im Dorf wissen Bescheid. Wir sind gut vorbereitet.« Davids Stimme wirkte sehr beruhigend.

»Erst brauchen wir alle etwas zu essen. Ich werde Spaghetti à la Butzer machen.«

»Was möchtet ihr trinken?« Carol übernahm die Getränkewünsche, Rum wurde verlangt.

»Wieso glaubt ihr, sie kommen während der Nacht? Weshalb nicht morgen früh oder jetzt, während wir beim Essen sitzen?«

»Kleines … pardon, das darf ich ja nicht mehr sagen.« Karl lächelte. »Das Flugzeug war vor drei Tagen hier. Die Piloten kündigten das amerikanische Versorgungsschiff für die nächste Woche an. Dann muss Paul möglichst hundert Meilen weg sein. Er hat nicht viel Zeit. Der wird heute aktiv.«

»Und ihr sitzt im Cockpit, habt euch den Bauch voll geschlagen, trinkt Rum und wartet, bis zwei Gewehrläufe auf uns zielen?«

»Carol, beruhigen Sie sich. Man kann von Land aus nur ein schwaches Licht erkennen. In dem Moment, in dem sie ein Kanu nehmen, ergreifen meine Leute sie. Wir können hier in Ruhe reden. Wenn sich an Land etwas tut, erhalte ich ein Zeichen.« David gefiel sich in der Rolle des Beschützers. Er fuhr fort: »Wissen Sie, dass unsere Vorfahren ständig Kriege führten? Meist hieß es Raveinga gegen Faia. Oder umgekehrt. Wenn einmal auf der Insel Ruhe war, fuhren sie mit ihren Kriegskanus zu anderen Inseln. Oft kamen Krieger zu uns. Noch vor wenigen Generationen lagen unsere Dörfer versteckt im Inneren der Insel. Einige Segelschiffe der Weißen, die uns im letzten Jahrhundert besucht haben, wurden überfallen. Dann hat man sie verbrannt und versenkt. Vorher wurden die Schiffe ausgeraubt. Neben den Gräbern meiner Vorfahren liegt noch ein verrostetes Ankerspill. Mein Vater hat einen Bootshaken und zwei alte Flaschen. Man sagte uns, in der einen war Calvados und in der anderen Quecksilber gegen Syphilis. Ich weiß nur nicht mehr, was in welcher Flasche war. Es waren aber nicht viele Schiffe, die überfallen wurden. Wer kam denn schon nach Nukufero?« Er lachte.

»Ich habe gehört, dass Kapitän La Pérouse hier irgendwo gestrandet ist. Haben eure Vorfahren den auch überfallen?« Karl hatte vor kurzem das Buch von Hans-Otto Meissner über das Leben des französischen Entdeckers gelesen und er wollte David provozieren.

»Vor ein paar Jahren kam ein französisches Kriegsschiff aus Neukaledonien. Sie hatten Taucher an Bord. *Daddy* und ich wurden in die Offiziersmesse eingeladen. Danach hat *daddy* ein Lied für die Franzosen komponiert. Sie waren unterwegs, um am

Außenriff von Vanikolo zu tauchen und an Land zu forschen. Sie suchten dort Überreste, Spuren von La Pérouse. *Daddy* hat ihnen die Flaschen gezeigt. Sie meinten, sie wären von Bord seines Schiffes.«

»Wer ist La Pérouse?« Carol wurde neugierig.

»Captain Cook hat vor über zweihundert Jahren drei Entdeckungsreisen in den Pazifik unternommen. Er erforschte diesen Teil des Meeres von Alaska bis zur Antarktis meist auf der Suche nach dem großen, unbekannten Kontinent, *terra australis incognita*, den europäische Gelehrte im Pazifik vermuteten. Die Franzosen wollten auch eine erfolgreiche Entdeckernation werden. König Louis XVI. ließ zwei Schiffe in Brest bauen, die *Astrolabe* und die *Boussole*. Als Kapitän ernannte man 1785 den jungen Comte La Pérouse. Die Schiffe waren mit den neuesten Navigationsinstrumenten ausgerüstet. Sie boten mehr Platz für die Mannschaften und bessere Verpflegung gegen Skorbut als die englischen. Erstmalig war die Mannschaft nicht aus Hafenkneipen angeheuert oder zum Dienst gepresst worden, sondern bestand aus Freiwilligen, obwohl bei solchen Reisen in der Regel ein Drittel der Mannschaft den Ausgangshafen nicht mehr wiedersah. Außerdem waren viel mehr Wissenschaftler an Bord als bei allen Reisen Cooks.«

Karl waren die Hintergründe der Geschichte noch frisch zugegen und er fuhr begeistert fort: »Alles sprach für den Erfolg dieser Expedition. Sie stand unter einem glücklichen Stern, jedenfalls am Anfang. Die französische Öffentlichkeit nahm großen Anteil an der Reise in die Südsee, die bereits Ende des achtzehnten Jahrhunderts als friedliches Paradies galt. Kapitän La Pérouse hatte den Auftrag, möglichst oft die französische Flagge auf fremdem Land zu setzen. Seine Wissenschaftler sollten die unbekannte Fauna und Flora erforschen. Von der Expedition La Pérouse, dem Stolz der französischen Nation, kam kein Mann nach Hause zurück. Alle blieben verschollen. Man erfuhr erst zweihundert Jahre später, was wirklich geschehen ist. Die Schiffe waren im Hurrikan am Riff von Vanikolo zerschellt. Weißt du noch mehr?« Karl wandte sich an David.

»Ein Ire, ein Inder und ein Deutscher spielen bei der Rekonstruktion des Schicksals von La Pérouse eine große Rolle. Und eine noch größere Rolle spielt meine Insel Nukufero.« David richtete sich auf und schaute triumphierend die kleine Runde. »Jetzt habt ihr mich neugierig gemacht. David, erzähl weiter.« Carols Interesse an der Geschichte war geweckt. Das lenkte sie von ihren Problemen ab.

»Nachdem die Flotte von La Pérouse nicht zurückgekehrt war, wurde einige Jahre später ein Suchschiff in den Westpazifik geschickt. Es fand keine Überlebenszeichen, obwohl es in unmittelbarer Nähe von Vanikolo kreuzte. Erst einem gewissen Peter Dillon half der Zufall zwanzig Jahre später, die ersten Informationen in Erfahrung zu bringen. Der Ire Dillon war ein Händler. Er trieb sich auf seinem Schiff im Pazifik herum und nahm auf Fidschi Anfang des neunzehnten Jahrhunderts einen Deutschen und einen Inder an Bord. Sie waren vor Kannibalen geflohen und hatten sich auf sein Schiff retten können. Der Deutsche hieß Martin Buchert und den Inder nannten sie so, wie alle indischen Seeleute im letzten Jahrhundert: Lasker. Auf dem Weg von Fidschi nach Kalkutta ankerten sie vor Nukufero. Die beiden baten, auf der Insel bleiben zu dürfen. Dillon sollte sie auf seiner Rückreise abholen. Nach einem Jahr kam er wieder und nahm den Deutschen an Bord. Martin Buchert berichtete, dass auf Nukufero viele Gegenstände von Segelschiffen stammten, und zwar von französischen Booten. Dillon wusste von der vergeblichen Suche der Franzosen nach der Flotte des Comte La Pérouse. Buchert hatte auch in Erfahrung gebracht, dass die Gegenstände von Vanikolo stammten und dass die Schiffe in einem Hurrikan am dortigen Außenriff gesunken waren. Diese Nachricht erreichte Frankreich. Seefahrer berichteten, vierzig Männer hätten überlebt und wären nach Jahren mit einem selbst gebauten Boot bis zu den Louisiades-Inseln gekommen, im äußersten Osten von Papua-Neuguinea. Erst in den letzten Jahren haben die Franzosen mehrere Tauchexpeditionen nach Vanikolo geschickt. Man hat viele Gegenstände am Außenriff gefunden und der Untergang konnte nachgewiesen werden. Es gibt jetzt ein kleines Museum. Die meisten Funde aber sind in Paris ausgestellt. Doch was die Franzosen bis heute nicht wissen: Es waren Eingeborene von Nukufero, die die Überlebenden getötet haben. Zirka vierzig Männer wurden erschlagen.«

»Wieso wissen das die Franzosen nicht? Weshalb habt ihr das nie zugegeben?«, fragte Carol.

»Die haben uns in den letzten zweihundert Jahren nie gefragt. Jetzt kann es jeder wissen. Wir waren Krieger. Heute sind wir Christen.«

»Hände hoch! Schnell! Ich sehe euch gut im Licht.« Es war Pauls Stimme, die plötzlich aus dem Dunkel kommandierte. Ein Paar zierliche Arme griffen zuerst nach oben, es folgten zwei schlanke und vier fleischige polynesische Arme.

»Eine schöne Gruselgeschichte war das eben. Versucht ja nicht, die Krieger von damals zu spielen. Eure Leute an Land hat Willi im Griff. Wir haben zwei Geiseln genommen, die bewährte Taktik von Captain Cook. Ich komme jetzt an Bord. Bei der ersten Bewegung schieße ich.« Paul kletterte vom engen, schwankenden Kanu über die eingelassene Treppe am Heck des Steuerbordschwimmers nach oben. Dabei hielt er ein Gewehr in der Hand.

»Meinen besten Kumpel konnte ich retten.« Er schaute nur einen kurzen Moment auf die halbautomatische Mossberg Pumpaction aus rostfreiem Stahl. »Die kannst du einen Monat lang ins Meer legen und anschließend mit Süßwasser abwaschen, sie macht trotzdem bum-bum-bum. Ich will hier keine Helden, weder weiße noch polynesische. Ich lasse sofort die Mossberg funkeln, Willi sieht's und hört's. Der ballert dann die beiden an Land um und ist mit dem Kanu sofort hier. Evelyn sitzt bereits drin. Ha, ihr glaubt doch nicht, ich lasse mich von ein paar braunen Christen aufhalten! Bis die Amis kommen, muss ich weg sein. Weit weg.«

Es ist wie im Kino, wie bei Indiana Jones, dachte Karl Butzer. Er konnte im ersten Moment nicht begreifen, dass dies kein Spiel war. Er wurde schnell in die Realität zurückgeholt.

»Ich habe einen Plan. Als Bulle hat man immer einen Plan. Ihr steigt nacheinander in den Ausleger. Alle vier. Das Kanu binde ich hinten ans Boot, da kann ich euch am besten im Auge behalten. Wir wechseln einfach die Geiseln. Kapiert? Ihr seid die neuen Gefangenen. Den Häuptling und seine Frau lässt Willi frei. Wir haben stattdessen die christlichen Söhne und zwei weiße Heiden.«

Paul fand sich witzig. Er lachte, glaubte, dass er die Situation im Griff hätte. Aber er hatte nicht die Wut in Davids und Jonathans

Augen gesehen. Ahnte nicht, dass Karl Butzer die Regie in die eigenen Hände nehmen wollte.

»Paul, mach keinen Mist. Das Boot gehört mir. Die Papiere lauten auf meinen Namen. Du kannst damit in keinen Hafen einlaufen. Ich bringe dich hier weg. Morgen Mittag starten wir. Lass uns darüber sprechen.«

»Du smarter deutscher Diplomat, meinst du, ich kann noch verhandeln? Du bist gegen mich, der Chinese hasst mich. Die Insulaner sinnen auf Rache. Ich weiß nur eines: Ich muss hier schnell weg. Dein Boot ist ideal. Keiner kennt mein Ziel. Keiner folgt mir und ich habe einige Tage Vorsprung vor diesen amerikanischen Bluthunden. Los, ins Kanu!«

»Du kommst mit dem Boot von diesem Ankerplatz nicht weg. Ich habe Sperren eingebaut, die kein Mechaniker der Welt überbrücken kann. Wenn du wegsegeln willst, fahre ich dich. Darüber müssen wir reden. Jetzt. Noch einmal: Ohne mich kommst du hier nicht wieder weg.«

»Ich bin hier der Boss! Ich gebe die Anweisungen! Wenn wir nicht innerhalb von fünf Minuten den Anker hochbekommen haben und die Maschinen nicht starten, dann nehme ich keine Geiseln, dann exekutiere ich Geiseln.« Paul richtete die Mossberg auf Carol Bloom.

Mit der freien Hand löste er den Knoten des Tampens, der die Petroleumlampe hielt. Er nahm die Lampe und dirigierte mit dem Lauf des Gewehrs den Abgang seiner vier Geiseln vom großen Doppelrumpfboot ins kleine.

Zuerst stieg Jonathan ein. Er half Carol, in dem engen Einbaum auf einem der beiden kleinen Brettchen Platz zu nehmen. Als David einstieg, ragte das Freibord nur noch wenige Zentimeter aus dem Wasser.

Karl blickte sich um: »Wenn ich auch einsteige, geht das Kanu unter. Was soll ich tun?«

»Einsteigen, was sonst? Wenn der Eimer absäuft, haltet euch an dem Holz fest. Willi kommt gleich, dann sind wir weg.«

Karl wollte Paul mit der Frage nur ablenken. Er kannte auch im Dunkeln jede Stelle am Schiff. Wusste blind, auf den Zentimeter genau, wo etwas stand oder hing. Er fand sofort die Notblitzlampe. Sie saß in einer Stahlklammer, die am Heckkorb festgeschraubt war. Lange hatte er die orangefarbene Lampe nicht mehr in der Hand gehabt, lange nicht mehr die Batterie geprüft. Ob sie wohl noch blitzte? Mit einem Ruck riss er sie aus der Halterung. Und mit dem gleichen verlängerten Schwung schleuderte er sie gegen Paul. Wie ein Diskuswerfer hatte sich sein Körper mitgedreht. Und wie dieser schrie er. Es war ein Aufschrei des Muts und gleichzeitig ein Befehl: »Ins Wasser!« Zwei Worte, die sich wie im Zeitraffer hinzogen. Er sah drei Körper ins Wasser springen, hörte das Klatschen, hörte auch den Schrei eines Menschen, der eine schwere Verletzung erlitten hatte.

»Mein Gesicht. Mein Gesicht. Hilfe!«

Zwei Gegenstände fielen zu Boden. Es waren die Mossberg und die Lampe. Karl riss beides an sich, wartete auf einen Angriff von Paul und merkte erst jetzt, dass dieser auf den Knien war, sich die Hände vors Gesicht hielt und so durchdringend schrie, dass man es an Land hören musste: »Scheiße, mein Gesicht.«

Karl leuchtete ihn an: »Jetzt habe *ich* die Knarre. Was ist los?«

»Frag nicht, du Schwein, du hast mir Säure ins Gesicht geschüttet. Scheiße, das brennt. Ich werde blind! Wasser!«

David war als Erster an Bord. Wie ein Freistilringer stürzte er sich auf Paul. Im Nu riss er ihm die Hände auf den Rücken. Pauls Gesicht war nass und rot. Der nächste Schrei ertönte: »Ich bin blind!«

Paul roch nach Säure. Plötzlich wusste Karl, was geschehen war. Er hatte Pauls Gesicht mit Batteriesäure verätzt. Salzwasser war in das Lampengehäuse gedrungen und hatte die Batterie zerstört.

Karl eilte ins Schiff und kam mit einem Kanister Wasser und einem Handtuch wieder zurück. Er schüttete Paul Wasser über den Kopf, während Jonathan ihn an den Haaren fest hielt. Dann tupfte Karl ihm Gesicht, Kopf und Hals ab. Langsam verflog der Säuregeruch. Paul Gordons Atem fand wieder zu seinem ursprünglichen Rhythmus. Sein Körper entspannte sich. An den wilden Blicken, die er ihnen zuwarf, konnten sie erkennen, dass er so gut sah wie zuvor.

Gefesselt lag der Drogenhändler vor ihnen. Kanus kamen. Im ersten saß Joseph und berichtete, dass man auch Willi und Evelyn überwältigt hatte.

Der Katamaran war in dieser Nacht mit Menschen überladen. Nukufero hatte das größte Abenteuer seit den kriegerischen Zeiten erlebt. Schon bald kursierten die unterschiedlichsten Geschichten. Die Helden wurden gefeiert. Später wurden alte Kriegslieder gesungen. Lieder, die seit langer Zeit nicht mehr über der Ankerbucht von Faia erklungen waren.

Irgendwann in den Morgenstunden, als nur noch leere Flaschen und Gläser im Cockpit standen, sagte Carol: »Wenn du diese Notblitzlampe so gut gewartet hättest wie dein ganzes Schiff, dann wären wir vielleicht nicht mehr am Leben.«

»Wie Recht du hast, Kleines.«

39

ES WAR DER SIEBTE TAG IM JAHRE NULL. Es war ein Sonntag. Die Baumstümpfe auf Nukufero starrten nackt in den Himmel. Die Menschen lebten ausschließlich von *mase* und von Wasser. Es galt das strikte Verbot, Feuer zu machen. Der *umo* blieb kalt. Selbst rohen Fisch, mariniert mit Limonen, konnte keiner zubereiten, weil alle Limonen vernichtet waren. Der Fischfang blieb aus. Die Menschen bedrückte die einseitige karge Kost.

Ariki Fetaka bat den Priester, den heutigen Fang von *wahoo* in sein Gebet einzubeziehen. So war ein Großteil des Gottesdienstes dem Segen für das fremde Fischereiboot, seiner Besatzung und dem Glück und der Geschicklichkeit der Fischer an Bord gewidmet. Ihre Leinen wurden gesegnet, die Haken und die Köder. In dem zweiten Teil der Predigt wurde der Bäume, der Gärten, der Früchte und Wurzeln gedacht.

David saß während der Andacht in der ersten Reihe im Sand. An seiner kräftigen Gesangsstimme hörte man nicht, dass er kaum geschlafen hatte. Heute war er der oberste Vertreter der Häuptlingsfamilie, denn sein Vater stand noch unter dem Schock der Geiselnahme. So war David der Erste, der am Schluss des Gottesdienstes die Oblate und den Schluck Messwein mit den Segnungen entgegennahm. Danach segnete der Priester die anderen. Die Männer rechts, die Frauen links. Und so war er auch der Erste am Meer, befahl den Jugendlichen, zwei Kanus ins Wasser zu tragen. Mit Jonathan, Joseph und Dr. Lewis paddelte sie zur *Twin Flyer*. Große Rollen mit dicker Nylonschnur wurden an Deck gelegt, geschmückt mit farbigen Ködern, die wie Blumensträuße aussahen. In den Hölzern, auf die die Nylonschnur gewickelt war, steckten Haken, fast so groß wie Fleischerhaken.

Vier starke Männer hangelten sich an Bord. Eine zierliche Frau verließ das Boot. Carol Bloom hatte keine Lust zum Fischfang. Sie hatte etwas Besseres vor.

Karl hatte eine Kanne mit Kaffee vorbereitet. Müde waren sie alle und mit Ausnahme des Doktors verkatert. Dennoch waren alle voller Jagdlust.

»Wo habt ihr Paul und die beiden anderen untergebracht?«, fragte Karl.

»Vor St. Mary wurden sie jeder an einen Baum gefesselt. Sie müssten stärker als der Hurrikan sein, um die Stämme umzureißen. Zwei Männer bewachen sie. Ich lasse sie alle zwei Stunden ablösen.« St. Mary war die Hütte auf Nukufero, die als Kirche diente. Karl kannte den einst gefegten, sandigen Platz mit den zwei auffallend mächtigen Bäumen.

Er startete die Motoren. Danach holte er allein die Ankerkette ein und hievte den Anker in seine Halterung. Im Cockpit schob er beide Gashebel leicht vor, das Schiff nahm Fahrt auf. Der Held der letzten Nacht drehte sich um: »Nicht, dass mir einer von euch beim Angeln einschläft! Dr. Lewis, passen Sie bitte auf, dass wir wieder vollzählig zurückkommen!«

»Keine Angst, Karl, unsere polynesischen Freunde sind zäher als vier von uns. Sie werden staunen, wie die jetzt auf den *wahoo* gehen. Ich kenne das von Erzählungen. Da treffen sich Krieger, die besten vom Land mit den besten im Wasser.«

»Haben Sie schon *wahoo* gegessen?«

»Oft. Es ist das Beste, was es im Meer gibt. Da sind sich die Urteile der Völker gleich. Leider wird er im *umo* etwas trocken. Ich habe mir eine Pfanne und Kochgeschirr mitgebracht. Etwas Öl in die Pfanne. Ein Filetstück kurz von beiden Seiten scharf angebraten. Limonensaft drüber. Fertig. *Delicieux, comme à Paris!* Nein, falsch! Mein Vergleich ist falsch. Es muss heißen *delicieux, comme à Nukuféro!* Denn in Paris, London, New York ist jeder Fisch alt. Sie erinnern sich dieser überflüssigen Frage an den Kellner: ›Ist der Fisch frisch?‹ Und jeder Kellner dieser Welt antwortet: ›Sicher, mein Herr, fangfrisch!‹ Dabei ist Fisch in den Restaurants der Welt in der Regel tiefgefroren. Die meisten Fische werden über zentrale Großmärkte angeliefert. Das dauert mindestens eine Woche, wenn nicht länger. Haha, fangfrisch! Seit ich auf Nukufero bin, muss ich lachen, wenn ich an Europa denke.«

»Ich lebe oft Wochen von frischem Fisch. Wenn ich auf dem Ozean ein paar Vögel kreisen sehe, segle ich sofort hin. Zwei Leinen raus, und meist habe ich an beiden Haken einen Bonito. Na, mal sehen, was es heute gibt.« Karl nahm Kurs auf das Amerikanische Kap.

David zeigte ihm, wie weit er sich vom Riff entfernt halten sollte. Als sie aus dem Windschatten der Insel kamen, war das Meer auf der Seite von Raveinga wesentlich rauer. Der Passat blies mit zirka zwanzig Knoten. Der Wind frischte auf. Die Männer wurden munter und beschäftigten sich mit ihrem Angelgeschirr. Sie feixten, es wurde gelacht und geprahlt. Wer fängt die meisten? Wer fängt die größten?

Karl motorte am Strand der Luvseite von Nukufero entlang. Auch aus der Ferne sah die Insel wie ein Skulpturenpark des Chaos aus. Aber die Männer schauten lieber nach vorn. Zum steil ins Meer abfallenden Ostkap. Hier prallten die Wellen des Südostpassats gegen die Felswände.

Auf dem Meer gab es nichts, was an Caroline erinnerte. Keine schwimmenden Zweige waren zu sehen. Indizien einer pazifischen Störung namens El Niño waren nicht im Wasser zu finden. Ganz anders an Land.

Karl stellte die Motoren auf eine höhere Drehzahl ein, um gegen Wind und Wellen vorwärts zu kommen.

»Diese Wellen kommen aus Südamerika, Chile, Peru. Die sind sechstausend Seemeilen unterwegs«, erklärte Dr. Lewis.

»Für uns kommen diese Wellen aus Tonga. Deshalb heißt dieser Wind, den ihr Südostpassat nennt, bei uns *matangi tonga*. Tonga ist das Land unserer Vorfahren. Mit diesem Wind sind wir vor sechzehn Generationen gekommen. Die Alten konnten die Wellen lesen. Ihre *tahunas* wussten, ob Land in der Nähe war, lange bevor die Insel zu sehen war.«

Der Klimatologe entdeckte eine Wissenslücke in seinem Fachgebiet: »An den Wellen haben sie unbekanntes Land erkannt? Wie ist das möglich?«

»Unsere Navigatoren erkannten, wenn Wellen durch den Aufprall auf eine Landmasse zurückgeworfen werden. Sie sehen anders aus als Windwellen. Sie sind kürzer, abrupter, haben ein anderes Muster. Beide Wellen mischen sich. Es war eine Kunst, sie zu unterscheiden, zu lesen und die richtigen Schlüsse daraus zu ziehen. Die Navigatoren studierten stundenlang Wasser und Wellen. Bis zu dreißig Seemeilen vor einer Insel konnten sie die Unterschiede identifizieren. Hinter einer Insel sehen die Wellen wieder anders aus. Diese Windschattenwellen konnten unsere Navigatoren bis zu zehn Seemeilen lesen. Sie kannten auch die Wellen an den nördlichen und südlichen Kaps. Insgesamt benutzten meine Vorfahren sechzehn verschiedene Namen für Wellen, die sich durch den gleichmäßigen Passatwind um eine Insel bilden können. Ich glaube, in eurer Sprache gibt es nur ein Wort für Welle.«

»Richtig, David. Ähnliches habe ich als Student über Wolken gehört. Man erzählte uns, dass die Polynesier zweiunddreißig verschiedene Namen für Wolken hätten. Der Durchschnittsbürger bei uns kennt vielleicht zwei oder drei Bezeichnungen. Schäfchenwolken, Gewitterwolken, Schleierwolken, dann hört es auf. Ich kenne vierzehn Bezeichnungen. Hut ab vor euren Navigatoren.«

»Doktor, ich glaube, gleich folgt die zweite Lehrstunde: Wie fange ich den *wahoo*?«, schaltete Karl sich ein. Er musste sich auf den Kurs konzentrieren, das Schiff stampfte schwer bei dem Gegenwind.

»Karl, halte Kurs!« Hier draußen übernahm David das Kommando. »Das ist ein guter Abstand zum Kap. Du siehst, wie die Wellen sich brechen. Hier ist ein gutes Fanggebiet, denn der Meeresgrund steigt aus vielen tausend Metern hoch. Hier tummeln sich die Fische, natürlich auch alle Arten von Raubfischen. Baracudas und Wahoos sind die Beherrscher des Reviers. Nachts kommen die Haie und räumen auf. Karl, versuch die Geschwindigkeit beizubehalten.«

»Wir fahren mit fünf Knoten. Ich stelle den Autopiloten an. Ich will auch meinen Spaß haben.«

David und Jonathan, beide über einsfünfundachtzig groß, beide über zwei Zentner schwer, saßen im Schneidersitz auf den besten Decksplätzen am Heck eines jeden Rumpfs. Sie hatten die Niroketten der Reling ausgeschäkelt, um nichts Störendes im Weg zu haben. Joseph saß in der Mitte. Alle drei ließen die starken Nylonleinen um etwa die dreifache Schiffslänge ins Heckwasser gleiten. Man sah drei rote Köder im auslaufenden Schaum der Heckwellen auf dem Wasser hüpfen. Dr. Lewis lehnte sich mit seiner Steckrute und der vergoldeten Penn-Rolle an den Kajütaufbau. Er wartete ab.

»Ich schau' mir das erst einmal an. Was wir nicht gebrauchen können, ist eine Leine im Propeller.« Karl hatte über Tausende von Seemeilen die Schleppangel hinter sich hergezogen. Die Schnur hatte er um eine freie Winsch gelegt, jedoch vorher eine leere Bierdose um die Angelleine gebunden und diese hinter einer Klampe verhakt. Kam Zug durch einen Fisch, klapperte es und er konnte die Schnur schnell per Hand oder bei einem großen Fisch über die Winsch einholen. Was jedoch selten vorkam.

Als nach wenigen Minuten nichts angebissen hatte, rief Karl den dreien zu: »Wollt ihr die Heckwellen zählen oder sind wir hier auf *wahoo*-Jagd?«

Joseph antwortete mit einem langgezogenen »*W-a-h-o-o-o-o-o*«. Dreimal schrie er das Wort auf diese Weise in den Wind. Und was dem Wissenschaftler keiner zugetraut hätte, auch er schrie dreimal: »*W-a-h-o-o-o-o-o-o*!«

Alle lachten. Das Jagdfieber hatte sie ergriffen.

Nach kurzer Zeit durchbrach der sonst schweigsame Jonathan die Motorengeräusche und schrie erneut: »*W-a-h-o-o-o-o-o-o*!«

Alle blickten zu ihm und zu seinem Köder. Ein Fisch, groß wie ein Delphin, sprang aus dem Wasser. Doch er stieg nicht aus dem Wasser, um dann genau so elegant wieder zurückzugleiten. Dieser Fisch zerfetzte das Wasser. Die Sprungstelle war weiß vor Schaum. Er tauchte ab und kam mit noch mehr Wucht, noch mehr Schaum aus dem Wasser. Er schoss durch die Wellen, zerschnitt sie. Kein Preisrichter hätte ihm auch nur einen Zehntelpunkt für Schönheit und Eleganz seiner Sprünge gegeben. Dieser *wahoo* zeigte keine Anmut. Nur Kraft.

Jonathan ließ Leine nach. Langsam, bedächtig, hoch konzentriert. Er drückte seine Lippen zusammen. Sein liebenswertes Lächeln war weg, seine Sanftmut verschwand.

Für nur wenige Sekunden war der Kämpfer weggetaucht. Jonathan stützte schnell beide Füße neu an den Relingsbeinen ab, bog den Oberkörper zurück, verlagerte den Schwerpunkt nach hinten.

Fünf Männer schrien »W-a-h-o-o-o-o-o-o«, als der Fisch wieder hochkam. Weit entfernt von seiner Tauchstelle. Er schoss aus dem Wasser. Vergleichbar den Torpedos, die von einem U-Boot abgeschossen werden und beim Auftauchen das Wasser zu Gischt werden lassen. Im Flug zuckte sein Körper. Er hatte Zeit, den Kopf zurückzubiegen, um den tödlichen Haken abzuwerfen. Sein wilder Flug wollte nicht aufhören. Immer wenn er an einer unvermuteten Stelle wieder auftauchte, erklang der Jagdschrei. Der Fisch kämpfte und die Männer schrien: »W-a-h-o-o-o-o-o-o!«

Irgendwann wurden die Tauchphasen kürzer und die Sprünge wilder. Sie erinnerten an einen bockenden Mustang im amerikanischen Rodeo. Dieser *wahoo* hatte keine Chance. Zu groß war der Haken, den er sich selbst eingerammt hatte. Zu stark die Leine. Und zu kräftig die Arme des Polynesiers. Das schwächste Glied in dieser Kette war Jonathans Hand, vergleichbar der Faust eines Schwergewichtsboxers. Nur durch seine Willenskraft war sie stark genug für diesen Fight.

Langsam holte Jonathan Hand über Hand die Leine ein. Verharrte bei den Sprüngen. Gab nur eine Armlänge nach, wenn der Kämpfer seinen Kopf nach hinten bog. Jonathan zog immer dann, wenn der Fisch im Wasser war.

Die Leine wurde kürzer. Karl hatte die Motoren gedrosselt. Jonathan ging zur Bootsmitte, stand dann zwischen den Rümpfen. Nun konnte Joseph mit der Gaff die Beute einholen. Beim zweiten Mal traf die Spitze in den Leib und drei Polynesier holten den ersten *wahoo* im Jahre Null an Bord.

Wieder schrien die Männer: »W-a-h-o-o-o-o-o-o.«

Der Fisch hatte die Länge von zwei ausgestreckten Armen. Als er im Wasser war, dachte Karl, schätzte ich ihn auf drei Meter Länge.

Noch achtmal schrien die Fischer: »W-a-h-o-o-o-o-o-o!«

Als die *Twin Flyer* später vor Faia Anker geworfen hatte, wiederholten die Männer ihren Jagdschrei ein letztes Mal so laut, dass jeder an Land ihn hören konnte. Auch die drei Gefangenen.

·40·

DR. CAROL BLOOM LIESS SICH AM STRAND im Schatten eines
Baumstumpfs nieder.

In der aufkommenden Hitze flimmerte die Luft und die Yacht
entzog sich ihrem Blick. Sie begann zu träumen, sah bald nicht
mehr das türkisfarbene Wasser, die leicht schäumenden Wellen
am Riff und dahinter das tintenblaue Meer. Dafür schob sich die
Erinnerung an Samuel Fynch in den Vordergrund. Mit ihm kam
die Erinnerung an ihr Leben in Chicago zurück. Er hatte sie von
einem lokalen TV-Sender abgeworben. Wie es so seine Art war:
mit Hilfe von Headhunter, Charme und Geld. Bei Fynch & Baker
begann ihr beruflicher Aufstieg. Es wurde ihr zum ersten Mal Ver-
antwortung übertragen. Sie nutzte ihre Chance. Beim internen
Stühlerücken um die Leitung des *met office* mit firmeneigenem Satelliten lag sie am Ende gut vorne. Sie schlug drei männliche Mit-
bewerber. Ihr Vorteil waren ihre Kenntnisse über das El-Niño-
Phänomen, das immer größeren Einfluss auf die Welternten und
speziell auf die kontinentalamerikanische Landwirtschaft ausübte.
Für die *future*-Käufe bei Fynch & Baker waren ihre Kenntnisse
Gold wert. Einen weiteren Vorteil hatte sie beim TV-Sender
erworben: Sie arbeitete schnell und liebte den Zeitdruck. Wetter-
analysen mussten täglich mehrfach geliefert werden. *Lunch break*-
Analysen nannte man sie.

Samuel Fynchs Schatten wollte nicht weichen. Es war, als ob er
neben ihr am Strand saß. In demselben grau gestreiften Doppel-
reiher, den er bei ihrem letzten Treffen getragen hatte. Wie es
seine Art war, hielt er in einer Hand ein Glas Sodawasser, mit der
anderen stützte er sich im Sand ab. Sie schwitzte. Ihr fiel auf, dass
er in seinem Maßanzug aussah, als ob um ihn herum eine klima-
tisierte Zone herrschte.

Carol, ich sehe, dass Sie nicht mehr mit aller Kraft an Ihrem Auftrag arbeiten. Das betrübt mich. Auch für mich ist es beeindruckend, wie schön die Südsee sein kann, wie verlockend. Wenn dann noch ein interessanter Mann auftaucht, dann ist das verführerisch. In spätestens vierzehn Tagen werden Sie wieder in Chicago im alten Rhythmus sein, das ist Ihr wirkliches Leben. Das hier ist ein Traum. Kommen Sie, Carol, finden Sie wieder zurück zu Ihrem Auftrag. Sie wissen, ich kenne da eine dunkle Stelle in Ihrer Vergangenheit. Abgesehen von dem sensationell hohen Betrag, den ich bereit bin zu bezahlen. Also machen Sie sich an die Arbeit. Wenn Sie ohne Formel erscheinen oder wenn Sie gar nicht nach Chicago zurückkommen, dann werden meine Freunde Sie besuchen. Die nehmen erst den einen Arm. Dann brechen sie den zweiten. Danach nehmen sie sich das linke Bein vor. Und so weiter. Am Hals hören sie auf. Furchtbar. Aber so weit wollen wir es nicht kommen lassen. Los jetzt, Carol! An die Arbeit! Ich will keine Widerworte. Das ist ein Befehl!

Plötzlich war die Wahnvorstellung wieder verschwunden. Aber Carol hatte Angst. In der Vormittagshitze des siebten Tages nach Null geriet Dr. Carol Bloom wieder in den Bann ihres Chefs. Sie begab sich zur Höhle. Es war der Weg zur Hölle.

Zerberus, der Wächter der Unterwelt, war für einige Zeit auf See beim Fischfang. Sie hatte also Zeit, die Formel in seinem Laptop zu suchen.

Wie hypnotisiert betrat sie die Höhle. Es war sehr heiß, sie schwitzte, die Fliegen in der Höhle umschwärmten sie; sie setzten sich auf ihre Stirn, auf ihre Wangen und sogar auf ihre Lippen. Carol hasste Fliegen. Immer wieder kamen sie. Heute ignorierte sie sie. Sams Befehl hatte sich in ihrem Kopf festgesetzt. Sie sagte sich immer wieder: Ich brauche die Formel, um meinen Kopf zu retten.

Alle Instrumente, jegliches Gerät war mit Plastikfolie abgedeckt. Steine beschwerten die Folien. Sie konnte darunter die unterschiedlichen Messinstrumente erkennen. Den Laptop sah sie nicht. Es dauerte auch einige Zeit, bis sie sich besser an die Lichtbedingungen angepasst hatte. Sie sah die Bojen, zwei Windmessanlagen, das Gerät zur Messung von Niederschlägen, ein Strömungsmessgerät, Kabel, Leinen, Steckverbindungen, den

Drucker. An der Wand lehnten Solarzellen. Sie erkannte die Batterien. Eine Holzkiste stand daneben, noch eine weitere und zwei Aluminiumbehälter.

Aber wo war der Laptop? Sie wusste, dass Lewis alle seine Geräte aus der Hütte in seine Höhle transportiert hatte. Er musste also hier sein.

Wo würde ich einen Laptop verstauen, fragte sich Carol. In einer Kiste war er am sichersten. Vorsichtig nahm sie einige Steine von der Folie, merkte sich, welcher Stein wohin gehörte, legte sie in der Reihenfolge, wie sie sie abnahm, auf den Boden. In der ersten Kiste war Papier für Aufzeichnungen, die Oszillographen, ein Drucker. In der zweiten Kiste befanden sich ausschließlich Werkzeug, Kabel, technisches Kleinmaterial. Auch im Aluminiumbehälter fand sie nicht, was sie suchte. Aber der Laptop musste hier sein. Kein Mensch nimmt einen Laptop mit zum Fischen. Oder schien Lewis das Boot sicherer als die unbewachte Höhle? Vermutlich! Die anfängliche Ruhe wich von ihr. Samuel Fynchs Befehl hatte ihr ein *Go* gegeben, wie es nur Sportler kennen, die einen psychologisch geschulten Coach haben. Sie wollte ihr Ziel erreichen. Sam sollte seine Formel haben. Danach wären sie quitt. *You'll get what you pay for.* Diese Businessregel wollte sie einhalten. Dann war sie frei.

Sie war konzentriert, ließ sich nicht von Fliegen, nicht einmal von Moskitostichen ablenken. Noch nie hatte sie so stark geschwitzt. Egal.

Wo war der Laptop?

Sie versuchte, sich besser zu konzentrieren und warf den Kopf ein wenig nach hinten, gab ihrem Hirn Raum für neue Ideen. Und dann sah sie ihn. Über Kopfhöhe lag er auf einem Felsvorsprung, eingepackt in Folie. Mit gestrecktem Arm erreichbar. Sorgfältig deckte sie die Instrumente und Kisten zu, legte die Steine wieder in der richtigen Reihenfolge auf die Folie. Dann erst nahm sie den kleinen Computer vom Felsregal.

Sie entfernte die Folie, kniete sich hin und legte ihn auf ihren *lap*, ihren Schoß. Das Modell war ihr unbekannt, aber sie war mit Computern so vertraut wie andere Frauen mit Küchengeräten.

Dr. Carol Bloom öffnete die Datei. Schnell erkannte sie die letzten bearbeiteten Dokumente, die Lewis gespeichert hatte. Sie überflog sie; offensichtlich waren es persönliche Abkürzungen. Bei dem Dokument »PB« blieb ihr Blick hängen. Sie klickte es an, öffnete das Dokument. Ihr Arm wischte den Schweiß von der Stirn. Sie tat das nicht wie eine Dame, eher wie Yves Montand in seiner Rolle als Lastwagenfahrer in dem Film *Lohn der Angst*.

Auf dem Bildschirm las sie:

> *Pacific Blue*
> *World Climate Formula*
> *By Dr. Alexander Lewis, Nukufero*
> *Final Version*

Sie hatte die Formel. Es war der Lohn ihrer Angst. Wie in Trance lächelte sie. Dann zog sie einige Disketten aus ihrer Brusttasche, schob die erste ins Laufwerk und begann zu kopieren. Sie benötigte drei Disketten. Dr. Lewis hatte seine Formel nicht kodiert. Er fühlte sich zu sicher auf Nukufero.

Carol steckte die Disketten in einen mitgebrachten Plastikbeutel und drückte die Kerbung zusammen, damit kein Wasser eindringen konnte. Zusätzlich verschloss sie die Öffnung mit Klebeband, das sie in der Höhle fand. Sie wollte gerade das kleine Päckchen in ihre Brusttasche schieben, als sie merkte, dass sich der Eingang der Höhle verdunkelt hatte.

»Junge, haben Sie eine geile Figur. Ich liebe zierliche Frauen mit dicken Möpsen.«

Es war Paul.

»Was machen Sie hier?«

»Wie Sie sehen, bin ich ein freier Mann. Aber was haben Sie hier zu suchen? Haben Sie ein paar geheime Informationen kopiert? Onkel Paul war zwar nur Polizist und zum Spaß dealt er ein wenig, aber gegen Sie bin ich eine kriminelle Null.«

»Ich wollte gerade gehen.« Sie versuchte, an ihm vorbeizugehen, aber er versperrte ihr den Weg.

»Sie kleine miese Schnüfflerin. Nein, nein! Ich tue Ihnen Unrecht. Sie sind keine Schnüfflerin. Sie sind eine Spionin! Im Vergleich zu Ihnen bin ich ein ehrlicher Kaufmann. Und unser Freund Tonio Heng Fu ist ein Anfänger in Sachen Holz.«

Sie versuchte an ihm vorbeizuschlüpfen, aber er stoppte sie mit einer Hand. Mit der anderen Hand hielt er seine Pistole.

»Das schlägt einem alten Piraten die Klappe vom Auge. Die hübsche kleine Carol spioniert diesen ehrenwerten Forscher aus. Na, das dreht das Inselleben ja um die eigene Achse.«

»Was machen Sie hier? Was fällt Ihnen ein, mich eine Spionin zu nennen?«

»Hey, Sie sind ja große Klasse. Ich beobachte Sie, wie Sie diesen kleinen Computer suchen. Kaum haben Sie den gefunden, wachsen ein paar Disketten aus Ihrer Tasche. Sie drücken ein paar Knöpfe und kopieren das Gewünschte. Ich nehme an, Sie haben seine Formel geklaut.«

»Was fällt Ihnen ein! Verschwinden Sie!« Sie hatte ihren Kopf zur Betonung leicht nach hinten gebogen.

Er hielt sie immer noch fest. »Sie sind ein toller Profi. Hier, am Ende der Welt, treffe ich einen Profi. Ich Idiot mache ein paar tausend lausige Dollar mit Drogen. Reise durch halb Asien. Habe schlaflose Nächte an Bord. Muss in jedem Uniformierten einen Feind wittern. Muss Leute bestechen. Und hier kommt die Superspionin. Wartet auf ihre Gelegenheit. Kopiert. Und kassiert wahrscheinlich Millionen Dollar. Spitze, ich habe viel von Ihnen gelernt. Ich bin Ihnen zu Dank verpflichtet, Frau Anthropologin! Ich möchte nur die eine Frage beantwortet haben. Wie viel bringt die Weltklima-Formel auf dem Markt?«

»Nichts. Ich bin Wissenschaftlerin. Ich …«

Sie versuchte sich loszureißen, aber vergeblich. Jetzt, wo sie sich so nahe waren, sah sie sein zerschundenes Gesicht, seinen ekelhaften Bartwuchs und seine von Batteriesäure gerötete Haut ganz dicht vor sich.

»Nichts? Sie meinen, weniger als einen Cent? Carol, Sie verstehen meine Frage nicht. Und Sie verstehen auch nicht meine Situation. Ich habe schon wieder einen Plan. Einen teuflischen Plan. Es geht um mein Leben. Ich muss hier weg. Ganz schnell. Ihr Partner stört mich dabei. Clever, wie der den Forscher zum Angeln an Bord gelockt hat, damit Sie freie Bahn hatten. Sie sind echte Profis. Werden Sie eigentlich von Interpol gesucht?« Er stieß sie von sich und sie fiel zu Boden. »Das ist eine geladene Walther. Es ist die beste Waffe der Welt. Ich werde Sie jetzt fesseln. Sie sind meine Geisel. Willi und ich haben die Wachen überrumpelt. Die nächsten Wachen kommen in zwei Stunden.

Ich suchte hier ein paar Streichhölzer oder ein Feuerzeug. Na ja, irgendetwas zum Feuer machen ...«

»Feuer? Was wollen Sie mit Feuer? Es ist verboten!«

»Onkel Paul hat sich noch niemals an Verbote gehalten. Nicht mal als Bulle.«

Er lachte.

Während er sie fesselte, die Schnüre kunstvoll so band, dass ihre Brüste dabei betont wurden, spielte er ihr mit verstellter Stimmen seine Lieblingsrollen vor:»007, das haben Sie gut gemacht. Wir vom MI 5 hätten ja niemals gedacht, dass der meistgesuchte Spion eine Lady ist. Sagen Sie, Mr. Bond, wie haben Sie sie erwischt? – Durch Asien bin ich ihrem Parfüm gefolgt. Am Strand einer einsamen pazifischen Insel habe ich sie endlich gefunden. Sie lag unter Palmen. Ich habe Sie nur gefragt, ob ich mich neben sie legen dürfte. Und sie hat Ja gesagt.« Er grinste wie ein Sieger. Es sollte das berühmt-berüchtigte 007-Grinsen sein. Er riss einen Klebestreifen ab und machte sie mundtot. »Du machst mich ganz schön heiß. Wie du so gefesselt da liegst in deiner feuchten Haut. Onkel Robert wird richtig geil. Ich glaube, wir werden uns auf der Reise gut verstehen. Wir können mit Fesseln spielen. Mal was anderes.« Er griff nach ihrem Hintern, packte richtig zu. Ein Ruck ging durch ihren gefesselten Körper – vergeblich.

Er grinste und verließ die Höhle. Dann kehrte er mit den zwei gefesselten und geknebelten Polynesiern zur Höhle zurück. Wie drei verschnürte Kunstobjekte lagen Carol und die beiden Wächter jetzt am Ende der kleinen Höhle.

»Lasst uns erst mal einen Joint rauchen. Es kann nicht mehr allzu lange dauern, bis die mit dem Schiff zurückkommen. Dann geben wir Rauchsignale. Was meint ihr, wie schnell die hier sein werden.«

Paul Gordon, Evelyn Ramirez und Willi van Damme warteten vor der Höhle auf Karl Butzer und seinen Katamaran. Sie konnten den Ankerplatz gut überblicken. Ein zweites Mal wollte sich Paul Gordon nicht mehr überrumpeln lassen. Er hatte Waffen und Munition. Und er hatte Geiseln aus beiden Lagern.

Aus einer der Kisten holte er sich Papier. Willi reichte ihm den Tabak. Er zündete einen Ast an und schmolz eine Stange Marihuana über der kleinen Flamme. Die Krümel verteilte er über dem

Tabak. Dann drehte er zwei Zigaretten, gab Willi eine und schmauchte selbst die andere. Anschließend wies Paul Evelyn an, Holz zu sammeln. Dann schickte er sie los, um in einer Dose Wasser vom Meer zu holen. »Damit es schön qualmt! Die werden sofort kommen. Besonders der Forscher wird Hummeln im Arsch haben, wenn er Qualm bei seiner Höhle sieht. Hey, Willi, du sagst ja gar nichts, bist du etwa schon weggetreten?«

»Willst du alle drei mit an Bord nehmen?«

»Quatsch, nur die Lady. Die ist eine Million Dollar wert. Wenn nicht sogar mehr. Sie ist eine Spionin. Und in der Tasche über ihrem linken Mops hat sie drei Disketten. Die vertitschen wir. Mann, Willi, Schluss mit den Scheißdrogen. Endlich richtige Kohle.«

»Wieso nimmst du der die Disketten nicht ab? Soll ich das machen?«

»Lass mal. Die läuft nicht weg. Ich habe mit ihr noch was vor. Die Disketten trägt sie genau an der richtigen Stelle. Sie kommt nicht ran, aber ich immer.« Er lachte rau.

»*W-a-h-o-o-o-o-o*«, schallte es aus fünf Männerkehlen übers Meer. Die Yacht war angekommen.

Paul hielt die Glut seines Joints an ein trockenes Blatt. Er pustete. Das Blatt glimmte. Eine winzige Flamme entstand. Zwei weitere Blätter entzündeten sich. Er legte fingerlange Ästchen darauf. Auch sie fingen sofort Feuer. Vorsichtig schob er die Glut an den Rand des Holzhaufens. Größere Äste übernahmen wie Fackelläufer die Flammen. Ein Zweig gab dem nächsten Glut und Flamme. Bald fingen die ersten Äste an zu brennen. Und nach kurzer Zeit brannte der Holzhaufen lichterloh. Dann goss Paul das Wasser darüber. Es qualmte stark. Eine graue Wolke stieg hoch, wurde vom Wind ergriffen und zum sichtbaren Signal.

»So, die haben den Qualm entdeckt. Die sind gleich hier. Ich verstecke mich am Strand. Ihr bleibt hier. Auf mein Pfeifen kommt ihr mit der Geisel. Okay?«

Die Männer an Bord starrten jetzt auf den Qualm. Auch die drei Geiselnehmer schauten ihren Signalwolken nach. Sie achteten nicht auf die Feuerstelle. Merkten nicht, dass das Feuer bereits voller Gier seine Zungen nach den nächsten ausgetrockneten Ästen ausgestreckt hatte.

Paul drehte sich um und sah, wie sich das Unheil schnell ausbreitete. Er nahm einen Ast, hielt ihn über die Feuerstelle, bis er brannte und warf ihn in den nächsten Haufen aus trockenen Blättern. Im Nu entstand der nächste Brandherd. Weder Evelyn noch Willi sahen sein Grinsen.

Zum Löschen war es zu spät.

VOR ACHTZIGTAUSEND JAHREN hatte sich aus dem salomonischen Rücken im Pazifik eine neue Insel über den Meeresspiegel erhoben. Sie entstand durch eine Eruption. Vielleicht dauerte die Geburt nur eine Nacht, vielleicht einen Monat. Bestimmt war der Vulkanberg höher als heute. Mit der Zeit waren die Gesteinsmassen zusammengesackt. Die Insel schrumpfte kontinuierlich. Irgendwann legte sich die Südseite des Kraters zur Seite und versank langsam im Meer. Der Kratersee konnte sich retten. Ein schmaler Landstreifen bildete einen Schutzwall. Dann bildete sich um die Vulkaninsel ein Saumriff. Es wuchs höher, im gleichen Maße wie die Insel durch ihr Eigengewicht sank. War am Anfang nur ein Vulkankegel. Besonders im Westen und Norden sorgten das nachwachsende Riff und das abrutschende Lavagestein für eine größere, fruchtbare Landfläche.

Von fernen Inselstaaten, die heute die Namen Fidschi, Vanuatu, Papua-Neuguinea und Salomon-Inseln tragen, wurden mit dem Monsun und den Passatwinden Samen nach Nukufero geweht. Buschwerk, Bäume und Gräser entstanden. Vögel verirrten sich hierhin. Käfer, Ameisen und vielerlei Kleintiere gingen mit abgebrochenen Bäumen und Ästen auf Drift. Oft monatelang. Irgendwann kamen diese unfreiwilligen Emigranten auf die Vulkaninsel. Hier fanden sie keine Feinde und vermehrten sich.

Neunhundert Jahre vor unserer Zeitrechnung erblickten zum ersten Mal Männer und Frauen in ihren Einbäumen die Insel. Vielleicht war es auch nur ein einziges Paar, das hier landete. Ob sie Segel aus Pandanusmatten hatten, ob sie abgetrieben worden waren, ob sie neues Land suchten, von ihren Leuten verbannt wurden, keiner weiß es. Wir wissen nur, dass diese Menschen zum Lapita-Kulturkreis zählten. Sie führten Gefäße aus Ton mit sich. Auf ihrer neuen Insel fanden sie gute Lebensbedingungen, Süßwasser, Bäume für ihre Kanus, Gestein für ihre Werkzeuge, Süß- und Meerwasserfische. Mit Sicherheit hatten sie ein paar Knollen der Taro- und der Yamspflanzen dabei. Vielleicht ein paar Hühner oder Ferkel. Und sie fanden den Lebensbaum des Pazifiks: die Kokosnusspalme. Er lieferte alles, was sie zum Leben brauchten: Getränke, Nahrung, Alkohol, Küchengegenstände, Baumaterial und Bast für Bekleidungsstücke, Matten, Körbe oder Hausdächer.

Tausend Jahre später kamen Menschen aus einem anderen Kulturkreis zu der Insel, die wir heute Nukufero nennen. Sie brachten hartes Gestein für Beile und Waffen mit, das man auf der Insel nicht kannte. Erst vor zirka fünfhundert Jahren siedelten auf Nukufero vier polynesische Gruppen mit ihrem Anhang. Sie kamen aus dem Osten und Südosten, aus Tonga, Wallis, Rotuma und Uvea. Die Clanführer ernannten sich zu Häuptlingen, Ariki Fetaka in Faia, die anderen in Raveinga auf der anderen Seite der Insel.

Verglichen mit der Siedlungsgeschichte der großen Kontinente ist die Geschichte der Besiedlung von Nukufero bescheiden. Ihre Zerstörung erfolgte in atemberaubender Schnelligkeit. So wie sie in kurzer Zeit aus dem Nichts entstanden war, so wurde sie jetzt in nur einer Woche vernichtet. Eine von Menschenhand angeheizte Erdatmosphäre hatte den El-Niño-Effekt verstärkt, den stärksten Hurrikan seit Menschengedenken geschickt. Zusätzlich genügte nur ein einziger Mensch, um ihr den Rest zu geben.

Jedoch, völlig zerstören, gar versenken lassen sich Inseln nicht. Das gelang selbst mit Atombomben auf Bikini und Mururoa nicht.

42

AUS DEM ERSTEN SIGNALFEUER hatte sich ein Brand gebildet. Er breitete sich mit einer Geschwindigkeit aus, bei der kein Mensch mehr an Löschen zu denken brauchte. Nur noch an Rettung. Wenn erst einmal die rotgelben Flammen eines Waldbrandes das grelle Sonnenlicht der Tropen überstrahlen, dann gibt es kein Mittel mehr, das Feuer zu ersticken.

Auf der Windseite von Nukufero blies der Südostpassat über Raveinga. Anders in Faia, der Windschattenseite. Hier spürte man den Passat weit weniger. Besonders durch den Berg, die flache Landzunge und den Wald bekam der Wind Reibung. In Faia traten deshalb unterschiedliche Windströmungen auf. Strudel, Gegenwinde und Fallböen machen jede Windrichtung möglich. An der Nordostseite und der Südwestseite verstärkte sich der Wind. Er musste um den Berg herum und beschleunigte sich hier an den Kaps. Diese Konstellation war das Ende für die Insel. Der Wind trieb das Feuer nicht nach Lee, ins Meer, sondern verteilte die Flammen zuerst über Faia.

Das *wahoo*-Team sah den Qualm, ließ das Beiboot zu Wasser und war mit Vollgas schnell am Strand. Noch im Wasser sprang David Ratofangi aus dem Dingi und begann um das Leben seiner Leute zu laufen. Der schwere Mann raste über den Strand zu seinem Kanu. Man konnte das Stampfen seiner Füße im Sand hören. Er griff in sein Boot, hatte die Tritonmuschel am Mund und blies wie auf einer Fanfare ein wildes Signal. Weiße Tropenvögel flatterten erschreckt von einem nahen Baumstumpf auf. Das Signal wurde von anderen Blasmuscheln erwidert, einmal, zweimal, irgendwo von den Feldern, vom Amerikanischen Kap schallte es viermal. Jetzt wusste jedermann in Faia, dass Gefahr drohte.

Die *wahoo*-Gruppe hatte sich geteilt. Die Polynesier liefen zu ihren Hausruinen. Die Weißen zur Höhle.

»Das Feuer kommt von der Höhle. Ich wette, es war Paul«, rief Karl im Laufen. Er merkte, dass der Doktor nicht mithalten konnte, hielt an und wartete.

»Um Gottes willen. Was macht der Verbrecher bei mir?«

»Der misst bestimmt nicht den Luftdruck. Ich glaube, jetzt wird's ernst. Der will mein Schiff. Der will weg. Ich glaube …«

»Richtig. Ich will dein Schiff.« Paul trat hinter einem Baum hervor. Eine Pistole in der einen Hand, die Mossberg in der anderen. Sein Gesicht war rot. Seine linke Schulter hatte er heruntergezogen, sie schmerzte seit der Havarie. Am ganzen Körper hatte er Blessuren, besonders an Händen, Armen, Beinen und Füßen, meist Abschürfungen durch scharfe Korallen, die er sich bei der Bergung zugezogen hatte. Sie eiterten und wollten nicht heilen. T-Shirt und Hose waren zerrissen und dreckig. Er lieferte das klassische Bild eines verzweifelten Desperados auf einer tropischen Insel.

»Ihr bleibt da stehen. Ich binde euch fest. Dann gehen wir zum Dingi. Carol nehme ich mit. Wenn du uns sagst, wie der Anker hochgeht und wie man die Motoren startet, dann lassen wir sie zurück. Nur dann!«

Mit Seilen, die er aus der Höhle mitgebracht hatte, band er Karl und Lewis an zwei Bäumen fest. Von hier konnten sie am Rauch erkennen, dass das Feuer Richtung Norden zog, zum Wald.

Paul Gordon legte zwei Finger zwischen die Zähne und pfiff. Kurz darauf erschienen Willi und Evelyn. Wie eine Ziege zog Willi Carol hinter sich her. Das Seil war um ihren Hals gelegt, die Hände schienen auf dem Rücken gefesselt, die Beine hatte man so eng geschnürt, dass Carol nur in kleinen Schritten gehen konnte, der Mund war verklebt. Dennoch ging sie aufrecht.

»Ich bin jetzt nicht mehr der nette Onkel Paul. Es geht nur noch ums Überleben. Wenn du mir bis drei nicht erklärt hast, wie ich die Motoren starten kann und wie das Ankerspill bedient wird, nehme ich diese kleine geile Spionin mit auf die Reise. Notfalls komme ich auch so mit dem Schiff weg. Dauert vielleicht etwas länger, aber bis jetzt habe ich jeden Motor der Welt angeschmissen. Also eins, zwei, drei.«

»Langsam, Paul. Gib mir die Sicherheit, dass du Carol freilässt.«

»Bei meiner Dealerehre. Noch nie etwas von Berufsethos gehört?«

»Gut, Paul, machen wir schnell. Das Feuer kann mit einer der Fallböen auch hierher kommen. Hinter dem zweiten Schapp an der Steuerbordseite findest du die Kabel, die zur elektrischen Ankerwinsch führen. Ich habe einen Unterbrechungsschalter eingebaut, der ist hinter der Verkleidung. Drück auf die linke Seite und die Verkleidung öffnet sich wie eine Klappe. Soweit zum Ankern.

Direkt vor beiden Kraftstofffiltern liegen unter den Leitungen versteckt die Sperrhähne. Und direkt hinter den Filtern sind zwei Metallplättchen installiert. Du kannst sie verschieben, sie sind geöffnet. Die Motoren würden Luft ziehen und nicht starten. Du musst die Plättchen über die Schläuche ziehen, sie schließen dann luftdicht ab.«

»Ich warne dich! Wenn das nicht hinhaut, dann machen wir aus deiner Spionin einen Junkie.«

»Es muss hinhauen.«

»Schluss mit dem Gelaber. Rauf aufs Boot und dann nichts wie weg hier!«

»Was meinst du mit Spionin? Was soll das?«, rief Karl ihm hinterher.

»Carol und ich haben ein Geheimnis. Das erzählen wir nur dem, der am meisten zahlt.« Triumph lag in seinem heiseren Lachen.

Zu dritt zogen sie das Dingi ins Wasser und zu viert motorten sie zur *Twin Flyer*.

»Was können wir tun?«, jammerte Dr. Lewis.

»Das Feuer wird bald hier sein. Haben Sie ein Messer oder noch besser ein Feuerzeug?«

»Hören Sie, machen Sie nicht noch einen Fehler! Ein Feuerzeug habe ich, aber wozu?«

»Sehr gut, Doktor, wo ist es? Man hat Sie nicht so eng gefesselt wie mich. Sie müssen irgendwie versuchen, eine Hand frei zu bekommen.«

»Die haben mich wie eine Roulade eingewickelt. Ich bin kein Entfesselungskünstler.«

»Doktor, dieses Manilaseil dehnt sich ein bisschen. Stemmen Sie sich mit dem Hintern vom Baum ab. Gleichmäßig. Eins-zwei, eins-zwei, eins-zwei. Merken Sie was?«

»Nein, nichts.«

»Mann, Doktor! Das Feuer kommt, legen Sie sich in die Riemen. Denken Sie an Ihre Formel.«

»Mr. Butzer, was meinte dieser Mensch mit Spionin? Meinte der Ihre Begleiterin?«

»Was weiß ich? Wir müssen hier weg. Also noch mal! Eins-zwei, eins-zwei, eins-zwei …«

»Es wird lockerer, es dehnt sich.« Der korpulente Forscher drehte seinen Oberkörper, als ob er seinen Rücken an der Rinde des Baums scheuern wollte. Hin und her. Er machte sich schmal, zog den Bauch ein, stieß Luft aus seiner Brust.

Karl Butzer rief ihm wie ein Trainer Anweisungen zu. »Drücken Sie sich kräftig mit Ihrer linken Seite vom Baum ab. Ja, so! Und jetzt rechts.«

Langsam konnte Lewis einen Arm aus den Seilen befreien. Triumphierend zeigte er Karl seine linke Hand. Dann fuhr er mit ihr in seine Tasche und hielt Karl ein billiges grünes Feuerzeug entgegen. Der Schweiß lief ihm vom Kopf über den Hals ins T-Shirt. Er lächelte erschöpft.

Anstatt Lob kam ein kurzer Befehl: »Sengen Sie eines der Seile durch!«

Lewis' Hand zitterte. Der Wind löschte schnell die Flamme.

»Drehen Sie sich nicht vom Wind weg. Das Feuerzeug in Richtung Wind halten. In der hohlen Hand. So machen das Seeleute.« Karl wurde ungeduldig.

Der Versuch klappte. Das Hanfseil nahm die Flamme an. Langsam fraß sich die Glut voran. »Pusten Sie. Mehr! Mehr!«

Dr. Lewis riss die dünne verkohlte Verbindung des Seils auf. Dann löste er Karls Fesseln.

Ohne ein Wort auszutauschen, rannten sie in zwei verschiedene Richtungen. Der Forscher zur Höhle. Der Segler zum Meer.

Tonio Heng Fu nutzte die Zeit bis zur Ankunft des Versorgungsschiffs. Er erstellte die Kauriholzbilanz. Jahrhundertealte Bäume, kerzengerade gewachsen, hoch und stattlich wie die Redwoodbäume im Norden Kaliforniens, rechnete er in Kubikmeter um. Dabei kam es ihm zugute, dass der stolzeste Baum im Pazifik zur Zeit der Zählung keine Krone trug. Er konnte seine Berechnung besser bestimmen und die Höhe des Stammes erkennen, ohne dass sein Blick von Laub und allerlei Geäst behindert wurde.

Sein gut geschultes Auge benötigte weder Maßband noch Taschenrechner. Er stellte sich einfach vor den Baum, schätzte dessen mittlere Breite und errechnete mit der geschätzten Höhe die Kubikmeterzahl des Stammes. Die notierte er auf einem Zettel. Dann markierte er den Baum mit seiner geliehenen Machete. Der nächste Baum! Routinearbeit.

Gegen Mittag tat er das, was jedermann in den Tropen macht – er suchte sich einen schattigen Platz, öffnete eine der Kokosnüsse, die er gefunden hatte, und trank das Wasser der Nuss des Lebensbaums. Mit einem Stück Holz kratzte er das weiße Fleisch aus der Schale. Er fühlte sich erfrischt und gleichzeitig müde.

Von seinem Platz aus konnte er das Meer nicht sehen, nur den Vulkanberg. Mit dem Gedanken, bis zur Ankunft des Schiffes die Holzbilanz fertig gestellt zu haben, schlief er ein.

Tonio Heng Fu hatte einen Traum. Er träumte oft vom Reichtum: Heute lernte er im Golf Club von Kuala Lumpur den Botschafter der Salomon-Inseln kennen. Mr. Mbake war nicht am Golfsport interessiert. Er zog es vor, als wohlhabender Mann seine Amtszeit als Diplomat zu beenden. Er stammte von den Reef Islands, einer Inselgruppe innerhalb der Santa-Cruz-Inseln. Eines Abends zog er Toni ins Vertrauen.

»Mr. Heng Fu, wir könnten da ein gutes gemeinsames Geschäft machen. Sie und ich. Was halten Sie davon?«

»Herr Botschafter, in diesem Club wurden immer gute Geschäfte gemacht. Vielleicht die besten in Asien. Wie kann ich Ihnen helfen?«

»Ich hörte, dass Sie einer des besten Tropenholzagenten der Welt sind. Ich gebe Ihnen die Chance, selbstständig und dabei Millionär zu werden. Mehrfacher Dollarmillionär. Was halten Sie davon?«

»Sie schmeicheln mir. Worum geht es?«

»Auf den Santa-Cruz-Inseln gibt es die letzten Kauriholzbestände der Welt. Sie erhalten die exklusive Konzession zum Abbau und wir machen *fifty-fifty*. Was halten Sie davon?«

»Das klingt verlockend. Bei jedem neuen Großprojekt ergeben sich dieselben Fragen. Wie groß ist das Volumen? Gibt es einen Hafen? Wer finanziert das Projekt? Welche Sicherheiten habe ich?«

»Ich habe in England Betriebswirtschaft studiert. Diese Fragen hätte ich auch gestellt. Sie scheinen der richtige Partner zu sein. Ich war darauf vorbereitet. Man schätzt den abbaubaren Bestand auf viele tausend Kubikmeter. Es gibt zwei Kaianlagen für Cargoschiffe. Das Projekt lasse ich durch die Vertretung der Europäischen Union finanzieren. Die sind bei uns immer besonders großzügig. Neulich haben sie für den Präsidenten einen zwanzig Kilometer langen Weg durch den Urwald bauen lassen. Er führt zu seinem privaten Sägewerk. Ihre Sicherheiten kann ich Ihnen in zwei Tagen vertraglich garantieren. In der Zwischenzeit sollten Sie sich ein Konto bei der Westpac Bank in Auckland, Neuseeland, zulegen. Sie hören von mir. Ach, welches Handicap spielen Sie?«

»Seit drei Jahren habe ich Handicap zwölf. Ich habe zu wenig Zeit fürs Golfen, schlage nur noch Holz und kaum noch mit dem Eisen.« Selbst im Traum fand er seinen Kalauer peinlich.

Das Geschäft kam zu Stande. Er gründete die Asian Pacific Lugging Company. Sie wurde Konzessionär des letzten Kauribestands der Welt. Tonio Heng Fu war damit sein eigener Boss. Für einen Großteil des Bestands konnte er Optionen auf dem Weltmarkt erzielen, bevor ein Baum geschlagen wurde.

Er fand sich in der Rolle wieder, auf einer pazifischen Insel die Bäume schlagen zu lassen. Seine Leute hatten die Stämme gekennzeichnet. Gegen Mittag bereiteten sie ein Camp unter einer schattigen Persenning. Kühltaschen wurden geleert. Wie bei einer komfortablen Expedition nahm man auf Klappstühlen den Lunch ein.

Sein Rodungsmeister erklärte ihm das Vorhaben: »Wir haben heute bereits mit der Brandrodung angefangen, damit unsere Bulldozer schneller an die Kauris gelangen.«

Im Traum hörte er seine eigene Stimme: »Hoffentlich haben Sie die möglichen Winddrehungen berücksichtigt. Der Wind kommt zwar aus Südosten, wird aber durch den einzigen hohen Berg abgelenkt. Es bilden sich Gegenwirbel, quasi wie ein Neerstrom im Wasser. Wenn man das nicht berücksichtigt, kann das Feuer die entgegengesetzte Richtung nehmen. Passen Sie auf, dass das Feuer Ihre Leute nicht einschließt!«

Tonio Heng Fu wachte aus seinem Mittagsschlaf auf. Er war sofort im Bild. Das Feuer, von dem er geträumt hatte, loderte vor ihm. Es war breit wie ein brennender Theatervorhang, vor dem man in der ersten Reihe sitzt.

Er sprang auf und suchte seine Chance. Tonio Heng Fu hatte keine Chance. Er war das erste Opfer.

·44·

DIE TRITONMUSCHEL VERJÜNGT SICH AN IHREM ENDE zu einer Spirale, die in einer Spitze endet. Schneidet man die drittletzte Windung ab, entsteht ein kleines Loch. Wie bei einer Trompete bläst man mit gepressten Lippen hinein. Der Ton ähnelt einer Fanfare, aber er ist lauter. Jedenfalls gilt die Tritonmuschel als Fanfare des Pazifik. Jede polynesische Familie besaß eine. Auch auf Nukufero gehörte sie in jedes Haus. Vielleicht hat diese Tradition dazu beigetragen, dass jeder in Faia binnen kürzester Zeit vor der neuerlichen Katastrophe gewarnt war.

David und sein Bruder Jonathan liefen zum Haus ihres Vaters. Hier versammelte sich die Großfamilie bei Gefahr. Die *marus* saßen bereits vor Ariki Fetaka. Dass das neuerliche Unheil Thema dieser Versammlung war, merkte man ihr nicht an. Der einzige Unterschied zu jedem anderen Treffen: Essen und Betelnüsse wurden nicht gereicht. Als die beiden Söhne sich seitlich hinter den Vater gesetzt hatten, war die Sitzung eröffnet.

Der alte Ariki hatte seinen feingewebten Wickelrock aus Pandanusblättern angelegt. Offensichtlich hatten er und seine Frau sich von der Geiselnahme erholt. Man hatte seinen Oberkörper mit Kokosöl eingerieben, so dass seine Tätowierungen, symbolische Darstellungen von Fregattvögeln und Haien, an Armen und vom Kinn bis zum Bauch besonders deutlich sichtbar wurden. Auch seine langen Haare, das Zeichen seiner Würde, hatte sie mit Kokosöl behandelt. Diese Haartracht unterschied ihn von allen anderen in Faia. Der Mann, dessen Großvater noch *maui*, den Halbgott des Meeres angebetet, dem Gott der Seefahrer *tane* geopfert und *rongo*, den Gott des Menschenwohls, angefleht hatte, faltete nun die Hände und sprach ein Gebet zu Jesus Christus. Wenn er aus Wasser Wein machen könne, dann sei es ein Leich-

tes für ihn, aus Wolken Wasser zu machen und über Nukufero zu
entleeren. Er bat um viel Wasser, so dass das Feuer schnell gelöscht
würde. Und er bat Jesus, dem weißen Mann Paul zu verzeihen.
Die *marus* murmelten danach gemeinsam das Amen.

Ariki Fetaka ließ sich von einem jungen Mann an der Türöffnung über den neuesten Stand des Feuers berichten. Dann
sagte er ruhig, als gelte es, über einen neuen Pfad zur Hochebene
zu sprechen: »Das Feuer hat jetzt den Wald erfasst. Die Winde
werden es über Faia verteilen. Bald ist es so stark, dass die Flammen ihren eigenen Wind machen. Danach wird das Feuer sich
auch über Raveinga erstrecken. Jedermann muss sein Haus sofort
verlassen. Der Strand ist jetzt der einzig sichere Ort, vielleicht aber
nicht mehr lange. Dann müssen wir uns vor dem Feuer ins Wasser retten. Wir fahren dann alle mit den Kanus zum Riff. Nehmt
Trinknüsse und *mase* mit. Alle Boote müssen sofort zum Wasser
gezogen werden.«

Der alte Ariki hatte seinen *marus* nicht alles gesagt. Als sie
gegangen waren, blickte er zur Seite. Seine Söhne blieben immer
so lange, bis der letzte *maru* die Hütte verlassen hatte.

»Pae Ratofangi, Pae Lekona!« Er nannte sie bei ihren polynesischen Namen. »Ihr werdet mit unserem Volk zum Wasser gehen.
Ich gehe hinauf zum Berg Reani. Ich möchte bei unserem Ahn-
herrn *pu ariki* sein. Wenn wir die Insel, zu der er uns einst geführt
hat, verlassen müssen, ist es meine Schuld. Ich will mich bei ihm
entschuldigen. Ich will bei ihm sterben. Pae Ratofangi, du wirst
der neue Häuptling. Mach aus dieser Insel wieder den Garten
Eden, der sie so lange gewesen ist!«

Schweigend verabschiedete sich der Ariki von seiner Frau und
seinen engsten Verwandten. Sie verstanden ihn. Dann nahm Ariki
Fetaka seine Machete und machte sich auf den Weg zum Grab
seines Vorfahren.

Auf halbem Weg legte er eine Rast ein. Er hatte den Pfad über
die Hochebene gewählt, nicht den über die flache Landzunge.
Von hier aus konnte er über den westlichen Teil der Insel blicken.
Wie ein Halbkreis lag Faia unter ihm.

Ariki Fetaka hatte sich gesetzt und weinte über den Zustand
seiner Insel. Er kannte die Felder, alle Pfade, jeden besonderen
Baum; selbst im Wald kannte er sich aus wie andere in ihrem Gar-

ten. Die größeren Felsen am Meer konnte er bei Namen nennen. Jeder Hügel, selbst der unscheinbarste war ihm mit Namen geläufig. Es war sein Land. Es war immer das Land der Häuptlinge gewesen.

Ariki Fetaka sah, dass die Hälfte seines Landes unter einer grauen Decke lag, die andere Hälfte war bereits schwarz und verkohlt. Von den Rauchwolken konnte er ablesen, wohin die Dreh- und Fallwinde das Feuer trieben: zum Meer, zu den Tabakfeldern am Nordostkap und zu den Feldern und Gärten auf der südlichen Landzunge. Er sah Flammen, die kurz vor den ersten Häusern ausschlugen. Er konnte Feuerschneisen im Wald erkennen, als ob jemand eine Lunte gelegt hätte. Er beobachtete, wie sich das Feuer in breiter Front auf den Fuß der Hochebene zubewegte, an dessen oberem Rand er saß.

Beim letzten Tageslicht schaute er sich auf der Hochebene um. Hier hatte der Hurrikan noch stärker getobt als unten. Selbst starke Bäume waren geknickt oder zum Teil aus dem Erdreich gerissen worden. Hatte ein Stamm widerstanden, wurde ihm die Krone weggedreht. Bizarr ragten die Enden in die Höhe. Die dazugehörigen Kronen waren nicht zu sehen. Vielleicht waren sie ins Meer geschleudert worden.

Weshalb hatte Paul, dieser Ungläubige, der nicht mit ihnen gebetet hatte, das Feuer gelegt? Weshalb brachten die Weißen so großes Unglück über die Insel?

Später, wenn die Lohe sich nähern würde, wollte er weitergehen. Ariki Fetaka orientierte sich wie alle Polynesier an der Nacht. Er sehnte sie herbei.

45

Hᴜɴᴛᴇʀ ᴅᴇᴍ ʟᴇᴛᴢᴛᴇɴ ɢʀᴏꜱꜱᴇɴ Bᴀᴜᴍ ᴀᴍ Sᴛʀᴀɴᴅ blieb Karl Butzer stehen. Er sah, wie sein Dingi weggepaddelt wurde. Der Außenborder wurde nicht angeworfen. Offensichtlich wollte Paul keine Zeit verlieren und rasch vom Ufer wegkommen. Erst draußen startete er den Motor. Willi zog die Paddel ein und in schneller Fahrt fuhren sie die kurze Strecke durch die Riffpassage zur *Twin Flyer.*

Als das Dingi am Schiff angekommen war, wandte Karl sich ab und zog Bilanz: Seine Füße steckten in billigen Plastiksandalen, er hatte abgetragene Badeshorts an und ein weißes T-Shirt ohne Aufdruck, am Arm trug er eine Seiko-Uhr, in der Tasche steckten ein kleines Klappmesser und ein Taschenkompass. Wenig, dachte er, zu wenig, um nach Europa zu kommen.

Er spürte die vielen Moskitostiche und das Summen der Fliegen nervte. Gedanken schwirrten konfus durch seinen Kopf. Ohne Schiff. Ohne Pass. Ohne Geld. Das war ein unerfreulicher Status. Erschöpft setzte er sich auf einen Baumstumpf. Er befand in der Lage, die er am meisten hasste: nicht mehr Herr seiner eigenen Entscheidungen zu sein.

Ein Geräusch unterbrach seine Gedanken. Es war ein leichtes Grollen oder Rauschen, fast klang es wie fließendes Wasser. Manchmal knackte etwas. Das Feuer kam! Die Gefahr riss ihn aus seinen Gedanken. Er blickte sich um und sah den Doktor auf sich zu laufen. Er stampfte heran und stürzte fast über den Baumstumpf, auf dem Karl Butzer saß.

»Es ist aus. Es ist alles aus. Diese zweite Katastrophe überlebe ich nicht mehr. Ich muss zurück zur Höhle.«

»Was ist aus?«

»Die Flammen. Keiner kann sie aufhalten. Sie werden alle

meine Instrumente vernichten. Meine Aufzeichnungen. Mein gesamtes Lebenswerk. Das Feuer steht kurz vor der Höhle. Hier!« Dr. Lewis streckte Karl seine Hand entgegen. Sie hielt einen Brustbeutel aus Leder.

»Mr. Butzer, dieser Beutel enthält drei Disketten. Auf den Disketten habe ich meine Weltklima-Formel *Pacific Blue* gespeichert. Sie sind in einen Plastikbeutel eingeschweißt. Selbst im Wasser passiert nichts. Hüten Sie die Disketten wie Ihren Augapfel! Erzählen Sie niemandem davon. Geben Sie sie nur dem nächsten britischen Konsul. Das ist für die Menschheit von großer Bedeutung. Ich habe meinen Institutsleiter über Funk informiert, dass ich Ihnen die Disketten geben werde. Das wissen jetzt nur drei Menschen auf der Welt.« Er fügte erschöpft ein »Danke« hinzu. Nach einer kurzen Verschnaufpause fuhr er fort: »Es wird sich für Sie lohnen. Ich glaube, diese Feuersbrunst überlebe ich nicht mehr. Mein Herz macht seit einiger Zeit Schwierigkeiten. Sie hören, wie kurzatmig ich bin. Ich will aber doch versuchen, wenigstens die wichtigsten Unterlagen aus der Höhle zu retten. Kann ich mich auf Sie verlassen?«

»Ich möchte lieber an Ihrer Seite vor dem Feuer fliehen als die Formel retten.«

»Hören Sie! Sie sind jung! Sie sind eine starke Persönlichkeit. Ich habe Sie beobachtet. Finden Sie heraus, weshalb Paul, dieser Unmensch, Dr. Bloom eine Spionin nannte. Und retten Sie um Gottes willen diese Formel.« Dr. Lewis wartete nicht auf einen Einwand. Demonstrativ hängte er Karl Butzer den Brustbeutel um den Hals. Der neigte ein wenig den Kopf – es war wie bei einer Ordensverleihung.

Karl steckte den Brustbeutel unter sein T-Shirt und versprach feierlich: »Sie können sich auf mich verlassen.«

»Ich habe es mir nicht anders gedacht. Ich danke Ihnen.« Er gab ihm die Hand.

Karl Butzer nutzte die kurze Zeit bis zur Dunkelheit. Er schnitt einige Bambusstücke in passende Länge und verband sie mit den elastischen Stängeln der verwelkten Taroblätter, indem er sie wie eine Schnur benutzte. Aus den Bambusrohren baute er einen halbrunden Körper, unter den gerade zwei Köpfe passten. An diesen Schwimmkörper band er einige sorgfältig ausgewählte kleine Steine. In der Dämmerung schlich er zum Wasser, den Schwimmkörper zog er hinter sich her.

Erst jetzt erkannte er das ganze Ausmaß der Feuersbrunst. Schneisenartig hatte es sich in den Wald und bis zur Hochebene gefressen. Das Rauschen des Feuers übertönte mittlerweile sogar das Rauschen der Brandung.

Am Strand huschten Gestalten zu den Booten und zurück, verschwanden zwischen Baumstümpfen. Frauen trugen Körbe und Matten mit sich. Männer zogen Boote ins Wasser. Sie brauchten keine Lampen, das Feuer war hell genug.

Karl Butzer glitt ins Wasser. Die ersten hundert Meter konnte er waten. Dann begann er zu schwimmen. Er kam gut über die Brandung hinweg. Dreißig Meter vor der *Twin Flyer* zog er den Bambuskörper über seinen Kopf und schwamm unter dieser Deckung langsam in Richtung Katamaran.

Die Hitze hatte die Insel so sehr erwärmt, dass sich eine eigene Thermik gebildet hatte. Kühlere Luft vom Meer strömte zur Insel, wo die heiße Luft nach oben stieg und für ständigen Nachschub von Seeluft sorgte. So kam er nur langsam gegen den Wind an, hatte aber dafür die Gewissheit, nicht durch gefährliche Fallböen ins offene Meer abgetrieben zu werden.

Der Katamaran lag jetzt mit dem Bug zum Meer. Das Beiboot zeigte zum Land. Es war sein erstes Ziel.

Ununterbrochen spähte er durch die Bambusstäbe, konnte aber keinen Menschen an Deck sehen. Er beschleunigte während der letzten Meter zum Dingi und hielt sich an ihm fest. Dann tauchte er unter seinem Schutzkäfig durch. In der Hand hielt er die Schnur, die an dem Käfig befestigt war. Er kam zwischen den beiden Rümpfen des Katamarans wieder hoch. Hier konnte ihn niemand entdecken. Er band seinen Schwimmkörper so fest, dass dieser nicht gegen die Rümpfe schlug und auch sonst kein verdächtiges Geräusch auslösen konnte.

Dann machte sich Karl Butzer an das eigentliche Werk.

In jeden der Rümpfe hatte er selbst eine Luke eingebaut. Diese Luken lagen kurz über der Wasseroberfläche in der jeweiligen Innenrumpfwand. Sie dienten als Fluchtmöglichkeiten, falls sich der Katamaran einmal bei Sturm überschlagen sollte. Katamarane können sich nicht wie Kielyachten aufrichten. Neigen sie sich über den Schiffsschwerpunkt, dann drehen sie sich um hundertachtzig Grad. So war es schon vorgekommen, dass Kats in schwerer See über Kopf gegangen waren. Waren alle Luken geschlossen, dann saßen die Segler im Inneren wie in einer Dose. Das hatte Karl Butzer verhindern wollen.

Durch die Fluchtluke im Steuerbordschwimmer konnte er nun Licht sehen. Hier hielt sich also jemand auf. An Bord lässt man kein Licht brennen, wenn man es nicht benötigt. Karl schwamm vorsichtig näher, konnte aber niemanden im Inneren sehen. War es möglich, dass man Carol auf der anderen Seite im Dunkeln gefangen hielt? Er überlegte und verwarf den Gedanken wieder. Sehr wahrscheinlich hatte Paul die Wachaufgabe an Evelyn delegiert. Die Männer würden bei den Motoren sein, sich vielleicht erst einmal nur auf einen konzentrieren. Später auf See konnten sie dann immer noch versuchen, den anderen in Gang zu bringen.

Jetzt hörte Karl auch Geräusche aus dem Boot. Paul und Willi kamen aus dem Motorenraum. Karl verglich die Wasserlinien beider Rümpfe und war ziemlich sicher, dass sich alle vier Personen auf der Steuerbordseite aufhielten. Dann hörte er wieder Schritte. Vermutlich gingen die Männer zum anderen Motorenraum, um auch hier die Blockaden zu beseitigen. Dann würden die Motoren also in wenigen Minuten starten. Es wurde Zeit zum Handeln.

Karl Butzer musste jedes Risiko eingehen, um nahe genug an die Luke zu kommen. Sie lag zwei Kopfhöhen über der Wasserlinie. Karl blieb keine andere Wahl, als sich mit den Händen am Lukenrahmen fest zu halten, um seinen Kopf auf die Höhe des Fensters zu bringen. Erst mit der einen, dann mit der anderen Hand griff er nach der oberen Kante des Rahmens und zog sich langsam hoch. Er sah Carols Beine, die Fesseln trugen. Von Evelyn war nichts zu sehen. Sie war offensichtlich nicht in der Kabine.

Vorsichtig schwamm Karl zum Achterschiff und vergewisserte sich, dass die Männer noch immer am Motor arbeiteten. Er griff sich einen der kleinen mitgebrachten Steine, schwamm zum Achterschiff und warf ihn in einem Bogen ins Cockpit, Richtung Niedergang. Er hörte den Aufprall und direkt danach Schritte. Sie kamen aus dem Salon.

Evelyn rief: »Paul, seid ihr fertig? Ich habe Angst. Ich will hier weg.«

Die Antwort interessierte Karl nicht. Er war bereits wieder bei der Luke, wusste jetzt, dass Carol allein war. Er nahm sein Taschenmesser und klopfte damit leise, aber dennoch hörbar ans Fenster. Er wiederholte das Klopfen. Und klopfte nochmals. Dann zog er sich wieder hoch.

Wäre Carol nicht geknebelt gewesen, hätte man ihren Schrei wahrscheinlich bis an Land gehört. Sie hatte das Klopfen sofort wahrgenommen und sich trotz der Fesseln zur Luke gedreht. Beim dritten Mal lag ihr Kopf da, wo zuvor ihre Füße waren. Sie schaute aus der Luke und plötzlich erschien dieses Gesicht. Aus dem Wasser kommend, verzerrt durch die Scheiben erkannte sie den grinsenden Karl erst spät. Zwischen seinen Zähnen hielt er ein Messer. Eine seiner Hände erschien vor der Luke und führte Drehbewegungen vor. Danach zeigte sein Zeigefinger auf die beiden Verschlüsse.

Carol hatte verstanden. Sie bewegte sich mit ihren auf dem Rücken gefesselten Händen zu den beiden Drehverschlüssen. Packte den einen und drehte ihn langsam auf. Dann tastete sie sich zum nächsten. Karl beobachtete, wie sie sich bemühte, aber der zweite Drehriegel bewegte sich nicht. Im Licht sah er plötzlich einen Schatten. Evelyn war in die Kabine gekommen.

An Deck hörte er jetzt Schritte. Die Männer waren fertig mit den Vorbereitungen, die erste Maschine sprang sofort an. Kurz darauf startete die zweite. Jetzt hing der Kat nur noch an der Ankerkette. Er blickte wieder zum Fenster. Offensichtlich war Evelyn wieder verschwunden, denn Carols Hände versuchten wieder, den Drehriegel zu bewegen. Vergeblich. Karl klopfte wieder leise an das Fenster. Sie sah ihn, konnte seine Handbewegung deuten und presste nun eine Schulter gegen die Luke, um den Druck von dem Verschluss zu nehmen. Dabei versuchte sie wieder, mit beiden Händen den Riegel zu drehen. Er gab nach. Sie schraubte weiter und weiter, mit kurzen Bewegungen, wie es die Fesseln zuließen. Dann öffnete sie die Luke. Karl griff hinein und versuchte, ihre Fesseln zu zerschneiden.

Dann ertönte ein Schuss. Karl tauchte sofort ab. Den zweiten Schuss hörte er bereits unter Wasser. Unter seinem Bambuskäfig kam er wieder hoch. Er blickte aus seiner Tarnung. Noch einmal knallte es. Jetzt wusste er, worauf gezielt wurde: Die Ankerkette war das Ziel. Sie kamen mit der Winsch nicht klar.

In diesem Moment wusste Karl Butzer, dass er nur noch eine letzte Chance hatte. Er schwamm die wenigen Meter zurück zur Luke, zog sich wieder an dem Rahmen hoch, tastete mit einer Hand nach Carols Fesseln und begann erneut, an Carols Fesseln zu arbeiten. Als ihre Hände frei waren, reichte er ihr das Messer und sie befreite ihre Füße selbst. Dann riss sie sich mit einem heftigen Ruck das Plastikband vom Mund.

»Komm! Schnell!«, rief er leise.

Sie rieb ihre Handgelenke, um Leben in die tauben Hände zu bekommen und drückte mit den geringen Kräften, die sie in ihren Händen hatte, die Luke ganz auf. Dann glitt sie mit den Füßen voraus ins Wasser. Er nahm sie an der Hand und sie schwammen zu seinem Käfig. Er löste die Verbindung zum Schiff. Doch in dem Moment, als sie beide Schutz unter dem Käfig gefunden hatten, wurde dieser heftig gegen ihre Köpfe geschlagen. Das Wasser quirlte rechts und links von ihnen auf und ein ohrenbetäubendes Geräusch zeigte, dass beide Schrauben sich unmittelbar neben ihnen drehten. Sie schwammen genau zwischen den Propellern und das schäumende Heckwasser schleuderte den Käfig gegen ihre Köpfe.

Die Ankerkette war zerschossen. Die *Twin Flyer* hatte Fahrt aufgenommen. Im Schlepp hing das Beiboot. Es war gegen ihren Bambuskäfig gezogen worden und drückte Carol und Karl unter Wasser. Hinter dem Beiboot tauchten beide wieder auf. Carol hustete und spuckte. Doch das Geräusch beider Maschinen übertönte alles. Der Bambuskäfig war zerbrochen. Sie brauchten sich aber nicht mehr zu verstecken. Im Heckwasser der *Twin Flyer* vermutete sie keiner.

46

PAUL GORDON HATTE DIE NAVIGATIONSLICHTER nicht eingeschaltet. Keiner an Land sollte sehen, welche Richtung er einschlug und Schiffe würden ihm in dieser Ecke des Pazifik ohnehin nicht begegnen. Das verrostete Versorgungsschiff, das jedes Vierteljahr die Insel anlief, war noch nicht fällig. Und bis die Amerikaner mit ihren angeblichen Hilfsgütern hier sein werden, bin ich weit weg, dachte er.

Im Licht des Inselfeuers konnte er die Brandung am Amerikanischen Kap gut erkennen. Sie hatten inzwischen das Beiboot an Deck festgelascht, die Segel gesetzt und ließen die Maschinen zum Laden der Batterien mitlaufen.

»Willi, ich verdurste«, rief er nach unten, »mach mal jedes Schapp auf und schau, ob du was zu trinken findest. Ich glaube, der Deutsche hat irgendwo ein Versteck.«

»Sie ist weg!« Willi übertönte schreiend das Geräusch der beiden Motoren.

Paul stürzte vom Cockpit an Willi und Evelyn vorbei in die Steuerbordkajüte. Das Licht brannte, die Koje war leer. Durch die geöffnete Luke kam Spritzwasser. Er drehte sich um und ergriff die hinter ihm stehende Evelyn. Seine Hände legten sich um ihren Hals. Er drückte zu, bis aus ihrem Puppengesicht eine Fratze wurde.

»Du philippinische Schlampe! Du kannst noch nicht mal ein gelbes Loch in den Schnee pissen. Wieso konnte sie entkommen? Hast du ihr geholfen? Weg sind meine Millionen.«

Willi riss ihm die Hände weg. Er schrie: »Wo sind die Disketten? Sei froh, dass wir die Amerikanerin vom Hals haben.«

»Sie hatte die Disketten in ihrer Brusttasche. Ich wollte erst einen Drink nehmen. Verstehst du? Die Disketten hatte sie über ihren Möpsen. Und diese Schlampe hat sie nicht bewacht.« Mit dem Rücken seiner Hand knallte er Evelyn eine Ohrfeige ins Gesicht.

Willi hakte nach: »Ich habe dir an Land gesagt, nimm die Disketten an dich ...«

»Mann, die waren sicher. Ich hatte die Amerikanerin an Bord. Wir hatten sie gefesselt. Sie war bewacht. Was denn noch? Sie war an Händen und Füßen gefesselt. Hier, sieh dir die Fessel an! Die sind durchgeschnitten. Auch die Handfesseln. Also hat ihr jemand geholfen. Du warst es!« Und erneut ging er auf Evelyn los.

Willi sprang dazwischen und trennte die beiden. Dann schloss er die Luke. Evelyn Ramirez weinte. Zwischen ihren Schluchzern erzählte sie von dem Stein, den sie im Niedergang gefunden hatte.

»Ich werde verrückt. Dieser Deutsche hat sie befreit? Ich wette drauf. Und die blöde Schlampe hier sieht den Stein und sagt nichts und tut nichts. Ich fasse es nicht! Mein Millionengeschäft im Eimer! Sag, Willi, wie dumm darf eine Schlampe sein?«

»Red jetzt kein Blech. Vielleicht ist der Kerl noch an Bord.«

»Los, durchsucht das Schiff! Willi, du drüben, Schlampe, du hier! Ich gehe an Deck. Vielleicht hat er sich zwischen den Rümpfen versteckt. Diesem Kerl traue ich alles zu.«

Nach vergeblicher Suche trafen sie sich wieder im Salon.

Willi hatte einen klaren Kopf behalten: »Der hat sie durch die Luke geholt. Danach sind sie an Land geschwommen. So wird es gewesen sein.«

»Willi, ich habe mir die Sache überlegt. Wir laufen nicht Australien an. Da weiß inzwischen jeder Zollbeamte, wie das Schiff aussieht. Wir segeln direkt zurück zu den Philippinen. Ohne Zwischenaufenthalt. Wir bringen die Ware zurück. Dann versenken wir den Kahn. Ich habe schließlich eine Bar, die dort auf mich wartet. Und dann machen wir uns ein paar heiße Wochen. Wie findest du das?«

»Du willst aufgeben? Das Millionengeschäft einfach so in den Wind schießen? Wir sind bewaffnet. Wir knöpfen uns die beiden vor. Ich hätte richtig Lust, den Deutschen um sein Leben betteln zu sehen, das Schwein!«

»Lass es! Das war nicht unsere Insel. Alles war gegen uns. Alles! Mir tun alle Knochen weh. Ich habe keine Power mehr. Lass uns zurücksegeln.« Er wandte sich an Evelyn: »Und du kommst mir nicht ohne eine Flasche in der Hand zurück, kapiert?«

»Was wird Alan Holmes sagen, wenn wir nicht alle Pakete zurückbringen?«, wandte Willi ein.

»Dem werde ich einen Zeitungsartikel unter die Augen halten. Über den schwersten Hurrikan seit Menschengedenken. Der hat sich zu freuen, dass wir ihm überhaupt ein paar Gramm zurückgeben werden.«

Evelyn erschien mit einem blauen Auge und einer Flasche Rum. Sie brachte zwei Gläser mit Eis und zwei Dosen Coca-Cola.

»Ist beinahe wie in alten Zeiten. *Cola-Rum on the rocks.* Weißt du, Willi, wie ich Evelyn kennen gelernt habe? Ich stehe an meiner Bar. Kommt dieses Huhn angewackelt. Ich sehe gleich, die war noch nie in einer Bar. Die Bedienung fragt sie, was sie trinken will. Und weißt du, was sie geantwortet hat: Bringen Sie mir bitte eine *Cola on the rocks*, aber ohne Eis, bitte!«

Die Männer lachten derb.

»Ich stecke jetzt den Kurs Richtung Bar ab. Komme gleich wieder.«

Paul Gordon ging zum Kartentisch. Er klappte die Tischplatte auf, um sich die passende Seekarte aus dem Fach zu nehmen. Die Seekarte für den westlichen Pazifik lag oben auf. Eine Kassette war mit Tesafilm an ihr festgeklebt. *Mother Ocean for Paul Gordon* stand in großer Schrift darauf. Zögernd löste er die Kassette, betrachtete die Schrift. Er ahnte, wer sie auf die Seekarte geklebt hatte. Woher wusste dieser Karl, dass dies sein Lieblingslied war? Wie kam er an die Kassette von Jimmy Buffet? Er überlegte, doch ihm fiel keine passende Antwort ein.

Paul Gordon nahm noch einen gewaltigen Schluck Cola-Rum und schob umständlich die Kassette ins Laufwerk. Er hörte ein Rauschen wie bei einer schlechten Kopie. Im Hintergrund vernahm er Morsezeichen. Als keine Musik kam, wollte er die Kassette herausziehen und die andere Seite auflegen. Da hörte er eine unbekannte Stimme:

»Mein Name ist Dr. John Nolen. Ich bin Anwalt und Notar in Auckland, Neuseeland. Ich wiederhole den Inhalt der Sätze, den mir der deutsche Segler, Karl Butzer, auf Funk übermittelt hat:

Mein Mandant, Karl Butzer, ankert zurzeit mit seinem Katamaran *Twin Flyer* vor der Insel Nukufero, die zu den Santa-Cruz-Inseln gehört. Wie er mir mitteilte, fühlt er sich dort durch den Skipper Paul Gordon bedroht. Mr. Gordon ist mit seiner Yacht *Morning Star* im Hurrikan Caroline vor der Insel gestrandet. Er will Mr. Butzer sein Boot abkaufen. Mein Mandant will auf keinen Fall verkaufen. Deshalb rechnet er damit, dass Mr. Gordon das Schiff mit Gewalt übernehmen wird. Er ist bewaffnet und dazu fähig. In seiner Begleitung sind seine philippinische Freundin Evelyn Ramirez und sein Bootsmann Willi van Damme. Meinem Mandanten gegenüber hat Mr. Paul Gordon gestanden, Drogenhandel zwischen Asien und Australien zu betreiben. Einen Großteil der Drogen hat er noch bei sich. Sollte Karl Butzer sich nicht in den nächsten vierundzwanzig Stunden bei mir melden, ist anzunehmen, dass gegen ihn Gewalt angewendet wurde. Er bittet mich ausdrücklich, dann die internationalen Behörden sowie die amerikanische Navy auf Samoa zu informieren, die mit einem Versorgungsschiff auf dem Weg zu der durch den Hurrikan verwüsteten Insel Nukufero ist. Ich bestätige hiermit, dass diese Informationen von mir vernichtet werden, wenn mir durch Herrn Butzer unter einem nur uns beiden bekannten Codewort die Vollmacht dazu erteilt wird. Anwalt und Notar Dr. John Nolen, Auckland.«

Paul schaute aus dem Bullauge. Er sah den Feuerschein der Insel. Sie waren eine Stunde unterwegs. Vielleicht waren sie acht Seemeilen von Nukufero entfernt. Sollte er umkehren? Sich diesen Deutschen vornehmen?

Er hat mich ausgetrickst. Dieser Amateur hat mich in der Falle. Noch nie hat mich ein Mensch so reingelegt. Sein rotes Gesicht leuchtete und Paul Gordon schrie sein lautestes »*Fuck you!*« in die Tropennacht. Gleichzeitig begriff er, dass er den Bogen, den das Leben ihm genehmigte, überspannt hatte.

47

I~ DEM M~OMENT, ALS SICH K~ARL B~UTZER auf den Strand warf, wusste er, dass dieses nicht das rettende Land war. Er hatte Carols Hand seit dem Schiff nicht mehr losgelassen. Jetzt schmiegte sie ihren nassen, sandigen Körper an ihn. Sie zitterte.

»Ich danke dir.«

»Schon gut, Kleines.«

Sie lagen nebeneinander, schauten auf das Inferno vor ihnen und schwiegen. Hinter ihnen das Meer, vor ihnen ein Flammenmeer.

Ihre Situation schien aussichtslos. Aber es war ganz anders: Karl Butzer hatte alles verloren. Dr. Carol Bloom hatte alles gewonnen.

»Was machen wir jetzt?«, kam ihre Frage.

»Am besten bleiben wir im Wasser. Da ist noch keiner verbrannt.«

»Ich bin fertig. Total fertig!«

Karl richtete sich auf und zog Carol hoch. So weit sie blicken konnten, lagen Auslegerkanus im Wasser. Man sah immer wieder Gestalten, die über den Strand liefen und hinter den Bäumen verschwanden. Noch hatte das Feuer die vorderen Bäume nicht erreicht.

Sie blickten über die Insel. Das Feuer fraß sich von Norden nach Süden. Es gab nichts, was sich den Flammen in den Weg stellen konnte. Nur Te Roto, der Kratersee, und *moana*, das Meer.

Carol hielt sich beide Hände an ihre Ohren und schrie zu Karl: »Ich kann dieses Feuer nicht hören. Es ist schlimmer, als es zu sehen.«

Karl nahm eine Hand von ihrem Ohr und rief ihr zu: »Vielleicht finden wir den Doktor. Lass uns am Strand nach ihm suchen.« Sie griff nach seiner Hand und zog ihn zurück, sobald er den Satz ausgesprochen hatte.

»Willst du nicht mitgehen?«

Er schaute sie an. Sie nickte schwach.

Karl hatte nicht gewusst, dass es so viele Kanus auf der Insel gab. Manche Familien hatten zwei. Das Wasser am Strand war bedeckt von Booten. Als ob ein kompletter polynesischer Stamm sich auf die Fahrt zu einer anderen Insel vorbereiten würde.

Frauen saßen wartend da. Kinder hatten sich unter Matten verkrochen. Männer standen in Gruppen im Wasser. Sie palaverten.

In einer der Gruppen erkannten sie David und gingen auf ihn zu. Er hatte seine Pfeife im Mund. Er legte sie nur beim Schlafen und Essen beiseite. Bei einer Katastrophe jedenfalls nicht.

»Dieser Paul hat so viel Unheil über uns gebracht. Jetzt hat er euer Schiff mitgenommen. Wir wissen, dass Gott ihn strafen wird.«

»Ich bekomme mein Boot zurück. Der kann keinen Hafen in diesem Teil der Welt anlaufen. Er wird sofort verhaftet. Das Schöne daran ist, er weiß es mittlerweile.«

»Sind Sie deshalb zum Boot, um ihm das zu sagen?«

»Nein, ich bin zum Boot geschwommen, um Carol zu befreien. Das ist geglückt.«

»Wir befürchteten das Schlimmste. Einen Kampf.«

»David, haben Sie den Doktor gesehen? Und wo steckt eigentlich der Chinese?«

»Dr. Lewis hat Instrumente aus seiner Höhle zum Strand getragen. Wir haben ihn ein paar Mal gesehen. Allerdings ist das Feuer jetzt bei der Höhle angekommen. Den Chinesen hat man zuletzt im Wald getroffen. Er ist mit ziemlicher Sicherheit tot.«

»Wir werden den Doktor suchen und kommen dann zurück.«

»Ich habe ein Kanu für euch. Mein Sohn John hat *mase*, Trinknüsse und zwei Matten reingelegt. Wenn ihr zurückkommt, dann geht sofort ins Boot. Später werden wir alle mit den Kanus zum Riff paddeln. Da sind wir weit entfernt vom Feuer. In ein paar Stunden hat es die letzten Bäume am Strand erfasst, dann kann es nicht mehr weiter. Morgen gegen Abend wird es langsam erlöschen. Dann muss das amerikanische Schiff ankommen.«

»Vielen Dank für das Kanu. Bis gleich.«

Carol und Karl gingen langsam dem Feuer entgegen. Am Strand war die Hitze jetzt fast unerträglich. Sie kämpften sich weiter bis zu der Stelle vor, an der sich Karl hinter dem Baum versteckt hatte. Hier brannte noch nichts. Sie suchten im fackelnden Licht nach Lewis und seinen Instrumenten, aber sie fanden nichts.

»Lass uns umkehren. Ich halte die Hitze nicht aus.«

»Okay, ich werde mich erst mit Wasser übergießen und gehe dann noch mal zurück. Wir treffen uns im Kanu.«

»Nein, Karl. Bitte bleib bei mir. Geh nicht!«

»Ich bin es dem Doktor schuldig. Ich muss ihn suchen. Du bist beim Boot in Sicherheit. Keine Angst. Ich passe auf mich auf, Kleines.« Dann ging Karl seinen Weg.

Mit festem Blick auf die Breitseite der Flammen stieg er die leichte Neigung des Strandes hoch. Oben vermutete er das kleine Zwischenlager der wissenschaftlichen Instrumente. Dazwischen könnte Dr. Lewis sitzen, erschöpft, schwitzend, aber glücklich, das Wichtigste gerettet zu haben.

Fast wäre er über ihn gestolpert. Zu sehr hatte er seinen Blick auf die lodernde Insel gerichtet, so dass er nicht wahrnahm, was zu seinen Füßen lag. Es war Dr. Lewis. Er hielt seinen Laptop, als wollte er ihn noch im Fallen schützen.

Karl Butzer beugte sich über ihn und wusste sofort, dass der Forscher tot war. Der Körper war bereits steif. Karl gedachte einen Moment dieses Mannes, der ihm sein größtes Vertrauen, sein größtes wissenschaftliches Geheimnis geschenkt hatte.

·48·

DER EXODUS BEGANN UM MITTERNACHT. Alle Boote von Faia machten sich auf zum nahen Riff. Aus ihrem grünen Paradies war eine graue Insel geworden, die jetzt wie ein riesiger *umo* brannte. Über dieser Feuerstelle war der Mond erschienen. Jetzt um Mitternacht stand er senkrecht über diesem geschundenen Eiland im Pazifik. Niemand nahm den Vollmond wahr; ein Volk war gezwungen, der Vernichtung der Heimat tatenlos zuzuschauen.

Jemand hatte einen großen Stein vorne in das Kanu gelegt und mit einer Schnur am Bug befestigt, er diente als Anker. Karl und Carol paddelten die kurze Strecke zum Riff. Dann warfen sie den Steinanker. Um sie herum lagen alle Boote des Dorfes. Es sah aus wie ein Parkplatz im Wasser, reserviert für Auslegerkanus, deren Insassen alle auf ein riesiges Feuertheater starrten.

Die Einbäume boten eine schmale Sitzfläche von höchstens fünfzig Zentimetern. Carol fragte sich, wie diese kräftigen Menschen auf diesen schmalen Brettchen sitzen konnten. Aber es ging.

»Die Nukuferaner besitzen wenigstens noch ihre Boote. Ich habe nichts mehr«, sagte Karl leise.

»Du hast dein gesamtes Vermögen verloren, ich nur ein paar Klamotten, einige Aufzeichnungen, meine Ausweise, einen Laptop. Was ist das schon? Zu Hause kann ich morgen weiter arbeiten. Ich habe dich in all das reingerissen. Du hast dein Leben für mich eingesetzt. Und dafür dein Schiff preisgegeben. Ich schulde dir viel«, entgegnete Carol.

»Kismet. Es war Kismet. Es musste so kommen. Du schuldest mir nichts. Es gibt keine Schuld. Es war mein freier Wille, dich zu begleiten. Keiner hat mich gezwungen. Vielleicht dein Lächeln. Aber es war meine Entscheidung, nicht rechtzeitig vor dem Hurrikan die Gegend zu verlassen. Du schuldest mir nichts, Kleines!«

»Wir werden sehen.« Es lag ein wenig Trotz in ihrer Stimme.

»Es war eine Reise an meine Grenzen. Und ich weiß, dass ich daraus lernen werde. Es ist wie eine Prüfung; wer sie besteht, ist reifer.«

»Glaubst du, dass du dein Schiff wiederbekommst?«

Über seinen schwarzen Augen lag der Widerschein des Feuers, sie leuchteten: »Ich kriege diesen Dealer. Ich weiß genau, wo ich suchen muss. Irgendwo zwischen hier und den Philippinen. Der segelt nicht nach Australien.«

»Wird man einen Mann wie Paul Gordon vor Gericht stellen können?«

»Ich werde meine Aussage vor der Polizei in Honiara machen. Und du bestimmt auch. Die Rechtsmittel sind begrenzt. Kannst du dir die Auslieferung eines Schotten, wohnhaft auf den Philippinen, an die Salomon-Inseln vorstellen? Bei der erstbesten Gelegenheit werde ich mit John in Neuseeland sprechen. Er wird eine Suchmeldung im Pazifik- und Asiennetz an alle Amateurfunker absetzen. Ein paar Tage später weiß jeder Skipper in diesem Teil der Welt, wer die *Twin Flyer* gestohlen hat. Paul Gordon hat nur noch wenige ruhige Tage vor sich. Und selbst die habe ich ihm verdorben.« Er erzählte Carol von dem fiktiven Gespräch mit dem Anwalt Dr. Nolen in Auckland auf der Kassette.

Sie hörte aber die Pointe nicht mehr, denn sie schlief vorher ein. Von hinten sah sie aus wie ein Kind in einem zu großen Stuhl. Auch auf den Nachbarbooten starrten nur noch wenige Erwachsene auf das Feuer. Die meisten schliefen. Selbst hier in einigen hundert Metern Abstand war es noch heiß. Der Mond hatte sich gegen Westen gesenkt. Irgendwann wurde auch Karl Butzer müde. Er entfaltete die Matte und legte sich darauf. Bequem war es nicht. Aber das merkte er bald nicht mehr.

Das neue Tageslicht vermischte sich mit dem letzten Feuerschein.

Nur an wenigen Stellen brannte es noch. Wie Bodennebel lag eine Rauchwolke über der Insel. Vom eigentlichen Land konnte man nicht viel erkennen. Nukufero bestand nur noch aus schwarzen Konturen. Karl Butzer und Carol Bloom schliefen weit über die Dämmerung hinaus. Die Erschöpfung beherrschte sie noch, als die Sonne ihre ersten Strahlen schickte.

Erst mit dem Spritzwasser schreckte Karl Butzer hoch. Er reckte den Kopf hoch und sah außer Carol weit und breit keinen Menschen, nicht einmal ein Kanu. Weit entfernt entdeckte er die Insel.

»Wach auf!«, schrie er. »Schnell! Wir sind abgetrieben.« Er hatte bereits sein Paddel in der Hand.

»Los, wir dürfen keinen Augenblick verlieren. Wir müssen gegen Wind und Wellen zurückpaddeln.«

»Was ist passiert?«, fragte Carol schlaftrunken.

»Der Ankerstein hat sich von der Schnur gelöst. Die hatten den Stein nicht richtig befestigt. Oder vielleicht ist die Schnur durchgescheuert, als morgens der Passat einsetzte. Ja, so ist es richtig. Paddle du außen, ich paddle zwischen Kanu und Ausleger. Kurze gleichmäßige Züge. Das schaffen wir.« Am Anfang zählte er mit, »eins, zwei, eins, zwei, eins, zwei …«, damit sie in den richtigen Rhythmus kamen.

Von ihrem Boot aus konnten sie die ganze Breite der Insel sehen, was bedeutete, dass sie weit draußen waren. Karl schätzte ihre Position auf eine Seemeile vor dem Riff. Die ersten morgendlichen Fallböen mussten sie losgerissen haben. Und der Passat hatte sie durch die Riffpassage auf das offene Meer hinausgetrieben.

Es war schwer einzuschätzen, wie gut sie vorankamen. Die niedrige Position auf der Wasseroberfläche war ungewohnt. Karl glaubte, dass sie dem Riff näher gekommen seien und rief aufmunternd nach vorne: »Gut so, mach weiter, dann schaffen wir es bald!«

»Ja, ja.« Ihre Antwort passte nicht zu ihren kraftlosen Paddelschlägen.

Auch Karl musste seine Kräfte einteilen. Er durfte sich nicht verausgaben. Trotzdem musste er das Paddel durchziehen, denn jede Welle war gegen sie, kam direkt auf ihren Bug zu. Wasser schwappte immer wieder ins Boot.

»Carol, nimm die Kokosschale und schöpf das Wasser aus. Es läuft in die Mitte des Bootes. So schnell du kannst!«

Sie schöpfte, aber sie stieß mit der Schale gegen die Bordwand und das Wasser floss wieder ins Boot. Die Enge, der unbequeme Sitz, besonders die unmittelbare Nähe zum Ozean, zur unend-

lichen Tiefe des Wassers machten ihr Angst und ließen sie unge-
schickt hantieren.

»Okay, lass gut sein. Paddel wieder!«

Karl Butzer wusste nicht mehr, ob sie dem Riff näher gekommen waren oder nicht. Waren sie auf einer Welle, sah die Insel
näher aus, waren sie im Wellental, konnte er nur den Berg erkennen und das Land kam ihm weit entfernt vor.

»Ich kann kaum noch«, rief sie zu ihm.

»Reiß dich zusammen! Wir müssen zur Insel, wenigstens bis
zum Windschatten. Da werden sie uns abholen. Also! Wir geben
noch einmal alles.«

Sie gaben alles. Aber sie kamen gegen Wind und Wellen nicht
voran.

49

DIE DUNKELHEIT WAR KEIN GRUND für den Häuptling, seinen Schritt zu verlangsamen. Steil führte der Pfad bergauf. Auf Nukufero gab es keine gewundenen Pfade, keine Serpentinen. Seit Jahrhunderten führen die Pfade über die kürzeste Verbindung nach oben. Was für die Menschen auf Nukufero ein steiler Weg war, grenzte für einen *palangi* ans Bergsteigen.

Je höher er kam, desto öfter musste sich Ariki Fetaka an Sträuchern, Bäumen, Steinen, Wurzeln, allem Greifbaren fest halten, um sich daran hochzuziehen. Er wusste genau, wo er zupacken konnte. Von unten leuchteten die Flammen. Aber das nützte ihm nichts. Der dichte Wald ließ kaum einen Lichtschein zu ihm durch. Wie eine unregelmäßige Naturtreppe führte der Pfad immer weiter bergauf. Jeder Stein wurde zur Stufe, jede Wurzel zum Tritt genutzt. Er ging so bedächtig, wie er den Steilpfad immer erklommen hatte.

Ariki Fetaka kam zu seiner Lieblingsstelle. Von dort konnte man auf beide Inselseiten hinabschauen. Auf Faia und Raveinga. Der Blick auf Raveinga bot das schönste Panorama auf Nukufero. Eingerahmt zwischen hoch gelegenen Palmen lag tief unten Te Roto. Der runde Kratersee leuchtete meist moosgrün. An schönen Tagen zogen immer neue Farben darüber hinweg, die Schatten der Passatwolken. Sie schluckten für Augenblicke die kleinen Punkte, die man bei strahlendem Sonnenlicht als Fischerboote identifizierte. Eingebettet war Te Roto in eine Landschaft, die je nach Lichteinfall die gesamte tropische Grünpalette zeigte. Auf der anderen Seite des Sees schmiegte sich die palmenbewachsene Landzunge, die den See vom Meer trennte. Wohin sollte das Auge zuerst schauen? Zum weißgelb gleißenden Strand? Oder zu der sich anschließenden türkis leuchtenden Lagune? Zum Riff mit der sich brechenden Brandung? Wie ein Diamantband legte sie sich in leichtem Bogen um die Lagune. Von da an herrschte das wunderbare Königsblau des Pazifik. Betupft mit Tausenden von kleinen weißen, sich brechenden Wellenkronen, die der Seemann Katzenpfoten nennt.

Dem Häuptling bot sich heute ein anderes Bild. Er sah, dass das Feuer Raveinga erreicht hatte. Es kam von Süden über die fruchtbaren Gärten. Und es kam von oben, fraß sich bereits über die Ebene ins Tal.

Der Weg wurde glitschig. Der Berg Reani ist der Wasserfänger von Nukufero. Hier luden die Passatwolken ihre Last ab. Als Kind hatte er sich in dieser Gegend einmal verlaufen; die Wolken waren so dicht, dass er die Orientierung verloren hatte. Unten brennen unsere Häuser ab. Meine Leute schwitzen in der Nähe des Feuers. Hier regnet es und mir ist kalt, dachte er sarkastisch.

Der Aufstieg wurde beschwerlicher. Immer wieder dienten ihm Wurzeln als Haltegriffe. Doch Ariki Fetaka ignorierte alle Misslichkeiten. Er hatte nur ein Ziel: das Grab von Pu Ariki zu erreichen. Das Grab aller Gräber.

Oben angekommen, tastete der Häuptling die Felsen des Grabes ab. Liebevoll glitten seine Hände über alle Steine. Wie ein Blinder schien er sich zu vergewissern, dass keiner fehlte, dass alle so lagen, wie man sie vor langer Zeit angeordnet hatte.

Pu Ariki war mit Blick auf seine Heimat begraben worden. Er schaute nach Südosten, auf das Land, das heute Königreich Tonga heißt, das Captain Cook ›The Friendly Islands‹ genannt hatte. Er blickte dem Wind *matangi tonga* ins Auge, der ihn und seine Leute nach Nukufero gebracht hatte. Sein Platz war so ausgewählt, dass er kein Land vor oder unter sich sah und man hatte ihn sitzend begraben. Er schaute auf *moana*, das Meer, so weit sein Blick reichte.

Ariki Fetaka setzte sich neben das Grab. Er faltete die Hände und betete laut: »Pu Ariki, hör mich an! Ich bin es, Ariki Fetaka, der sechzehnte Häuptling von Faia. Ich bin allein gekommen. Meine Worte sind nur an dich gerichtet.

Du hast unser Volk hierher geführt. Du hast die Insel gefunden, die reich ist an gutem Boden, gesegnet mit frischem Trinkwasser und deren Gewässer voller Fische sind. Unser Volk hat den Boden bearbeitet, Felder gepflügt, Gärten angelegt. Es hat Taro und Yams an Steilhängen gepflanzt, die nahezu senkrecht zum Meer führen. Wir haben stets genügend *mase* vorbereitet, um niemals Hunger erleiden zu müssen. Neue Bäume für unsere Kanus wurden von jeder Generation für die kommenden gepflanzt. Den See, die Lagune und das Meer haben wir niemals leergefischt. Von den Nachkommen der Ferkel und Hühner, die du mitgebracht hast, leben wir heute. Die Früchte der Samen und Knollen, die auf deinem Boot waren, geben uns heute Nahrung. Wir haben den Tabak eingeführt, den du nicht kanntest. Wir benutzen jetzt Wasserleitungen aus Stahl statt der früher üblichen Bambusrohre. Wir haben jetzt Werkzeuge aus Eisen und nicht aus Stein oder Muscheln. Viele Menschen tragen nicht mehr *tapa*, sondern *calicut*, Baumwollröcke. Wir leben noch in den Hütten, die du kanntest. Wir garen unser Essen nach wie vor im *umo* und benutzen unsere traditionellen Holzschalen, Kokosraspeln und Geräte. Es hat sich nicht sehr viel geändert.

Die größte Änderung haben uns die *palangis* gebracht. Es war ihre Religion, die sie Christentum nennen. Ihre ersten Missionare haben wir ins Meer getrieben. Wir wollten keine anderen Götter verehren als die, an die du auch geglaubt hast. Über mehrere Generationen hinweg schickten sie immer wieder neue Missionare. Es gäbe nur einen Gott und sein Sohn hieße Jesus Christus, haben sie uns erzählt. Schließlich hat mein Vater sich taufen lassen. Er wurde zum ersten Christen auf Nukufero.

Heute sind wir gerne Christen. Das Christentum hat vieles zum Guten verändert. Wir führen keine Kriege mehr mit anderen Inseln. Die alte Fehde zwischen Faia und Raveinga ist begraben. Es besteht nur noch eine kleine Rivalität. Viele von uns gehen zweimal am Tag in die Kirche. Jedes Dorf hat eine Kirche. Wir singen neue Lieder. Manche dieser christlichen Lieder singen wir in der Sprache der *palangis*. Die alten heiligen Stätten, unsere *maraes*, werden nicht mehr besucht. Längst sind sie von Pflanzen bedeckt. Es gibt niemanden, der sie noch pflegt.

Die neuen Priester haben unsere Tänze verboten. Sie wollten, dass unsere Frauen ihre Brüste bedeckten. Sie untersagten uns das Trinken von *kava* und *kaleve*. Aber wir haben ihnen gesagt, dass wir ohne unsere Traditionen ihre Religion nicht annehmen würden. Heute feiern wir die christlichen Feste mit unseren alten Tänzen, Liedern und Kostümen.

Die *palangis* haben unsere Kranken geheilt. Sie schicken ihre Ärzte mit Medizin zu uns. Jetzt haben wir sogar ein eigenes Haus für unsere Kranken.

Unsere Kinder lernen die Sprache der *palangis*. Wir können unsere eigene Sprache zum ersten Mal aufschreiben und brauchen uns nicht mehr die Geschichten von den Alten anzuhören, um sie nicht zu vergessen. Wir lesen unsere niedergeschriebenen Geschichten, wann und so oft wir wollen.

Die *palangis* haben uns viel Gutes gebracht. Nicht alles war gut. Jetzt muss ich dir von den schlechten Dingen erzählen.

Die weißen Menschen fischen unser Meer leer. Wir haben lange nicht mehr so viele Fische wie zu deinen Zeiten. Sie haben das Wetter verändert. Der Regen bleibt oft weg. Der Monsun kommt unregelmäßig und der Passat kommt in manchen Jahren gar nicht. Wenn er ausbleibt, dann kommen furchtbare Wirbelstürme. Aus den Geschichten der Alten weiß ich, dass wir früher solche starken Stürme niemals hatten. Wenn der Passat wegbleibt und die Hurrikane kommen, dann nennen die *palangis* das ein El-Niño-Jahr. Unter *el niño* verstehen sie das Christkind; es wäre besser, sie würden diese Wetterkatastrophe *Dämon der Zerstörung* nennen.

Sie verschmutzen das Meer. Oft sehen wir Öl auf dem Meer treiben. Unsere Strände sind voller Teer und Plastik. Das sind Dinge, die du nicht kennst. Viele Fische haben Plastikteile im Bauch oder in den Kiemen. Sie sind daran erstickt. Delphine und Wale und viele Schildkröten verfangen sich in den starken Netzen der *palangis*. Sie werden dann an unsere Ufer getrieben. Die meisten sind bereits tot. Der *palangi* wirft alles ins Meer, was er nicht benötigt.

Ich kenne alle Geschichten seit deiner Ankunft, die deine Nachkommen aufbewahrt und weitererzählt haben. Noch niemals habe ich von einem solch schrecklichen Unheil gehört, wie es jetzt über uns hereingebrochen ist. Wir wurden vom stärksten Wirbelsturm seit Menschengedenken getroffen. Der Sturm riss jeden Baum um, der dünner war als ein Oberschenkel. Kein einziges Blatt war mehr an den Bäumen. Sämtliche Hütten bis auf meine wurden zerstört. Innerhalb weniger Tage war das Laub staubtrocken. Ich habe die Anweisung gegeben, kein Feuer zu machen. Dennoch hat ein *palangi* Feuer gelegt. Das Feuer breitete sich mit dem Wind in kurzer Zeit über unsere Insel aus. Jetzt brennt es überall. Der Feuerleger ist mit einem großen *te vake* geflohen. Einige Männer hätten ihn sonst wie in alten Zeiten den Haien geschenkt.

Die Menschen konnten sich auf ihren Booten ins Wasser retten.

Die Insel ist nicht mehr die Insel deiner Zeit. Heute brennt sie. Morgen wird sie verkohlt sein. Ab übermorgen haben wir nichts mehr zu essen. Unsere Lebensbäume sind tot. Wir haben keine Trinknüsse, kein Kokosfleisch, keine Wedel für die Dächer. Die Stämme unserer Häuser sind verbrannt. Manche stammten noch aus deiner Zeit. Sie trugen noch die alten Hai- und Fregattvogel-schnitzereien. Die Kokoskrabben sind tot. Unsere Ferkel, Schweine, Hühner – keines der Tiere hat überlebt. Wir können uns nicht mehr an Betelnüssen erhitzen. Die Brotfruchtbäume werden Jahre benötigen, bis sie wieder Früchte tragen. Die Taro-felder und Yamsgärten sind vernichtet. Neue Bananenstauden müssen wir von anderen Inseln holen. Unsere *mase* reicht nur noch für wenige Wochen.

Du hast uns hierher gebracht. Ich muss unser Volk von hier wegbringen, weil wir sonst verhungern. Ich schaffe es nicht, ich bin zu alt. Ich bin der erste Häuptling, der sein Volk nicht be-schützt hat. Ich habe die Warnungen nicht beachtet, habe diesen *palangi* in seiner Gefangenschaft nicht gut genug bewachen lassen. Ich habe Unglück über unser Volk gebracht.

Pae Ratofangi, meinem Erstgeborenen, habe ich heute mein Häuptlings-*tapa* umgelegt. Er wird unser Volk begleiten und es später wieder zurückführen.

Pu Ariki, gib mir meine Ehre zurück!«

Häuptling Ariki Fetaka spürte nicht den kühlen Nachtwind, den Regen und seine Erschöpfung nach dem langen Weg. Er hatte die Augen geschlossen und sah nicht mehr den Lichtschein der vielen Feuerstellen. Er dachte nur noch an den Gründer seines Stammes, der neben ihm in der gleichen Haltung mit zusammen-gelegten Beinen saß, der ihm zugehört hatte und sich Zeit ließ mit

seiner Antwort. Ariki Fetaka hatte alle seine Sinne auf den Traum-
pfad zu seinem Ahnen gerichtet.

Lange hatte er auf die Antwort gewartet. Es war noch dunkel,
als er die Antwort erhielt: Spring in deine Ehre.

50

SIE LIESSEN SICH TREIBEN. Ihre Arme waren wie gelähmt. Kein Nerv gab ihnen noch den Befehl, ein Paddel in die Hand zu nehmen. Sie trieben immer weiter von der Insel ab. Die Wellen wurden höher und immer mehr Spritzwasser kam über. Jetzt als ihr Auslegerboot sich endgültig steuerlos quer zu den Wellen gelegt hatte, mehr Wasser in den ausgehöhlten Einbaum schlug, riss es sie aus ihrer Lethargie. Die hohen Wellen ließen ihnen keine Zeit, sich ihrer Enttäuschung hinzugeben, sich ihrer Ohnmacht bewusst zu werden.

»Kannst du schöpfen?«

Noch nie zuvor hatte sie Karls Stimme so schwach, so zögernd gehört.

Carol Bloom drehte sich um. Sie schaute über ihn weg zur Insel. Dann sah sie Karl an. Sie blickte lange in seine dunklen Augen. Nicht einmal das vom Meer reflektierte Sonnenlicht des Pazifik konnte sie erhellen. Noch während sie ihn ansah, nahm sie die Kokosnussschale und begann wieder, das Wasser aus dem Rumpf zu schöpfen. Irgendwann löste sie ihren Blick von ihm. Als nur noch eine kleine Pfütze im Boot war, drehte sie sich wieder nach vorn.

Erst als er ihr Gesicht nicht sehen konnte, stellte sie die Frage: »Was wird aus uns?«

»Ich weiß es nicht.«

Karl versuchte, das Boot mit dem Paddel auf Vorwindkurs zu halten. Er tat es instinktiv.

»Wenn du es nicht weißt, wer dann?« Ihre Stimme zitterte.

Kaum wahrnehmbar hörte sie seine Antwort: »Zurück kommen wir nicht.«

»Komm, lass uns schwimmen. Wir schaffen es.«

»Das wäre glatter Selbstmord. Wir müssen weiter. Die nächste Insel ist Vanikolo und die liegt zirka hundert Seemeilen nordwestlich von hier.«

»Karl, das ist unmöglich. Nukufero liegt knapp zwei Meilen hinter uns, in Reichweite. Und wir müssen hundert Seemeilen zu dieser anderen Insel?«

»Es gibt keine Alternative.«

»Dieser Umweg ist tödlich. Ich habe keine Lust zu sterben. Die Insel ist zum Greifen nahe. Es muss einen Weg zurück geben!«

»Ich kenne keinen.«

»Können wir nicht zurück kreuzen?« Sie hatte sich wieder zu ihm gedreht. »Selbst wenn es den ganzen Tag dauert, es ist besser als diese unmögliche Route.«

»Wir können nicht kreuzen. Wir haben keine Segel. Und das Boot hat keinen Kiel.«

»Ich meine paddeln, am Wind paddeln.« Damit er nicht sah, wie verzweifelt sie war, drehte sie sich von ihm weg. Aber die Stimme verriet ihre Verfassung.

»Carol, ich muss dir die Wahrheit sagen. Wir können nicht zurück. Kein Mensch schafft das. Auch kein Polynesier.«

»Wie willst du in einem Paddelboot einhundert Seemeilen zurücklegen? Auf dem offenen Ozean? Nachts bei diesen Wellen? Wir wissen gar nicht, wo wir sind.«

»Wir sind zwischen Nukufero und Vanikolo. Und wir haben einen günstigen Wind, um zum Ziel zu kommen.«

»Mich trennen drei Zentimeter Holz von den Wellen. Meine Füße liegen bereits unter der Wasseroberfläche. Ich sitze auf einem Brett, das so klein ist wie eine Kinderschaukel. Wenn ich meinen Körper um zwei Zentimeter verlagere, wackelt das Boot, dass ich Angst habe, ins Wasser zu fallen. Und dieses Wasser ist fünftausend Meter tief. Ich zittere bei dem Gedanken. Und du willst nach Vanikolo? Du bist ein Sadist. Ja, ein Sadist!« Sie schrie.

»Wir sind nicht die Ersten, die in solch einem Boot diese Strecke zurücklegen.«

»Ich bin aber keine Polynesierin.«

»Dann werden wir eben Polynesier!« Jetzt war er wütend.

»Deine überhebliche Art ist zum Kotzen. Ich springe ins Wasser und schwimme zurück.«

»Bitte, spring! Was soll ich deinem Mann sagen, deinen Eltern? Selbstmord oder Dummheit?«

»Lass meinen Mann aus dem Spiel!« Sie sackte in sich zusammen, als ob sie sich durch den Sitz fallen lassen wollte. Dann sagte sie lange nichts mehr.

Die Wellen kamen jetzt höher. Sie waren endgültig aus den Wind- und Wellenschatten der Insel heraus. Karl hatte sich inzwischen mit den Eigenheiten des polynesischen Auslegerboots besser vertraut gemacht. Um den Kurs vor dem Wind zu halten, hielt er das Stechpaddel ins Wasser und stützte es lediglich am Rumpf ab. Mit geringen Dreh- und Kippbewegungen konnte er sogar den Kurs halten. Er hatte jetzt Zeit zum Nachdenken.

»Carol!«

Sie schreckte hoch.

»Wir segeln nach Vanikolo. Du hast richtig gehört. Wir werden segeln! Wir haben zwei Matten, eine werden wir als Segel benutzen. Wir haben zwei Paddel, eines werden wir als Mast benutzen. Wir haben auch noch die Nylonschnur von unserem verlorenen Anker. Und jetzt kommt das Beste: In meiner Tasche habe ich einen Kompass. Es ist zwar nur ein Taschenkompass, aber der bringt uns ans Ziel. Ich brauche jetzt deine Hilfe. Wir müssen das Segel setzen.«

»Du bist so richtig deutsch, weißt alles besser, hast auf alles eine Antwort. Bei euch ist wohl jeder Polizist oder Ingenieur?«

»Kannst du die Nylonschnur vom Bug lösen?«

Sie reichte ihm die Schnur. »Hier liegt noch eine Nylonschnur mit einigen Angelhaken. Brauchst du die auch zum Spielen?«

»Später.« Karl war von seiner Idee so angetan, dass er ihren Zynismus ignorierte.

Er nahm ihr Paddel und befestigte seines an dessen Schaftende so, dass sie ein T bildeten. An das Querstück band er eine der Pandanusmatten. Er steckte das senkrechte Paddel, den Mast, zwischen den hinteren Teil ihres Sitzes und eine im Boden eingelassene hölzerne Erhöhung. Damit das alles nicht wegrutschen konnte, laschte er den Fuß des Mastes mit seinem Gürtel am Sitzbrett fest. An den beiden unteren Ecken der Matte befestigte er die Nylonschnur und knotete sie an beiden Seiten seines Sitzes fest. So hoffte er, das Segel wie eine Schot führen zu können.

In dem Moment, als er den Hilfsmast mit der Hilfsrah stellte, kam Druck in die Matte. Der Wind füllte sie und das Auslegerboot nahm Fahrt auf.

Er betrachtete sein Werk und führte noch hier und da kleine Verbesserungen aus, als Carol endlich ihr Schweigen aufgab.

»Karl, ich war vorhin in Todesangst. Ich habe meinen Mut wiedergefunden. Du bist der Letzte in meinem Leben, den ich verletzen will.« Und nach einer Weile fügte sie hinzu: »Hattest du auch Angst?«

»Wenn ich keine Angst gehabt hätte, wäre ich zurückgeschwommen.«

»Ich meine, hast du jetzt noch Angst?«

»Nein, nur Respekt.«

Sie tranken eine der Kokosnüsse leer und schabten danach das sättigende weiße Fleisch aus. Immer wieder befeuchteten sie ihre Haut mit Wasser. Irgendwo hatte Karl seine Mütze verloren. Also machte er sich aus einem Teil der Matten eine Kopfbedeckung. Am Vormittag saß Carol im Schatten des Segels, nachmittags Karl. Er hatte bereits einen Sonnenbrand auf dem Kopf.

Am meisten machten ihnen die harten kleinen Sitze zu schaffen. Am späten Nachmittag versuchten sie, abwechselnd aufzustehen, um die Glieder zu strecken. Es gelang in dem wackeligen Boot nur, wenn sie sich am Mast fest hielten. Zweimal in der Stunde mussten sie Wasser aus dem Rumpf schöpfen. Um den Verlust der Schöpfschale nicht zu riskieren, hatte Karl sie festgebunden.

»Ich werde die zweite Matte zerschneiden, dann haben wir beide ein wenig Schutz in der Nacht. In den Morgenstunden wird es kühl werden.«

»Was meinst du, wie weit wir von Nukufero entfernt sind?«

Er drehte sich um. Nukufero wurde von der Abendsonne angeleuchtet. Die Insel sah aus wie ein rauchender Stein. »Vielleicht fünfzehn Seemeilen. Dann hätten wir einen Schnitt von eineinhalb Seemeilen in der Stunde gemacht. Das lässt hoffen.«

»Ich habe Angst vor der Nacht.«

»Ich spreche von Hoffnung und du von Angst. Wir haben den ersten Tag gut überstanden. Wenn der Wind so bleibt, dann schaffen wir es.«

»Wenn!«

Kurz vor Sonnenuntergang öffnete Carol die geflochtene Tasche und entnahm eines der kleinen Päckchen, eingeschnürt in alte Taroblätter. Sie aßen jeder eine Hand voll *mase* und tranken die Milch der zweiten Kokosnuss.

»Das Wetter bleibt morgen gut. Der Wind wird ähnlich beständig wehen wie heute. *Red sun at night, sailor's delight.* Der Passat lässt in der Nacht meist nach, das macht das Steuern einfacher.«

Sie segelten in den Sonnenuntergang. Nicht viel später bestätigte der Mond, dass ihr Kurs richtig war. Er ging genau über dem Heck auf. Der Kompass besaß ein selbst leuchtendes Betalicht. Karl hatte ihn um den Hals gehängt, da war er am sichersten – er hing genau über dem Brustbeutel mit den Disketten.

Es war eine Nacht, die aus tausend Sekundenträumen bestand. Oft suchte ihre Hand die seine. Er musste immer wieder die Schot anziehen. Kaum war das Boot auf richtigem Kurs, überfiel ihn ein neuer, kurzer Schlaf. Mit einer Hand hielt sich jeder an einer der Querstreben zum Ausleger fest, voller Angst, im Schlaf über Bord zu fallen. In den Wachpausen schöpften sie Wasser, versuchten eine geringfügig andere Sitzposition. Sie waren zu erschöpft, um den Sternenhimmel und den vollen Mond zu betrachten. Irgendwann riss ihr Schrei ihn hoch.

»Hilfe, was ist das?«

Etwas zappelte zwischen ihnen im Bootsrumpf.

»Es ist ein Fliegender Fisch. Unser Frühstück.« Er konnte ihn im hellen Mondlicht glänzen sehen und tötete ihn mit Hilfe einer Kokosnuss.

·51·

AM NÄCHSTEN MORGEN war Nukufero nicht mehr zu sehen.

»Gestern um die Zeit dachte ich an den Tod.«

»Und heute?«

»Carol, habe ich gedacht, wo ist meine Zahnbürste?«

Sie drehte sich um und lächelte. Es war das erste Mal seit langer Zeit.

Sie aßen das Gleiche wie gestern. Den Fliegenden Fisch warf er wieder ins Wasser, roh mochten sie ihn beide nicht.

»Manchmal hatte ich bis zu zehn Fliegende Fische an Bord. Ich habe sie in der Pfanne erhitzt. Nur ein bisschen Butter dran und Limonensaft drüber. Da kommt kein *breakfast continental* gegenan.«

»Ich war einmal bei einem Überlebenstraining. Bob kam damals mit der verrückten Idee an. Wir waren sechs Ehepaare; es dauerte ein verlängertes Wochenende und fand an einem der tausend Seen in Minnesota statt. Ich erinnere mich gut an den theoretischen Teil. Eine der wichtigsten Regeln hieß: Negative Antworten dürfen nicht gegeben werden. Eine andere: Setze dir jeden Tag ein neues Ziel! Und die wichtigste Regel, an die ich mich erinnern kann, lautete: Diskutiert ein Thema, das nichts mit der eigentlichen Situation der Katastrophe zu tun hat.«

»Ähnliches steht in meinem Buch *Überleben auf See*. Ich wünschte, ich hätte es dabei.«

»Ich werde mir jedenfalls ab heute jede negative Äußerung verkneifen. Das verspreche ich!« Sie klang wie verwandelt.

»Und was ist mit dem Ziel für den heutigen Tag?«

»Es kann nur heißen: Kurs Westnordwest. Nach Vanikolo.« Sie war selber über ihren Ton erstaunt.

»Und worüber diskutieren wir beide hier mitten auf dem Ozean?« Er erinnerte sich, dass man ein Thema wählen musste, das in einer Überlebenssituation alle angeht. Es musste zu einer provokativen These führen.

»Wie wäre es mit dem aktuellen Thema: Weshalb zerstören wir die Natur?«

»Weshalb wir die Natur zerstören?« Carol nahm seine Worte auf, um sich gleichzeitig auf ihre Antwort zu konzentrieren. »Ist das heute unser Thema?«

»Ja. Es wird uns ablenken.«

»Ich dachte, das hätten wir durch. Aber bitte. Weil der Mensch das schlimmste aller Tiere ist. Das wäre eine Antwort. Aber sie ist zu oberflächlich. Ich will mich selbst korrigieren. Ich glaube, wir zerstören die Natur, weil wir ohne Gesamtzusammenhänge denken. Der Mensch kann nicht über seinen Tellerrand blicken.«

Karl machte eine Pause, dann griff er ihren Gedanken auf: »Wenn ich an Paul denke, fällt mir ein: Der hat so viele Aggressionen, den biegt kein Strafvollzug wieder hin. Anders dieser Tonio. Er hatte keine Aggressionen. Aber er hat nur an sich gedacht. Der hatte nur seinen Erfolg im Kopf.«

Carol bückte sich nach vorn, ließ beide Arme über den Bootsrand ins Wasser baumeln und kühlte sie ab. »Gott sei Dank gibt es nur wenige Menschen wie diesen Paul Gordon. Ich glaube eher, dass mein zweites Argument treffender ist. Der Mensch denkt zuerst an sich. Er sieht nur seinen eigenen Vorteil. Wie könnte man ansonsten gegen den gesunden Menschenverstand diese riesigen Tropenwälder abholzen? Während uns die Wissenschaftler über die Zusammenhänge zwischen Treibhauseffekt und El Niño warnen!«

»Ich stelle mir oft einen Beobachter aus dem Weltall vor. Er weiß, dass die Natur das wichtigste Gut ist, das wir besitzen, und wird dennoch Zeuge, wie wir sie zerstören. Er müsste feststellen, dass die Menschen dumm sind, saudumm.« Karl nahm eine bequemere Sitzposition ein und fuhr fort: »Einerseits lieben wir die Natur. Ich kenne kaum einen Menschen, der keine Grünpflanzen zu Hause hat. Bei uns in Deutschland geht man zu keiner Einladung, ohne dem Gastgeber Blumen zu schenken. Andererseits zerstören wir den Boden, auf dem sie wachsen. Da muss irgend etwas bei uns ausklinken. Vielleicht fehlt uns ein Gen für die Zukunftsprojektionen des Schadens, den wir anstellen?«

Ein Verhaltensforscher hat über die Menschen den Satz von der ›unerträglich erfolgreichen Spezies‹ verhängt. Sein ›unerträglich‹ bezieht sich auf die zunehmende Zerstörung der Umwelt.«

Karl war steif von der Nacht, es hielt ihn nicht länger auf dem Sitz. Vorsichtig richtete er sich auf und hielt sich am Mast fest. Er räkelte sich.

Carol drehte sich zu ihm um. »Der Mensch hatte immer eine egoistische Haltung zu seiner Umwelt. Heute würde man sagen, er war schon immer gewinnorientiert geprägt. Es ist bekannt, dass er bereits in der Steinzeit viele Tierarten ausgerottet hat. Die Menschen haben damals bereits Brandrodung betrieben. Man hatte frühzeitig erkannt, dass der Boden nach einem Brand fruchtbarer war. So hat bereits vor zehntausend Jahren der Mensch zur Versteppung mancher Gebiete beigetragen. Immer hat er eine sich bietende Gelegenheit maximal für sich genutzt. So haben unsere jagenden Vorfahren ohne Bedenken Büffelherden oder Bisonherden vernichtet. Natürlich hielt sich damals der Schaden in Grenzen. Es waren ja nur ein paar Jäger verglichen zu heute. Als die Eskimos Gewehre bekamen, waren in kurzer Zeit die Walrosse wegen ihrer wertvollen Zähne fast ausgerottet. Das zeigt, dass wir keine Bremsen besitzen.«

Er hatte sich wieder gesetzt und schöpfte mit der Kokosnusshälfte Wasser über Arme und Beine. Es half wenig. Er war erschöpft, zeigte es ihr gegenüber nicht: »Jetzt wird diese menschliche Dominanz über die Natur zu einem Problem. Wir sind einfach zu viele. Was meinst du, weshalb denken nur so wenige Menschen wie wir?«

»Ich glaube, es werden immer mehr. Und deshalb lohnt es sich zu überleben.«

Die Diskussion hatte sie für kurze Zeit von ihrer Situation abgelenkt. Von jetzt an dachte jeder nur noch an morgen.

·52·

K<small>ARL HATTE SICH EINE AUTOMATISCHE</small> S<small>TEUERUNG AUSGEDACHT.</small>
Aus Carols Shorts hatten sie das Gummiband entfernt. Er befestigte es an beiden Enden der Schoten, die ihr kleines Mattensegel hielten. Wurde das Boot durch eine Welle zu sehr nach Steuerbord versetzt, kam mehr Winddruck auf die Backbordschot und umgekehrt. Die Gummis glichen den Druck aus und langsam brachte die korrigierte Segelstellung das Boot wieder auf den alten Kurs zurück. Nur bei größeren Wellen musste er die Schoten per Hand einstellen.

Sie hatten sich eingerichtet. Um sich aus dem Sitz zu befreien, kletterten sie abwechselnd auf die Ausleger zwischen Schwimmer und Kanu und streckten dort ihre Glieder aus. Immer häufiger bespritzten sie ihre Körper mit Wasser oder ließen ihre Füße über Bord baumeln, um sich zu erfrischen. Sie kauten an der *mase* und tranken Kokosnusswasser.

»Was schätzst du, wie weit wir von Nukufero entfernt sind?«

»Ich nehme an, dass wir zirka eineinhalb Knoten in der Stunde machen. Das ergibt in vierundzwanzig Stunden eine Strecke von knapp vierzig Seemeilen. Demnach wären wir jetzt sechzig Seemeilen weit entfernt. Wenn alles gut geht, sind wir übermorgen da.«

»Gestern wollte ich noch zurückschwimmen. War geradezu hysterisch.«

»Du wolltest nur nicht glauben, dass die Polynesier mit diesen Booten zwischen den Inseln verkehren. In Fidschi habe ich dir von dem Maritime Museum und dem War Memorial Museum in Auckland erzählt. In beiden stellen sie polynesische Boote dieser Größe …«

»Du meinst in dieser Winzigkeit«, unterbrach sie ihn.

»Nun gut! Der einzige Unterschied ist das Segel. Damals waren die Segel fein gewebte Matten. Sie hatten eine dreieckige Form. Wie ein Lateinersegel.«

»Ich weiß nicht, was ein Lateinersegel ist und ich gewöhne mich auch nicht daran, Polynesierin zu sein. Ich kann keine *mase* mehr sehen, ich sehne mich nach einem kalten Sodawasser und einem warmen Pastrami-Sandwich. Die Hitze ist kaum auszuhalten und ich habe immer noch Angst, wenn ich in die Tiefe schaue, der Sitz ist eine Marter, aber …«

»… langsam gefällt mir die Reise«, unterbrach er sie.

Sie drehte sich um. »Ich wollte dir mein tiefes Unbehagen nicht ersparen.«

Karl konterte: »Langsam wird mir deine Anpassungsfähigkeit unheimlich. Du hast dich an das Segeln, die Flaute, an den Forscher angepasst – und an die Katastrophen.«

»Ich glaube, da sind wir uns ähnlich. Wir gehören zur Gruppe der Fatalisten. Wir finden uns in einer Situation zurecht, passen uns an und machen das Beste daraus. Okay, du bist der fatalistische Nomade. Ich die Bäuerin. Wie findest du diese Definition?«

»Das Einzige, was mir gefallen hat, war das Wort Nomade.« Er schwieg lange.

Irgendwann am Nachmittag fragte er sie: »Weißt du, wer die klügsten Nomaden der Welt waren? Es gibt kein Volk, das eine größere Fläche auf der Erde besiedelt hat als die Polynesier. Der Pazifik ist das größte aller Meere. Er ist großflächiger als der Mond. Die Vorfahren von David und unseren Freunden auf Nukufero haben diesen Ozean durchsegelt. Sie haben das Dreieck Hawaii im Norden, Osterinsel im Südosten bis hin nach Neuseeland im Südwesten besiedelt. Keine Insel in diesem riesigen Gebiet, die sie übersehen hätten. Alle, auch die winzigsten, unbewohnten Atolle, haben einen polynesischen Namen. Wir können uns jetzt in etwa vorstellen, was es heißt, in einem Einbaum mit Ausleger und Mattensegel große Reisen auf dem Meer zu machen.«

»Und heute können sie nicht einmal mehr einen Stein, der als Anker dienen soll, an einer Schnur festbinden.«

»Hätten sie das besser gekonnt, würden wir jetzt in demselben Boot sitzen und uns das schwelende Inselfeuer vom Wasser aus anschauen. Ich begreife langsam, dass es eine Fügung war, dass wir zwei in diesem kleinen Boot eine große Reise machen.«

Seine Worte verwirrten Carol. »Was verstehst du unter einer Fügung?«

»Es heißt, jeder Anfang hat seinen Sinn. Was ist der Sinn für meinen Segeltörn? Vielleicht habe ich Kontakt zu Nomaden gesucht? Ich nehme an, das war meine Bestimmung. Ich sollte die Reise mit meinem Katamaran unterbrechen und einen Teil der Strecke mit dem Vorgängertyp, dem Auslegerboot, zurücklegen. Ich sollte eine Lehrstunde von den alten Polynesiern auf dem Wasser erhalten.«

»Und was ist meine Bestimmung?«

»Die Antwort kennst nur du.«

»Karl, ich weiß nicht, wo ich anfangen soll.«

»Weshalb hat Paul dich eine Spionin genannt?«

Sie antwortete nicht. Das Klatschen der Wellen füllte die lange Pause. Er zog an den Schoten, betrachtete die Wolken, kontrollierte mit seinem Handkompass den Kurs, er wartete.

»Ich bin keine Spionin. Aber ich habe Dr. Lewis die Weltklima-Formel entwendet. Das war mein Auftrag.«

Dr. Carol Bloom griff zu ihrer Brusttasche, öffnete den Knopf und holte die in Plastikfolie eingepackten Disketten hervor.

»Worin bist du verstrickt? In welchen Auftrag?«

Sie schwieg. Ihre Blick konzentrierte sich auf die durchsichtige Plastiktüte. Sie zog langsam den Klebestreifen ab, der die Tüte verschlossen hatte, und warf ihn ins Meer.

»Carol, was machst du da? Was ist mit diesem Spionageauftrag?«

Er konnte nicht sehen, wie Carol bedächtig die drei Disketten aus der Plastiktüte nahm. Nur die leere Plastiktüte schwamm an ihm vorbei.

Plötzlich streckte sie ihre rechte Hand aus. Wie die Trümpfe bei einem Kartenspiel hielt sie ihm aufgefächert die drei Disketten entgegen.

»Das ist mein Auftrag! Ich sollte die Weltklima-Formel beschaffen. Hier ist sie! Man hat mich erpresst.«

Karl schwieg. Instinktiv glitt seine rechte Hand zu seinem Brustbeutel. Er war noch da.

»Jetzt bin ich nicht mehr erpressbar. Meine Bestimmung ist diese Reise. In diesem Boot. Es ist auch meine Prüfung. Wenn ich sie bestehe, fange ich neu an. Und wenn du willst mit dir.«

»Als was?«

Sie nahm die drei Disketten und warf sie weit ins Meer. »Als Mensch.« Sie schrie diese Worte heraus, so laut sie konnte. Und weil sie in der Weite des Ozeans verhallten, schrie sie nochmals: »Als Mensch. Als Mensch. Als Mensch.«

Bis sie es selber glaubte.

· 53 ·

ZWISCHEN IHNEN WAR ES LANGE STILL. Carol Bloom hatte ihr Hemd ausgezogen und über Kopf und Brust gelegt. Gesicht und Ausschnitt waren bereits von der Sonne verbrannt.

Karl Butzer döste im Schatten des Segels und hielt das kleine Kanu auf Kurs. Er war müde, konnte aber nicht schlafen.

Er zwang sich, klare Gedanken zu fassen. Wer hat sie erpresst? Womit? Er ahnte, dass eine große Organisation dahinter stand. Aber außer Kirche und Mafia fiel ihm kein möglicher Interessent ein.

Ihr Geständnis hatte bei ihm ein Gefühl der Bewunderung ausgelöst. Seitdem er sie kannte, hatte sein Leben ein neues Tempo bekommen. Pausenlos stürzte sie ihn von einem Abenteuer ins nächste. Sie gab stets die Richtung an, sie bestimmte die Inhalte. Irgendwann würde sie ihm ihre Geschichte erzählen. Egal. Er wusste, dass er sie nie wieder gehen lassen würde. Er liebte sie.

Noch eine Nacht und einen Tag. Dann würden sie es geschafft haben. Er hoffte, dass die Abendsonne groß und rot unterging. Wie gestern und vorgestern.

Karl rutschte vom Sitz hinunter in den Bootskörper. Er schob den selbst gemachten Hut zwischen seinen Rücken und die harte Sitzbank, wollte ein wenig dösen.

Seitdem sie schwiegen, waren die einzigen Geräusche das Rauschen und Plätschern des Wassers an Rumpf und Ausleger. Karl konzentrierte sich darauf, denn sobald die Fahrtgeräusche sich änderten, stimmte der Kurs nicht mehr. Dann musste er auf seinen Kompass blinzeln, an einer Schot ziehen und das Boot wieder auf Kurs bringen. Die richtigen Geräusche bedeuteten den richtigen Kurs. Dieses Gesetz kannte er bereits von seinem Katamaran.

Plötzlich hörte er ganz deutlich, dass der Kurs nicht mehr stimmte. Routinemäßig hielt er den Taschenkompass, der um seinen Hals hing, vor seine Augen. Dann starrte er ungläubig darauf: Der Kurs stimmte. Aber das Fahrtgeräusch hatte sich geändert.

Er wurde stutzig. Hatte der Wind gedreht? Er stemmte sich wieder auf den Sitz, um weiter über das Meer zu blicken. Plötzlich wusste er, woher das neue Geräusch kam.

»Zieh dich an, wir bekommen Besuch!« Er sagte es eher beiläufig. Aber ihr Kopf kam unter dem Mattensegel hervor. Sie starrte über Karl hinweg.

»Ein Schiff! Direkt hinter uns! Mein Gott!«

Sie schauten sich an, lächelten, als ob beide sagen wollten: Das habe ich gewusst.

»Das ist kein amerikanisches Versorgungsschiff. Die sind grau. Dieses Schiff ist weiß.«

»Karl, wer kann das sein?« Ihre Stimme klang besorgt.

»Ach, die kommen nur vorbei, um zu fragen, ob das unsere Disketten sind, die sie im Schleppnetz gefunden haben.«

»Da kommt ein weißes Bettlaken und ein weiches Bett. Ich kann es nicht fassen.«

»Sieht aus wie eine große Fähre, es kann auch das Mutterschiff einer Fangflotte sein. Schwer zu sagen. In wenigen Minuten wissen wir mehr.«

»Willst du nicht das Segel einholen?«

»Nein, das gibt uns bei dem Seegang eine bessere Stütze, dann schwankt das Boot nicht so.«

Der achterliche Wind hatte das Geräusch der Maschine früh zu ihnen getragen. Jetzt hörten sie deutlich das Stampfen der starken Dieselmaschine. Im späten Licht der Nachmittagssonne sahen sie, wie auch dieses große Schiff im Seegang rollte. Es schien Karl, als ob sich der Große mehr abmühen musste als sie in ihrem kleinen Kanu. Das weiße Schiff rollte auf sie zu. Sie konnten die zahlreichen Aufbauten sehen. Aus dem Nichts kommend, baute es sich hinter ihnen auf. Dann hatte es sie eingeholt und der Riese nahm dem Winzling den Wind, als ob sich ein Berg vor ihn geschoben hätte. Karl baute das Notsegel ab und löste es von den beiden Paddeln.

Längst hatten sie den Namen *Green Explorer* gelesen. Weshalb *green*, wenn das Schiff weiß ist?, dachte Carol.

Nervös fragte sie: »Karl, was haben die vor?«

Im selben Moment ertönte vom Deck eine Stimme aus einem Megaphon: »Hier spricht Officer Harding. Wir kommen von Nukufero und suchen Sie. Wir lassen ein Rettungsboot zu Wasser und werden Sie übernehmen. Halten Sie Ihr Auslegerkanu in Lee unseres Schiffes. Winken Sie, wenn das okay ist.«

Carol winkte heftig. Ohne Karl zu fragen.

Sie sahen, wie der Kran ein Rettungsboot über die Reling hievte. Im Boot saßen vier Männer. Man konnte sie gut an ihren leuchtend roten Rettungswesten erkennen. Dann war das Boot im Wasser. Eine schwarze Wolke verriet, dass der Motor gestartet worden war. Das kleine, offene Rettungsboot fuhr langsam von hinten neben sie. Braun gebrannte junge Burschen strahlten sie an. Zwei hielten sich an ihrem Kanu fest.

»Sie sind bestimmt Carol und Karl? Ein Glück, dass wir Sie gefunden haben.« Der Bootsmann am Ruder schien sich sehr zu freuen.

»Wir wollten gerade unseren *sundowner* trinken. Danach hätte Carol das Abendessen gekocht. Sie kommen etwas unpassend«, flachste Karl.

Der Bootsmann ignorierte den Scherz: »Können Sie selber übersteigen oder sollen wir Ihnen helfen?«

»Ich glaube, das können wir selber.« Im selben Moment krabbelte Carol hinüber und wurde von dem im Seegang bockenden Rettungsboot schmerzhaft am Oberschenkel getroffen. Karl hatte schnell eine Leine um den Bug des Auslegers festgeknotet, hielt sie fest und kletterte dann zu den Rettern hinüber. Er behielt die Leine in der Hand und sagte als Erstes: »Vielen Dank, dass Sie uns drei an Bord nehmen.«

»Willkommen im Rettungsboot der *Green Explorer*«, meldete sich der Bootsmann. »Leider habe ich keinen Befehl erhalten, auch das Kanu mit an Bord zu hieven. Bitte lassen Sie die Leine los.«

»Nein, das Kanu hat unser Leben gerettet. Jetzt rette ich seins. Wir kommen zu dritt oder gar nicht«, erwiderte Karl selbstbewusst.

Der Obermaat machte einen hilflosen Eindruck. Er blickte nach oben und rief zu seinem Offizier: »Können wir auch das Kanu an Bord nehmen?«

»Kein Problem. Erst die Personen. Dann das Kanu.«

Langsam manövrierte das Rettungsboot neben die Bordwand. Die *Green Explorer* hatte jetzt keine Fahrt mehr und rollte, so dass die Bordwand manchmal schräg über der Besatzung des Rettungsbootes aufragte. Karl hielt die dünne Leine des Kanus, an der schon der steinerne Anker versagt hatte. Er wollte unbedingt sein Kanu retten. Ein Seil wurde von Bord geworfen. Zwei Männer banden es um den Kanurumpf und verknoteten es sachgerecht. Immer wieder krachte dabei das Kanu gegen die Bordwand des Rettungsbootes.

Als sie fertig waren, kam schnell Ruhe in das Unternehmen. Sie waren nicht länger Spielball der Wellen und wurden nach oben gezogen. Mehrfach schlug das Rettungsboot gegen den Schiffskörper. Die Männer versuchten, den Aufprall mit Ruderblättern, die sie gegen die weiße Rumpfwand stießen, abzuhalten.

Karl fand die Rettungsaktion bei weitem gefährlicher als die Fahrt mit dem Ausleger über den Pazifik.

Dann betraten Carol und Karl die Planken der *Green Explorer*.

Vor ihnen standen Männer in Weiß. Die Mannschaft in kurzen, zwei Männer in langen Hosen. Der eine hielt ein Megaphon in der Hand. Auf seinen Epauletten erkannte Karl drei goldene Streifen. Der Mann neben ihm hatte vier goldenen Streifen.

Er begrüßte sie, reichte ihnen die Hand: »Willkommen an Bord. Mein Name ist Kapitän Armstrong. Gratuliere, Sie haben eine große seemännische Tat vollbracht, mit dem offenen Kanu zielgerichtet auf die nächste Insel zuzusteuern. Bevor wir Sie verpflegen, möchte ich Sie fragen, ob Sie medizinische Hilfe benötigen.«

Carol und Karl sahen sich an. Sie schüttelten den Kopf. »Vielen Dank, Kapitän, für die Rettung. Nein, wir brauchen keinen Arzt. Lieber ein Bett.« Karl lächelte.

»Ich glaube, das lässt sich einrichten. Es ist alles vorbereitet.«

Carol fühlte sich angesprochen: »Wenn Sie eine Stunde später gekommen wären, hätten Sie uns in der Dunkelheit nicht gefunden.«

»Keine Angst«, entgegnete der Kapitän. »Wir hätten Sie mit unserem Infrarotlicht auch nachts erkannt. Bitte kommen Sie mit mir, ich will Ihnen jemanden vorstellen, der sie gerne kennen lernen möchte. Bitte folgen Sie mir.«

Karl bemerkte, dass in der Zwischenzeit das Kanu an Deck gehievt worden war. Das Schiff hatte wieder Fahrt aufgenommen. Das Letzte, was er wahrnahm, war die Änderung des Kurses. Sie fuhren zurück.

Kapitän Armstrong war ein kräftiger großer Mann, mit wenigen blonden Haaren. Er war braun gebrannt und an seinem Akzent erkannte Carol den Australier. Er ging vor ihnen einen Gang entlang und fragte über die Schulter hinweg: »Sind Sie gut auf den Beinen? Zwei Tage auf dem winzigen Sitzbrett, das macht bestimmt steif.«

Carol, die hinter ihm ging, antwortete: »Bei der Rettungsaktion war ich steif vor Angst. Jetzt ist wieder alles okay!«

Kapitän Armstrong hatte Rücksicht auf sie genommen und war nicht schnell gegangen. Er blieb vor einer Tür stehen, auf deren Schild *Captain* stand. Er öffnete sie und bat Carol und Karl einzutreten. Sie kamen in eine helle, moderne Kabine. In einem der Sessel saß ein dicker Mann. Als er aufstand, wirkte er noch rundlicher. Er war nicht groß und hatte eine Glatze. Und er trug einen dunklen Anzug.

»Darf ich Ihnen Mr. Winn vorstellen? Das sind Dr. Carol Bloom aus Chicago und Herr Butzer aus Deutschland.« Der Kapitän wandte sich an Carol: »Mr. Winn ist Engländer. Ich bin Australier. Ich finde, es ist eine gute Mischung mitten auf dem Pazifik. Was möchten Sie trinken? Eine Dusche und ein Essen erwarten Sie gleich nach unserem Kennenlerngespräch.«

»Ich hätte gerne ein Glas kalte Milch.«

»Und ich gerne ein Bier«, schloss sich Karl an.

Kapitän Armstrong klingelte nach dem Steward und gab die Bestellung durch.

»Bitte, Mr. Winn!«, übergab er das Gespräch an den Stadtmenschen.

»Ich bin von Herzen froh, dass wir Sie gefunden haben. Ich sage das als jemand, der seit einiger Zeit Ihr Schicksal verfolgt hat. Ja, ich weiß mehr über Sie, als Sie sich vorstellen können. Deshalb auch mein Dank an die schützende Hand, die über ihnen lag.« Er blickte nach oben. Dann ruhte sein Blick wieder auf ihnen. Er machte eine Pause. Lange genug, damit sie über seine Worte staunen konnten.

Die Getränke kamen.

»Ich bin Vorsitzender einer Gruppe, die sich THE ASPEN BOARD nennt. Das wird Ihnen nichts sagen. Dahinter stehen die größten Versicherungsgesellschaften der Welt. Übrigens ist Ihre Lebensversicherung, Mrs. Bloom, bei einem unserer Mitglieder abgeschlossen. Und auch Ihr Schiff, Herr Butzer, ist bei uns versichert. Ich kann Ihnen sogar Ihre Versicherungsnummern nennen.

THE ASPEN BOARD wurde gegründet, um Politik und Großindustrie unter Druck zu setzen, stärker gegen klimaverändernde Umweltschäden anzugehen. Insbesondere gegen höhere Kohlendioxidwerte und industrialisierte Massenrodung von Tropenwäldern. Unser Anliegen ist sehr eigennützig! Naturkatastrophen infolge Klimaerwärmung werden immer dynamischer. Wir können ganze Agrargebiete nicht mehr versichern. Und noch schlimmer: Wir können zu erwartende Schadenslasten bald nicht mehr begleichen.

Diese Klimaveränderungen können unsere Gesellschaften in den Bankrott treiben. Um es ganz klar zu sagen: Darüber könnten auch ganze Nationen straucheln.« Er holte tief Luft.

»Es wird Sie verwundern, aber wir verstehen uns als eine neue Macht, die mit allen Mitteln die Menschheit vor diesen Naturkatastrophen der neuen Generation bewahren will. Die Politik reagiert hilflos bis gelähmt. Und die Großindustrie scheut die Investitionen. Aber unsere Mitglieder besitzen weltweit ein Drittel aller Aktienpakete. Diese Macht nutzen wir.«

»Was haben wir denn damit zu tun – mitten auf dem Pazifik?«, fragte Carol.

»Das will ich Ihnen gern erklären. Wir haben vor kurzem das Klimaforschungsinstitut in England übernommen, an dem Dr. Alexander Lewis seit dreißig Jahren forscht. Wenn Sie so wollen, ist Dr. Lewis einer unserer Angestellten. In diesem Fall muss ich hinzufügen, er ist es gewesen. Denn, wie Sie wissen, ist er tot. Wir haben ihn gefunden. Sein Leichnam ist in einem Sarg an Bord unseres Forschungsschiffs. Wir überführen ihn nach England. Er wird ein so ehrenvolles Begräbnis erhalten, wie es sich für einen so außergewöhnlichen Menschen geziemt. Leider wurde seine gesamte Ausrüstung zerstört. Das, was wir suchten, haben wir nur noch verkohlt vorgefunden – seinen Computer.« Mr. Winn rutschte an sie heran. Er setzte sich auf die äußerste Kante des Sessels. »Dr. Bloom«, fuhr er mit wärmerer und lockerer Stimme fort, so als ob er von jetzt an nur noch plaudern wollte. »Wir sind eine sehr starke Organisation. Dagegen ist Fynch & Baker ein Team aus der untersten Kreisklasse. Ich habe mich mit Mr. Fynch unterhalten. Wir haben ihm die Pistole auf die Brust gesetzt. Verstehen Sie das bitte nur symbolisch. Wir arbeiten nicht mit Waffen. Wir arbeiten mit Intelligenz. Er musste mich über Ihren Auftrag informieren. Es tut mir persönlich sehr Leid, dass man Sie erpresst hat. Aber das ist jetzt vorbei!«

»Was ist jetzt vorbei?«, unterbrach Carol. Trotz lag in ihrer Stimme. Vielleicht war es auch nur Ungläubigkeit über das, was sie erfuhr.

Unbeirrt fuhr Mr. Winn fort: »Wir haben die Insel Nukufero über Satelliten beobachten lassen. Später zeige ich Ihnen aufregende Fotos von der Insel. Man erkennt zum Beispiel, dass Sie Besuch an Bord hatten. Und wir wissen auf hundert Meter genau, wo sich zurzeit Ihre *Twin Flyer* befindet. Wir haben bereits die philippinische Coast Guard informiert. Leider litt die Bildqualität durch den Hurrikan und durch die Feuersbrunst. Später haben uns die Berichte des amerikanischen Aufklärungsflugzeuges sehr geholfen. Wir haben das Leben aller Besucher auf der Insel untersucht, aller Personen, die sich um unseren Mitarbeiter Dr. Lewis versammelt hatten, wenn ich das so sagen darf. Denn uns war sehr daran gelegen, seine *Pacific Blue*-Formel nicht in falsche Hände geraten zu lassen.«

»Was ist denn so außergewöhnlich an Dr. Lewis?« Karl wollte ihn jetzt festnageln. Er wollte wissen, was der andere wirklich wusste. Vielleicht bluffte er nur.

»Dr. Lewis war der wichtigste Mensch auf der Welt. Er hat eine Formel entwickelt, mit der man das Wetter bis zu drei Jahre im Voraus berechnen kann. Sie ist der Schlüssel für das Wohlergehen der Menschheit. Ich nehme stark an, dass Sie vom Verbleib der

Formel wissen. Und jetzt zur wichtigsten Frage: Wo ist die Formel?«

Carol Bloom wurde blass. Sie presste ihre Hände auf ihre Oberschenkel. Dann fing sie an zu schluchzen. Karl kniete sich vor sie hin. »Kleines, du hast zu viel durchgemacht. Beruhige dich. Bitte, beruhige dich!« Aus dem Schluchzen wurde ein Weinkrampf. Die Männer schauten sich hilflos an. Karl streichelte ihr Haar.

Plötzlich riss sich Carol von ihm los und schrie Mr. Winn an: »Ihre Formel liegt in fünftausend Meter Tiefe. Nehmen Sie Ihre Scheißsensoren und ein Unterseeboot und suchen Sie danach. Ich zeige Ihnen auch genau die Stelle.«

»Was ist passiert?« Mr. Winn starrte auf Karl.

Aber die Antwort erhielt er von der schluchzenden Carol: »Ich habe die Formel von Dr. Lewis' Laptop kopiert. Auf drei Disketten. Hier in meiner Brusttasche habe ich sie getragen. Sie haben mir nur Unglück gebracht. Ich habe die *Pacific Blue*-Formel heute Morgen im Pazifik versenkt. Und jetzt lassen Sie mich mit dieser Formel in Frieden.«

Mr. Winn war aufgestanden. Er ging zum Fenster und starrte auf den Pazifik. Nach einer langen Pause drehte er sich um. Er schaute Karl Butzer an: »Nun, Herr Butzer, wir haben die letzten Gespräche zwischen Dr. Lewis und seinem Institutsleiter mit angehört. Wir wissen, dass es eine seiner letzten Handlungen sein sollte, Ihnen seine Formel auf Disketten anzuvertrauen.« Er machte eine Pause. »Ich kann Ihnen den Scheck von einer Million Dollar nur überreichen, wenn Sie uns die Disketten überlassen.« Er griff in seine Innentasche und holte einen Scheck der Deutschen Bank hervor. Er legte ihn direkt vor Karl auf den Tisch.

»Ach übrigens, auch an dieser Bank ist eine unserer Versicherungen mit einem nicht unerheblichen Anteil beteiligt. Das wird Sie beruhigen, denn Sie haben dort ein Sparkonto. Es sind noch genau 94 587,78 Mark drauf. Das war allerdings der Stand von gestern.«

»Karl kniete immer noch neben Carol. Er nahm den Scheck an sich. Prüfte die Summe und seinen Namen. Dann faltete er ihn einmal zusammen, nahm seinen großen Brustbeutel vom Hals und steckte den Scheck sorgfältig ins hintere Fach. Danach öffnete er das große, vordere Fach und holte den Tiefkühlbeutel hervor, durch den die drei Disketten zu erkennen waren. Er las durch die Plastikfolie die Aufschrift laut und deutlich vor:

>»Pacific Blue
World Climate Formula
By Dr. Alexander Lewis, Nukufero
Final Version.«

...weitere Bücher von Klaus Hympendahl

Yacht-Piraterie
Die neue Gefahr
ISBN 3-7688-1389-4

Logbuch der Angst
Der Fall Apollonia
ISBN 3-7688-1526-9

Dieses Buch behandelt Überfälle auf Yachten ausschließlich aus den letzten sechs Jahren. Alle 30 Fälle hat Klaus Hympendahl persönlich recherchiert, mit den Betroffenen gesprochen, telefoniert und korrespondiert, denn eine Voraussetzung für das Entstehen dieses Buches war, eine persönliche Beschreibung der Vorgänge von den Beteiligten zu erhalten, denn erst dadurch ergibt sich eine Authentizität, die jeden einzelnen Fall einzigartig macht.
Der Leser erfährt direkt von den Beteiligten, was sie eventuell falsch gemacht haben, was sie an ihrem Verhalten als richtig einschätzen, was sie daraus gelernt haben und was sie in Zukunft ändern würden.

Als im Hafen auf Gran Canaria die Leinen der APOLLONIA gelöst werden, prallen die Schicksale von sechs Seglern unausweichlich aufeinander, denn als die Yacht in Barbados festmacht, sind nur noch vier Mitglieder an Bord, und einer dieser Überlebenden wird schwer verletzt an Land getragen.
Die einen träumen von einer neuen Existenz in der Karibik, die anderen wollen die Atlantiküberquerung als Urlaub genießen. Ohne seglerische Erfahrung und ohne eine wirkliche Führungspersönlichkeit an Bord knüppeln sie durch ihren ersten Sturm. Und schlagartig verändert sich die Konstellation: Mit vorgehaltener Pistole übernimmt der Navigator das Kommando. Die späteren Recherchen liefern einen gefälschten Unfallbericht, einen Schuldschein mit erpresster Unterschrift, zwei Tote und einen Verletzten ...

Erhältlich im Buch-und Fachhandel oder unter www.delius-klasing.de/shop

DELIUS KLASING